金滩残梦

Jintan Canmeng

张　骅◎著

时代出版传媒股份有限公司
安　徽　文　艺　出　版　社

图书在版编目（CIP）数据

金滩残梦/张骅著. —合肥：安徽文艺出版社，2018.8
ISBN 978-7-5396-6448-4

Ⅰ. ①金… Ⅱ. ①张… Ⅲ. ①长篇小说—中国—当代
Ⅳ. ①I247.5

中国版本图书馆CIP数据核字(2018)第182426号

出 版 人：朱寒冬
责任编辑：汪爱武　　　　装帧设计：徐　睿

出版发行：时代出版传媒股份有限公司　www.press-mart.com
安徽文艺出版社　www.awpub.com
地　　址：合肥市翡翠路1118号　邮政编码：230071
营 销 部：(0551)63533889
印　　制：合肥创新印务有限公司　(0551)64456946

开本：700×1000　1/16　印张：21.5　字数：310千字
版次：2018年8月第1版　2018年8月第1次印刷
定价：49.80元

目录

第一章

这个夜晚清冷漆黑，看不见月亮，也看不见星星。阿勒屯塔莱里悠长的乌伦古河哗哗流淌。河滩上那一大片低矮的木头窝棚还在睡眠之中，窝棚里隐约传来年轻淘金客们均匀的鼾声。4 月的阿勒屯塔莱才从漫长的冬季走出来。阿勒屯塔莱是中国西北角阿勒泰的一条山沟。在中国内地，此时早已是春暖花开、草长莺飞的季节，而这里却还没有摆脱冬天的寒意。

阿勒屯塔莱两侧连绵的群山上那铺天盖地的原始森林，此刻也在睡眠之中。鸟儿不再啁啾，野兽还没出窝，只有猫头鹰圪蹴在树上不知疲倦地窥视四方。山下的窝棚里，钻出两个黑影，顺着山边峭壁上的一道罅隙爬上山来，很快就钻进了森林。

这两个黑影都穿着光板羊皮袄，都没有戴帽子，一个是光头，一个蓄有长发。他们的腰间扎有布带，身上斜背着两只布囊。在森林里跑了一会儿，大约身上出汗了，又觉得皮袄太笨，于是解开布带，卸下布囊，快速脱去皮袄，丢在地上。森林里阴暗，好些地方还存有积雪。两个人重新披戴好布囊和布带，又开始在森林里奔跑。光头跑在前面，长发汉子跟在他的身后。跑的时候，他们的一只手始终捂住一只布囊。在他们身上的两只布囊里，一只装有干粮，另一只装着沙金。两人都在两年前跟阿山金课局签订了三年采金合同，布囊里的金子是他们两年来的心血。光头叫李旺才，蓄长发的叫胡娃子。两人都是陕西长武人，是一个村的乡党。

前些日子，李旺才的老家带来口信，他的父亲患了重病，让他汇钱救命。李旺才签下的合同未到期，虽然手头积攒了一些金子，但按合同规定是不能带金出山的。胡娃子的家人在老家给他说了媳妇，女方等着聘金，两个乡党几番合计，决定冒险带金从山上偷跑。

从阿勒屯塔莱出山，必须经过架在乌伦古河上的莫河桥，桥上的桥头堡日夜都有矿警大队的官兵把守，淘金客们出山不但要有矿区治安调查执行委员会核发的路引，而且浑身上下连屁眼都要搜查，是一克金子也带不出山的。李旺才和胡娃子最后选择了走山路带金出山。两人事先在山上踩点探路，觅得了一条翻山越岭的小路。

阿勒屯塔莱是蒙古语，翻译成汉语就是“金沙滩”的意思。它是乌伦古河的一段流经之地，长约二十公里。顾名思义，这是富含金沙的河段。阿勒屯塔莱是天造地设的一条神奇的峡谷地带。它的两侧山脉大都是悬崖峭壁，通往外界的山路就那么可数的几条，不但崎岖难行，而且矿警大队在路上布下了大量地雷。这些情况几乎每个淘金客都知道，但李旺才和胡娃子带金出山的愿望非常强烈，就像按捺不住的烟瘾一样煎熬着他俩。两人知道，以往也有淘金客成功地带金出山，他俩觉得自己不至于那么不走运，于是准备了一段时间后便铤而走险。黑漆漆的夜里，他们带着用高价买来的手电，顺着事先探得的山路小心翼翼地往前走。

李旺才和胡娃子大约走了两个小时，森林树梢上的天空好像亮朗起来，隐约可见几颗稀疏的星星。眼前的小路也看得清晰了一些。两人边走边商定，谁踩上地雷，另一个都不要去救，赶紧带上金子自己走人，到家乡后把金子交给他的家人就好。这是生死约定，两人说好后轻轻地击掌盟誓。

走过一段茂密的森林之后，前面的森林似乎稀疏起来。一轮明月从浮云里钻出，山地明显地亮了许多。走过稀疏的森林后，两人又进入另一段茂密的森林里，李旺才在胡娃子耳边说：“走过这段森林差不多就到那道铁丝网了，过了铁丝网，咱们就算出山了。”胡娃子听了很高兴，越过李旺才走到前面去了。李旺才在他身后喊：“胡娃子，小心呀！”然后紧走几步，赶在了胡娃子的前面：“胡娃子，我的眼睛比你的尖，你跟在我身后走。”话音刚落，李旺才碰上了布在草丛里的拉弦地雷，轰隆一声巨响，李旺才被炸翻，他不敢呻吟，躺在地上默默抽搐。胡娃子上前要背他走，李旺才说：“你忘了咱们的约定？你不要管我，听见爆炸声，巡逻的矿警很快就会赶来，你还不快跑？”然后解下装有金子的布囊交给胡娃子，“你交给我爹！”

胡娃子却紧紧地抱起李旺才往前走，走了十多步就走不动了。李旺才腿上的血流了胡娃子一身。李旺才一把推开胡娃子，胡娃子还是不走，急得李旺才直用拳头捶地：“胡娃子，你还不快跑？这样大家都得死。”李旺才将装金子的布囊交到胡娃子手里，“兄弟，你一定要亲手交到我父亲手上啊，他在等钱救命！”

胡娃子泪如泉涌，一步三回头地往前走。约莫半袋烟的工夫，趴在地上、已经恍惚的李旺才看见森林里火光一闪，接着听见轰隆一声，胡娃子在浓密的森林里号叫了几声，李旺才的两只拳头大力地擂地，哭喊道：“胡娃子！”

清冷的月光透出森森寒意，山地复归寂静。

开春的这个清晨，阿勒屯塔莱年轻的淘金客们领略了什么叫残酷。

李旺才被矿警队的官兵抓了回来，用铁链拴在伙房前的木栈道上，不断地呻吟。他用微弱的声音喊道：“渴、渴，给我口水喝……”

淘金客们起床后，走向饭厅时，天刚蒙蒙亮。那时躺在地上的李旺才已经昏迷，发不出声响，所以淘金客们并没有发现他。他们吃完饭，走出饭厅时天就亮朗了，于是他们看见木栈道上躺着一个人。围观的人越来越多，里三层外三层，乔里轩使劲才挤了进去。淘金客中有人认出木栈道上的人，惊呼道：“这不是长武的李旺才吗？咋伤成这样子了？”

乔里轩看见李旺才的一条腿被炸断，血肉模糊的半截腿露出白生生的骨头茬子。天气还没有转暖，却不知从哪里飞来了许多绿头苍蝇，围着李旺才嗡嗡地飞，有一些落在李旺才的身上，甚至落在那条断腿上。李旺才的另一条腿被铁链锁在木栈道上。矿警大队的督察队长邬生龙带着几名凶神恶煞的矿警不断用带刺刀的步枪驱赶人群，让淘金客们往后退。有人从伙房端来水，想让李旺才喝一口，邬生龙抢过碗，把水泼在地上。

“马上就要枪毙的人，喝他妈什么水？”

“枪毙？他犯了啥法？”乔里轩往前走一步，毫不示弱地对邬生龙说，“凭啥要枪毙？”

邬生龙恶狠狠地说：“哼，昨晚两个不知死活的家伙偷带金子从山上逃跑，哪有那么容易？一个当场让地雷炸死了，这个炸断了腿，就等着挨枪子吧。淘金客娃娃们,收起歪念头,好好在山里干活,秋后你们的合同到期,再带上你们手头的金子出山。你们好好看看,别跟这些不知死活的家伙学,谁跟他们学,这就是他的下场!”

李旺才在地上蠕动着,声音微弱地喊渴。他迷蒙的眼中认出了人群里一个老乡,喊道:“乡党,行行好,渴啊,给我口水喝……”

李旺才的呻吟声越来越微弱,但喊口渴的声音大家听得真切。一个淘金客又从伙房端来水,乔里轩接在手里,单腿跪地,用另一只手托起李旺才,刚要往他嘴边送,盛水的碗又被邬生龙一把夺走,泼在了地上。

乔里轩霍地站起,双目圆睁,怒视邬生龙,邬生龙退了两步,从驳壳枪的木匣里抽出枪来。

“咋? 乔里轩,你娃想造反?”

邬生龙个头适中,不胖不瘦,圆乎乎的脸上长满雀斑,两只眼角下斜,笑起来多少有些亲切,可当他发怒的时候,两只眼睛就拧成三角形,显得很凶狠。他把驳壳枪在手里掂了掂,眼睛乜斜乔里轩:“乔里轩,知道你小子在少林寺待过两天,可我这枪子并不怕你的拳脚! 这里不关你的事,你少狗拿耗子多管闲事,也吃完饭了,该上工就上工去。”

乔里轩迎着邬生龙的枪口往前挺:“他偷带金子出山,该杀则杀,该剐则剐,凭啥连口水都不让人家喝? 我看不惯,这个闲事我今天是管定了!”

邬生龙嘿嘿冷笑两声,说:“他娃喝两口水待会儿就不死啦? 不就是蹬腿时多撒一泡尿吗? 乔里轩,快滚蛋,当心老子的子弹没长眼!”

说话间,哗啦一声,子弹就上了膛,枪口抵在乔里轩的脑袋上。围观的淘金客们都捏了一把汗,纷纷劝乔里轩好汉不吃眼前亏;也有淘金客劝邬生龙消消气,说过去皇帝杀人前还让犯人喝顿送行酒呢,您大人大德,就让这个快死之人喝口水吧!

人群中有个黑瘦、三十出头的男人在冷静地盯着眼前这一切。他自始至终没有说一句话,只是默默地注视着乔里轩。这男人面孔瘦削、身体单薄,但一双眼睛炯炯有神。他叫宋振良,是中共地下党员,去年才从迪化来到这里。宋振良精通俄语,曾在基辅受训,学习电讯技术。去年 9 月的一个上午，他来到位于迪化南梁的八路军办事处接受新任务。中共迪化党组织派他立即赴阿勒泰阿勒屯塔莱，去跟一个叫谢尔盖·库兹米奇的俄国人接头。迪化党组织负责同志对他说："你知道的，咱们这里缺少你这样的人才，但这项任务很紧急，是由延安转来的共产国际的命令，派去的这个人必须会俄语，因为他要和从苏联过来的同志接触。组织上最后选中了你。你的任务就是配合他行动。你在山里的身份是柴油供应商。苏联过来的同志叫谢尔盖，只有二十五岁，长着一头亚麻色的卷发，身份是阿勒屯塔莱唯一的淘金船技师……"

进山这半年来，宋振良利用他柴油商的身份，跑遍了阿勒屯塔莱，山里不但没有谢尔盖这个人，连淘金船的影子也看不见，他不知道怎样才能完成组织交给他的任务，所以心情非常焦急。这会儿，他看着眼前这位敢作敢为的汉子，不由得心生一股钦佩之情。

乔里堂和乔里知在饭厅说了几句闲话，出伙房时就走在了人群后面，一个淘金客急匆匆地跑到两人面前，喘着粗气说："不好啦，不好啦，要出人命啦，你兄弟俩还在这里闲聊！"

乔里知说："出啥事了？看把你慌的，有话好好说。"

乔里知是个美男子，身材像三弟乔里轩一样挺拔，也是宽肩细腰，但面色要比他三弟白皙，脸庞棱角分明，高挺的鼻梁上方，一双乌黑发亮的大眼睛，让女人怎么看都看不够。走在身旁的大哥乔里堂与他相比，就显得很不起眼。乔里堂的个子不高，肤色黝黑，一张扁平的面孔，显得人厚道，也懦弱。

"邬队长把枪都指在你们家老三的脑袋上了，还不快去看看！"

两人对视一眼，拔腿就跑，在伙房前的开阔地上果然看见几百名淘金客围在那里。两人奋力往里挤，有人认识他俩，立即让开了一条道。乔里知先挤到人群当中，看见邬生龙那支瓦蓝的驳壳枪正对着三弟，就连声喊道："邬队长，您老人家千万别走火呀！"然后对乔里轩说，"三弟，你咋这么不懂事？让人家邬队长生这么大的气！邬队长，您老人家消消气，我们家老三是个三傻子，您老人家千万别跟他一般见识！"

乔里堂也挤上前，连连向邬生龙作揖，嘴里一个劲儿地喊道：“邬队长，您消消气，这娃不懂事，让我这个当哥的收拾他，您老人家就饶了他吧！”

乔里轩一把将乔里堂拉过去：“大哥，别这么没出息，我量他姓邬的没胆量开这个枪！是的，这娃，”他指着地上的李旺才说，“偷带金子出山，是犯了山里的死罪，我刚才说过，该杀该剐由他们，但人家讨口水喝，难道就不行吗？”

人群中有人喊：“就是该杀也该喝碗送行酒，莫说一碗水！我们淘金客再穷也是人啊！”

“我们淘金客是人，不能这样糟践我们！”

“喝口水，喝口水，让人家娃娃喝口水！”

人群爆发出一阵呐喊，震天动地，滔滔的乌伦古河流水声在淘金客们的耳畔变弱。

“喝口水，喝口水，喝口水……”

喊声整齐划一，有如春雷贯耳，乌伦古河两侧的群山被震得嗡嗡回响。

有人再次递来一碗水，乔里轩托起李旺才，把碗送到他的嘴边。这次，邬生龙没敢吭声，用他那三角眼狠狠地瞪着乔里轩。

人群中顿时响起振聋发聩的欢呼声，好像淘金客们获得了一次巨大的胜利。

李旺才喝下几口水，长长地吐出一口气，嘴巴翕动像要说什么，乔里轩连忙张开手臂，示意大家安静，欢呼的喊声突然停止了。李旺才声音微弱地说：“兄弟们别、别跑了，山上到处是、是地雷……跑不掉的，白白送死……”

邬生龙那张圆乎乎的满是雀斑的脸上露出得意的笑容。

工地那边有金把头在拼命吹哨子，催促淘金客们快去上工。近千名带着胜利喜悦的淘金客散开了。一个戴眼镜的三十出头的瘦高男人悄无声息地走过来，在邬生龙的耳边低声说道：“还不快把这该死的东西拖到白石坑毙了？别在这里惹眼了！”

晚上，乔里轩的窝棚里人爆满了，淘金客们像庆祝胜利似的兴高采烈地坐在一起，七嘴八舌地聊天。乔里堂、乔里知都在座，淘金客中鼎鼎大名的疤拉强也来凑热闹。宋振良当然不会错过这样的好机会。他从早晨发生在伙房前的那一幕认得了乔里轩,直觉告诉他这是一位难得的硬汉,敢爱敢恨,敢打抱不平。这样的汉子值得和他结交。他坐在边上,一声不吭,只是默默地听大家说话。

“乔哥真是好样的,子弹上膛的枪顶在头上,眼睛都不眨一下!”一个淘金客赞叹地说。

憨厚的乔里堂开口说话了:“你们都别夸我家老三了,再夸,他还不知道要干出啥蠢事呢!”

“大哥,没事的,咱家老三又不傻,掂得清轻重,不就让一个快要死的人喝口水吗?就凭这,他邬生龙敢开枪?鬼才相信。后来听说那个叫李旺才的还是被邬生龙拖到白石坑枪毙了。”长相英俊的乔里知说。

“他们两人也真是的,难道就不知道通向山外的那几条小路上都埋有地雷?”坐在乔里知身后的一个淘金客这样说。

“那森林里熊呀豹呀的野兽咋就踩不上地雷?”另一个淘金客问道。

乔里知说:“金课局的矿警在森林边上拦有一道铁丝网,野兽进不来,所以也就踩不响地雷。李旺才和他的陕西乡党也是老淘金客了,能不知道这点子事?只怪两人出山心切……”

“既然多出来的金子归个人了,为啥不让带出山?”一个淘金客这样问乔里知。

乔里知侧脸看了这个淘金客一眼:“你是新来的吧?可能有所不知。山里的淘金客都有生产定额,一个人平均每天要生产五克金子。因为淘金是集体作业,所以一般十八个人为一组,这组人中有挖沙的,有运沙的,也有用水冲沙的,还有负责晃荡淘金槽和用铁筛子筛金的,也就是分工合作的意思。这十八个人每天生产出的金子,摊到每个人头上必须得够五克,多出来的部分才由这些人平分。如果当天的产金量不够,需要日后找补。金把头一月一结账,淘金客没有完成定额,就从他们每月三块银洋的工钱中扣除。金把头用这种办法来管理和刺激淘金客,促使淘金客拼命劳作。运气好、肯出力的淘金客手里会存下金子,但淘金客跟金课局一般都签的是三年劳动合同,合同没到期,就休想带金出山。那个李旺才算运气不错的,手头就存下了金子，也有人完不成定额倒贴呢！李旺才急着送金出山，所以就夜闯山路，想碰碰运气嘛。”

“拿自己的性命碰运气？”一个淘金客接过话茬。

“人嘛，从娘肚子里掉下来，谁不希望活着？谁不认为自己福星高照？要没有这点儿念想，有几个人能来这山里冒死淘金？”乔里知在老家教过两年书，说起话来总是一板一眼。

“乔里知，就你懂得多？一扯就扯了个八丈远。”一个淘金客讽刺道。

这时，一个淘金客插嘴问乔里轩：“乔哥，你给李旺才喝下水后，他在你耳边嘀咕了些啥呀？”

乔里轩回答道：“也没说啥。他说，山上那些小路上埋了好多地雷，根本就跑不出去。”

又有一个淘金客说：“李旺才够惨的，看他那条被炸伤的腿，想想都瘆得慌！”

另一个年纪很轻的淘金客说：“邬生龙把枪顶在乔哥的头上时，我吓得浑身发凉，差点儿尿裤子。”

“看你这点儿出息，就别在这里丢人现眼啦！”疤拉强朝说话的年轻淘金客脸上喷出一口浓烟，“动不动就尿裤子，你伸手摸摸，你下面长没长卵子？”

淘金客们哄地笑出了声。有淘金客说：“有几个人能跟你强哥比？你强哥是刀尖上跳舞脸上还挂着笑。”

疤拉强是个狠角色。有一年，他探得山上有只熊瞎子经常爬上树往下摔膘，便带着两个弟兄在树下厚厚的落叶里偷偷埋下钢刀。熊瞎子冬眠前有摔膘习惯，借此来增加脂肪，准备过冬。钢刀埋好后，疤拉强让自己的弟兄躲在远处，他自己却爬上附近的一棵树上。熊瞎子一摇一晃地爬上树，然后摔下来，钢刀扎进它的腹部。疤拉强在树上看得真切，以为熊瞎子死了，就从树上跳下凑到跟前去看。想不到熊瞎子装死，猛地坐起，给了他一巴掌，一下就扇去半拉脸。疤拉强被手下弟兄抬回窝棚。为避免感染，疤拉强令弟兄用烧得通红的青冈木棍烫他的脸。那一幕，现在有些弟兄还记得。通红的青冈木棍烫在疤拉强的脸上，嗞嗞作响，疤拉强咬紧牙关一声不吭。

这故事在淘金客中成为佳话，广为传播。

两年半前，乔家三兄弟在河南登封犯下命案，千里迢迢逃亡到阿勒屯塔莱不久，乔里轩就跟疤拉强干过一场。

疤拉强仗着自己在山里待得久，心狠手辣，身边又有几个过命兄弟，在淘金客中私下收取保护费，每人每月向他交三克金子，不然他就变着法儿欺负人。

这天，疤拉强拦住刚进山不久的乔家三兄弟，向他们收取保护费。乔里堂胆怯地从贴身的衣兜颤巍巍地掏出一只小布囊。乔里轩一把夺过："这是哪家的规定？要让这家伙来敲诈我们！"

疤拉强把脸转向乔里轩："告诉你小子，这是强爷我自己定下的规矩，你三兄弟一克金子也不能少！"疤拉强姓强，淘金客们叫惯了他的诨名，早已忘了他的本名。

乔里轩淡淡地笑一下："我要是不交呢？"

疤拉强说："不交也行，那你得从我的裤裆底下钻过去。"

乔里轩仍然笑着说："我要是不钻呢？"

疤拉强哈哈大笑道："那我就把你打翻在地，从你身上跨过去！"

说话间，他就拉开了架势，冲着乔里轩迎面就是一拳，乔里轩往后一闪，唰地伸出一只手，紧紧地攥住疤拉强的拳头，只那么一捏，疤拉强竟号叫起来，疼得弯下腰，连半边脸上平时赤红的疤拉都变得灰白。

乔里轩微微笑了笑："疤拉强，你信不信，我一不用钢，二不用铁，用我的手就能把你浑身上下的骨头捏得稀碎？我还告诉你，我早就对你欺诈人的那套把戏看不过眼了！你给我好生听着，今后你再敢向淘金客们收啥保护费，我知道一次就打你一次，知道两次就打你两次！"

疤拉强算是领教了乔里轩的非凡手段，嘴上支吾，心里并不服气，琢磨着如何才能报复这个从河南来的娃，捡回自己在众人面前丢失的颜面。但一个月后发生在金峒里的一件事，让这个狠毒的硬汉真正心悦诚服。

阿尔泰地处中国的最西北角，冬季天冷雪大，阿勒屯塔莱属于季节性开采。秋天刚过，冰雪就覆盖了整个阿勒屯塔莱，乌伦古河里的河水渐渐断流，河两侧柔软的泥沙结冻后变得坚不可摧。淘金客们的劳作只好从河滩转向山洞。在那刀削斧劈般的岩壁里，夹杂着稀罕的、像纸一样薄的黄金层，淘金客们要在坚硬无比的岩石里掏上数不清的深洞才可能找到这种黄金层。淘金客们管夹杂着黄金层的山洞叫“金峒”。这天，乔里轩和几十名淘金客正在金峒里开掘。突然，适才晴空万里的天空电闪雷鸣，震雷炸得整个阿勒屯塔莱都在颤动，金峒里扑簌簌地往下掉石块，有经验的淘金客感觉不妙，大喊：“快撤！要塌方了，大家赶快往外撤！”说时迟，那时快，拳头大的石头从洞顶往下掉，几十名淘金客争先恐后地往外跑。洞口开始掉大石块了，已经跑出洞外的乔里轩捡起一块三四米长的寸板，转身返回金峒，用双臂支撑着寸板死死抵住松动的洞顶，剩余的十几名淘金客才捡回一条命。这中间就有疤拉强。这是两年前的事了，疤拉强总也忘不掉乔里轩双臂支撑洞顶，憋得脖子青筋暴起、满脸通红的样子。从那时起，他再也不在淘金客中收取什么保护费了。

“你们在那里瞎扯个啥呀？还不快听乔哥说。”在乔家三兄弟中，疤拉强只管乔里轩叫乔哥，尽管他比乔里轩大得多；至于乔里轩的大哥和二哥，他则直呼其姓名，“乔哥，你就知道邬生龙那小子不敢开枪？还是你从来就不怕死？”

“谁不怕死？”乔里轩自己先笑起来，“我二哥刚才说得对，不就是让一个快死的人喝口水吗？他邬生龙再浑，也不至于开枪吧？他不过是拉开枪栓吓唬人罢了！再说，成百上千的兄弟在我身旁支持我，那呐喊声啊，震天动地！众怒难犯，这点儿道理他邬生龙不懂？”

在座的淘金客们连连点头。

老实巴交的乔里堂小声说：“再咋说，我还是捏了一把汗……”

“看把你胆小的，我说你咋跟你兄弟不像一个娘生的？”疤拉强说完哈哈大笑，淘金客们跟着一起笑。

乔里轩却没有笑，若有所思地说：“众人齐心力量大，今天真让我看到了这种力量，以后遇上不平事，要是都这样就好了。”

乔里知说：“三弟，那你说说，有没有办法让淘金客们能齐心协力？”

疤拉强说：“那咋可能啊？一百个人就会有一百条心，咋可能让众人一条心?”

乔里知挠挠后脑勺说:“这确实是一件不容易做到的事。”

“有句老话说得好:二人同心,其利断金,众人团结起来才有力量。但要真正团结,首先得有一个组织,没有组织就是散沙一片。”一直沉默不语的宋振良突然开口说话,他的声音不高,却很有力量,“今天早晨发生的事,事出偶然,邬生龙是惹下众怒了,所以大家很齐心,可是以后遇上什么不公平的事,会不会像今天这样,我看很难说。”

窝棚里的淘金客们都扭脸瞅这个陌生人。

“众人拾柴火焰高。这是谁都懂得的浅显道理,关键是得把柴火架在一起,只有这样火焰才能升高。这个架柴火的过程,就是组织起来。只有组织起来才能团结大家,也才能形成力量!”

乔里轩的心里蓦地一亮,连忙扭脸去仔细看宋振良,悄声问身边人:“他叫啥?”

在座的淘金客们中有认识宋振良的,在乔里轩的耳边轻声说:“他是去年底才进山的,是个柴油商人,叫宋振良。”

乔里轩再次端详宋振良。这个人脸庞黝黑、瘦削,一双眼睛炯炯有神。他刚才说的话虽然简单易懂,却非常新鲜,仔细琢磨,里面包含着深刻道理。乔里轩觉得这是一个有学问、有见识的人,以后找机会多跟他学学。

第二章

阿勒屯塔莱只有一个戴眼镜的人,这个人就是刘铭心。他现任阿山金课局总督察,淘金客们背地里叫他刘眼镜。刘铭心是个瘦高个儿,鼻梁上的眼镜片儿很厚,一圈套一圈,像酒瓶底。他面色冷峻,灰黄色的脸庞总是阴沉着,与头年在若羌金矿局当副局长时相比,增添了几分沧桑。

去年10月底大雪封山前刘铭心才进的山,进山前他在迪化闹市区大十字开了一家亨得利钟表店。中秋节刚过没几天,新疆省督办公署警务处处长李英奇来到他的钟表店。他的这个店开张才半月,生意冷清。店门被推开了,刘铭心很高兴,便上前去迎客。

“欢迎光临……”话未落音,看清来人是昔日长官李英奇,“啊,李处长大驾光临,您是来修表?叫人送来就行……”

“修你×的表!”面对老部下,李英奇粗口中带着亲切,“邬生龙来过你这里啦?”

“他是昨天来的。”刘铭心小心翼翼地回答。

“他的话没说明白?”

“说明白了,说明白了。”天气虽然凉快,但刘铭心的额头上却开始冒汗。

他殷勤地请老上司就座。李英奇说:“坐个屁!我忙得脚打后脑勺,还得亲自往你这里跑一趟。刘铭心,我就带来盛督办的一句话:‘刘铭心要是不去阿勒泰,就回六道湾继续蹲他的监狱。’”

冷汗浸透了刘铭心的内衣。头年春上,在李英奇的力荐下,刘铭心出任新疆若羌金矿局副局长,结果,这年秋天,从阿尔金山往迪化运送黄金时,黄金被抢。刘铭心虽不负主要责任,但也因犯重大渎职罪被关在六道湾监狱,正是李英奇八方托人,最后说服盛督办,让他去阿尔泰出任阿山金课局总督察，戴罪立功。

“我给盛督办说，刘铭心在阿尔金山跌过一跤了，阿勒泰虽然跟阿尔金山情况不同，但大同小异，都是出金子的地方嘛，人怎么可能在同样的地方摔两次跤？你也算在这方面有经验和教训了，所以我才推荐你去阿勒泰的。”

李英奇说完转身就走，刘铭心连忙拉住老上司的手：“大哥，您让我考虑考虑，还不行吗？”

“考虑个屁！去，还是不去，一句话！”

“去，我去还不行吗？”

“这就对了。铭心，有内线向我报告，阿山一带有共党分子在活动，之所以派你去，是因为你有这方面的经验。”李英奇的口气缓和下来，“再说，看你现在这副落魄的样子，当老哥的也不忍心，给你个重新翻身的机会。这次你去阿山，要充分吸取上次在阿尔金山的教训，凡事放机敏一些。那个白凤琪还跟你一块干吗？带上她，省得你寂寞。我把邬生龙也给你，那小子机灵，也带进山，给你做个帮手。另外，带上一部电台和一名报务员，有事与迪化直接联系。”

“大哥，报务员就免了。您忘了，我学过呀！”

“那好，事不宜迟，三天之内，你们就动身。那地方既然出金子，总得给处里的兄弟带回些福利吧，其他的我就不多说了。”

“处座，我明白，我明白。”刘铭心鸡啄米似的点头。待他抬起头，李英奇已经走出了钟表店。

三天后，刘铭心、邬生龙、白凤琪搭乘督办公署的军用飞机飞往阿尔泰福海，再从福海乘卡车跑了两百多公里戈壁石子路，来到山脚下的托托里小镇。

托托里小镇距阿勒屯塔莱三十余公里，也是阿勒屯塔莱通往外界的必由之路。小镇在1935年新疆阿山金课局成立前默默无名，是个只有四十几户人家的小山村，村里的住户大都以捕猎、伐木和贩卖皮货及滑雪具为生。新疆阿山金课局成立后，随着阿勒屯塔莱名气日隆，这个小镇一年比一年热闹。三个人在客栈住下后，趁着天还未黑，就在小镇四周转悠。

镇里有两横两竖四条街道，呈不大规则的“井”字形，虽然肮脏不堪，但也透着几分热闹。街道两边大都是商铺，一个挨一个，挤挤巴巴。商铺建筑也是形形色色，有石块和土坯混搭的房子、有全木头的房子，也有用马口铁皮钉在一起的窝棚，还有胡乱撑起的棉帐篷。当地人把靠南的一条街称为前街，靠北的那条街称为后街。前街是小镇的主街，街两侧是客栈、酒馆、钱庄、当铺、杂货铺和专卖滑雪用具的店铺，各类商铺前都有人影在晃动。小镇生意最红火的还属金店和妓院。金店和妓院大都集中在后街，这两种营生的门脸前都挂着红灯笼。刘铭心看着笑了笑，对白凤琪说：“都说金钱与美色同源，你看它们不但集中在一条街上，而且都挂一样的红灯笼，不就证明了这一点？”

白凤琪一扭一扭地走路，听了这话，朝地上啐了一口：“这是说你们男人呢，不要扯上我们女人。你看你，一说起这些来，便眉飞色舞。”

在一家金店的门前，一个小伙计正在点亮红灯笼里的蜡烛。邬生龙问刘铭心：“刘总督察，李处长挑选您来这里，是不是为了搞这东西？”说话间，他指了指身边这家金店。

刘铭心乜斜邬生龙一眼，半晌没吭声。过了一小会儿，他没好气地说：“难道他派你来就是为了搞这东西？”

邬生龙忽然觉得自己刚才的问话有些不妥，连忙说：“刘总督察，属下不是这个意思，还请多包涵。”

刘铭心到阿尔金山任职前，在督办公署警务处当稽查科科长，那时邬生龙刚进警务处当差，级别上差着档次呢，也就打过几次照面而已，所以他并没有留意这个年轻后生。这次李英奇让他随自己进山，并且担任矿警大队督察队队长，刘铭心才开始注意这个圆胖脸、长雀斑的小伙子。刚才他说的那番话，尤其是他指着金店说话时的表情，足以说明这是个贪财的主儿，心想，今后得好好调教这家伙，不然怕是要坏事。

“邬队长，你可知道，阿勒屯塔莱复杂着呢，那是个物欲横流、鱼龙混杂之地。李处长也是得到了情报，那里还有共党分子在活动，不敢大意。你这个督察队长放在迪化，就是宪兵队长，责任重大，千万不能掉以轻心！”

邬生龙停止了脚步，穿着皮靴的两只脚咔地并在一起，做出军人标准的立正姿势，面色严肃地说：“是，属下记住了！”

刘铭心说：“行啦，好好走路，这是在街上。”

三人原本计划第二天一早就启程去阿勒屯塔莱，但早晨起床吃过早饭后，白凤琪死活不进山。她说头天晚上向别人打听过，阿勒屯塔莱都是男人，一个女人都没有，她一个女人家家的，跑到男人窝子里做什么？她还说起在阿尔金山上的经历，说她觉得阿勒屯塔莱跟阿尔金山一样，绝不是她该去的地方。

“我想好了，死也不进山！”

“那你打算怎么办？总不能把你一人留在这小镇吧？”

刘铭心和白凤琪避开邬生龙，躲在一间客房里争论不休。

“你们男人进山是为了争权夺利呢，我去干啥？我可忘不了阿尔金山上那些个破事，能把命从那里捡回来就算我给祖宗烧了高香！”

与在阿尔金山时相比，白凤琪像是年长了好几岁，她好像看破红尘，妩媚的脸上总挂着玩世不恭的表情。

“刘总督察，有句话你听过吗？男人靠得住，母猪能上树。一个安东就叫我把男人看得透透的了。”

“我不是安东，我是刘铭心。我有情有义，绝不是那种薄情寡义的男人，不然你也不会跟我。”

“哼！”白凤琪的鼻子里哼出了声，“那也分在什么时候呢！到了节骨眼上，你们男人根本靠不住！我说过了，山里我是不去的，我就留在这个小镇，盘下个金店，做我的黄金生意。我都打听清楚了，在这里干这行当有赚头，比咱们在迪化大十字开钟表店强多了。”

刘铭心看着眼前这个女人决心已定，心里一时倒没了主意。白凤琪的身体贴近了他，那股子风骚劲儿又上来了。

“老刘，你想想，你在山里搞金子，我在山外开金店，就算夫妻店了，多好的一件事啊！你在山里饥渴了，就出山来找我呀，不就三十公里的路吗？骑马坐车的，一会儿工夫也就到了，多方便的事呀！好不好啊？铭心，我的心肝宝贝。”

刘铭心这个人很怪，平常眼镜片后的眼珠子一转就是一条计策，唯独在这个女人面前就变傻了，尤其被她这么嗲兮兮地一贴，他是一点儿主意都没有了。

“那你也得容我想想。”

为了给白凤琪盘下一个金店，刘铭心在托托里小镇多停留了一天。他这样对邬生龙说：“邬队长，听说山里一个女人都没有，带她去多有不便，人家会说闲话的。她愿意留在这里就让她留吧。”

邬生龙趁机恭维道：“刘总督察想得就是周到。在咱们警务处，谁都说刘总督察是个厚道人，什么事情都替别人着想，从您对白姐的安排上，不也说明了这一点吗？”

刘铭心听了很舒服，心说这小子会说话，怪不得李英奇喜欢他呢。

两人正说着话，客栈老板在门外喊：“刘客官，门外有官兵找您。”

刘铭心和邬生龙走出客房。客栈老板是个矮胖子，在柜台里仰起脸讨好地说：“我是有眼不识泰山，没看出您是长官呀，照顾不周的地方请多包涵。”

客栈外有三名军人牵着六匹马站在那里，其中一名挂中尉军衔的上前问道：“您是刘总督察？”

刘铭心威严地点点头。

中尉立正敬礼：“报告刘总督察，卑职奉钱局长之命，特来接您进山。”

刘铭心等人骑上马，快马加鞭，两个小时就赶到山脚。举目望去，只见铁灰色的崇山峻岭巍峨壮丽，隐约听见有河水流动的声音。中尉向刘铭心介绍，这条河就是乌伦古河，是条季节河，河水由高山冰雪融化而成，现在入秋，快到枯水期了。每年五六月是它的旺季，河水汹涌，走在这里老远就能听见哗啦啦的流水声。

几个人骑马沿河边的石子路走了不多一会儿，远远看见河面上有一架木桥，桥上站着许多军人。刘铭心在桥边下马，一个矮胖、四十岁出头、脸上长满麻子的男人乐呵呵地迎上来。身旁的中尉悄声说：“这就是山里最高长官钱良剑钱局长。”

刘铭心虽然身着便装，但还是上前敬了军礼。

“唔，刘总督察，在咱们新疆，你就是钦差大臣了，太客气啦！”

钱良剑握住刘铭心的手，使劲摇着，显得非常热情。刘铭心有一见如故的感觉，他觉得这个人似乎不难打交道。

“刘总督察，迪化来电话说你应该昨天到呀，我们等了整整一天，酒席准备好了，又撤了。怕你遇上啥难处了，就派赵中尉去托托里小镇迎接你。”

“钱局长，您真是客气，属下是来给您当差的，您这样做让属下愧不敢当啊！”

“刘总督察，我这是什么局长啊！说是副局长，金课局的副局长好几位呢！我就管这条沟，这沟里产金多，盛督办给了我一个虚衔罢了。咱们虽然没在一起共过事，可你的大名我是早就听说了。人厚道，能力强，是个干才哇！”

“钱局长，您这么说，我更是无地自容了。我在阿尔金山，真是臭名远扬啊！”

“刘总督察，你见外了吧，我可说的都是心里话。”

桥上停着一辆俄式嘎斯六九敞篷吉普车。钱良剑问道：“刘总督察，咱是骑马还是乘车？”

“咱们先这么走走吧，让我也欣赏一下阿勒屯塔莱的美景。”

两人一边说着，就走上了桥面。刘铭心在镜片后的眼珠子左右转动，仔细打量四周。脚下的这座桥是用圆木搭建而成，六根一抱粗的圆木作为桥桩深深地插入河水。桥桩之上是稍细一点的圆木相连，木头与木头之间除了榫卯相套外，木头外还用蚂蟥钉扎紧，看上去很坚固。桥面铺着厚厚的泥沙。整座桥有五六米宽、三十米长，桥的西头有一个占地六七十平方米的桥头堡。桥头堡用沙袋堆码而成，上面搭着有腰粗的松木，每根松木也是用蚂蟥钉相连，松木顶上盖着沙袋。在地堡的前面，也垒起一堵齐腰高的沙袋，沙袋边留有射击槽，槽里摆着一挺德国产马克沁重机枪和两挺捷克产的轻机枪。沙袋后还支着两门六〇迫击炮。二十几名全副武装的官兵一字列队，整齐地站在地堡前。

木桥的中间，横着搭有一道用木板做的桥架，上面是红油漆草书“莫何桥”三个大字。刘铭心走过的时候驻足仰脸仔细看。

钱良剑嘿嘿笑道：“这是鄙人的拙笔。”

“钱局长好书法啊！”刘铭心由衷地赞叹。

“见笑见笑，让刘总督察见笑啦！”

“钱局长，为何要给桥起这么个名字？”

“阳间与阴间之中不是有座奈何桥吗？人一过奈何桥就会把人世间的一切忘个一干二净。我这是告诉进山淘金的娃娃们，过了我这座莫河桥，你也得把山外的事情给我忘光了，好好给我淘金子。淘金的娃娃们跟阿山金课局一般签的都是三年劳动合同，合同到期你娃娃若是完成了定额，才能带上该你得的金子出山，走过这座桥。合同没到期，你娃娃啥也别想，想了也没屎用。”

刘铭心听了哈哈大笑道：“有意思！钱局长，您太有意思了。”

“铭心，噢，我以后就不叫你刘总督察，叫起来别扭。行不行啊？”

“那有啥不行？我听着亲切哩。”

“铭心，那你以后也别叫我什么钱局长啦……”

“哦，那可使不得！长官就是长官，我称您局座好了，这样也亲切。”

走过这道莫河桥，钱良剑和刘铭心好像已成了故交。

刘铭心问道：“局座，咱这里为什么叫阿勒屯塔莱？”

“喔，这是蒙古语，翻译成咱汉话，就是金沙滩的意思。这儿属于乌伦古河的一截河段，它的上游是一道高山隘口，河水从隘口落下，转了几道弯，就形成了这大名鼎鼎的阿勒屯塔莱。这截河段大概有二十来公里长，奇怪得很，阿勒泰几十条沟，就这条沟里沙滩的金子最多。阿勒屯塔莱其实就是一条峡谷，两侧都是悬崖峭壁，倒是也有几条通往山外的小路，但我的工兵在路上布下了地雷，他淘金娃娃想偷带金子逃出去，除非那娃像鸟儿一样长了翅膀。”

从迪化启程前，刘铭心到省督办公署去领受任务，李英奇向他介绍了山里情况。这道二十多公里长的峡谷里，分布着三个采金工区，钱良剑管辖其中一个，他管辖的工区淘金客最多，有六千多人。往里去是一个叫马善成的采金工区。马善成是甘肃凉州人，在阿山金课局资格最老，1935 年建立金课局后他就在局里担任科长，他手下有两千多名淘金客。顺着乌伦古河再往里去，是一支俄国人的队伍，带着一千多名淘金客在淘金。这些俄国人是什么时候进的山、怎样进的山，督办公署没人能说清楚，据说盛督办还没来新疆时，他们就在山里。整个阿勒屯塔莱只有钱良剑手下有一支建制武装，就是阿山金课局的矿警大队。这支队伍有两百六十人、两百三十几条枪，其中重机关枪一挺、轻机枪四挺，还有四门六〇迫击炮。官兵大都配备步枪，步枪中有一小半是英国产的毛瑟枪，大半是汉阳造中正步枪。马善成手里有十几条枪，算是为他保家护院的私家武装。而俄国人那里就很神秘，据说他们对淘金客实行半军事化管理，手头也有相当不错的武器。这三个采金工区组成了一个矿区治安调查执行委员会，算是阿勒屯塔莱的最高权力机构，来协调和管理整个阿勒屯塔莱。钱良剑作为阿山金课局副局长，兼任这个治安调查执行委员会的主任委员，马善成和俄国人安德烈是副主任委员。

刘铭心听了这些介绍后，心里就纳闷，为啥不把这三个采金区都由阿山金课局统一管理起来？俄国人跑到我们新疆干什么？撵他们滚蛋就是了。但李英奇说，鬼都说不清里面的弯弯道。

刘铭心便问钱良剑："局座，那帮俄国人是咋回事？为什么不吃掉他们？"

钱良剑双手一摊："我咋知道？反正我给邱司令说过几次，他老人家不让我管这事儿。人家邱司令是盛督办的岳父哩，他闺女邱毓芳在盛督办面前又很吃香，我还能说什么？"

"那今年咱采金区的收成怎样？"刘铭心毕竟在阿尔金山上待过一年，两处做的都是一样的采金营生，都把采金量称作收成。

"铭心都说上行话呢。"钱良剑笑了笑，"还行吧，但今年不如去年。淘金这个活儿，怕是鬼都说不清，有一年就旺，有一年就亏。按说，生产工具决定了产量，现在山里都提高了机械化程度，什么抽水机、水泵、高压水枪、柴油发电机都用上了，可产量倒低了。鬼都搞不清究竟是咋回事！不过，听说俄国人要从他们国家进口两艘淘金船，说是那玩意儿了不得，抵得上上百人的产量。他们的头儿叫安德烈，怪不怪？还戴着上校军衔呢，跟我的军衔一样了。他前两天来找我，说采金船宽大，通往阿勒屯塔莱的路太窄，要派人出山修路。”

刘铭心哦了一声，却问道：“局座，山里淘金客中有没有共党分子活动？”

钱良剑呵呵笑道：“铭心，你在阿尔金山上真是让共党给搞怕啦！这是阿勒屯塔莱，不是迪化，难道还设有什么共产党八路军办事处？铭心，你就把心放得宽宽的。这里不是迪化，没什么共党分子。我有两样东西：一是皮鞭，二是枪。淘金娃娃不老实，我就用皮鞭抽，再不老实，我就毙了他。”“局座，我进山前，督办公署警务处的李英奇处长可是向我交代过，绝不能让阿勒屯塔莱成为阿尔金山第二。”

“李英奇那个人在迪化一直跟共党打交道，都变神经质啦！”钱良剑说着，回头看了一眼。跟在他俩身后的邬生龙以及矿警大队的头目，知道长官在谈重要军务，拉开了一定距离，尾随而行，与他们相隔八九米远。

“铭心，我看你是个厚道人，给你说句掏心窝子的话吧，你就放宽了心，在山里待上一年半载，下山时能多带些金子，那才是正事呢！”

第三章

两部奇怪的庞然大物开进山里的时候，正值淘金客们收工回来。淘金客们停下脚步，纷纷站在一旁瞅稀罕。庞然大物是橘红色的，有汽车一样的驾驶室，四个比汽车轮子大得多的橡胶轮胎，有像推土机一样的铁铲斗，有吊车一样的铁臂膀，有数不清的粗粗细细的管子，还有一个比淘金槽宽大许多的铁筛子。车轮往前滚动的时候，发出轰隆隆的巨大响声，车后扬起遮天蔽日的尘土。

“这是个啥物件?”站在路旁的淘金客中有人问。

“可能是淘金船。”有见多识广的答道。

宋振良也站在人群中，看见淘金船开进山很高兴。他知道与他接头的谢尔盖就在这两辆淘金船里。

宋振良追着淘金船往山里跑。

淘金船虽然没有汽车跑得快，但毕竟有四个轮子，跑了一会儿，就不见踪影，只能看见越来越淡的一溜杏黄的土尘。追到马善成的采金区时，宋振良灵机一动，跑到马善成的马厩，向马厩头目借马。这个驼背头目认得柴油贩子宋振良，没多说什么就借给宋振良一匹枣红马。宋振良连马鞍都等不及装，跳上裸背马就跑。驼背头目在后面喊：“啥事呀? 这么急，放屁的工夫都等不及。”

宋振良从去年大雪还未封山时进山后一直在寻找谢尔盖，找得焦急，也等得焦急。现在终于看见开进山的淘金船，心里非常兴奋。

等宋振良骑马赶到安德烈的采金区时，远远就看见两台采金船停在河滩上。几名俄国人正围着一台采金船在议论着什么。宋振良为避免自己的焦急情绪被人看出，将马拴在河滩边的树上，装作漫不经心地走上前。

采金船边上，戴着上校衔的安德烈伊奇·安德烈、戴着中校衔的诺夫斯基·伊万、戴着少校衔的彼得·列昂契奇，和几个陌生面孔的俄国人在一起有说有笑。安德烈拍着采金船说：“ЭТОТпарень действительно большой（俄语：这家伙够威风）。”宋振良听得懂俄语，知道这是在夸采金船真厉害，便假装好奇地凑上前。

安德烈认得宋振良，笑着用汉话说：“你这个柴油贩子，鼻子比狗还要尖。这家伙可是个油老虎，你好好地给它喂饱了，就能赚足金子啦！”

俄国采金区的几个头目安德烈、伊万、列昂契奇，在新疆待了十几年，身边的淘金客大都是中国人，所以几个人都能说汉话。

宋振良装作卑微的样子，点头哈腰地说：“是、是，我一定让它吃得饱饱的。”

安德烈听了哈哈大笑。

安德烈四十四岁，身材十分魁梧，身高一米九以上，肩膀很宽，胸部非常厚实，一般人站在他身旁，会有一种压抑的感觉。安德烈的嘴唇上留着两撇棕黄色、往上翘的胡须，他有一个标志性的动作，没事总爱用拇指和食指捻揉这两撇胡须。

伊万的身材与钱良剑很像，也年过四十，是个矮胖子，头发有些稀疏，往后背着，露出他宽阔发亮的苏格拉底式的前额。他乜斜宋振良一眼，说：“卖油的，你不但鼻子尖，腿也快啊，这么快就赶过来了，不是光为了揽柴油生意吧？”

列昂契奇拍了拍宋振良的肩头：“那你这个小瘦猴儿还有啥鬼主意？”

列昂契奇是个壮汉，红脸膛、大鼻头，一身腱子肉，像是随时都能把衣服撑爆了线。

“躲开，你这个小瘦猴，现在这里没你什么事，要柴油的时候会通知你。”列昂契奇说着推了宋振良一把，宋振良感觉他的手很重。

进山不久，宋振良就对这支神秘的俄国采金队伍感到十分好奇。他们好像是天外来客，头目们都佩有军衔，领章、肩章和军服显得粗糙，好像是自制的，看上去不那么正规，有一种荒诞不经的感觉。在对淘金客的管理方面，也跟钱良剑、马善成不一样。他们另搞一套，实行半军事化管理，淘金人群分有班、排、连建制，上下工要列队行进，整齐划一，蛮像一回事。带军衔的长官对手下人并不呵斥和打骂，而是以理服人。这支谜团一样的队伍引起了宋振良的注意。他寻思，共产国际派谢尔盖进山，有可能与这支队伍有关。

宋振良找不到那个长着一头亚麻色卷发的谢尔盖，因为几个陌生面孔的俄国人都戴着深蓝色细帆布前进帽，他们正在指挥采金船倒车或前进。最后，两台采金船分别停靠在相隔三四百米的河滩上，距离乌伦古河大约有四十米，它们的上面是一个慢坡，四只又大又厚的橡胶轮胎下是厚实的泥沙层。

宋振良没有理由再在这里待下去。他总不能冒昧地问：“你们谁是谢尔盖？”

他知道这样做根本不行，最后怏怏地离开了这里。安德烈上校在他身后喊了一句：“喂，卖柴油的，准备好你的柴油，要你什么时候送来你就赶快送来！”

宋振良转过身，姿态卑微地应了一声。

宋振良牵着枣红马离开安德烈上校的采金区，在乌伦古河边上一块圆石头上坐下，他虽然有些失望，但他并不沮丧。他知道，只要谢尔盖随采金船进了山，跟他取得联系并不是什么难事，只是时间早晚的问题。

乌伦古河在他脚下哗哗流去。阿勒屯塔莱其实是峡谷中的河道，河两侧是或宽或窄的河滩，河滩上面大都是慢坡，慢坡往上就是连绵的群山，山势高峻雄奇，绝大部分是悬崖峭壁。在慢坡上，随着地势渐高，依次长满草甸、灌木，山边还能看见一排排漂亮的白桦树，而山上就是地道的原始森林了，长满了高高的落叶松、冷杉和云杉。宋振良想起那两个偷带金子逃跑的淘金客。他们想从这样的山上逃出去看来确实不是一件容易事。

河水哗哗作响，一段时间过后，宋振良有些迷糊。突然，肩膀被人拍了一下。他睁开眼，看见一名俄国青年站在他身后。宋振良连忙起身。俄国青年顶多有二十五六岁，面孔瘦削，赤红脸庞，高鼻梁，嘴唇上叼着莫合烟。他掀起自己的前进帽，宋振良看见他长着一头亚麻色的卷发。

“你是宋振良?”他伸出自己的右手。

他居然能说汉话?就在宋振良纳闷的当儿,他又说:“我是谢尔盖·库兹米奇,你就叫我谢尔盖好了。”

“你会汉话?”

“哦,我小时候在新疆塔城长大,读中学时才回国的,当然会说汉话呀!”

谢尔盖性格活泼,说话爱笑。他笑着对宋振良说:“其实刚才在淘金船那边,听那几个俄国人叫你油贩子时,我就知道你是来找我的,但当时我不好和你相见呀!”

说完,又爽朗地笑起来。宋振良一下就喜欢上这个异国同志了。

“就因为我懂俄语,我们组织才派我来协助你,想不到你是个中国通啊。我们组织的情报不准嘛!”

“也不能这样说,有可能是我们组织没把我的情况介绍清楚呢。”

“谢尔盖,你是不是冲那些俄国人来的?”

“不错,宋振良同志,你的眼光不错啊!”谢尔盖又笑起来。

笑声过后,谢尔盖的表情严肃下来。他告诉宋振良,他来到阿勒屯塔莱,就是为了寻找这群俄国人的,没想到事情这么顺利,一进山就盯上了他们。去年开春,有一伙上百人的武装人员突袭了苏联斋桑湖附近的集体农庄,打死打伤近百名干部和无辜群众,其中包括农庄苏维尔主席。苏联红军得到消息后,迅速包围了他们,这些武装暴徒突围后逃向新疆,最后还是在中苏边界上消灭了他们。

“我们怀疑这伙武装暴徒就是当年白卫军流窜到新疆的残余。也是在去年的春夏之交,有几个俄国人在卡拉干达地区订购淘金船,喝醉酒后扬言攒足金子、组织武装,还要反攻倒算,打回斋桑湖。我正好是学机械的,组织上派我盯住他们订购的淘金船。等淘金船在工厂装配好,就到了秋天,在组织的帮助下,我作为淘金船技师一块随着过来,但淘金船体积庞大,这边的路又不好,走走停停,到了福海后,大雪封山,只好等到今年春天才进了山。我这次的任务就是侦察他们的情况,然后回国向组织汇报。”

说到这里,谢尔盖歉意地笑了笑:“一见面我就夸夸其谈……”

“谢尔盖,想不到你的汉话说得这么好。我们的组织派我进山就是为了协助你,有什么任务你尽管吩咐,我一定完成。”

两个异国同志的手紧紧地握在了一起。

回到自己的窝棚,宋振良感到久违的轻松。自从去年9月进山以来,因为找不到谢尔盖,甚至连淘金船的影子都看不见,他心里一直很焦急。现在终于与谢尔盖接上了头,他有一种无法用语言表达的喜悦。

因为是柴油商人,宋振良受到了钱良剑的优待,他被安排单住一个窝棚。现在采金作业的机械化程度越来越高,而山里所有的机械都离不开柴油。前两天,钱良剑还和他商量,要从迪化多买几台柴油发电机,用以照明和提高动能。钱良剑对他说:“你的作用越来越大,银子也会越赚越多。”

宋振良一个人躺在窝棚里,想着怎样配合谢尔盖展开侦察。忽听有人敲门。宋振良应了一声,坐起身子。来人是个熟面孔,虽然叫不出名字,但宋振良知道他是乔里轩手下的淘金客兄弟。

“我们乔哥请你去一趟他那里。”

宋振良的窝棚在钱良剑营地西头,紧挨着马善成营区。跟着这个人,走了二十来分钟,宋振良来到乔里轩的窝棚。窝棚前后都站有人,在警觉地观察四周。一看这架势,宋振良便知道乔里轩今天一定有重要的事跟他商量。

看见他过来,窝棚边站着的人主动为他掀起毡门帘。

窝棚里充满了呛鼻的莫合烟味,十余个人坐在一起,正在交头接耳地说话。见宋振良进来,乔里轩站起身,招呼他在自己身旁坐下。宋振良进山也快半年了,整天在山里各个工地跑,所以认识很多人。他看见在座的人和那天晚上在这里聊天的人有了变化,除乔氏三兄弟、疤拉强外,还有黄俊喜、刘顺、哈满子、疤拉强的表弟蛇娃和马善成手下淘金客姚晨芳、吾守尔·买买提。

“宋先生,您那天晚上在这里说的话,对我们启发很大。”乔里轩一开口,其余人马上停止了说话,“要想不被人欺负,淘金客们得有一个组织。”乔里轩递给宋振良一张莫合烟纸,宋振良摆摆手。“我们商量了几天,决定成立一个淘金客生活互助会。阿勒屯塔莱里的淘金客,不管是钱良剑、马善成手下淘金客,还是俄国人安德烈手下的淘金客,只要愿意都可以加入,入会时要盟誓，誓言就二十四个字：‘出门在外，都是兄弟，一人有难，众人相帮，忠心赤胆，日月可鉴。’”

乔里知说：“这二十几个字是我胡诌出来的，兄弟们觉得也还行……”

坐在一旁的黄俊喜抢过话茬：“不是还行，而是太好了，说出了我们兄弟的心里话。”

黄俊喜是个长得蛮不错的小伙儿，尖下巴，高颧骨，一双大眼睛炯炯有神。“我说得对不对呀？人家乔家二哥是教过书的人啊！”

窝棚里的人都说：“对，就是这样！”

乔里轩说：“盟誓内容就是我们组织淘金客互助会的目的。宋先生，我们请您来，一是想让您替我们出出主意，二是希望您也能入会。”

下午跟谢尔盖接上了头，本身就让宋振良兴奋，现在听乔里轩这么说，他心里更高兴了，觉得这是一件值得支持的好事。宋振良来到阿勒屯塔莱，组织上交给他的任务是协助谢尔盖行动，其他事情完全可以不去管，但他在山里跑了小半年后，深知淘金客们的艰辛，他们是世界上最受苦的人群，生活在无边的水深火热之中。宋振良觉得作为一名共产党人，有责任去帮助他们。

“这盟誓的二十四个字写得非常好，非常有力量。里轩，我入会没有一点儿问题。我虽然不是淘金客，可我也是受苦人，从根上说和你们是一样的。至于出主意……”

宋振良停住了话语，半晌没吭声。窝棚里的人知道他是在琢磨，安静地等他开口。

宋振良黑瘦的面孔显得冷峻，眼睛微眯，两道浓黑的剑眉紧蹙在一起。疤拉强等得焦急，不耐烦地说：“宋先生，你绷个啥劲哩？都是兄弟，有啥话你就说，有啥屁你就放！”

乔里轩朝疤拉强摆摆手，示意他不要影响宋振良琢磨事儿。

“首先，得有个经常能在一起议事的头目班子，而且这些人在淘金客中得有威望，说话有人听，有号召力……”

疤拉强是个急性子，打断宋振良的话：“这个我们也想过，不就是有一个首领会吗？我们准备成立互助会的襄堂帮，堂主是乔哥，乔家大哥、二哥、黄俊喜、姚晨芳，还有我，都是堂客……”

乔里轩说：“强哥，你别急，让宋先生把话说完。”

“这很好。至于起什么名称并不重要，叫襄堂帮也不错。重要的是互助会要帮会员或淘金客们解决一些当务之急。现在淘金客最关心、最要紧的事是什么？”

“伙食！伙食太差，要钱良剑他们改善伙食！”

“劳动时间太长了。我们一天要干十二个小时，加上路上走的时间，每天要十三个小时。我们是人，不是机器。”

“就是机器也撑不住啊！”

在座的人们七嘴八舌。

乔里轩说：“依我看，山里淘金客们紧要的事，就是把手头这两三年积攒下的金子带出山，换成银圆，寄给家人。谁进山不是为了金子？为了挣钱？有的淘金客老家里急等着用钱，可钱良剑他们金课局的章程是，三年合同期不到，谁也不能把金子带下山。要我说，这才是压在淘金客心上的铅疙瘩哩。胡娃子和李旺才是咋死的？不就是想把金子带出山吗？”

大伙儿觉得有道理，都说要是能找到一条秘密出山的小路，帮会员或淘金客把手头的金子带出山，我们的互助会肯定受拥戴，互助会说话准有人听。

宋振良说：“这个主意太好了。当务之急是找一条秘密出山的路。”

疤拉强说：“这么着，宋先生，你也当襄堂帮成员咋样？”

乔里轩用柔和、期许的目光看着宋振良。

宋振良摇摇手：“我不行，我在淘金客中没有威望，我进襄堂帮别人不服。你们有事尽管吩咐就是。”

第四章

河滩上这两个庞然大物着实厉害。它停靠在河滩前的慢坡下，铁铲斗冲着慢坡。在它的两边，各新修了两条碎石子路，近百名淘金客用手推车上上下下、穿梭般地为它上料。河滩里还有两百多名淘金客在挖掘泥沙，将这些东西装上手推车。庞然大物的铁铲斗像是一个怎么也喂不饱的大嘴，手推车里装载的那些泥沙就是它的最爱。庞然大物始终在震耳欲聋地轰鸣着。从乌伦古河里抽来的水，通过一根大腿粗细的橡胶管输送过来，高压水枪像马克沁重机枪那样喷出水柱，疯狂地扫射着被淘金客倾入铁铲斗的泥沙。这些东西纷纷滚动着进入冲洗槽，然后顺流进入振动筛，振动筛像疯子一样永不疲倦地颤动着，比黄豆小的沙石进入自动洗选机，比黄豆大的石块被排弃在外。经过一系列工序，最后留在载金槽里的东西就是闪闪发亮，人见人爱、鬼见鬼贪的金子了。

躲在工蚁般淘金客人群中的邬生龙简直看呆了。他想走又舍不得走，不想走又觉得自己在这群人中是另类。他在走与不走之间犹豫着。站着坡上的秃脑袋伊万，用他那鹰一样的眼睛看着这一切。伊万对手下一名俄国人说："盯着这个家伙，看看他想干什么坏事。干脆，你下去轰他滚蛋！"

这个俄国人悄悄走到邬生龙的身边，说："邬队长，要不要上坡上的帐篷里喝杯咖啡？"

正在发呆的邬生龙惊了一跳，连忙说："啊，我也是路、路过，不叨扰了，我这就回去。"

安德烈的营区占地十余亩，也是倚山而筑。在山坡下挖了一道深三四米、宽五六米的沟壕，沟壕边还立有用劈开的木头做成的一道很高的木墙。

沟壕上架有一道木吊桥，桥内侧有两座坚实的地堡，地堡前有武装人员站岗。邬生龙出示了金课局治安调查执行委员会核发的证件，岗哨放他进去。邬生龙走进院子没多远，远远就看见慢坡的山冈上安德烈那座绿铁皮顶的俄式建筑。去年秋天他跟刘铭心进山后，曾造访过安德烈，在安德烈的住房做客。那座用铁丝网围起的绿铁皮顶、红地板的房子给他留下很深的印象。

现在正是晚饭时间，安德烈的手下人正集中在伙房前的开阔地上。他们搞的是军事化管理那一套，餐前要集合、唱歌，长官还要训话。转到一排白桦林后，就听见一阵嘹亮的歌声，好像是俄语歌。邬生龙听不懂歌词。走出白桦林，邬生龙看见有上千人在伙房前列队。歌声忽然停止了，身材魁梧的安德烈站在队伍前训话。邬生龙连忙缩进白桦林里。队伍里大都是中国淘金客，安德烈用汉语训话。他的声音像钟声一样洪亮，带有明显的卷舌音："士兵弟兄们，你们都看见了，我们的采金船很了不起，一条船比三百个人都有力量！用这种速度，你们想想，到了秋天，咱们能采出多少金子？你们计算不出，我现在也计算不出。但是，我负责任地告诉你们，恐怕多得吓人。士兵弟兄们，你们说，我们手上金子多了，要干什么？"

"买枪，买炮，买炸弹！"队伍中有人喊道。

安德烈用手指捻他嘴唇上翘起的棕黄胡子："说得对，买枪，买炮，买炸弹，咱们还要干什么？"

"报仇雪恨，打回斋桑湖！"这回是齐声呐喊。

安德烈接着说："为了历史赋予我们的光荣使命，我们就要多生产金子，还要好好训练……"

邬生龙往前走几步，想更清楚地听。有人突然在他身后喊道："怎么又是你？你在这里鬼头鬼脑地干什么？"

回头看，又是那个秃脑袋伊万。

"啊，没什么，我就是四下转转，看看有啥不安全的地方……"

"我们这里又不归你们金课局管，有什么不安全的地方让你来看？我看你小子像小偷！你给我放老实一点儿！"

"对不起，伊万中校，这是我职责使然，职责使然……"

邬生龙尴尬地弯腰点头，一溜小跑，跑过吊桥，出了安德烈的营区。

“他们还买枪，买炮，买炸弹？想干什么？”刘铭心听完邬生龙的汇报，气鼓鼓地说。

“这帮老毛子，他们的情况，我多少也有所耳闻。”钱良剑往他心爱的楠木烟斗里装烟丝，“那个黄胡子安德烈，据说是哥萨克将领高尔察克的外甥。他曾经对人说，他的舅舅被苏联红军绞死，光着身子被扔进冰冷的安加拉河，他发誓要替他舅舅报仇。安德烈之所以长期在这里淘金，就是为了积攒财富，购买武器，寻找机会回国复仇。”

邬生龙划着火柴，殷勤地为钱良剑点烟。

“瓦西里耶维奇·高尔察克，我在迪化未到阿尔金山时就知道，他很有名，是俄国沙皇白卫军的海军上将，显赫一时，名噪一时。想想怪有趣的，一个海军上将，最后就这样由安加拉河赤条条地漂往北冰洋了，到底是海军啊！”刘铭心扶了一下眼镜说。

钱良剑扑哧笑出了声：“历史开了个玩笑。但迪化真有不少中高级军官都是高尔察克的崇拜者哩。”

刘铭心说：“可是，话说回来，这都什么朝代了？一二十年都过去了，历史早翻篇了，这个安德烈多像堂吉诃德啊！他怎么就能在这山里一待就是十多年？盛督办怎么不派兵消灭他们？真让人匪夷所思。”

“其实，也没啥费解的。据我所知，安德烈用的方法原始、简单，却实用，不管是盛督办，还是盛督办之前新疆的统治者杨增新、金树仁，他都用就地取材的金子给他们上贡，听说安德烈此人出手惊人，每年上贡的金子是他年产量的一半多，在巨大利益面前，当权者当然会睁只眼闭只眼的。”

毕恭毕敬地站在一旁的邬生龙的嘴里发出啧啧声。

钱良剑说：“哪天惹我不高兴了，找个借口叫他们滚出阿勒屯塔莱。”

刘铭心冷峻的脸上浮出笑容：“那也得叫他们留下那两艘金船。”

“铭心，”钱良剑亲昵地拍拍刘铭心的肩膀，“你咋事事都说到我的心坎上。”

刘铭心没来前，钱良剑在山里几乎没有一个可以交心甚至交谈的人。治安调查执行委员会的安德烈，是个外国人，跟他交谈没啥意思；剩下那个马善成，是个整天戴着面具的家伙，只能防他，谈何交心？同自己属下呢，那得保持一定距离，这是任何一个哪怕只当过半天官的人都懂的道理。这个刘眼镜来了，让钱良剑觉得每天乏而无味的生活增添了些许情趣。

“邬队长，”刘铭心对立正告辞的邬生龙板起脸说，“这种话，在这里听听也就算了，不能到外面去乱说。”

不知是善于察言观色，还是什么原因，反正邬生龙跟马善成打得火热。马善成是阿山金课局的元老，四十多岁了，在整个阿勒屯塔莱，除了安德烈，可能就属他的年岁最大。这家伙有个特点，见人不笑不开口；人也长得富态，白胖胖、笑嘻嘻，总之，就是一个活生生的弥勒佛，人们背后都叫他马善人。邬生龙喜欢往他这里跑，除了他的笑模样外，另一个重要原因是，他那里有女人。

山上一般是看不见女人的，难怪白凤琪在托托里小镇打听到的消息是山里没有一个女人。马善成的营区有两个女人，不但年轻，而且漂亮。马善成像养金丝雀一样把她们关在他的住所。马善成的营区，虽不像安德烈和钱良剑营区那样岗哨林立，戒备森严，却也有十几个人、十来条枪的武装力量。山里产的是金子，有金子必须有金库，有金库必须有人把守，不然一觉醒来，不是金子被抢，就是身首异处。

马善成的住所也是就地取材，是整体木头结构。把腰一样粗细的圆木一锯两半，圆口相靠，平面冲外，杵地而立，圆口中夹有厚厚草泥，两边的平面再用草泥找平，既省事又美观，还冬暖夏凉。马善成的金库就在这样的住所里的尽里头，两个女人的住房与金库相隔三间房子。这三间屋是马善成的寝室，马善成睁眼和闭眼都能看着他的金库和他的女人。

邬生龙来到这里，先办正事。正事就是把昨天在刘铭心办公室里听到的一切学给马善成听。马善成听后开始并没当一回事，认为这个贪腥的猫儿是借口来找乐子的。他心里有些厌恶，转眼一想，忽然笑起来，觉得这里面有文章可做。他于是假装并不在意，对邬生龙说：“谝这些没尿意思。”

“谝”是西北话，邬生龙在迪化长大，自然是听得懂的，就说：“那谝啥啊？我可没把马爷当外人，反正我听到的有名堂没名堂的事情都来学给您听。”

马善成用嘴朝女人住的房间努了努：“邬队长今天有闲情吗？”

邬生龙心里就热起来，嘴上说：“咋能夺马爷之爱哩?”身子却早已站起来。

马善成笑嘻嘻地说：“女人那玩意儿又用不坏，邬队长你就别客气了。”

在马善成看来，屈居钱良剑下风是他最不能容忍的一件事。但钱良剑在迪化有靠山，盛督办的岳父邱宗濬赏识他。邱宗濬前年就任新疆伊犁警备区司令，兼管阿山金课局。面对钱良剑这样的对手，马善成确实有点儿势单力薄。马善成现在属于半官半民，没有官的名分，却要给官家当差，所采的金子大部分要上交给金课局，一部分还要上贡给迪化的达官显贵，剩下的那丁点儿才属于自己。钱良剑贵为金课局副局长，兼矿区治安调查执行委员会主任，又有上校军衔，身份显赫，与他相比，马善成真的算不上什么。但马善成就是不服。自己的资格最老，筹建阿山金课局的时候，他钱良剑在哪里待着？而且，钱良剑就是个草包，除了喜欢杀人和舌头长之外，他还会什么？自己满腹经纶，又极会做人，却让这么个草包高居在自己的头上。每每想到这儿，都让他无地自容。他觉得自己如今混到这般地步，完全是钱良剑在背后捣鬼，把他搞翻在地是自己义不容辞、刻不容缓的一件事。

带着一肚子想法，马善成走进了安德烈的住所。

安德烈俄式建筑里的客厅里是猩红的木地板，上面铺着一块厚厚的俄罗斯花地毯。安德烈在花地毯上接待马善成。

对于安德烈手下的伊万和列昂契奇这两人，马善成有些发怵那个秃脑门的伊万，那家伙整天阴沉着脸，那双鹰一样的眼睛好像能看透一堵墙，跟他打交道总让马善成有些不踏实。幸好，伊万在工地监工，客厅里只有安德烈和列昂契奇。

安德烈和列昂契奇都喜欢喝酒，马善成将带来的六瓶奇台古城老窖酒让手下跟班放在安德烈客厅桌上。

“是什么风把马掌柜吹到了我这里?”安德烈没白在新疆待十几年，早就成了中国通，中国人那些爱说的话也挂在他嘴上。

“没事儿就不能会会老朋友?”马善成笑嘻嘻地说，“朋友从奇台带来几瓶古城老窖，说是上百年的窖藏原浆，我打开了一瓶，香气差点儿把我给冲倒。好东西嘛，得跟朋友分享呀！这不，给你和列昂契奇少校带来尝尝。我可事先申明了，不好喝，或者你们喝不惯，可不兴骂我啊！”

说着，又是一通嘻嘻哈哈。

列昂契奇莽撞得很，上前一步，从桌上拿起一瓶酒，用牙齿咬开瓶口铁皮盖，客厅里立即有一股扑鼻的香味。

“好酒啊！”列昂契奇咕咚喝下一大口，用衣袖擦擦嘴，又嚷嚷了一句，“好酒啊！”

马善成知道，这位列昂契奇曾是哥萨克军团有名的拳击手，据说在拳击台上，从来不靠点数取胜，而是要将对方击倒在地，不然就不叫赢。马善成一直认为这位拳击手还是比较好打交道的。

俄国人与中国人不同，虽有尊卑上下之分，但在生活琐事上却不分彼此。安德烈笑着对列昂契奇说：“就把你馋成这样？”

安德烈又对马善成说：“中国人不是有句老话？今朝有酒今朝醉，马掌柜，今天你就在我这里吃午饭，咱们痛快地喝几杯，我也算借花献佛。”

“今天就不了，改天敬请二位上我那里，咱们一醉方休。”看见自己的手下跟班走出房间，马善成说，“今天我就先告辞了，回头一定请上校和少校去我那里坐坐。”

列昂契奇说：“这刚来就走？”

马善成笑着说：“就是来给你们送酒的嘛。”

安德烈和列昂契奇送马善成出门，马善成似乎不经意地说：“听说你们的淘金船很带劲，连钱局长都惦记上。有人跟他说了你们的淘金船，他的眼睛都发红了。哈哈，好东西都羡慕，人之常情嘛。”

列昂契奇哼了一声：“关他什么屁事？”

马善成又说：“他那个人有个嗜好，好东西都想变成自己的。”

安德烈没说话，列昂契奇却说：“钱麻子不是个好东西！”

马善成转身向安德烈和列昂契奇挥手再见，心想：要是跟这帮俄国人联起手，钱良剑在山里说话就不灵了。

第五章

高压水枪上的橡胶管漏水，乔里轩找到了那个小孔，用锉刀将小孔的四周锉出新茬，剪下一块废弃的橡胶，铰成圆形，也锉出新茬，然后在两面抹上胶，死死地用手压住，等了一会儿，再试了试，果然就不漏水了。他端起高压水枪，正要往铁筛子下面的淘金槽里冲泥沙，乔里知带着黄俊喜急匆匆地来找他。

“三弟，有好消息……”

用柴油发电机带动的水泵发出巨大响声，后面的话根本听不清。

“下工说不行？”

乔里知焦急地摆手。

乔里轩把水枪递给身旁的淘金客，跟他们往坡上走。

“三弟，黄俊喜跟矿警大队工兵班的常班长接上茬了。”

黄俊喜的大眼睛扑闪着，点了点他的尖下巴：“那家伙可够黑的……”

乔里知抢过话说：“他起先要五百克金子，俊喜好说歹说减到三百克……”

乔里轩兴奋地说：“给他三百克金子，就能给咱们指一条通往山外的路？”

乔里知和黄俊喜异口同声地说：“是啊！”

乔里知又问：“那咱们干不干？”

“干呀！犹豫啥劲儿？多少互助会员在等着这一天呢！”乔里轩对黄俊喜说，“金子给他。不过，你一定要把山路埋雷的位置都搞清楚了，一旦踩上，那可是要人命的事！”

这个晚上，月暗星疏，一牙弯月时隐时现。经过一番认真准备，第一批带金出山的小分队出发了。因为是第一次，乔里轩要求人员要少、带的金子也不能多。乔里轩说：“你们这就是去探路，路打通了，以后多带也不迟。”乔里轩以他的果敢和智慧在互助会树立了威望。只要是他说的，别人都觉得有道理，也愿意听。这次出发的小分队只有三人：乔里知、黄俊喜和哈满子。乔里轩让他二哥负责这次行动。他说：“你把人带出去，也给我平平安安地带回来。”

三人都斜背一只包袱袋，袋里装着少量金子和够每人四天吃的干粮。另一只肩上斜背着绳索。绳索与包袱带在胸前交叉，再用布带拦腰系紧，这样跑起来利落。他们事先探过路，从一面有裂罅的峭壁爬上去，然后就进入山上那片郁郁葱葱的原始森林。开春的时候，李旺才他们走的也是这条道。收下金子的常班长告诉黄俊喜，山上小路边树杈低的地方一般都埋有地雷，还有就是小路的大大小小拐弯处，大都埋有地雷。

其实，所谓埋雷是不准确的，山上的地雷全部是拉线地雷，根本就不用挖坑，把地雷固定在树根或石头上，再拉出引线固定在小路的另一边，人的脚或腿碰上，就会触发地雷。

常班长说：“引线都拉在草里，一般用肉眼很难看见，不过引线是金属线，仔细看还是能看见那条发亮的线的。”常班长还说，雷区也就四五百米宽，过了那道拦野兽的铁丝网就没有地雷了。不过，有时候会遇上巡逻的哨兵。

哈满子是贼大胆，始终走在最前面，黄俊喜居中，乔里知殿后。三人小心翼翼，一步步地往前挪，每看见树杈低的地方总是左看右看，每到一个拐弯处，三人都停下脚步，仔细地看半天。

这四五百米的雷区，居然走了半个晚上。夜空的云朵渐渐散去，月亮彻底地显现出来，启明星也升起来了，乔里知知道，要不了多久，天就要亮了。正是5月天，天气并不热，或者说山里的夜晚还有些冷，但三人已是汗津津的了。黄俊喜嘟哝一句：“妈的，老子干一天活也出不了这么多的汗。”

乔里知心里焦急。如果不在天亮前走过那道铁丝网，就很容易被巡逻的哨兵发现，他们的身后是雷区，哨兵追来，他们根本无法跑掉。

走到一处低树杈的地方，三人伏下身子仔细观察。这地方邪行，棵棵树的树杈都很低，而且连着拐了两个弯。黄俊喜低声骂道："妈的，这地方咋这么怪？咱还怎么走啊？"

乔里知在黄俊喜身边耳语："你就别骂了，骂也没用，自古险中求富贵啊。"

也就在这时，他们三人不约而同地看见远处那道在月光下发亮的铁丝网了。

"看见了没有？咱们很快就会走出雷区的。常班长不是说，一过铁丝网就算出了雷区？"乔里知小声地为身边的两人打气鼓劲。

黄俊喜说："可眼下这片怪树林咋过去？不然，咱先回去，把这里的情况告诉乔哥，让他给咱们想个办法。"

哈满子说："屁，啥怪树林不怪树林的，都走到这地方了，还能转回去？俊喜哥，咱今天下午就能赶到托托里小镇，听说镇上娘们儿漂亮着呢，咱又带着金子，还不够你玩？加把劲吧！"

乔里轩嘘了一声："小声点儿，别把巡逻的哨兵给招来了。"

哈满子说："屎，我不怕死，我先去探路，然后回来接你们，你们等着我，这样还不行吗？"

乔里知和黄俊喜就地趴下，眼瞅着哈满子越走越远。月光下他的身影变得模糊，最后消失在那片怪树林里。

等了大约抽一根莫合烟的时间，两人琢磨哈满子很快就会转回来。黄俊喜说："要不咱们去迎一迎？"

还没等乔里知回答，忽见怪树林那边火光一闪，轰隆一声巨响，惊天动地。不好，哈满子踩上地雷了！两人爬起身，不顾一切地往前跑。其实，哈满子触雷的地方也就离他们五六十米远，两人赶到那里，哈满子已经昏死过去。他身上三处中了弹片，一处在大腿，一处在腹部，另一处在胸部。胸部的弹片是致命的，鲜血汩汩地往外涌。黄俊喜哭着喊道："满子，满子，你娃不能死啊，坚持住啊！你娃连女人的光身子都没见过呢，你娃不能死！"

哈满子已经奄奄一息，口鼻里只有出的气，却没有进的气了。

黄俊喜一弯腰，蹲下身体，将哈满子拉到自己身上，霍地站起，踉跄地往回跑，没跑出几步，就栽倒在地。

乔里知一把把黄俊喜拉起："俊喜，哈满子不行了，背回去他也是个死，咱们快跑，不然都得死在这里！"

黄俊喜甩开乔里知的手："要跑你跑，我死也要跟哈满子死在一起！"

"你怎么这样傻啊？别啰唆，赶快跟我跑！"

黄俊喜还是不愿走。乔里知说："黄俊喜，咱们出来的时候，堂主可是说了，一切都听我的，快跑！哨兵听见地雷爆炸声，肯定要往这边追来，再不跑，咱们谁都跑不掉！"

说完，他解下哈满子身上已经被血染红的包袱系在自己身上，将黄俊喜连拉带拽地拖着走。

白石坑上空，一群肮脏的秃鹰在盘旋。胆大的秃鹰已经开始往坑里降落。绿头苍蝇被秃鹰惊起，轰地飞散。白石坑累累白骨的上面，增加了一具暂时还带着血肉的尸体，这就是昨天晚饭时还在饭厅里说笑的哈满子。

乔里轩坐在乌伦古河边一块半截露出地面的石头上，眼里噙着泪水望着白石坑。早晨，只有他们三兄弟在一起时，他跟二哥乔里知激烈地争吵了一回。乔里轩抱怨他二哥没有把哈满子带回来。乔里知辩解说，就在那边怪树林前，他跟黄俊喜都劝哈满子不要贸然往前走。"不信你可以去问黄俊喜，是哈满子自己逞强非要走不可！"

乔里轩说："那你为啥不继续制止他？你也可以自己先去探路，觉得不行再返回，我不信哈满子不听你的！"

两兄弟争吵的时候，大哥乔里堂不吭声，只是抽他的莫合烟。乔里轩和乔里知都动了气，脸红脖子粗。乔里轩说："作为头领，遇上困难，你得身子在别人的前面，不然没人服你。"

乔里知说："我知道，你乔里轩在众人面前有威望，但我也不是贪生怕死之徒，这种探路的事情谁敢说没危险？李旺才两人不也踩上了地雷？有些事情躲是躲不掉的。"

一直沉默不语的乔里堂这才接过话说："咱跟李旺才他们不一样，咱事先不是跟那个常班长说好了？他告诉咱咋走出地雷区的呀！”

乔里轩咬着牙说:“狗×的骗了咱,对咱有保留！哪天我得找他算账,给哈满子兄弟一个交代。”

那群肮脏的秃鹫已经全部落在白石坑里了,因为争食发出吱吱的怪叫声。眼泪终于从乔里轩的眼睛里流出来。

马善成手下的淘金客吾守尔·买买提有个习惯,每天清晨起床穿上衣服就往窝棚后的山上跑。他到山上说是解大便,实际上是去看他埋在树底下的金子有没有被人动过。买买提小的时候,妈妈就告诉他,鸡蛋不能放在一只篮子里,买买提在埋金子时就把金子分成两包,分别埋在了一棵松树的两边,为了让别人远离这地方,特意在旁边拉屎。这个清晨,买买提像往常一样假装提着裤子上山,然后就跑到他每天必来的地方蹲下。而闯入眼前的景象让他一时发蒙:昨天还埋得好好的金子被贼刨开过,那个坑虽然被土掩上,但明显被人动过了。

在山里干够两三年的淘金客手里,或多或少都留有一些金子,这些金子放到哪里保存？别说什么保险柜了,淘金客的窝棚连门都没有,每天上工后又有谁来照看？藏在窝棚里显然不保险。买买提知道,淘金客手里的金子差不多都各自埋在山上的什么地方。

买买提有一种不真实的感觉。他忽然想起什么,连忙提起裤子跑到松树的另一边,谢天谢地,埋在这边的金子没被人动过。他又想起鸡蛋不要放在一只篮子的话。但是,在这个清冷的清晨,买买提的浑身已是汗涔涔了。

“哪个混蛋干这样的缺德事?”

买买提骂了一会儿,觉得再骂下去也于事无补,便气急败坏地下山,还没走到自己住的窝棚,远远地看见姚晨芳和两名淘金客慌里慌张地从山上往下跑。

“哪个贼狗×的偷了我的金子？抓住他我活剥了他的皮！”姚晨芳骂骂咧咧地走过来,“喂,吾守尔,看你这失魂落魄的样子,难道你的金子也叫贼给偷了?”

“可不是吗？是谁他妈的干的这种缺德事?”

马善成在金库旁自己的寝室里听见淘金客这边的窝棚里有动静。他推开身旁还在酣睡的女人，坐起身子，支起耳朵又听了一会儿。淘金客窝棚那边的声音越来越大，好像有十几个人在吵吵巴乎。他的脸上露出喜色，连忙披衣服出门。

这个盗金贼正是马善成派出的。盗金贼叫孙守平，人称孙猴子，长一副尖嘴猴腮的脸。就在上星期天，马善成将他叫到自己的屋里，说："淘金客们手上的金子都藏在山上，不是挖坑埋就是架在树杈上，他们肯定时不时地要去瞅一眼，你留点儿心，在他们瞅金子的时候，悄悄地跟上去，等他们人一走你就下手。拿到手里的金子我一克都不要，都归你自己。不过，我把丑话说在前，这件事到死你都不能对任何人说，一个字都不能说。不然我可不客气！"

他说这些话的时候，平时挂满笑容的脸上阴沉着。孙守平的心里咯噔动了一下，心想，一个开口就笑的人板起脸来还真可怕。

马善成知道孙守平得手了，穿好衣服，出门往淘金客窝棚那边走，凑到群情激奋的淘金客中。

"娃娃们，多可惜啊！"马善成喜欢这样称呼年轻的淘金客，他的脸上挂着惋惜的表情，"我都替你们可惜。一年到头，辛辛苦苦，才攒下一点儿金子，一下就叫贼给连锅端走，放在谁心里都不好受。你们手里的金子，谁没有用场？有人要娶媳妇，有人要盖房子、置地，还有人的父母身体不好等钱请郎中，谁不等钱用啊？这下糟了，金子让贼娃子偷去用了，他可以拿到托托里小镇，下馆子、嫖女人，还可以买几身像样的衣服，人模狗样地四下走动，拽到天上去了。可我们的淘金娃娃呢，苦下啦！"

人群中有淘金客喊道："马爷，您老人家主意多，快给我们出个主意吧！"

马善成摊开两只手，往下压压："我先头不是没考虑到这个。你说你们每天谁不上工？屋里又没个把门的，窝棚连个门都没有，你们手头上那些金子往哪里放？总不能不上工整天守着它吧？我早就给你们说过，我的金库铁门铁锁，门口二十四小时有人把守，还端着枪呢。我让你们把金子存在我的金库里，等你们出山一克不少地交到你们手里，可你们偏不干，我有啥办法？你们看，这不是让贼娃子得手吗？丢金子的到底是少数人，你们现在还来得及，我要是你们就快快地把金子存到金库去！娃娃们，你们想想，是不是这个理？”

一个淘金客问道：“马爷，我们的金子存到您那里，要不要保管费？”

另一个淘金客接着问：“马爷，金子存在您的金库里，到我们取的时候，您咋知道我们存了多少？我的意思是说，取的时候会不会少啊？”

马善成笑眯眯地说：“这个过去我就给你们说过。你们想想，我说过没有？金子放在我那里，我是一毫毫银子的保管费都不收。你们在我那里存金子，我的账房先生会记账，还会给你们一个凭据，到你们取的时候，你们手里的凭据跟账簿上登记的东西一对，哪能出错？你们想想，是不是这个理呀？”

围在一起的淘金客觉得马善成说得在理，有人就说：“那我们现在就把金子存到您那儿去。咱们可是说好了，我们啥时候需要取，您就得啥时候还给我们。”

马善成笑着点头：“我马善成说到做到。要是嘴里跑火车，天打五雷轰！”当下就吩咐他的账房先生，“给娃娃们好好记下，可不能出一点儿差错，那可都是娃娃们用血汗换来的东西呀！”

第六章

钱良剑的养女莎莎·柳包芙·李进了山，让整个阿勒屯塔莱的男人们看傻了眼。莎莎二十二岁，身穿军服，佩戴少尉军衔，上身一横两叉的牛皮武装带让她的腰更细，胸更大，身材更高挑。

阿勒屯塔莱的男人们不敢正眼看她，莫说干苦活的淘金客，就是矿警大队的头目也不敢看她。这倒不完全因为她养父是山里的长官，主要是她长得实在太出众了，光彩夺目的模样让男人们在她面前只有低眉垂眼的份儿。

阿勒屯塔莱只有一个男人敢正大光明地瞅着她看，这个人就是红脸膛、大鼻头、一身腱子肉的彼得·列昂契奇。列昂契奇在看莎莎的时候，眼睛变成了一张大开的血嘴，像是一口要把她吞进肚里。

莎莎是汉人和俄罗斯人的混血儿。她有着白皙的皮肤，头发却乌黑如云，鹅蛋脸上眉毛弯弯，眼仁漆点得黑，有着典型的俄罗斯人的高鼻梁。总之，她把俄罗斯人和汉人所有的美都有机地融合在一起了。

刘铭心在见到莎莎第一眼时，也着实吓了一跳。他定了定神，才把钱良剑拉到一旁说："局座，您疯啦！这是什么地方呀！您怎么敢让她来？"

"铭心，不瞒你说，我也是一点儿办法也没有啊。"

钱良剑与刘铭心在山里共事半年多来，早已成了莫逆，两人在一起几乎无话不谈。

"莎莎从彼得格勒翻译专科学校毕业后，留在迪化督办公署工作，谁知让盛督办的小舅子邱毓熊给看上了，那小子死缠活缠，莎莎不愿意跟那种公子哥儿交好，可又惹不起他们邱家，只好远离迪化喽。"

事实上，莎莎根本瞧不起，也不怕那个邱毓熊。一天，午饭刚过，莎莎独自坐在办公室里，邱毓熊蹑手蹑脚地走进办公室，从身后抱住莎莎，一张臭嘴贴在莎莎白皙的颈项上。莎莎的手里正好拿着一把裁纸刀，她扬手就要往后戳去。莎莎不怕什么邱毓熊，管他爹是天王老子呢！但在那一瞬儿，她想起自己的养父还在盛督办、邱宗濬的手下当差，在关键时候还是收住了手。于是，莎莎放开嗓子大叫，喊声在督办公署的大楼里回荡，邱毓熊连忙撒开手。这件事她没有告诉自己的养父，只说邱毓熊老是纠缠她，最后她就这样进山了。

“局座，你跟莎莎亲爹的事我在迪化就有所耳闻，从那件事上，我就断定你是个有情有义、可以交心的人，所以一见你的面就有一种亲切感。咱们一见如故，真是缘分啊！”

“我也是这样呀！啥话都愿意跟你说。铭心，那你说在山里咋样安排莎莎才好？”

“山里不是有俄国人在淘金吗？迪化那些权贵也是都知道的，但他们并不知道那些俄国人都会说汉话，咱们就让莎莎在这里做俄语翻译。山里艰苦，军衔嘛，给莎莎提一级，让她做中尉好了。军衔高一点，矿警大队那些家伙也高看莎莎一眼。这样，莎莎军衔的事由我来向督办公署请示，用我的电台给他们发报，局座您就别操心这件事了。”

“铭心，你让我说你什么好呀！怪不得李英奇处长那么看重你。说起来，你们在阿尔金山丢了那么多金子，安东还命丧黄泉。当然，责任不在你。可你毕竟身在其中，难咎其责啊。盛督办把你关在六道湾监狱，李处长四下打点，多次在盛督办面前替你求情，还不到一个月吧？就把你放了出来，还让你到这里来身兼要职，说明李处长会看人，也确实说明你人缘好，人厚道。”

“局座，您过奖了。我其实就是运气好，遇到的上司赏识我。这我心里有数。”

钱良剑在靠近自己寝室的旁边，为莎莎安排了房间。房间里一应家具都有，而且是从托托里小镇专门订购的，床、衣柜、沙发、写字桌，还有梳妆台，在整个阿勒屯塔莱都是一流的。莎莎很满意，进到自己的房间左看看右瞧瞧。

钱良剑和刘铭心跟在她身后，刘铭心说：“莎莎，有什么不满意的地方尽管说，让你爸给你添置，千万别客气呀！”

“谢谢刘叔叔。我爸够细心的，我没想到的，他都想到啦！”莎莎扭过脸来，先朝刘铭心点点头，又嗲兮兮地冲钱良剑笑一笑。

刘铭心其实比莎莎大不了太多，但因为是钱良剑的同事和朋友，钱良剑让她这样称呼刘铭心。

莎莎是自己人，刘铭心和钱良剑说话并不避她。刘铭心边走边对钱良剑说：“局座，据邬生龙汇报，安德烈的淘金船简直了不得，真是工欲善其事，必先利其器。一艘淘金船赶得上两三百名淘金客的生产量，据说是淘金客对那个庞然大物还不熟悉，如果技术再熟练一些，效率将翻倍。安德烈心存异念，秘密地在淘金客中训练武装队伍。他们进口淘金船时，还带进来不少先进武器。邬生龙说，有一种叫火焰喷射器，火舌能喷出去三十多米，杀伤力极大。”

“那玩意儿我听说过，但没有见过。”

“局座，我在迪化看过一个苏联的纪录片，片子里出现过这东西，的确很厉害。”

钱良剑唔了一声：“赶什么时候咱们找个借口，吃掉他们，将他们手里的好东西都弄过来。”

“局座，那也得先说动邱司令，让他老人家动心，咱们才好动手啊！”

“铭心，你跟我又想到一块了。”

太阳落入群山之前，余晖洒满了乌伦古河，河水显得非常迷人。随着太阳入山，余晖渐尽，河水的颜色变得越来越深，波浪往前翻滚，有时会涌起雪白的浪花。工兵班的常班长常常披着暮色，来到河边的石头上坐定，然后从衣袖里抽出他心爱的箫，幽幽地吹奏。常班长的箫吹得动听，常有淘金客来听，有时连矿警大队的头目也来听，一直听到夜色降临，月儿升起。

乔里轩一直在等机会，等到常班长身边没有人的时候。这个晚上，常班长果然一个人孤坐在河边的石头上，箫声伴着河水的响声悠扬地飘散。

“常班长，好雅兴呀。”

乔里轩上前握住常班长的手。

“噢，是乔哥啊，今天你咋有空？”

常班长知道这个姓乔的非同寻常，在淘金客中很有威望。

“常班长一个人坐在这里多没意思，为啥不去托托里小镇？那里玩的东西多，常班长口袋里又有金子，痛痛快快地玩一场多好？”

常班长是个明白人，听出了话里有话。

“乔哥，你什么意思？是不是在怪罪我，让你的弟兄死在雷下了？”

“常班长真是多心！”

常班长的手被乔里轩握着，突然，他觉得那只手疼起来，像是夹在无情的虎头铁钳里，头上开始冒汗，浑身抽搐起来。

“哎呀，疼死我啦！”

暮色中，乔里轩的笑容清晰可辨。

“为我的哈满子兄弟！”

虎头钳里的压力在增大，像是一圈圈地继续拧紧。常班长疼得身体软得像面条。他已经没有力气站着说话了，歪斜着身子蹲在地上。

“说，你为啥不把地雷的位置都说清楚？”

“我……疼死我啦……该说的我都说了……求求你，乔哥松开手啊……”

乔里轩在登封少林寺修炼过童子气功，握力比常人大得多。

常班长已经没有力气说话了，浑身冷汗淋漓。

乔里轩稍微松了松手，常班长感到一股暖流从手指往回流。

“走雷区，我们赌的可是性命！”

“我知道，我知道……但我知道得就那么多，全都告诉黄俊喜啦……地雷也不是我一人置放啊……有时野兽触了雷，也得经常补……我不可能知道每个地雷的位置啊！”

“那你说，接近铁丝网、拐弯特别多的那片怪树林，地雷是怎么置放的？”

乔里轩彻底松开了手。常班长全身暖流涌动，那一刻，他觉得身上从来没有这么舒服过。

“那片树林的情况是有些复杂，”常班长的话语变得顺溜起来，“就是我们自己从那里经过时，也是提心吊胆的。”

“那你说，我们该怎么才能走过那片雷区？”

“乔哥，山上所有的地雷用的都是拉线地雷，拉线都是金属线。你们最好在有月亮的晚上，月光会照得金属线发亮，只要仔细看就能分辨出来。”

“常班长，闭紧你的嘴巴。今天的事要是让别人知道，你知道会是个啥结果。”

“我知道，我知道。”

从这天起，乌伦古河边再也听不见那悠扬的箫声了。

对于安德烈和他的两个伙伴来说，一天里最美好的时候莫过于此时了。

三个俄国人围坐在安德烈的小餐厅里。小餐厅完全是俄式的布置，猩红的木地板，地板上铺有地毯，原色的白桦木装饰板上挂着一幅俄罗斯风景画，一张圆形的桌上铺着方格的餐桌布，桌上大都是荤菜，有清汤羊肉、烤牛排、烤羊头，还有一盘红烧马鹿肉，素菜只有清炖蘑菇。酒就是马善成送来的奇台窖藏古城原浆。伊万拿起酒瓶，用鼻孔去闻：“香啊！姓马的家伙，人不是好人，这酒却是好酒！”

安德烈就把那天马善成造访时说的话，学了一遍给伊万听。

伊万说：“马善成说钱良剑想吃掉我们，他说这话是什么意思？”

列昂契奇说：“管他什么意思？钱麻子想吃掉我们没那么容易！”桌上的酒肉，对于列昂契奇来说，比什么都重要。但白俄军在用餐时历来等级分明，长官没动餐具，列昂契奇是有所顾忌的。他的眼睛盯在酒肉上：“管他那么多呢！他要是不怕我手中的火焰喷射器，他就来试试！不过，那家伙还有个养女，长得真不错，叫什么来着？对，莎莎·柳包芙·李，怪怪的名字，是咱俄罗斯人的名字吗？”

伊万说：“听说她父亲是中国人，姓李，她母亲是咱俄罗斯人，叫柳包芙，所以才起了这么个古怪的名字。”

安德烈说：“那个钱麻子，从他来到阿勒屯塔莱，就没对我们安什么好心。”

“对了，说到这儿，我想起来了，”伊万说，“前些天，他手下那个叫邬生龙的督察队长老在我们采金区转悠，有一次还转到我们营区的大伙房来，听你训话呢。钱麻子肯定没安好心，我看他是想找茬吃掉我们。”

“伊万，”安德烈说，“这两天，你抓紧时间出一趟山。听说邱宗濬最近要来福海。这次去，你多带一些金子，不要小气，小气成不了气候！”

列昂契奇啐了一口，说：“去年秋天不是才去迪化给那老混蛋送了金子吗？怎么又要送？”

安德烈说：“他现在是伊犁警备区司令，兼管阿山金课局，他要是不满意咱们了，咱们在这里根本站不住脚。来吧，咱们动筷子。伊万，你看，列昂契奇看面前酒菜，眼睛珠子都快要瞪出来了。来先干了这杯。”

这是个有月亮的晚上，第二批带金子出山的小分队出发了。这次还是三个人，乔里轩、乔里知和黄俊喜。乔里轩亲自出马可见在他心目中这件事有多么急切。所带的东西跟上次差不多，只多了一个三个爪的甩钩。

黄俊喜说：“乔哥，为啥要找这么亮的晚上？这容易被巡逻的哨兵发现呀。”

乔里轩回答：“是的。但是，我们也能发现地雷上的金属拉线。”

乔里知说：“三弟，互助会的兄弟都在等咱们的好消息呢。”

黄俊喜说：“其实，他们也太着急了。不是到了9月底，淘金客们三年的合同就到期了，到时候他们不就可以带金子出山了吗？”

乔里轩说：“话是这么说，但谁知道这中间会不会出现什么变故？而且，很多淘金客家里急等着用钱。淘金客们差不多都是穷人家出身，有钱人谁会让自己的儿子受这份苦？我们能够帮助他们把金子带出山，换回银票，他们的心里就踏实，咱互助会就真能把大家伙的心给拢在一起。俊喜，你说对吗？”

“是这样的。到时候，咱互助会说话就管用，谁不听乔哥的？”

“不是听我一人的，而是听咱们互助会襄堂帮的。”

还是从峭壁上那道裂罅上的山。乔里知和黄俊喜是走第二次了，也算熟门熟路，走的速度比上回明显加快。但是，心里还是很紧张。乔里轩为了消除这种紧张情绪，小声地跟身边两个人说话。

乔里知说：“巡逻的哨兵都在铁丝网外边呢，他们才不会过来。黑灯瞎火的，他们也怕踩雷。”

月亮升高了，森林里的地面上斑斑驳驳地洒下一片碎银般的月光。三人小心翼翼，但前行的速度并不慢。四五百米的雷区眼瞅着就要走过去。乔里知指着前面不远处那道拐弯小声说：“哈满子就是在那边碰响了地雷。”

山路在前面二十多米的地方拐了一个弯，道路被茂密的枝叶遮挡。这里多是落叶松，长得非常宽大，树与树之间枝叶相交，几乎密不透风。草也长得分外茂盛，足以超过人的小腿。月光虽然亮朗，但树密草深，叫人根本无法下脚。三人匍匐着往前爬行。每爬出一米，乔里轩都要借助月光仔细观察一番，看前面有没有发亮的金属线。铁丝网那边不时传来野兽的吼叫。野狼用它那苍凉的嗓音发出悠长的叫声，让人的心脏一圈圈地往里紧缩。

“这样爬过去，怕是要天亮了，还不被巡逻的哨兵发现？”乔里知在他三弟身边耳语。

终于看到远处那道铁丝网了。月光下，铁丝网隐约发出一道寒光。当他们爬过这道弯时，看见山路又转出一道弯，铁丝网也隐匿在密实的树荫里了。

“上回哈满子碰响了雷，他们肯定会重新置雷的。”乔里知悄声说。

乔里轩心情沉重地点了点头。

黄俊喜的声音发颤：“乔哥，要不咱们回吧。”

“开弓哪有回头箭？”声音虽小，但掷地有声。

黄俊喜不再吱声。

一只鸟儿在梦中被惊醒，振翅扑棱起来。乔里轩的心头一亮：“妈的，地上过不去，老子从天上过！你们两个原地趴着不动，等我过去，我学两声鹧鸪叫你们再照我的样子过去。”

乔里轩起身解下身上的绳索，瞅准树上的枝丫，将三爪甩钩准确地抛上去，甩钩牢牢地抓住树杈。乔里轩紧抓绳索纵身上树，然后像长臂猿那样从枝叶相交的树上翻卷腾挪。不多会儿，前面有了悦耳的鹧鸪叫声。乔里知和黄俊喜学着乔里轩的样子，从一棵树上挪到另一棵树上……

那道闪着寒光的铁丝网在向他们招手。

第七章

莽莽苍苍的阿勒屯塔莱原始森林里,有了一条秘密的运金通道。这是淘金客们的幸福之路。淘金客手里的金子源源不断地送到互助会襄堂帮,再由襄堂帮派人秘密送往托托里小镇,在小镇的金店兑换成银圆,存入钱庄,然后根据淘金客提供的地址,被汇往各地。襄堂帮组织了三个运金小分队,每队五人,由乔里知和黄俊喜做头目。开始时,运金小分队每人一次只带一千克金子,后来增加到五千克,再后来增加到十千克,每次出发前,他们背上的包袱里鼓鼓囊囊。淘金客们感到生活有了滋味,有了盼头,觉得自己这几年在阿勒屯塔莱的苦没有白吃。互助会在淘金客中的威望与日俱增。襄堂帮的吩咐在他们听来不亚于圣旨。乔里轩成为淘金客崇拜的英雄。黄俊喜把乔里轩吹得神乎其神,说他像小鸟一样在树上飞。于是,乔里轩有了"飞鸟"的美称。

这天,轮到乔里堂和黄二狗他们组进金峒采金了。他们组共有十八人,由一个小金把头负责监工。乔里堂是这个组被淘金客选出的头目。黄二狗是塔城人,家里穷,欠下地主的债,被地主逼得紧,没办法才进山淘金的。就在大前天,家里带来口信,说是汇去的银票收到了,还清了债不说,还添了五亩地。村里传开了,说黄家那娃出息,在外面赚了大钱。黄二狗听了以后心里很滋润。在往金峒里走的时候,黄二狗对乔里堂说:"大哥,真得好好谢谢你们了。"乔里堂为人厚道,黄二狗本来就很信赖他,这件事之后越发依赖乔里堂,感觉他比自己的亲哥还要亲。

这道金峒是刚开凿的,不过七八米深,十几个人在里面感到有些挤。洞里空气呛人,金把头是不进洞的,就坐在洞口边的石头上,看着淘金客们忙进忙出。金峒里的金层大都与石英石伴生,像一条细线一样在石英石的岩壁上时隐时现。石英石非常坚硬，铁镐根本不是它的对手，淘金客们只能用钢钎打眼，然后往石头眼里装上管状炸药来炸碎坚硬的岩壁。含有金层的矿石被推出金峒，经过碾石机的反复碾压，变成粉齑，这样才能从中淘出金子。

黄二狗身子单薄，乔里堂让他干稍轻省的活儿，往石眼里装药，然后引爆。上午就这样过去了，午饭就在金峒口凑合。稍事休息之后，就要接着上午的活儿，继续下苦。

在吃午饭的时候，黄二狗对乔里堂说：“大哥，我咋觉得不大对劲儿？”

“咋的呢，二狗兄弟？”

“从中午开始，我的右眼跳个不停。”

“别太迷信，这种事情不能太当真。”

“大哥，我信啊。上次我老乡杨有信在金峒里被砸伤前，右眼就这样跳的。”

乔里堂从衣衫上拽下一条线，用嘴抿湿后，轻轻地压在黄二狗右眼的上眼皮上。

“过一会儿就好了。”

傍晚收工前，要放最后一次炮。黄二狗把炸药装好，划着火柴点燃后就跑出金峒。十八个淘金客加上金把头都在金峒外等那响声，左等不响，右等还是不响。金把头等不及，说：“二狗，你进去瞅一眼。”

乔里堂说：“要不再等等，是不是药捻子太长？”

“等个屁！都等了这么久，一个娃都生下来啦！”

黄二狗应一声，进到金峒去看，忽听轰隆一声，震天动地，硝烟和飞尘滚滚涌出，淘金客们全都吓傻了。乔里堂最先冲进去，淘金客们跟着进去。黄二狗被炸得血肉模糊，已经断了气。众人抬着往出走，就在出金峒的一瞬间，洞口突然塌方，当场砸死一人、砸伤两人。

这个傍晚，钱良剑采金区的淘金客窝棚里，除了哭声，就是无休无止的叹息声。

第二天一早，四具尸体被扔进白石坑。准确地说，只有三具尸体，其中一位叫甘肃娃的淘金客还有一口气。乔里堂亲眼看见甘肃娃在白石坑里蠕动了一下。

成群结队的秃鹰，像强盗一样，黑压压地扑向白石坑。在坑边守候的淘金客们从河滩上捡起石块掷向秃鹰，秃鹰扑棱翅膀上升四散，然后在半空盘旋，发出呱喇喇的怪叫声。

白石坑是秃鹰的乐土。淘金客们尸体上的血腥味对于秃鹰来说，就是最好的信号。秃鹰以它敏锐的嗅觉，等待着饱餐一刻的到来。它们不会散去，它们有的是耐心。

昨天晚上乔里堂就找过钱良剑，要求给伤者医治。钱良剑双手一摊，说："山上没有外科大夫，我有啥办法？再说，劳动合同上写得清楚，富贵在天，生死由命，他们几个命不好，你找我能有啥办法呀？"

乔里堂在白石坑边长时间地守望。河滩上的石块是他攻击秃鹰的最好武器。乔里堂的二弟来劝他回去休息，说明天还要出工，你这样熬不起。乔里堂想起黄二狗在说到他老家收到银票时脸上荡漾的那种喜气，还想起黄二狗说他的右眼跳个不停、觉得不对劲的那句话，心里就有一种无法排遣的悔恨。他自言自语地说："当时要是把二狗说的话当回事，怎么也能找个借口让他躲过这场天大的灾难。狗×的金把头，非逼着二狗进去看，要晚进去一会儿，哪有这样的事？"

整个一夜，乔里堂像泥塑一样在白石坑边待了一夜。

转天，乔里轩带人从托托里小镇回来，听到黄二狗的事，心情非常沉重。宋振良也知道了这件事，一见乔里轩就说："这事不能善罢甘休。淘金客们的命再贱，可也是一条人命，人命关天，还没断气就扔到死人坑喂秃鹰，这件事不能这样就算了。"

这句话说在乔里轩的心里。

"宋先生，那你说应该咋办？"

淘金客们在等乔里轩的一句话。乔里轩在等宋振良的一句话。不知从什么时候开始，这个又瘦又小的宋振良在乔里轩心里的分量越来越重。乔里轩觉得，宋振良看问题与众不同，总是那么让人信服；而且，他的身上有一股强大的吸引力，可以让你不顾一切地跟着他去干任何事。

“跟他们斗！山里现在有了互助会，互助会里有了襄堂帮，钱良剑随便摆布淘金客的做法已成为历史。”盯着乔里轩的眼睛，宋振良一字一顿地说，“咱——们——罢——工！”

从互助会襄堂帮发出罢工的消息，像带着风一样在几千名淘金客中传递。疤拉强在阿勒屯塔莱待的时间最长，各方人事活分，由他负责去跟安德烈采金区的兄弟联络。安德烈手下淘金客中有一个人叫廖远山，三十六七岁，在山里也待了六七年。他逐渐看清了安德烈的真面目，曾经跟疤拉强在私底下说：“那个大高个儿老毛子说的那套都是骗人的鬼话，什么复仇呀、复辟呀，到时候我们都是功臣；什么尉官呀、校官呀，功勋卓著，骗了我们十年了。你们再苦再累，每天完成了五克金的定额后，手头还能留点。可我们呢？屁都没有。还说要给我授上尉军衔，他算个屁，给我授的是哪门子军衔？我也真傻，让他骗了快十年了。最近我听说，连他们那个红脸汉拳击手列昂契奇都不信他这一套了。强哥，你们要罢工，我联络我们这边的人跟你们一块干。”

互助会在马善成的淘金客中本来就有组织，姚晨芳是那里的头目，襄堂帮派乔里知负责跟他联络。吾守尔·买买提的金子被人盗走一半，本来就难咽下这口气，现在听说阿勒屯塔莱要举行全线罢工，一下就来了劲儿，协助姚晨芳跑东跑西地传递消息。

几乎每年，阿勒屯塔莱的春天都是姗姗来迟，这都五月天了，山外的春天已将逝去，但这里的春天才刚刚开始。从冰山雪峰消融的水汇集到乌伦古河，乌伦古河涨水了，被寒冷压抑了整整一冬的河水，唱着歌儿往东流淌，飞溅起来的浪花跳着舞一路奔涌。河滩两侧的草甸子绿了，白桦树长出新叶，落叶松、云杉、冷杉抖去披了一冬的旧衣，换上了碧绿的新装。野兽在原始森林边上的铁丝网外转圈子，伺机钻进去，一探森林里的奥秘。鸟儿从这棵树上扑棱到另一棵树上，打打闹闹，叽叽喳喳，争吵不休。

这天清晨，阿勒屯塔莱分外静谧，钱良剑和马善成的采金区沉寂无声。

淘金客们都猫在自己的窝棚里，伙房前偌大的空场地不见淘金客们的身影，只有十几个金把头在焦急地引颈张望。

钱良剑的营区在阿勒屯塔莱最东边，过了莫河桥，顺着乌伦古河往西走三公里左右，就是他的大本营。营区建在连绵群山与河畔之间的开阔地上。钱良剑的住所也在这里的一座山丘上，山丘的四周用锯开的圆木立起一道木墙，木墙上端还有尖利的铁丝网。在木墙外挖有四米深、三米宽的沟壕，沟壕与木墙之间留有一道小路，武装矿警在小路上来回巡逻。

钱良剑的住所外，是一大片鱼鳞般的、匍匐在地的窝棚，窝棚都很简陋，用锯开的圆木交叉相搭，上面敷有一层草泥，门口挂一袭棉或毡的门帘，这就是淘金客们赖以栖身的住所。

在钱良剑住所与淘金客窝棚之间，是一大片略带斜坡的扇形地带，上面建有一字排开的五个气派的大伙房，其中四个供几千名淘金客用餐，另一个稍小一点儿的是矿警队官兵的伙房。钱良剑、刘铭心、莎莎，还有矿警队的长官也在这个伙房吃饭，只不过他们吃的是小灶。

五个大伙房之间，用一寸厚木板架成的栈桥相连。木栈桥通向五个伙房的中央地带，那里有一块四四方方的场地，中间搭有一米多高的木头台子。阿勒屯塔莱两侧山上都是原始森林，有取之不尽、用之不竭的木材资源。

木头台子属于钱良剑独有的领地，他经常站在台上训话。

每天早晨一睁眼，钱良剑习惯听见从伙房那边传来的吵吵嚷嚷的声音。几千淘金客在伙房进进出出，不闹出动静是不可能的。而今天早晨，钱良剑的耳根非常清静。钱良剑在床上躺了一会儿，觉得有些不对劲，连忙爬起身，连脸都没顾上洗，就出门往淘金客就餐的大伙房前走去。

走到木头台子前，刘铭心正在这里与十几个金把头焦急地说着什么。看见钱良剑走来，连忙迎上前。

“局座，今天反常，淘金客都不来吃早饭。”刘铭心心里虽然焦急，但还是保持着镇定。

“淘金娃娃要闹事？”

刘铭心对面前的金把头们说：“你们还愣在这里做什么？还不快去他们

的窝棚看看，不来吃饭，难道是不想上工？”

十几个金把头慌慌张张地跑开了。

过了没几分钟，只见邬生龙从淘金客窝棚方向飞快地跑来，一双皮靴将木栈道踩得咯吱作响。

“穷鬼们要罢工！都他妈的不来吃饭了！”邬生龙气喘吁吁地说。

“那你还站在这里干啥？带上人和枪，毙上几个，看他们还敢罢他妈的工！”钱良剑怒气冲天地说。

“局座，您稍等。”刘铭心稳住钱良剑，冲着邬生龙说，“他们都说了些什么？”

“他们提出四个条件……”

“狗屁条件！邬队长，你带上人，谁不上工，先用皮鞭抽，抽不动，就毙他几个，我不信他们不要命！”

去淘金客窝棚打探消息的金把头们陆续跑回来。

“咋回事？”

“他们像死猪一样，没人说话。随便你咋说，他们就是不动。”

“他们是王八吃秤砣，铁了心了。不管你咋说，他们没人吭声。”

“刘总督察，”邬生龙看着刘铭心说，“我这就去……”

“沉住气，你再等等。他们提出的四个条件都是什么？”

“他们说，他们是人，不是牲口。”邬生龙看一眼钱良剑的脸色，小心翼翼地说，“他们提出的四个条件是……”

“你啰唆啥？刘总督察让你说，你就快说。”钱良剑气鼓鼓地说。

头天夜里，互助会的襄堂帮在乔里轩的窝棚里讨论罢工事宜，柴油商人宋振良被邀来参加会议。

会议很快确定了在第二天举行全面罢工，但在讨论罢工所开出的条件时分歧比较大。疤拉强主张动作要搞大。他说：“我们不是囚犯，凭什么我们不能随便出山？非要等合同到期我们才能出山？我们也不是奴隶，啥时候我们跟他们签了卖身契？我们的第一个要求就是，我们啥时候想出山就啥时候出山，而且可以带走我们存下的金子。”

疤拉强的说法很有煽动性，立即得到不少人的响应。

乔里轩没有马上发表意见，静静地听着，一边看了看宋振良的眼睛。

因为会前做过决定，参会者少数服从多数，第一条罢工要求很快通过；第二条要求是改善伙食；第三条是淘金客病伤要医治；第四条是减少劳动时间，由过去每天十二个小时改为十个小时；第五条是淘金客死后要做棺材并且掩埋。这五条罢工要求很快就通过了。参会者大都拍手赞成。

乔里轩始终没说话，大伙拍手的时候，他也没有拍手。

“我想听听宋先生的意见。”他最后这样说。

“我不是襄堂帮的成员，本来没有资格发言，但我觉得不说出心里话难受。”

乔里轩向宋振良点了一下头，鼓励他说下去。

“准确地说，这是我们的第一次罢工，上回李旺才那次应该不算。既然是第一次，就更应该慎之又慎，所提出的要求既要有一定的合理性，又要有可能的达到性。第一条我认为不妥……”

“知道你在俄国念过书，你就别文绉绉的了。”疤拉强打断宋振良的话，“我还知道你是个柴油贩子，你手头没有金子，所以能不能带金子出山跟你没有一点儿狗屁关系，所以你才说不合理，还有啥的狗屁达到性？”

“强哥，你让人家把话说完嘛。”乔里轩轻轻地拍了拍疤拉强的肩膀。

“强哥说得也有道理。”宋振良接着说，“来这里淘金的人，是自由人，而不是犯人，不能被关了禁闭。留在淘金客手里的金子本来就属于自己的，自由带出山是天经地义的事情。但是，这就会动了钱良剑他们的底线，他们能答应吗？我估计他们是肯定不会答应的。那么，罢工势必陷入困局。我觉得，第五条要求提得最好。咱们这次罢工，起因就是黄二狗他们遇难，其中的甘肃娃还没咽气就被扔进了白石坑。咱们虽穷，但也是人啊，不能像对待牲畜一样。再说山里木材多，钱良剑给他们做口棺材不是什么难事。这样，就能体现我们做人的尊严。”

宋振良说话的时候，乔里轩频频点头。

在座的人都觉得有道理，纷纷赞成宋振良说的话。

疤拉强站起身，瞪着宋振良，鼻子哼一声，甩手就走，临走时气鼓鼓地说:“就你喝过墨水!”

安德烈在他卧室里,两腿抻开杵在地上让勤务兵为他脚上的马靴擦油,伊万进屋来,说:“两艘淘金船上都缺人手,淘金船吃不饱,开不足马力。”

安德烈挥挥手,让勤务兵出去,问:“伊万中校,到底发生了什么事?你慢慢说。”

“过去每台淘金船边上有上百人为它服务,今天只有不到六十人,泥沙供不上,淘金船就吃不饱。”

“人都到哪里去了?”

“说是都病了。”

“怎么可能说病都病了?”

“听说钱麻子和马善人那边的淘金客们都罢工了,我们这里是不是有人也跟着动弹?”

“不可能!我们的淘金客都是战士,跟他们从来不掺和。”

“上校,那也难说。最近我老看见他们在一起嘀嘀咕咕。”

“走,我们去工地看看。”

一溜五匹马卷起杏黄的尘土从山沟深处跑过来,马蹄声由轻到重。待他们跑近了才看清,为首的是马善成。

马善成从马上跳下,把缰绳丢给随从,满脸通红、气喘吁吁地跑上前。

“不好啦,钱局长,我们工地上没人干活了,娃娃们要罢工!”

“慌个屌!你没看见?我们这里娃们连饭都不来吃了。”

“马掌柜,你从山里来,安德烈那边有什么动静?”刘铭心问道。

“说是安德烈那边也有不少人病了,出不了工。”

“看来他们是集体行动。”刘铭心转向钱良剑,“局座,淘金客里面真的有名堂了……”

“有他妈的啥鬼名堂?不来吃饭,老子饿死他!什么他妈的狗屁四个条件,老子一个都不答应,看咱们谁硬过谁!邬队长呢,叫他带上人马,子弹都给我上了膛,看是他娃的嘴硬,还是我的枪杆子硬?”

“局座，邬队长又去淘金客窝棚了。我让他叫淘金客派代表来跟我们谈判，他可能马上就会回来。”

马善成摊开双手，焦急地说：“罢工？这可使不得！咱阿勒屯塔莱暖得晚、上冻早，一年从4月到10月，满打满算，也才七个月的有效开采期，过了这个季节就得等来年。咱可等不起啊！钱局长，娃们的四个条件都说些啥？”

钱良剑麻脸一板，并不答话。刘铭心将淘金客们复工的四个条件对马善成说了。钱良剑抢过话说：“还他妈的死了要用棺材埋？你当你是天王老子呢！他们进山的合同上写得清清楚楚、明明白白，‘生死由命，富贵在天’。娃们不都在上面签字画押了吗？人死了，扔到白石坑不就完啦！”

三人正说着话，邬生龙从木栈道上嗵嗵地跑过来。

“钱局长、刘总督察、马爷，他们淘金客中有个叫生活互助会的组织，他们组成了一个谈判组，但他们要跟阿勒屯塔莱里的最高管理机构谈，其他人一律不谈……”

“一群穷小子，还牛起来啦！”钱良剑问刘铭心，“他们有个什么生活互助会？”

刘铭心噢了一声，说：“上个月，有几个淘金客来找我，提出要组成一个什么生活互助会，当时我想，不就是互相帮助嘛，也没有太在意，给您汇报时，您说爱帮就帮吧，可能也没有放在心上。现在看，这个生活互助会有名堂，不可大意啊！”

钱良剑低声骂了一句：“真他妈的还成气候了！”

刘铭心说：“先听他们说说也好。”

中午时分，由淘金客生活互助会派出的谈判人员与阿勒屯塔莱治安调查执行委员会人员，在钱良剑的会议室正襟危坐。

互助会派出乔里轩、乔里知、疤拉强作为谈判代表。

调执委方面参加人员有钱良剑、马善成、安德烈、刘铭心、伊万、列昂契奇，邬生龙和矿警大队两个头目也参加了谈判会。因为有俄国人参加，而且俄国人在正式场合从来就只讲他们的母语，所以，作为翻译和记录的莎莎也参加了谈判会。

刘铭心主持谈判会。

“是你们要罢工,也是你们先提出谈判条件的,自然由你们先说了。说说吧,你们为什么好好的要罢工?”刘铭心的开场白简单明了。

钱良剑满脸怒气,脸色通红,上面的麻子发亮。马善成不愧他的绰号,脸上始终挂着笑。安德烈一脸肃穆。伊万眯缝着眼,额头闪闪发亮。列昂契奇根本无心听会,从坐下来开始,一双眼睛从没离开过莎莎。身着中尉军装的莎莎英姿飒爽,光彩照人。

“淘金客们再穷,再卑贱,也是一个人。”事先,互助会商量好了,由乔里知主谈。到底教过两年书,乔里知开口就抓住了事情的根本,“黄二狗四名淘金客的尸体被扔在白石坑里,其中一个叫甘肃娃的还没断气,秃鹰却在那里啄食他们的血肉。请问在座的诸位,大家都有家人,如果黄二狗四人是诸位的亲人,你们有何感受?我再说一遍,淘金客们再穷,再卑贱,也是人,而不是牲口。是人,就要有人的尊严。所以我们三人代表六千七百名淘金客郑重提出:一、要改善伙食;二、伤病者要医治;三、缩短劳动工时,由过去的十二个小时改为十个小时;四、淘金客死后要得到殓葬。”

刘铭心认真地听,心想这个叫乔里知的口才不错,没一句废话。

钱良剑鼓起腮帮子,脸涨得紫红,正要发作,坐在他身旁的刘铭心拽了拽他的衣角,他才怒气冲冲地摆了摆头,勉强没有骂出声。

“据我所知,每位淘金客进山,都跟金课局签订了合同,合同上可没写淘金客死了还得用棺材殓葬。”刘铭心扬了扬手中的几张纸说,“咱们契约在先,一切都得有凭有据才行啊。”

疤拉强口气强硬地说:“那合同上也没有写淘金客死了就扔在白石坑里让秃鹰活活地吃了!”

钱良剑终于按捺不住,气哼哼地说:“人死了,难道还要放在你住的窝棚里?秃鹰是它自己飞来的,跟我们有关系吗?你这不是瞎扯淡吗?要谈好好给我谈,不谈拉尿倒!”

疤拉强反唇相讥:“姓钱的,你好歹也是个局长哩,咋出口骂人啊?”

钱良剑站起来,恶狠狠地说:“骂你怎么啦?你们难道还想造反?”

马善成坐在钱良剑的身旁,连忙拉他坐下:“有话好好说,这不是在谈判吗?有什么话先放在桌面上,谈谈再说嘛。”

马善成将那四项条件写在纸上,琢磨了一会儿,觉得山上有的是木材,做口棺材也不是什么难事,不就是锯开板子,钉几钉子,用不着那么讲究,一个木匠一天做两三口是稀松平常事。至于改善伙食、伤病医治,那也是虚的。每天添半个菜也叫改善了伙食,请一个郎中进山随便瞅瞅,你也不能说没有医治。四项条件中难就难在缩短劳动工时上,十二个小时减到十小时,那金子的产量不就减少了六分之一?想到这里,他先笑了笑,然后说:“要我说,做口棺材把死人葬了,也是应该的,咱们得讲点儿仁义道德嘛。我事先没有跟钱局长通气,有啥不到的地方还请钱局长见谅。我先表明一个态度,以后我的矿区死了人,我给他们做棺材,好好地把他们给埋了。”

乔里知马上拍手称赞:“马掌柜的这种态度,让我们看到了你们谈判的诚意。”

钱良剑狠狠地瞪了马善成一眼:“你装什么善人?”

莎莎走过来,为自己的养父倒了一杯水,轻轻地向养父点了点头。钱良剑安静下来。

莎莎继续坐在会议室的一张小木桌上记录。在整个谈判过程中,三个俄国人几乎没有说话。莎莎只是充当了记录员的角色。但她的眼睛一直在观察作为淘金客们谈判代表的三个人。她发现那个叫乔里轩的始终没有开口,好像连大的气息都没有发出过。这个青年男人大概有二十四五岁,与自己的年纪相仿。他长得还是蛮英俊的,不但在省督办公署没他这么帅气的男人,就是在整个迪化找这么个男人也不容易。他长着一张国字脸,面色黧黑。莎莎喜欢这种肤色的男人,太白太黑她都不喜欢。他的下巴微微上翘,鼻梁高而坚挺,很容易让人想起那个著名的米开朗琪罗大卫塑像。他长着一对剑眉,一双丹凤眼炯炯有神,目光却很柔和。他好像是个局外人,眼前的争吵辩论好像跟自己没有丝毫关系。他不卑不亢,脸上有一种淡淡光泽,挂着微微笑意。

莎莎没有记录的时候,眼光总落在乔里轩的身上。

有一阵子，她发现自己走神了，脸蓦地热起来，连忙把目光落在笔下。可是，过不了多久，目光不由自主地又移向乔里轩。

莎莎的这种异样神情没有逃过列昂契奇的眼睛。列昂契奇觉得心里酸不溜丢，醋意像镪水一样灼炙他的心。列昂契奇本来就是个红脸汉，现在他的脸已经变成猪肝色。他连喘息都不均匀了，发出动物般呼哧哧的响声。

刘铭心说："都谈了这么久，"他抬起手腕看看表，"哦，都两个小时了。怎么样？我们只能答应你们提出的'死者用棺材埋葬'的要求，其他我们不同意……"

疤拉强霍地站起身，粗声粗气地说："那还在这里折腾个屁！我们回去接着睡觉！"说完就要走。

坐在疤拉强对面的列昂契奇突然走过来，一把拽住他的手臂："你一个男人，当着姑娘面讲粗话，你得向她道歉！"

疤拉强甩开列昂契奇的手："道你屁的歉！刚才钱良剑说粗话，你他妈的咋不吭声？"

两个人撕扯起来。

疤拉强说："咋？红脸老毛子，你想跟我比试比试？"

列昂契奇一把推开疤拉强："谁跟你干？你滚开！"然后把手指指向正在起身的乔里轩，"我跟他干！我跟他比试！他要赢了，你们提出的四个条件我都答应。他要输了，都快快给我干活去！"

疤拉强知道乔里轩的手段，故意挑逗道："你说话算数，还是等于放屁？"

列昂契奇鼓起腮帮子说："什么放屁？怎么就不算数？"

疤拉强说："据我所知，你不就是个跑龙套的？说话就是放屁！"

列昂契奇问邬生龙："什么叫跑龙套？"

邬生龙说："就是说话不管用的意思。"

安德烈生气了，接过话说："列昂契奇说话不管用，那我说话管不管用？"

安德烈觉得事情很好玩，而且他知道列昂契奇曾是哥萨克军团的拳击冠军，打这么一个黄皮肤的小子，还不是绰绰有余？

乔里知跟了一句："这也不行。必须要钱局长同意。"

钱良剑跟刘铭心耳语几句，觉得有趣，他们知道拳击手列昂契奇不会输，钱良剑便说：“我同意。但你们不许反悔啊！”

乔里轩已经走过来了。他目光炯炯地盯着钱良剑说：“当真？”

这是乔里轩来这里后说的唯一的一句话。

身边的钱良剑、安德烈、马善成都点头说：“当真，当真！”

比武场放在木头台子的下面。

消息不胫而走。淘金客们从各自的窝棚拥向这里。一时间，几条木栈道被脚步踩得嗵嗵直响，像擂起战鼓那么激动人心。

列昂契奇显得非常兴奋。他脱下制服、衬衣，最后一把扯掉内衣，裸露出宽宽的牛皮腰带和一身腱子肉来。他胸前棕黄色的胸毛尤其惹眼。莎莎跟自己的养父一起站在木头台上。列昂契奇仰望着台上的莎莎，屈起右臂，肱二头肌和肱三头肌像石头一样隆起。列昂契奇武士般骄傲地笑着，脸膛越发通红，蒜头鼻子放出紫光。他想，终于有了在自己心仪的女人面前施展本领的时候了。

淘金客们里三层外三层地将木头台周围这块地方紧紧围起来。

乔里轩平静地站在列昂契奇的对面。他只脱去外衣，露出白粗布做的、两肋用扣襻系在一起的那种无袖汗褂。他裸出的双臂肌肉饱满。他的腰间系着用粗布捻起的腰带。这身打扮显示出他颀长、匀称的身材。

乔里轩的目光柔和，还是那样温和地笑着，他好像无视眼前这位向他挑战示威的异国壮汉。

乔里轩三岁时，父亲带他去少林寺进香。走进山门时一眼被文慧方丈看中。乔里轩的父亲被请进寺庙的茶室。方丈开口就说：“这孩子有慧根，你舍不舍得将他放在老衲这里修炼？”父亲起先不肯，可又不想驳了方丈的面子，心想孩子这么小，他肯定不愿离开自己，便说：“只要他愿意，我不会反对。”让父亲大吃一惊的是，三岁的里轩居然答应从此就留在寺庙里。这件事在整个登封县一度传为佳话。乔家那时有良田百亩，也算富庶人家，跟寺庙结缘的乔家父亲从此每年送给寺庙十石麦子。文慧方丈在传授里轩武艺的同时，还悉心传授他佛学。文慧方丈说：“因佛学的最高境界是无我，故而少林功夫的最高境界是面对对手则似有似无。”十几年下来，乔里轩就变成了一个泰山崩于足下而脸不变色心不惊的超级淡定之人。

刘铭心在木头台上喊一声:“双方听好了,约定在先,伤不怨人,死不偿命。比赛开始!”

站在木头台上的莎莎心跳突然加快。她为自己的紧张情绪感到奇怪。台下那个穿白粗布汗褂的男人跟自己无缘无故,为什么要替他捏一把汗?她虽然这么想,但双拳还是不由自主地握紧了,好像站在列昂契奇面前的正是自己。她暗暗地在心里说:“乔里轩,加油!”

列昂契奇扬起硕大的双拳,二话不说,上来就朝乔里轩的脸部打出一通组合拳。围在四周的淘金客们发出一片“哎呀”的担忧声。乔里轩闪转腾挪,列昂契奇好像在跟空气搏斗,他的拳头根本就碰不上任何东西。几个回合下来,拼尽全力、想在女人面前露一手的列昂契奇已经气喘吁吁。而乔里轩仍然像开始时那样镇定,目光柔和,脸上挂着温和的笑。

列昂契奇似乎在跟一个影子搏斗,他浑身的力气根本施展不出来。

列昂契奇被激怒了,他像野兽那样咆哮起来,眼睛冒火,嘴角挂着白沫,用尽全身力气朝乔里轩胸前一个下勾拳。这回乔里轩并没有闪躲,而是挺身上前。

嘭的一声闷响,列昂契奇的右拳像是击在一堵墙上,震得他浑身颤抖,手臂酥麻,钻心的疼痛袭上心头。他的身体晃荡了一下,一屁股坐在地上。

围观的淘金客们齐声呐喊,拍手叫好。

乔里轩友好地伸出手去拉列昂契奇,列昂契奇恼怒地甩开。

淘金客们高喊:“噢,我们赢啦,我们赢啦!”

莎莎的心间涨满了一种难以言说的快感。那一刻,她觉得自己怕是已经爱上了乔里轩。

第八章

在尖下巴、高颧骨的黄俊喜看来，带金出山是世上最刺激的事情，尤其是从一棵树上跳到另一棵树上。身下有着无数看不见的地雷，一触及就会粉身碎骨，而自己却像飞鸟一样从天而过。他觉得自己为乔里轩起的那个飞鸟的绰号实在是妙不可言。而且，自己身上的包袱袋里装着十千克金子，那是何等的富有啊！等到了托托里小镇，那里有的是美酒和美女，可以纵情享受。

带金出山的小分队的领头是乔里知和黄俊喜。谁都知道这是稍不留心就会丢掉性命的玩命差事，所以托他们带金出山的淘金客都要付给襄堂帮一定的佣金，襄堂帮又会给小分队成员一定的奖励。黄俊喜认为这是他在阿勒屯塔莱三年来最滋润的日子。

经常在托托里小镇走动，黄俊喜在蓝星星妓院有了意中人。一个叫韩三婆的女人是这家妓院的老鸨。这天午后，黄俊喜等人处理了带来的金子，一个人就踅到了蓝星星。韩三婆一看是熟客，知道这又是上门送银子的，便满面春风地招呼道："哟，这是哪股风把黄爷给吹来啦？还是找你的琪琪吧？"

"韩姐，还真让您老人家给猜对啦！"黄俊喜喜眉喜眼地说。

韩三婆并不老，比黄俊喜大不了多少。黄俊喜以为自己在恭维对方，想不到韩三婆根本不愿听这样的恭维话，嘴一撇："瞧你说的，我有那么老吗？"

琪琪就是黄俊喜的心上人。听见堂屋里有人点她的牌就从里屋走出。

黄俊喜也有些日子没见琪琪了，也不管老鸨就在身旁，上前就搂住琪琪的腰走进里间。顾不上寒暄，当下就宽衣解带。

琪琪是个冷美人，面容清秀，却鲜见笑容。走进蓝星星时，黄俊喜就想好了，这次一定要看看琪琪的笑脸。所以在解衣裤的过程中，就从兜里掏出几张银票，在琪琪的面前晃晃。

“哥哥有的是钱啊！你给哥笑一个，哥给你双份钱。”

说完，从衣兜里摸出两枚新疆省发行的银圆。琪琪伸出手，两枚银圆叮当作响地落在她手上。

妓女又叫卖笑女，银圆到手，琪琪果然开口笑了，露出两排洁白的牙齿。黄俊喜心花怒放，一弯腰将琪琪抱上床。

志得意满的黄俊喜忘乎所以：“琪琪，你把哥哥伺候舒服了，哥哥有的是钱。”

“黄哥，您是商人吧？”

“可以这么说。”

“那做啥生意呀？”

“倒金换银呀！”

“噢，您不是淘金客，而是来回倒卖金子的金贩子呀！黄哥，您在哪条山沟里倒金子呀？我们托托里小镇周围有好多山沟都出金子呀！”

“阿勒屯塔莱，”黄俊喜话刚出口，突然想起乔里轩说在托托里小镇兑换金子时千万不能说出自己的来历，关键时候他改了口，“啊啊，其他几条沟我也都跑，而且跑得多。倒金子嘛，哪里来钱就往哪里跑呗。”

后面完全是倒凤颠鸾的勾当，黄俊喜像是做了一场朦胧春梦。

走出蓝星星，黄俊喜庆幸自己头脑清醒，关键时刻改了口，把自己的来历给掩饰过去。

“托托里小镇周边好多山沟哩，谁能知道咱从哪条山沟里出来？”走到小镇那条挂满红灯笼的后街，黄俊喜自言自语地说。

每隔一段时间，刘铭心都要出山一趟。他要会会白凤琪，顺便也带点儿金子出来。钱良剑跟他成为莫逆，他把白凤琪留在托托里小镇的事早就告诉了钱良剑。钱良剑说：“老弟，你跟我不同，人还年轻，那方面的需求要旺盛些。谁都知道，那种事完全是以年龄划阶段的。唉，就难为你了，没啥事就多走动走动嘛。”

钱良剑够意思，刘铭心每次出山，都不让他空手走。

白凤琪的金店开张半年多了。这女人自从跟上刘铭心后，在刘铭心的熏陶下，文化上有了长进，尤其是在迪化亨得利钟表店待过一段时间，生意上的事情也懂了，她奉行薄利多销的理念，小店在她的打理下，生意还蛮红火。

中午时分，刘铭心走近小店，进门前他驻了脚步，饶有兴趣地打量小店的门脸。小店也是全木结构，只不过在门两侧及门楣上，用马口铁皮做了装饰。马口铁皮上方悬挂着一块长方形的匾额，匾额上“金悦”两个大字用红漆刷了，显得耀眼。这店名是刘铭心起的，匾额上的字是开春时特意请钱良剑写的。刘铭心觉得钱良剑的草书还是有些功底的。这样想着，刘铭心推门进到店里。

“啊，是刘总督察呀！”白凤琪笑嘻嘻地迎上前，“我琢磨着这两天你也该来了。怎么样，这次带来多少花儿？”

花儿就是金子，阿尔泰七十二条沟里的淘金客们都这样说。

刘铭心有些不高兴：“噢，你一见面不问别的，就惦记着你的金子！”

“看你说的！刘总督察，我刚才还在想你呢！”

阿尔泰的森林覆盖率非常高，空气好，水养人，白凤琪在托托里小镇待了半年多，面色白白嫩嫩，举手投足增添了几分韵味。

“你带的卫士呢？”

“我让他们去客栈了，省得碍眼。”

说话间，身子就凑上前，一把搂住白凤琪的细腰。

白凤琪轻轻推开他：“后屋有伙计！你还没说呢，这次带来多少花儿？”

刘铭心从身上卸下斜背在肩的黄色军用挎包：“都在这里，你自己看吧。”

“这么多呀！”白凤琪的两只眼笑眯了。

“走吧，去你住的那个院子吧，还在这里磨蹭什么呀？”

“每次都这么急！我们青海那边有一句老话：‘心急吃不成热豆腐！’”白凤琪用白嫩的手指在刘铭心的额角上戳一下，然后朝里屋喊她伙计的名字，“我先回去一趟，你好好看着店啊！”

白凤琪租来的住房在小镇前街的后面,经过挂满红灯笼的后街,拐一道巷子,再往前走上几百步就到了。

路过蓝星星妓院时,韩三婆眼尖,瞅见了走在街上的白凤琪,隔着窗户招呼她:“白老板,进屋坐坐呀!”然后从屋里走出,看见白凤琪的身边还有一位戴眼镜的男人,吐了一下舌头,“啊,妹子有客人啊,那我改天去看你。”

“什么玩意儿!”白凤琪小声嘟哝一句。她觉得当着刘铭心的面,这种人跟自己打招呼没有面子,才故意这样说。其实,白凤琪跟韩三婆虽谈不上过从甚密,但也多有来往,常凑在一起打麻将。在她看来,托托里小镇的日子也只能这样打发了。

对这个小插曲,刘铭心并没有评论什么。两人继续往前走。白凤琪租来的住房是土坯房,外面还有一个小院。白凤琪用钥匙打开门,让刘铭心走在前面。两人进屋后,刘铭心上来就抱她:“想死我啦!”

白凤琪却只顾打开刘铭心的军用挎包,取出装金子的帆布皮囊,用手掂了掂:“还真不少。你们钱局长那人还挺仗义。听说他对他的养女可好啦。”

刘铭心哪里顾得上扯这些闲篇,抱住白凤琪就亲,然后拥着她往床边挪步。一通忙活过后,两人拥着被子聊天。

“你那两个卫士也真没劲儿,你在这里快活,他俩却在客栈傻等。”

“你怎么知道他俩在客栈傻等?没准也在后街上快活呢。反正每次听说要跟我出山,都乐得屁颠呢。”

“我说你们这些男人呀!”又用她那白嫩的手指戳刘铭心的额头,“这次你得多住两天吧?”

“住什么呀!阿勒屯塔莱一点儿不消停,前两天几千名淘金客还罢工呢。我住一宿就得走。钱局长一人在那里顶着不容易。”

“他们为什么要罢工?原来不是好好的吗?罢什么工呀?好好淘金子不比什么都强?”

“矿上出了事故。放炮崩矿时,炸药没着,他们跑去看,结果就爆炸了,炸死了四个人。他们不干了,说要给死人做棺材,还要把他们给埋了。阿勒屯塔莱向来没这个规矩呀。可他们不听,就闹起来了。他们还提出要改善伙食,伤病了要医治,还要缩短每天的劳动时间……”

“缩短时间？那产量不就下来啦？”

“是呀，所以最后这一条我们死活就没答应。”

“那现在怎么样呢？他们复工了吗？”

“说也怪。开始他们很强硬，后来突然软下来，也就都陆续复工了。”

刘铭心没有提起乔里轩和列昂契奇比武的事。在他看来，那根本就是个把戏。让他觉得滑稽的是，安德烈和钱良剑却都认可比武的结果，居然同意淘金客复工的四项要求，要不是那个秃脑袋伊万咬死了不松口，真就让穷鬼们得逞了。想想真好笑，本来就是个把戏，安德烈和钱良剑却当真了。这两人表面凶残，却怀揣着意气用事和妇人之仁。

“托托里小镇的人都说，钱局长那人可狠哪，说是杀人不眨眼。”白凤琪转了话题，“但我看他对你还不错嘛。他跟他养女是咋回事？这里的人都传，说是比亲闺女都好。”

“遇上这么个上司，算我的福分。钱局长年轻时曾留学俄国高加索军校，学的当然是军事。后来赶上了俄国国内混战，他们的军校也被卷入其中。哦，钱局长的养女叫莎莎，是个混血儿，长得非常漂亮……”

“你看上人家啦？你可不要像安东那样，三心二意！”

“废话！莎莎是钱局长的养女啊，怎么可能？”刘铭心的语调提高了。缓了一下，声音平稳下来，“莎莎的亲生父亲是中国塔城人，在高加索当皮靴匠，她的母亲是俄罗斯人。俄国国内混战中，高加索也打起来了。在战斗中，钱局长受伤，是莎莎的父亲把他背回家，两口子人厚道，像对待亲人一样对待钱局长。战争结束不久，莎莎的父母都去世了。他们是怎么死的，我还真不清楚，反正是莎莎的母亲先去的，然后是她父亲。她父亲在临终前将当时只有四岁的莎莎托付给了钱局长，算是临终托孤吧。说起来，这钱局长还真是个有情有义的人。后来回国就把莎莎带到了迪化，培养她在迪化读完女子中学，后来又送到俄国读大学。这所有的费用都由钱局长承担……”

“这么说来，钱局长确实是个讲义气的男人啊！”白凤琪由衷地叹道。

钱良剑与他养女的故事，刘铭心是在迪化听说的。他当时就很感动。山不转水转，现在居然跟钱良剑做上了同事。他之所以这样有耐心地把这个故事原原本本地讲给自己的女人听，是他觉得这样的事值得他讲。

两人在床上闲聊了一会儿,白凤琪拿她的白嫩的脚丫子去蹭刘铭心的大腿,刘铭心说:“你还有完没完?你就这样吃不饱啊!”

“饿的。你一个月最多来一趟,人家能不饿吗?”

“好好,那我接着喂你。”两人又紧紧地抱在一起。

在这个过程中,刘铭心问白凤琪最近金悦生意怎么样。白凤琪呢喃道:“真是好极了,不知从哪里冒出来那么多金贩子,上来就是十公斤、几十公斤的金子。”刘铭心警觉起来,问道:“他们都是从哪条山沟出来的?”

“他们从来不说。管他们从哪条山沟里来的?只要咱们有赚头不就行啦!”

刘铭心放开搂抱白凤琪的手,说:“你仔细想想,他们都从哪里来的?”

“我还真不知道。我没问过,他们也没说过。倒是……”

“倒是什么?”刘铭心用胳膊支起身子。

“就是……刚才咱们路过后街时,不是有个女人叫我吗?就是她告诉过我,说是有个嫖客跟她的女娃玩的时候,说漏了嘴,说他从阿勒屯塔莱来,后来却改口了……”

刘铭心猛地坐起身。

从阿勒屯塔莱来,却要欲盖弥彰地改口,阿勒屯塔莱里淘金客们的劳动合同都没到期,这时候金子是不允许带出山的。他们真是从阿勒屯塔莱来的吗?如果不是,为什么会提到这个地名?

刘铭心从床上跳下来,迅速穿上衣服,就要出门。

白凤琪光着身子从床上坐起,颤动着两只肥硕白皙的乳房说:“什么人啊?说一出是一出,这就走啦?”

“突然想起山里有急事!”

然后,头也不回地走了。

疤拉强不待见宋振良。他觉得这个小黑瘦子事儿多。本来,以乔里轩为首的互助会襄堂帮的成员都赞成跟钱麻子他们干到底,不答应他们提出的四个条件决不复工。但最后就是这个小黑瘦子出来劝乔里轩,说斗争一定要讲策略。

"什么叫策略?"乔里轩对这个词语有些陌生。

"策略就是……怎么说呢?在与敌人斗争时,既要了解对手,又要了解自己,我们想达到什么目的,敌人会怎样对付我们?每走一步前都要先找到最合适的方式方法,这些对策可以说就是策略。"

在宋振良的这番话中,他第一次把钱良剑他们称为敌人。乔里轩觉得这个词用得好。在宋振良看来,从这次罢工开始,淘金客们与钱良剑他们之间的矛盾就算升级了,正式成为敌对双方。开弓没有回头箭,他预感到阿勒屯塔莱里的斗争从此将越发残酷。

马善成手下的淘金客姚晨芳说:"他们都是啥人啊?言而无信!说好了谁赢了听谁的,明明是强哥赢了,他们却反悔。还他妈的是局长呢,说话跟放屁有啥两样?"

站在一旁很少说话的乔里堂开口说话了:"他们都是什么人?还能让人相信?咱们在这山里待了也不是一天两天了,他们什么时候说话算话过?"

疤拉强说:"他们还算人?不过是披了张人皮吧。就是得跟他们干到底,不答应咱们开出的条件,复啥工啊?啥狗屁策略不策略的!"

说完之后又狠狠地瞪了宋振良一眼。

乔里轩拍拍疤拉强的胳膊:"强哥,对宋先生客气一点儿,人家这不都是替咱们着想嘛。我琢磨了一下,宋先生讲的是有道理的。一口吃不成个胖子,咱们得悠着劲跟敌人斗。"乔里轩也开始把钱良剑他们称为敌人。

宋振良说:"咱们这次也算大获全胜了。敌人虽没有答应咱们缩短劳动时间的要求,但其他三个条件还是同意了,这就是胜利。尤其是死者要棺葬,这一点非常重要,说明山里淘金客们无论多么贫穷,多么低贱,但都是人!只要是人该有的权利,咱们一步步来,一样样争取,咱们都得有!"

在乔里轩听来,宋振良最后这句话讲得非常有力量。他的心头像燃起一团火,说:"对,咱们听宋先生的,跟敌人一步步斗争,让敌人知道,咱们是比他们一点儿也不差的人!"

疤拉强不高兴了,鼻子使劲哼出了声:"乔哥,这一点儿我就不爱听。什么都听他油贩子的,那要咱们襄堂帮做屁用?"

说完站起身,一猫腰,从乔里轩的窝棚钻出去。

宋振良望着窝棚门上晃动的毡门帘，半晌没有说话。

第二天上午，刚开工不久，宋振良特意到安德烈采金区的淘金船那边，找到谢尔盖，把昨天晚上在乔里轩窝棚里说的话学给他听。

“Янемного правый оппортунизм（俄语：我是不是有点右倾）？”宋振良看看身边没有别人，用夹杂着俄语的汉话问谢尔盖。

谢尔盖思忖了片刻，说：“宋振良同志，你的话一点儿也没有错。斗争就是要讲策略，这是血的教训。你的朋友都是农民，他们长期待在沟里，没有这方面的经验，怎么可能知道这些事？你不要有顾虑，坚持你的立场是完全正确的。”

“谢谢你这样支持我，谢尔盖同志。怎么样，你的侦察工作开展得顺利吗？”

“还算顺利吧。这些日子，我四下里走动，跟这里的淘金客们聊天，获得了不少情报。安德烈的确就是我要找的白卫军残部，去年进犯我们斋桑湖农庄的正是他们这伙匪徒。安德烈是瓦西里耶维奇·高尔察克的外甥。1921 年，白卫军战败后，有一支几千人的白卫军残部从中国新疆吉木乃逃窜到了阿勒泰地区，苏联红军的一个步兵师和一个骑兵团五千余人尾随追击，经过几个月的激战，这伙流窜的白卫军大部被歼，只有安德烈率领一百多人侥幸逃脱。这一百多人在新疆几经辗转，最后在这里落了脚。他们开始淘金子，逐渐形成了一个有一千多淘金客的淘金队伍。去年伊万带着上百人回国打探情况，在斋桑湖附近血洗集体农庄，后来被我们苏联红军围歼，只有伊万一个人漏网跑回来。被歼的一百多人中有四十多名是白卫军老兵，其余是他们组织和训练起来的淘金客。安德烈当年带来的白卫军老兵，这一二十年来连死带跑，现在只剩下四十余人，其余都是淘金客。这些年来，安德烈一直在淘金客中进行武装训练，他实行的是半军事化管理，给他的手下人灌输复仇和复辟思想，用这种方法来笼络人心，控制队伍。但是眼下很多人都不相信他说的那一套了，跟他不是一条心。就连那个拳击手列昂契奇都觉得上当受骗了，但是，念在当年安德烈带领他们逃出来、捡了一条性命的份上，暂时还听他的，安德烈也才能勉强控制局面。”

“你说的这些和我所掌握的情况基本一样。这次互助会组织罢工，安德烈这边的淘金客也有所响应，称病不出工。我跟这里一个叫廖远山的淘金客有联系，他现在是互助会襄堂帮成员，是个靠得住的人。谢尔盖同志，有什么需求请尽管说，我们会积极配合你的。”

“现在最重要的是，要把我获得的这些情报向我的上级汇报。可是，这里距离我的上级少说也有上千公里，我怎么汇报呀？”

“谢尔盖同志，你是知道的，无线电发报是我的老本行，如果能在这里找到一部电台，我就能与我们迪化的组织取得联系，再通过他们跟共产国际联系，找到你的上级不会太难。”

“这个我也想过。但安德烈对电台控制得特别严格，安德烈手下那个伊万非常狡猾，我在跟他们的淘金客接触时，伊万就开始注意我了。我不可能用上他们的电台。”

“钱良剑和马善成那里都有电台，咱们能不能想想办法？”

“我认为可能性不大。咱们没有理由接触电台呀！”

“谢尔盖同志，你让我想想办法。托托里小镇有没有电台？如果有，我可以借出山拉柴油的机会找到电台。谢尔盖同志，我来想办法。”

“谢谢你，宋振良同志。”

第九章

马善成几乎每隔十天就会从山外弄来一批烟土。烟土来自奇台，奇台在新疆北部，距离北塔山两百公里。自 20 世纪初，这里就有人开始种植罂粟。海拔、气候、土壤，决定了奇台罂粟的产量高且质量上乘。新疆的烟鬼们都喜欢这地方的罂粟。马善成是甘肃凉州人，来阿山金课局就职前，在迪化就接触到这东西。年轻时的他主要以贩运罂粟谋利，盛世才掌控新疆统治权的头年。马善成在朋友的帮助下，进入督办公署工作。有了官差以后，他放弃了贩运罂粟的营生。在阿山金课局就职的头几年里，他想在仕途上有所作为，也不曾与罂粟有纠葛。后来，钱良剑调入金课局，算是抢了他的行当，他觉得在仕途上也不会有大的发展，重新把目光投向罂粟。在阿勒屯塔莱，他是唯一以淘金为主，兼营烟土生意的。钱良剑对此非常厌恶，想把烟土从阿勒屯塔莱赶出去，但关键时候迪化总是有权贵替马善成说话。官场就是这样，互相牵制着，就像一只筐里装着的一堆螃蟹那样。

虽然跟罂粟缘分不浅，但马善成此人鬼精，知道这玩意儿是魔鬼，绝对碰不得，身边多少人因为好上这一口而倾家荡产。马善成把这东西弄到山里是让他的淘金客享用的。这在魔鬼钱良剑那里吃不开，安德烈那里更是讳莫如深。马善成只能在他的地盘上经营这玩意儿了。

阿勒屯塔莱只有一个烟馆，但规模不小，生意更不错。马善成引诱淘金客们吸食烟土很有一套。他往往在晚饭后拍着某个年轻淘金客的肩膀说："娃娃，辛苦一天了，吸两口，解解乏。"

"我可没那个闲钱。"年轻的淘金客开始时一般都会这样说。

"啥钱不钱的？想抽就抽两口，不想抽就算。我也是看你娃活得孽障，让你娃享受一下，你娃张口就是钱。走，走远一点儿，该干啥，你娃干啥去。"

“真的不要钱？”年轻的淘金客动心了。

“看你这个熊样儿！我啥时候跟你娃说钱的事情了？”

马善成说这番话时脸上一直挂着笑容，年轻淘金客觉得马爷亲切，没掌柜的架子。

马善成的烟馆也是用木头搭起的，一个大通道里连着十几间小屋，屋里是宽大的木床，木床上铺有软和的褥子。所有的小屋里都用雪白的桦木做饰板，看上去像天堂一样华丽。年轻淘金客往上一躺，觉得很舒服。小跑堂的立即把烟枪递上来，点着烟灯，哧溜一响，一股青烟袅袅升起。年轻淘金客张口一吸，浑身真是舒坦极了，疲劳跑到了九霄云外，心里想啥就来啥。一来二去，年轻的淘金客上瘾了，半天不抽就鼻涕哈喇子流一嘴。马善成手下那个尖嘴猴腮的孙守平凑上来，说：“你不能老这样白抽烟吧？人都像你这样，马掌柜可供不起啊！”这时候，年轻的淘金客别说给钱了，就是要命也舍得。吾守尔·买买提的朋友卢三就是孙守平诱惑的对象，但买买提多次劝诫卢三，那玩意儿是个害人魔鬼，一旦沾上，人就完蛋了。

买买提的话对于卢三来说，差不多就是耳旁风，晚饭后的这段时间，他总喜欢往马善成木头房子的烟馆转一转。这个晚上，卢三又来到木头房子烟馆，孙守平挥手让他进来：“卢三，你就是不尝一口，进来坐坐也行呀！”

从木头房子飘出烟土那种特殊的诱人的香味，卢三的脚步差不多都挪不动了，但他想起买买提的话，重重地咽了一口唾沫，还是转身走了。

孙守平朝地上啐了一口痰：“妈的，卢三，总有一天，你会躺在这烟榻上的！”

第二天午饭过后，孙守平被人从木头房子叫到马善成的住房里。

“猴子，”马善成这样称呼孙守平，孙守平觉得亲切，“我有一件大事让你去办，办好了，我给你三两奇台烟土。”

孙守平嘴上答应着，心说我才不稀罕你的什么烟土呢，你要赏就把你屋里的娘们借我使使，你不是对邬生龙说女人那玩意儿又使不坏吗？

“马爷，那我也得听听是个啥事啊！”

“安德烈那里有两艘淘金船你知道吗？”

“知道啊，那天我还专门凑到跟前去瞅了瞅。”

“你原来不是摆弄过汽车吗？机械那一套你懂得？”

“懂得。”孙守平点头。

“那你这两天晚上过去，趁他们不注意，把那两玩意儿给我弄坏了。”

“怎么弄坏？”

“不管你用啥办法，让它转不动就行。”

“马爷，安德烈那些老毛子狠着呢，抓住我，还不把我给崩啦！”

“那你什么意思？不想去？三两上好的奇台烟土呢！”

“烟土不烟土的，我还真不太想……”

孙守平整天就跟那东西打交道，他觉得不稀罕。说话间，眼睛就往马善成隔壁女人屋里那边瞅。马善成明白了他的意思。

“行，等你办完事了，我让她们两个都陪陪你。”

孙守平的脸上仍表现出不满意的神色。

“马爷，您知道的，那可是把脑袋别在腰上的差事，我这一去，能不能……”

马善成是何等聪明之人，拍了一下孙守平的尖脑袋：“猴头！你现在就去她们的屋，我这就去给她们言语一声，把你娃伺候得舒舒服服，你娃可要把事情给我办利落了啊！”

天色刚擦黑，刘铭心带着两个马弁急急忙忙地骑马跑回山里，直奔钱良剑的办公室。卫兵告诉他，钱局长回自己的寝室去了。

“不是说要在小镇上过夜的吗？咋这么急就回来啦？”钱良剑问道。

“我在小镇听到点儿风声，待不住了，得赶快回来向您汇报，不然我怎么能睡着觉啊？”

对于刘铭心忠于职守的精神，钱良剑一向很欣赏。他曾多次赞叹迪化特务头子李英奇知人善任。

“出什么事呢？”

“眼前倒没出什么事，只怕很快要出事。听小镇上的人说，最近来他们那地方贩花儿的人特别多，而且出手很大，都是十几、二十公斤，这在以往是不多见的。”刘铭心也跟着山里人的叫法，把金子叫花儿。

“那会不会是别的沟里的贩子？赶巧了吧？……”

“局座，您听我说。有一个家伙在嫖妓的时候说漏了嘴，说出了咱们的地名，最让我怀疑的是，那小子出口后也意识到什么，居然当场掩饰。我觉得这里面肯定有名堂。局座，您再想想，哦，您别嫌我啰唆，别怪我神经过敏。前些天，这帮穷小子闹罢工，怎么那么心齐啊？而且马善人那边的淘金客也一块动起来，安德烈那边好像也有动作。如果背后没人组织，怎么可能闹出那么大的动静？我觉得，穷鬼中肯定有一个什么组织，组织里肯定有共党分子在活动。我知道，这句话局座不爱听，但我还说要说。局座，前年我在阿尔金山上就有这种感觉，但安东自负，没有听进去……”

钱良剑板起来脸，有些不高兴。

“啊，局座，我不是这个意思。安东真没法跟您比。您从善如流，喔，不对，是虚怀若谷。”

“铭心，你不要想得太多。这半年多来，咱们很投缘啊。虽然没有互换金兰，却跟兄弟也差不多。有啥你就尽管说。”

“经过阿尔金山那次惨败，我不敢说有经验，但至少可以说有血的教训。共党分子无孔不入，而且极尽煽动之能事，对他们不得不防呀！说句局座您不爱听的话，李英奇处长急吼吼地让我来这里，肯定有他的想法。”

钱良剑不再言语。坐在自己寝室外间沙发里，一只手抚在额头上，思忖了一会儿。

“铭心老弟，”他换了称呼，“你说咋办吧？”

“总体来说，咱们一定要提高警惕，不放过任何蛛丝马迹，一有动静，咱们就要快速做出反应。具体来说，这两天我让邬生龙去托托里小镇，在那里待一段时间，看看究竟是些什么人在那里倒金换银。如果花儿真是从咱们这里流出去的，立即逮捕贩花儿的人，审他个明明白白，绝不手软！”

“行。铭心，我同意，你就放手去干吧。”

自从两艘淘金船开进阿勒屯塔莱，安德烈每天起床前最愉快的事就是倾听淘金船的轰鸣声。淘金船开动起来声音大得骇人，整个山谷都山摇地动。安德烈的寝室距离淘金船的工作现场至少有三四千米,但声音还是能清晰地传入他的耳里。他觉得淘金船的响声比雄浑的交响乐还要动听。他知道,随着这动听的响声,那亮闪闪的金子就往淘金船的储金罐里落。用它可以换取最先进的武器,武装无敌于天下的队伍。头年,伊万带着上百人杀回斋桑湖畔,最后虽然铩羽而归,但他觉得这也算小试牛刀。现在的情况大有不同。安德烈通过无线电台收听到欧洲战场正在发生剧烈的变化。安德烈以他多年从军的经验分析,德国和苏联红军难以避免地要发生一次前所未有的战争。近几年来,德国军事工业发展速度非常快,他们的空军和陆军有着其他国家无可比拟的力量。安德烈断定,苏德一旦交战,苏联红军根本就不是对手。对于安德烈来说,这正是他这些年来苦苦等待的机会。安德烈琢磨,如果苏德打起来,他手上再有几万人的军事力量,打回斋桑湖畔,往苏联红军的背后捅刀子并不是不可能的。这样,自己就可以替舅舅瓦西里耶维奇报仇,出口恶气。这些话,他曾对伊万说过,足智多谋的伊万也非常赞同,说:“终于等到这一天了!”现在需要做的,就是要加紧生产,多产金子,用实力迎接这个机会的到来。

而这个早晨,安德烈一觉醒来,却听不见淘金船的声音。起先他以为机器在加油或出现什么小故障。当他洗漱完毕,坐在铺有方格布的餐桌前准备吃早饭时,淘金船还是没动静。他开始烦躁起来。思忖两艘淘金船不可能同时出现故障。匆匆吃完早餐,刚走出他俄式建筑,就看见伊万小跑着赶来。

“不好啦,上校,两艘淘金船都坏了,现在全都停产了。”

“什么坏了?怎么坏的?谢尔盖怎么说?”

“谢尔盖说是淘金船的马达被人偷走了……”

“那就赶快修啊!”

伊万的双手使劲摇摆:“谢尔盖说,根本没法修,马达没有备用的,怎么修?”

“那能不能用汽车的马达代替?”

“这话我也问过谢尔盖,他说淘金船跟汽车的马达不是一回事,没法替代。”

“走，咱们快去看看。伊万，这停产一天损失多大啊！”

谢尔盖满手油腻地趴在淘金船边。淘金船发动机的侧板被打开，谢尔盖手里拿着扳手在机器上捣鼓。

“库兹米奇，机器能修吗？”安德烈焦急地问道。

谢尔盖从淘金船上跳下来。

“上校，刚才我试着用连线的办法打火，但失败了。”谢尔盖摊开满是油腻的双手说。

“汽车的马达不能在这上面用？”

“这个办法我也试过，没有成功。”

“淘金船的马达怎么就丢了？晚上不是有人站岗守护吗？”

“我也这样说。马达相当于人的心脏，没有了它，淘金船就瘫痪了。”

“这家伙是个老手啊，”伊万说，“一下就偷走了机器的心脏。”

“伊万中校说得对，这个贼确实是个老手。”

安德烈急得在淘金船边来回转圈子。

“库兹米奇，你的意思是，必须配上新的马达，淘金船才能动起来？”

“上校，是这样的。”

“迪化有这种型号的马达吗？你从福海搭飞机去，越快越好，几天能会来？”

“上校，据我所知，迪化根本就没有这种型号的淘金船。这种淘金船在俄国也是最新式的，迪化不可能有。没有这种型号的淘金船，怎么可能有这种型号的马达？”

安德烈用手指捻着嘴唇上翘起的棕色胡子：“那你就回俄国，赶快去！库兹米奇，你这一去一回，最快需要几天？”

“我可以搭乘那个柴油供应商的车，到边境再想办法搭车。就是来回顺利，也得十多天吧。”

“那我就给你十天。只能提前，不能拖后。”安德烈板着脸说，“你如果拖后了，你和你的那几个徒弟的工钱，我一块钱都不付。库兹米奇，我的话你听明白了吗？”

“上校,我听明白了。”

谢尔盖心想,这就用不着让宋振良到处寻找电台了。

一条蜿蜒的山边土路上,一辆美制的半新大道奇卡车哼哼唧唧地爬坡。驾驶楼里除了司机外,坐着谢尔盖和宋振良。上车的时候,宋振良就向谢尔盖介绍了司机:“他姓宋,跟我一个姓,是自己人,说话不用避讳。”

一路过来,这个黑脸庞的司机一直沉默不语,谢尔盖和宋振良却说了不少话。

宋振良说:“我怎么觉得,安德烈像堂吉诃德?”

“我也这么想过。”谢尔盖用手搓着自己亚麻色的卷发,“他真是不知天高地厚,以他那么千把人就要与我们强大的苏联红军为敌,还要反攻倒算,真是痴人说梦!”

“谢尔盖同志,你的汉语确实说得不错,居然连这个成语都会说。”

“不多,也就知道那么几个。”谢尔盖人很谦虚。

“你这一去,估计什么时候回来?”

“这我还真不好说。虽然我答应安德烈在十天之内回来,但我还是要听我们组织的。我把情报汇报后,组织上怎么说我就怎么做。”

路况不好,大道奇有些颠簸,两人的谈话断断续续。到了下午,车子出山,经过一段丘陵地带,又开出近百公里,到了一个全是木头结构、铁皮顶房子的村庄。过了这个村庄就是国境线了。

谢尔盖说:“宋振良同志,谢谢你送我到这里。你陪我颠了两天,车上的空油桶也陪我颠了两天。”

宋振良哈哈笑起来:“谢尔盖同志,请不要客气。我来阿勒屯塔莱就是配合你开展工作的。其实,我也没帮上你什么忙。”

宋司机在村庄边停住车,谢尔盖和宋振良下了车。

“谢尔盖同志,一路注意安全。我在阿勒屯塔莱等你的消息。如果你在今年秋天还不回来,我就自己返回迪化了。再见,谢尔盖同志。”

两人紧紧握手。

“宋振良同志,我想我会回来的。但是,以什么形式回来,是带着大部队来,还是我个人来,现在还不好说。再见,我的同志,我的朋友!”

“这是哪个狗东西干的坏事?”马善成似乎比安德烈还要愤慨。他用手指点了点脸颊,示意是钱麻子所为,“是不是他干的?”

安德烈说:“这个不好说。但他为什么会干这个?对他自己一点儿好处也没有啊!”

伊万说:“马掌柜,没有证据,不能这样说。”

三个人站在停止生产的庞大的淘金船旁边说话。早晨,马善成带着两个随从骑马来到安德烈的采金区,看见采金船旁边站着安德烈,这才打马上前。两人在一起还没说上几句话呢,伊万不知从哪里钻出来。对于这个秃顶、大脑门的家伙,马善成一直敬而远之。他觉得伊万那双眼睛真的很像鹰,能把自己的心思看得一清二楚。伊万来后,马善成说话慎之又慎。

“看见上校这么着急,我也是替他着想嘛。要是有证据的话,上校还能站在这里?那个人不害怕吗?”

“钱麻子不是好人,这我知道。”高大的安德烈习惯性地用手指捻嘴唇上的棕色胡须,“他一直惦记着把我们赶出阿勒屯塔莱。这我都知道。可话说回来了,我们在这里采金的时候,他钱麻子在哪里?怎么能不讲道理呢?这条沟有二十多公里,就由他自己采啊,他钱麻子能忙得过来吗?连邱司令都支持我们在这里采金,他钱麻子算老几?不过,是不是他派人搞坏我们的淘金船,伊万说得对,没有证据就不好说话。”

“上校,既然你说到邱司令,我不妨向你透露一些消息。前两天,钱麻子的一个手下人向我密报,这几天他多次跟邱司令通话,尽说你的坏话,还想把你从阿勒屯塔莱撵走,还想抢占你的淘金船。所以我才这么说的呀!”

尽管马善成有些忌惮伊万,但话题一旦说到这个份上,他也就无所顾忌了。

“钱麻子为什么要破坏我的淘金船?马掌柜,你能告诉我,他的目的是什么吗?”

“他眼睛红啊!哦,就是嫉妒的意思。”

“你不用解释,我懂得你们的土话。这倒有点儿可能。马掌柜,据我所知，你在阿山金课局资格最老，钱麻子比不上你。”

安德烈走过来，站在马善成的对面，一双眼睛俯视他。与高大的安德烈站在一起，马善成觉得自己喘不过气来。

伊万这会儿也不说话了，只是冷眼看着马善成。

“我和伊万一向认为，阿山金课局的局长应该由你来做。当然我们是俄国人，我们说话不算数。但是我们有我们的看法。今天我们既然说到了这个话题，我给你说一句，如果我们能帮上忙，我们一定帮你坐到局长的位置上……”

“安德烈上校可能误解我的意思了，什么局长不局长的？我就是看你着急，我才着急的。你看这么好的两台机器停这里，不能生产，谁看见谁不着急？”

“马掌柜，我们俄国人不喜欢你这样。”伊万往马善成身边走近一些说，“我们心里想什么我们就说什么，不喜欢想的和说的不一样。马掌柜，安德烈上校是个非常好的人，这你是知道的。”

马善成连连点头。

“安德烈上校的意思是，我们能够帮你的时候，绝不会袖手旁观。你能当上阿山金课局的局长对我们是有好处的，所以我们就是从自己的立场出发，也会帮助你。我的话，说明白了吗？”

伊万鹰一样的眼睛直勾勾地盯着马善成。

安德烈说：“马掌柜，我一向把你当作朋友，不然你送我奇台酒，我怎么那么高兴？我把你当朋友了嘛。伊万中校刚才说的话，正是我要说的话。我可以告诉你，我们跟邱司令的关系非常好，好得你都想象不到。我想告诉你一句话，我们在邱司令那里帮你说话还是管用的。”

马善成带着满脸的笑容与两个俄国人告辞。

在扭身走的时候，他想，今天是个啥日子呀？怎么一下子把心里话都摊开呢？不过，摊开也好，省得遮遮掩掩。俄国人需要我，我也需要俄国人！

望着越走越远的马善成的背影，伊万问安德烈：“上校，你信他吗？”

“鬼才信他哪！他不就是来挑拨咱们与钱麻子的关系的吗？”

“他那点儿鬼心眼能躲过上校的眼睛?”

“不过他要跟咱们联手对付钱麻子,咱们还是需要的。”

“上校,你真让谢尔盖回国去买采金船上的马达了?”

安德烈点点头。

“我怎么觉得他回不来呀? 还有,我觉得那两艘采金船上的马达可能就是他给偷走了。”

“伊万,你的疑心太重了。你想,他要是有意弄走马达,他为什么不在运送淘金船到阿勒屯塔莱的路上就下手,非要等到这时候? 你这样说不合情理。再说,他谢尔盖不回来了,他带来的那几个人怎么办? 我想他应该会回来。”

第十章

乔里知在见到白凤琪第一面时，就有一种似曾相识之感。那时乔里知刚刚走进金悦小店，站在桦木制作的柜台里的伙计满带笑容地跟他打招呼。

“先生，您来兑花儿？”

乔里知故作庄重地点点头。

“带来的花儿多吗？”

“大概有十公斤吧。”

一听是大买卖，伙计扭脸朝里屋喊道：“白老板，有贵客！”

乔里知他们的运金小分队通常四五人，他和黄俊喜分头带队。为了避免被人注意，每次来托托里小镇都在不同的金店兑换金子。今天他是第二次来这个金悦小店的。头次来带的花儿少，正是这个小伙计给他办理的。这次带的花儿多了，小伙计可能做不了主，便招呼老板亲自接待。

通向里屋的门帘被掀起，白凤琪应声走出。乔里知在抬眼打量她的一瞬间，立即被她吸引住了。

白凤琪肤色白皙，脸蛋白里透红，丰腴的、凹凸有致的身体让男人心动。天气已经热起来了，白凤琪身穿一条紧身浅黄底色上缀有墨绿点的洋布旗袍，把婀娜的身段毫无保留地显现出来。她像大城市里的年轻女人那样一扭一扭地走来。乔里知不由得怦然心动。再抽眼细看她的面容：鸭蛋脸，柳叶眉，亮晶晶的眼眸，红润润的嘴唇。那一刻，乔里知有些发呆，一时不知说什么好。

“先生，您来兑换花儿？”

话音里带着浓郁的西北口音，却软软的，听到耳里让人舒服。

“哦，对对对，我是来兑换花儿的。”

乔里知显得慌张。

“以前来过我的店吗?”

“有过、有过,对,来过一次、来过一次。”

乔里知觉得自己有点发窘,脸也发烫。他在心想骂自己一句,你怎么就着魔了呢?

看他这副模样,白凤琪扑哧笑出了声。再仔细看眼前这个慌里慌张的男人,白凤琪突然觉得这是一个美男子啊。

他有一米七〇以上的个头,宽肩细腰,身体匀称,脸庞白皙、棱角分明,高挺的鼻梁,乌黑的眼睛,尤其是他身上有一种书卷气,这让白凤琪格外着迷。

白凤琪低下了头,忍不住就笑了一下,心慌意乱地对小伙计说:“我来接待这位贵客,你去里屋把这两天的账给理出来。”看见小伙计走进里屋,这才对乔里知说,“先生不像普通的生意人,好像受过很好的教育呢。”

乔里知已从慌乱中回过神来:“噢,小时候念过几年书,后来也教过几年书。”

乔里知觉得眼前这个女人绝对是大户人家出来的女人。她的言谈举止说明了这些。

“这次带来的花儿多吗?”

“嗯,不少,大概有十公斤吧。”

“先生从哪条沟里来?”

“我呀,不属于哪条沟里的,花儿也不是出自一条沟。我是专门收集花儿的,那些淘金客们急着出手,我就负责收集。只要有利可图,我就欣然受之嘛。”

乔里知虽然为眼前这个女人动了心思,但起码的警惕性还没有丧失。不过,他的话语中增添了故意咬文嚼字的成分。

“请问先生贵姓?”

“免贵姓乔。”

“那乔先生您以后可以常来我的店吗?我一定给你个好价钱。”

“那咱们算是说好了,以后我手头的花儿积攒多了,就一定来您的小店。

老板娘，您可一定要给个好价钱呀！”

说话间，白凤琪已经把乔里知带来的金子用戥子称重，也仔细验过了成色，兑付了相应的银票。在这个过程中，两人眉来眼去，早已春心荡漾了。

这是乔里知头次与白凤琪邂逅。等他走出金悦小店，小店女老板的模样儿已牢牢地扎在了他的心田，挥之不去。

暮色降临的托托里小镇并不安生，前后街上的喧闹刚刚拉开序幕，一家挨一家的酒馆里传出猜拳行令和各种腔调的叫骂声。在小镇做营生的，大都跟金子有关联，这是个提着脑袋干的勾当，手头有钱自然是今朝有酒今朝醉。尤其是那条后街上，红灯高挂，嫖客盈门。卖笑女将她们心仪或腰包有货的主儿送出门，嗲腔嗲调，浪声笑语不绝于耳。

邬生龙对在托托里小镇蹲守的差事一点儿不反感，他觉得就是不进到红灯笼屋里寻欢作乐，也比待在阿勒屯塔莱有趣得多。两个手下因为囊中羞涩，却对小镇并不感兴趣，不断地抱怨在这里白白耗去了一个星期。

“看来今晚又得空等一宿了。”一个这样说。

“他们又是吃肉，又是嫖女人，我们却在这里干耗。”另一个却说。

对于手下的抱怨，邬生龙并不生气，笑着说：“你们两个真是没来头。你们用鼻子使劲闻闻，这里的风都飘着女人的胭脂味儿。那我问你们，在山里你们能闻到这种味道吗？”

“光闻有个屁用？撑死鼻子饿死屌！”

邬生龙扑哧笑出了声：“你们两个也别发牢骚了。等抓到那个杂种，我请你们喝酒，请你们逛窑子。”

三个人在蓝星星外的一个隐蔽巷口设伏。此前，邬生龙仔细询问过蓝星星的冷美人琪琪，说漏嘴那个嫖客的长相和特征。琪琪说那个男人二十四五岁，长得蛮精神，身高中等，下巴和鼻子很尖，下巴有些翘。老鸨韩三婆劝邬生龙不要这么辛苦，在客栈等着就行，她认得那小子，只要他来了，她到客栈报个信不就成了？但邬生龙生性多疑，他放心不下，坚持在小巷口设伏。

而这个晚上，邬生龙三人又是空等了一夜。

邬生龙恶狠狠地说:“等抓住那杂种,我先揍扁了他再说。”

几天后,乔里知再次走进金悦小店时,就有了一种如沐春风的感觉。

看见乔里知进店,白凤琪立马面带桃红。她迎上来:“先生,今天带的花儿多吗？如果多,就去我住的地方,那里有大一点儿的戥子,称花儿要方便一些。”

说完,眼睛盯着乔里知,盼顾之中,风情万种。

乔里知心领神会:“好啊,客随主便嘛。”越发斯文起来。

白凤琪向小伙计打过招呼,带着乔里知走过后街,再拐过一道巷子,就到了她租住的院子。进到院子,用钥匙开屋门时,回过头来向乔里知抛去一个媚眼,乔里知心里热起来,知道今天要走桃花运了。

进了屋,关起门,乔里知色胆包天,上来抱住白凤琪就要亲嘴。白凤琪轻轻地推开他:“你不是来兑花儿的吗？先干正事再说。”

乔里知连忙解开身上的包袱袋,取出金子。白凤琪从柜子里取来一只黄铜盘的戥子,仔细地称那些金子。乔里知早已心猿意马,根本顾不上看戥子,白凤琪说是多少就是多少。等做完这些事儿,乔里知又上前去搂抱白凤琪。

“你们男人就这样,都是急脾气。来,先喝杯茶,聊聊天,好吗?”

乔里知毕竟是读书人,知道廉耻,于是在椅子上坐下。

从阿尔金山下来,白凤琪也算脱胎换骨,但迫于生计,她最后还是跟上了刘铭心。总的来说,刘铭心人品说得过去,但诡计多端,而且他在迪化有家室,这一生若跟上他最后也不会有什么好结果。每每想到这儿,让白凤琪心里很不是滋味,不由得她不想另起炉灶。这半年来,她一直在物色,梦想着遇上一个爱她的也值得她爱的男人。对于男人,她不会在一棵树上吊死的。阿尔金山的教训太深刻了,对男人得留有一手。

“听你的口音,好像是口里人?”白凤琪为乔里知斟了一杯茶。

口里是西北话,指的是甘肃嘉峪关长城的那个土墙豁口,口里就是关内的意思。

乔里知听得懂这句话,点点头:“你的口音也不像新疆话。你是?”

“我是青海人,家就在青海湖畔的沙柳河县。”

“看你的样子,像是大户人家。”

“你还真猜对了。我当家的是青海马鸿逵手下的团长。不过,我做小,是人家的二房。”白凤琪说的都是真话。不知怎么了,她愿意向眼前这个美男子掏心掏肺。

“那你娘家还有人吗?估计也不是受穷受苦的人家吧?”

白凤琪点点头:“爹娘那边,有地,也有佃户。说说你吧。你读过书,家里也穷不了。穷苦人家谁读得书呀!”

这回轮到乔里知点头了:“我们家过去确实很殷实,有水浇地上百亩。因为那些地紧挨着颍河,用水方便,所以收成一直很好。民国十五年,天大旱,我们家的地里照长庄稼。家里雇有四五个长年工,农忙时,就得再雇几个人,不然还真忙不过来。我爹妈人也勤俭,所以能够送我跟大哥同时读书。后来……”

说到这里,乔里知突然觉得嗓子哽咽,后面的话说不下去了。

“后来怎么了?你快说呀!”白凤琪想听下去。

“我们村有个恶霸,仗着他儿子当上了登封县保安团长,欺压百姓,巧取豪夺。他把挨着他家周边的地都陆续霸占了,我家的地就被他的地包围起来。他控制住水源,我家的地不能及时浇水。他用这种办法企图低价收购我家的地。我爹的性格耿直得很,不吃他这一套。三年前开春的一天,我爹扒开他家的水渠,把水引到地里。这下算惹怒了这个恶霸,他儿子派兵回村,打死了我爹,我娘当天晚上就上吊死了。后来……”

“后来怎么了?”

“后面的事情说起来话就长了,不说也罢。反正我们三兄弟被逼得走投无路,最后来到了这里,都当上了黄金贩子。”

痛苦的往事像潮汐般漫上了乔里知的脑际。他长叹一口气,眼泪不知不觉地涌出眼眶。

白凤琪第一次看见一个年轻的男人在她面前流泪。这个面庞白皙的男人眼角挂着晶莹的泪花,顺着两颊缓缓地流下。这一刻,白凤琪的心酥软了,自己过往的悲惨经历一下就被勾了起来,她的眼睛也湿润了。她掏出手绢,上前替乔里知擦拭眼泪。乔里知双手握住她那白嫩的手,紧紧地贴在自己的脸上。

“我真没出息,”乔里知哽咽地说,“好端端的,把这些陈谷子烂芝麻的破事讲给你听,让你跟着难受……”

“不,我爱听。你能把心里话说给我听,证明你信任我……”

白凤琪的话还没有讲完,早被乔里知拦腰抱住。乔里知嗅到了白凤琪身上青春女人的芬芳,触摸到了她那温软而迷人的身体。白凤琪感觉到了一个青年男子的强壮,两个人紧紧地搂住在一起,随后倒在了床上。

让白凤琪诧异和新奇的是,这个来自中原的男子身上潜藏着巨大的青春活力和爆发力,带着她在性爱的海洋里沉浮,一会儿沉在波谷,一会儿浮到浪尖,起起伏伏,欲死欲活,几次让她忘了今生几许,身在何处。

当乔里知野兽般地嚎叫一声,像一团泥似的瘫在她的身旁时,白凤琪在心里暗下决心,今生就跟定这个男人了。

开春以来,乔里知和黄俊喜运金小分队大都分别出动,但入夏后,只要有小分队出山运送金子,乔里知必跟着一起行动。乔里知这样说:“多一个人就多一分力量。再说,我老走那条道,比新来的兄弟熟悉,我多跑几趟也是应该的。”

其实,黄俊喜早就知道乔里知在托托里小镇有了相好,只不过碍于乔里轩的关系,他没把这层窗户纸捅破而已。

这天,乔里知、黄俊喜带着三个兄弟又一次运金出山。他们每人都斜挎着结实的包袱袋,袋里装着十公斤金子。顺着那面有罅隙的岩壁爬上去,走那条布满地雷的小路,对他们来说简直是熟门熟路。最艰难的一段路就属那片怪树林了,但熟能生巧,走的次数多了也就不算什么。避开巡逻哨兵,钻出那道铁丝网,他们一行五人走了三十几公里,在中午时分顺利地到达了托托里小镇。

兑金子、换银子,按淘金客提供的地址从钱庄往各地汇银票,这些也都是熟门熟路。到了下午,他们这趟差事就算彻底办完了。他们计划在小镇的客栈休息一夜,第二天一早返回,三十来公里的返程,夜幕降临时,他们就可以找空子钻过那道铁丝网。从这个下午到第二天早晨，是运金小分队最轻松的时间。三个兄弟听话，都在客栈休息，乔里知和黄俊喜胡乱找了个借口出门。黄俊喜还是去蓝星星找琪琪，乔里知当然是去会他的相好白凤琪。

自从有了床第之欢，乔里轩和白凤琪都有相见恨晚之感。白凤琪认为这个男人是可以托付终身的，他在床上爆发的那种中原男人超常的雄性力量，让白凤琪吃惊不小，每每想起都让她回味无穷；尤其是他还有文化，这更让白凤琪青睐有加。白凤琪不由自主地拿他跟安东和刘铭心比较，觉得还是这个男人靠得住。有个晚上，白凤琪做了一个梦，梦见自己跟乔里知私奔，骑着两匹马，越跑越快，风呼呼地在耳畔吹拂……醒来后，一种从未有过的幸福感充盈心田。她思忖，这是不是命运的暗示？那个清晨她躺在床上很久没起床。后来她下决心，如果有可能，她将朝着这个方向不顾一切地走下去。

这天，白凤琪估摸着乔里知应该来托托里小镇了，从早到晚，她就在心里期盼着，以至于在小店里总也打不起精神，小伙计几次跟她说话，她都心不在焉。傍晚，白凤琪早早回到自己的屋里，做好晚饭，等待她的心上人来到。黄昏时分，屋门被敲响，是约定的三快一慢，白凤琪急不可待地上前开门，两个人没有言语，热辣辣的舌头搅在一起……

夜色彻底降临，邬生龙带着两个手下正要出客栈的门，蓝星星的韩三婆急匆匆地找来。

“快，那个男人刚来，现在就在琪琪的屋里。”

“你看清了，是那个尖下巴的男人？”

“就是他！不然我怎么可能火急火燎地往这里跑？”

三人一刻也不敢磨蹭，跟着韩三婆就跑。韩三婆是个胖子，跑不动，邬生龙朝后喊道：“你慢慢跟在后面跑，我们先走一步！”

赶到蓝星星后，邬生龙让手下两人分别埋伏在蓝星星的两侧，自己则蹲在蓝星星的对面铺子边上，眼睛死死地盯着蓝星星。过了一会儿，韩三婆气喘吁吁地赶来，邬生龙一把将她拉到灯光照不到的暗处，耳语道：“你去看看，那小子还在不在琪琪屋里。如果在，你就在门前挥挥手。”

韩三婆扭着肥胖的身体进了屋。三人继续蹲在暗处等候，驳壳枪都抽出来，子弹上膛，大机头打开。

不到五分钟，韩三婆就从屋里走出，站在两盏耀眼的红灯下，向他们挥挥手。

邬生龙恶狠狠地自语道：“让老子等了这么多天，看你狗杂种往哪里跑？”

夜深了，邬生龙连打了几个哈欠。两个手下人等得不耐烦，悄悄走过来问道：“邬队长，那小子出来我们就开枪？”

“开他妈什么枪啊？”

“那就抓他？”

“对啊！”

说完之后，两个手下刚要离开，邬生龙叫住他俩。

邬生龙扬起那张长满雀斑的脸，眼睛眨巴了一下：“你俩听好了，那小子出来，先别惊动他，咱们跟在他身后，千万不要让他发现。我倒想看看，他还有没有同伙，如果有，把他们一网打尽！听见没有？这趟差事干好了，我请你俩进蓝星星里面快活快活。”

两个手下散开不到半小时，只见一个中等身材的青年男人从蓝星星门里走出，那个妓女琪琪打着哈欠出来送他。这小子都走出几步了，看见琪琪还站在门前，又扭身返回，亲了亲琪琪，又在女人的耳边嘀咕了几句，琪琪娇声骂道：“你这个死鬼！”

邬生龙带着两个手下，悄无声息地跟在这个人的身后。这人走出后街，拐了一道巷子，走了四五百米，来到一个小院门口，拢起双手，学青蛙叫。

“呱哇、呱哇、呱哇……”

小院屋里睡的人正是乔里知。听见蛙叫后，他机敏地起床穿衣。睡在床上的白凤琪翻了一个身：“干啥起这么早？还早呢，再睡一会儿嘛。”

“不价。过几天还要来嘛。你接着睡吧。”

“那我可等着你呢，别让我等久了，当心我把你忘掉呀！”

乔里知和黄俊喜事先有约定，不能贪恋床第之欢而误了大事，这可是掉脑袋的营生，马虎不得。这完全是乔里知的主意。半夜里由黄俊喜来叫他，然后回客栈睡回笼觉，第二天早晨好跟弟兄们一起返回山里。

乔里知走出小院，月光一晃，邬生龙一个手下惊呼："这个人我见过……"嘴巴立即被邬生龙用手捂住。

"废话，"邬生龙小声说，"我早就看出来了，他是乔里知。"

尾随在乔里知和黄俊喜的身后，邬生龙三人竟回到了他们下榻的客栈。邬生龙乐了起来："他妈的，可巧啊，他们跟咱们住在一起！怪事，我咋就没有看见这个乔里知？"

乔里知和黄俊喜进到他们的客房。邬生龙的手下问道："咱们怎么办？是继续等，还是冲进去？"

"等……"邬生龙思忖片刻，"等个屁！他们那一伙人肯定都住在这里，咱们冲进去，把他们给一锅儿端啦！"

三人蹑手蹑脚地凑到乔里知客房门前听了一会儿，邬生龙向两个同伴做了个手势，抬起脚，猛地踹开房门。月光下，屋里的一切看得清清楚楚。炕上躺着的两个人从枕头下抽出刀子，扑了上来。做了几年迪化警务处特务的邬生龙眼疾手快，砰砰两枪，将两人打倒在炕上。另一人抱着枕头扔过来，邬生龙的手下枪响了，枕头被击穿，这个人一下被击倒，枕头里的荞麦壳和鲜血同时飘落下来。满炕都是荞麦壳和鲜血，月光下闪着黑色的光亮。乔里知和黄俊喜蜷缩在炕两边的角落，浑身像筛糠一样瑟瑟抖动。

第十一章

在滚滚的乌伦古河南侧的河滩上，有一片狭长的坡地，坡下是扇形的开阔地。在这片斜坡地上，几十台木质淘金槽一字摆开。淘金槽的上面，还有一道道人工开凿出来的地槽，在地槽与淘金槽之间，每隔一段距离就摆放着一台滚筒分沙机，分沙机的进沙口连通着那些木质淘金槽。每台淘金槽边上都有五六个淘金客在躬身劳作。站在坡上望下去，倒也蔚为壮观。马善成生产金子的主要家当基本上都集中在这里。斜坡的两侧，相向筑有两条坡路，为了提高运力，路上铺了一层木板。淘金客们的手推车在河滩里装满含有金子的泥沙，沿着这条铺有木板的坡路推到坡上，然后两名淘金客一起用力，把手推车高高掀起，手推车上的泥沙便顺势倾入地槽里，一名淘金客用高压水枪冲击地槽里的泥沙，泥沙顺坡势流进滚筒分沙机，分沙机高速旋转，那些大块的石头被抛弃，含有金子的细泥沙流进木质淘金槽。站在两边的淘金客们剧烈地摇荡淘金槽。淘金槽的底部铺有一层细毡，毡上横向钉有成排的木条。泥沙比金子重量轻，在水流的冲刷下，泥沙顺倾斜的淘金槽流走，金子却留在了每根木条前的凹齿里，或者黏附在细毡上。细心的淘金客们将凹齿和细毡上的留存物收集起来，倒入筛金瓢里反复淘洗，以获取金子。

淘金客吾守尔·买买提和卢三就负责这道最后的收集工序。这是个细心活儿，而且技术含量要高一些，一般初来乍到的淘金客是干不上这样的活路的。买买提把从淘金槽里收集起来的精沙倒入卢三手里的筛金瓢，瓢里的东西闪闪发亮，但发亮的东西并不全是金子，其中至少有一半是貌似金子的金色沙粒。买买提拎起一把水壶缓缓地往瓢里倒水，卢三像厨娘那样捧着筛金瓢来回晃动，小心翼翼地把瓢里的水漾出去的同时，淘汰那些沙粒。

当瓢里的水漾干后，买买提重新往瓢里注水。重复若干次以后，最后留在瓢里的熠熠闪亮的颗粒才是这世上人见人爱的金子。

买买提对低头漾水的卢三说："今天的花儿开得旺。"

这是行话，是金子多的意思。卢三抬起头对买买提说："还不是都落在马掌柜的手里，跟我们没有太大的关系。"

"你这就说得不对。那五克以外的金子就是我们的。"

"吾守尔，我看每个人每天平均能淘出五克金子也就不错了，哪里还有咱们的？"

"你说得也对啊，"买买提做了个鬼脸，"就是淘出五克金子也不容易啊。"

"吾守尔，昨天我爹让人带来信了，我娘病得厉害，他们要钱。我的父母也真是的，以为我们淘金客个个腰缠万贯。吾守尔，弄得我没有心思再待下去了，想跟马掌柜请假，回老家去。"

卢三是塔城额敏县人，进山淘金也有两年多了。他家里很穷，父母身体多病，经常带口信来问他要钱。卢三当初进山淘金的最大梦想就是能挣上钱回家讨媳妇，如果家里有女人伺候父母，他就能在山里安心干活了。

"现在正是淘金的好季节，我估计马掌柜不会放你出山的。"

"那他先给我开一点儿支也行。"

"马善成那个人，虽然顶了个善人的名声，但人抠得要命，我估计他也不会借给你钱。卢三，你手里不是还有些金子吗？自己换一些不就行啦？"

"咱们的金子不都存在马掌柜的金库吗？再说在山里兑换，金子贱得很，根本换不上好价钱。"

卢三捧着筛金瓢轻轻漾水，留在瓢里的颗粒在阳光下发出粲然的光亮。买买提眯起眼看："这每天淘出来的东西要都是我们的就好啦。"

买买提抬起眼，蓦然看见了站在坡上的马善成，说："卢三，你往坡上看，马掌柜正在坡上呢，你还不快去试试运气？"

马善成站在高坡上，脸上挂满笑容，俯瞰他的淘金客们为自己获取财富。在马善成看来，目前最为重要的有两件事：一是坐上阿山金课局局长的宝座，二是搞来一台或更多的淘金船。他扫视这片坡地，心想要是在这地方再摆上一台或几台像安德烈他们那样的淘金船，场面就更为壮观了。

五年前，阿山金课局一成立，马善成就来到阿勒屯塔莱。他知道，这是一条富得流油的金沟，怪不得蒙古人给它起了一个这么神奇的名字，如果有像样的工具，就能生产出让人想都不敢想的大量的金子。先进的生产工具决定了生产效益。这对于在甘肃凉州读过两年私塾、在兰州读过五年洋学堂的马善成来说，是再清楚不过的事情了。从进入阿勒屯塔莱的一开始，他就用上了已带有现代矿山工业特征的先进工具。什么柴油发电机、滚桶分沙机、离心泵、水泵、高压水枪之类的现代机械，都是马善成想方设法从俄国弄来的。但他还是后悔，腹诽自己鼠目寸光，当时怎么就不知道淘金船的厉害？

半坡上淘金客们你来我往，一片嘈杂。马善成看了一会儿，正准备离开，一名淘金客向自己跑来。他稍稍有些迷惑，但他很快就认出来，这个娃好像叫卢三，当初一个叫买买提的维吾尔小伙儿的金子被人偷走，是他劝这个娃和买买提一块把他们的金子存在了自己的金库。有了这两个娃的带头，其他淘金客才陆续将金子存在了自己的金库。马善成还知道，在孙守平的软磨硬缠下，这个娃成了他木头屋烟馆的常客。

“你不在坡上干活儿，跑到这里来做什么？”马善成笑着说。他已经判断出这个娃肯定有事找自己。

“马爷，我想求你一件事，”卢三嗫嚅地说，“我娘病得很厉害，我想请假去看我娘。”

“娃娃，时下活路这么忙，正是打花儿的好日子，你请下假，活路谁替你干？你娃在山里待得也不是一天两天了，山里的规矩你不知道？你娃跟金课局签下了三年的合同，到了秋后合同才到期。你娃这一走，工钱咋个算哩？你娃不就吃下大亏了？行啦，好赖再坚持个小半年的，到了秋后，你娃拿上钱，拿上金子，再风风光光回家不好吗？”马善成跟卢三说话，始终不急不躁，脸上还挂着笑，“娃娃，你看马爷说得有没有道理？”

“我娘病得厉害，他们等着要钱治病。马爷，要不这样，你能不能先支上十块钱给我，我让人带去给我娘看病？”

"先给你开支？山里没有这个规矩呀！你这个口子一开，那还得了？呼啦啦的，就都来向我提前要开支了。这个怕是满足不了你。"

马善成说完，转身就要走。

卢三急了，喊道："马爷，我的金子还存在你的金库里，先给我支点儿钱有啥不可以的？"

马善成转过脸："啥？没想到你娃还是个烂屎娃，早知道我就不跟你啰唆了！"

说完，再没回头，快步下坡走了。

晚饭后，买买提对卢三说："走，我跟你一块找马掌柜说去。"

马善成连见都不肯见他们，对心腹孙守平说："你就跟他们说，马爷今天不舒服，不想见人。你再跟那个买买提多说一句，他是个好娃，这里没他啥事，让他别瞎管。"

长着猴脸的孙守平出来就把买买提和卢三给打发走了。孙守平在两人的身后喊道："买买提，你是个明白人，别自己没事找事啊！"

从马善成的住所出来，买买提对卢三说："你知道钱良剑手下的淘金客组织了一个互助会吗？管事的叫乔里轩，我认识。他们专门替淘金客做主撑腰，咱们去找他们试一试。"

乔里轩在自己窝棚听了买买提说的事，对他们说："走，你们跟我走，我去跟我们的人一块商量一下。他正好就住在我们营区的西边，离你们也近。"

三个人顺河滩路往西边走去。半个多小时后，来到了宋振良的窝棚。乔里轩对买买提说："你们两人在外面等一等，我去跟他们商量，然后告诉你们。放心，既然你们找上门了，说明你们信任我们的互助会，我们不会不管的。"

外面天已经黑下来，宋振良的窝棚里点起了煤油灯，火苗扑闪，映得宋振良的脸色越发黝黑。

宋振良沉吟片刻，问："他们两人还在外边等着？"

“是的。事先没跟您说，我没有贸然把他们带进来。”

“那个买买提咱们都熟悉，卢三我不认识，谨慎一点儿也好。里轩，你看啊，咱们要想在整个阿勒屯塔莱干出大一点儿的事，还真得联合马善成和安德烈手下的淘金客。人多力量大嘛。这件事来得正好，说不定就是一个契机，如果做得好，就能在马善成开采区的淘金客中产生影响，使他们了解我们的互助会。如果真能帮他们解决了问题，咱们的互助会就在马善成手下两千多名淘金客中扎下了根。还有，我看那个买买提人不错。你看啊，这件事本来跟他一点儿关系都没有，他却出手相帮，这是个有正义感、讲义气、敢替人做主的人。你们的襄堂帮正缺这样的人呢，如果合适，大家又没意见，看能不能把买买提吸收到你们襄堂帮？里轩，这只是我的建议，主意还得你自己拿。”

乔里轩笑了笑，说：“宋先生，事情也巧了，我在带他们来找您的路上也这样想过，还真让咱俩给想在一起了。”

走出宋振良住的窝棚，乔里轩对站在外面等候的买买提和卢三说：“今天太晚了，你们先回去，等明天我跟你们一起去找你们马掌柜。你们放心，这事我们互助会不知道也就罢了，知道了，我们就要一管到底。”

马善成听说钱良剑手下的淘金客互助会来人求见，不觉纳闷，你们钱良剑的互助会找我有屁事！他问孙守平：“来的是何人？”

“两个人，一个我认识，是山里的老淘金客疤拉强；另一个我只是听说过，叫乔里轩，说是手头有两下子。”

“乔里轩？我知道那小子，河南人，跟俄国拳击手列昂契奇比武，列昂契奇根本不是他的对手。他们来干什么？他们是钱良剑那里的互助会，碍我屁事？”

马善成说着从椅子上坐起来：“他们的那个互助会折腾起来很厉害，上次一下就组织了几千名淘金客罢工，把钱良剑都闹毛了，最后不得不让步。他们来干什么？孙守平，请他们进来吧。”

疤拉强大摇大摆地走在前面，乔里轩步履稳重地跟在后头。疤拉强一进屋，一屁股坐在马善成的太师椅上。马善成愣了一下，嘴巴翕动，想说什么,但是没有说出口。马善成像川戏变脸一样,脸上立即堆满了笑:“二位是大忙人,不知今天上门有何贵干?”

马善成对乔里轩笑了笑,伸出手掌做出请坐的意思。乔里轩客气地点了点头,然后坐在疤拉强身边的一把普通椅子上。疤拉强左右扭动,反复看身下的椅子。椅子上铺有一张完整的花斑纹雪豹皮。疤拉强说:“没想到这玩意儿还真软和。”

马善成的脸上朝疤拉强挤出点笑容:“二位来……”

“没啥别的事,”疤拉强抢先说话,“就是来向你讨点儿道理。”

乔里轩点了一下头,表示正是这个意思。

“你手下有个淘金客叫卢三的吧?”疤拉强语气生硬地对马善成说,“他找过我们互助会,说了他的事,我们觉得不公平,就来跟你说道说道。我该叫你马爷吧?噢,马爷,事情就是这么个事情。”

马善成的脸涨红了,他站起身体,好像要发作,忽然想起什么,又坐了下来,脸上复原了他的笑容,说:“据我所知,你们互助会是钱局长管辖的采金区的,跟我们没有关系呀!你们跑到我这里来合适吗?”

乔里轩说:“马掌柜,我先向你解释一下,我们的互助会是阿勒屯塔莱淘金客生活互助会,你的采金区难道不在阿勒屯塔莱?我们互助会成立的宗旨就是帮助这里所有的淘金客兄弟,他们的困难我们有责任帮助。卢三的母亲病重,他作为家里唯一的儿子是不是应该回去看望?马掌柜,你也有老人,你说是不是这个道理?”

“乔里轩,我知道你叫乔里轩。山里有山里的规矩,卢三跟金课局签下了三年劳动合同,按照合同,在这三年中是不可以离开山里的。这规矩不是我马善成定下的,而是阿山金课局定下的,我没有权力破坏。再说,淘金客能不能出山,必须经过阿山金课局治安调查执行委员会的同意,由调执委开出路引,才能出山。这个道理你们可能都懂的。”

疤拉强说:“那你们也不能眼睁睁地看着卢三的老娘死了,你不让他出山吧?”

“劳动合同上写得很清楚:‘富贵在天,生死由命。’谁的命是啥样的,那是没办法的事情。”马善成指了指站立在他身后的孙守平,“就是我这位兄弟，他现在提出要出山，我也没有办法满足他。”

疤拉强从椅子上跳下来：“难道你就真没有办法？”

乔里轩也站了起来，平静地说：“马掌柜，你既然说到这份上，我们也谅解你。可是，卢三向你借几块钱，带给他病重的母亲，难道这也有困难？再说了，卢三还有金子存在你的金库。如果你连这一点儿都做不到，我们觉得你就是在刁难卢三。这件事我们不管就不管，要管我们就会以我们的方式一管到底的！强哥，我们走！”

疤拉强冲着马善成瞪了一下眼睛，跟着乔里轩走了。

他俩走后，马善成坐在太师椅上半晌没有动弹。

“‘以我们的方式’？”马善成问孙守平，“这是啥意思？”

“马爷，您管他啥意思呢？他们不是已经滚蛋啦。”

“这些家伙厉害。你看，尤其是那个河南人，稳稳当当，说话也不动怒，但很有劲道，我不得不多想啊。‘以我们的方式’，他们会不会在咱们的地盘上发动淘金客闹事？或者罢工？他们是做得出来的。我听说他们的互助会已经成了气候，跟他们跑的穷鬼多得很，咱们不得不防啊！孙守平，你现在就到账房去支上十块钱……不，八块钱，给卢三送去。别忘了让他打收条。哼，咱们先让他们一步。不是说‘退一步海阔天高吗’？再说，咱们跟他们斗上了，让钱麻子看笑话？”

这晚上，宋振良的窝棚很热闹。来的人很多，有乔里轩、疤拉强，还有吾守尔·买买提和安德烈手下淘金客廖远山。买买提来给乔里轩和疤拉强送信，说马善人给卢三先支了八块钱。乔里轩和疤拉强很高兴，一块来到宋振良的窝棚，在这里与廖远山相遇。

买买提说：“这件事在我们那里都传开了，所有的淘金客都知道了，都说以后遇上困难就找互助会，还要在我们那里成立互助会。”

疤拉强说：“想不到马善人是个囊揣，乔哥一句不软不硬的话，就把他给吓住啦！”

乔里轩说：“他哪里是怕我？他是怕组织起来的互助会，这么多人跟他闹，他闹得过吗？”

廖远山说:“山里这三个金把头,就属马善人鬼精,一天到晚笑嘻嘻,却是一肚子坏水。”

买买提说:“襄堂帮的人都在这呢,我们那里能不能成立互助会?”

廖远山说:“安德烈采金区的淘金客中也应该建立互助会。”

乔里轩说:“对的。你们都应该动起来,赶紧成立互助会。”

廖远山说:“我今天来,就是想跟你们商量这件事。”

疤拉强对乔里轩说:“乔哥,卢三这件事就这样完啦?人家可是想要出山看老娘的。”

乔里轩说:“强哥,那依你说该怎么办?”

“接着跟马善人斗呗。”

宋振良说:“强哥,马善成采金区的淘金客互助会还没有成立,斗争力量还很薄弱,现在就跟马善成闹,时机并不成熟。我认为,还不如先这样,反正咱们互助会的影响也出去了,等他们的互助会成立后,遇上合适的事再说。乔哥,你觉得这样好吗?”

乔里轩点了点头,正要开口说话,疤拉强却瞪了一眼宋振良:“这么多人,就你一个人明白!”

然后,掀起门帘,扬长而去。

第十二章

仿佛有根红丝线在拽着莎莎往乔里轩的窝棚跑。几乎每隔一两天她都要去找乔里轩一趟。

这些日子，矿警大队督察队的邬生龙在托托里小镇办差，刘铭心让他的一个密探注意莎莎动向。这个密探向刘铭心报告了这消息。刘铭心有些警觉，把这件事告诉钱良剑。钱良剑说："这孩子，吃错药啦？一个穷小子居然这么让她上心？"

刘铭心觉得不可思议，摇了摇头："我还真不相信，莎莎能爱上那小子？"

"这个难说。她虽然很单纯，但你别忘了，莎莎有一半血统毕竟属于俄罗斯族。铭心，你没在俄国待过，可能不大清楚，他们那个民族跟咱们不一样，不懂得含蓄，对爱情很直接，可以说敢爱敢恨，跟咱们这个民族大不一样啊！说起来真好笑，莎莎来阿勒屯塔莱就是为了躲避盛督办的小舅子，没想到在山里又来了这么一出！"

"那您得当机立断。不能让他们有了感情后再去干涉，那就麻烦了。哦，局座，还有一件事。邬生龙那小子真有耐心，那些在托托里小镇倒卖金子的家伙还真他给逮住了。他昨天打来电话，那些家伙一共是五人，都是咱们阿勒屯塔莱的，三个被当场击毙，活捉了两个。您猜谁是领头的？"

钱良剑摇摇头："真是咱们阿勒屯塔莱的人？"

"领头的就是乔里知！"

"乔里知？不就是乔里轩的二哥吗？"

"正是。我命令邬生龙不要声张，把两人秘密押解回来，我要亲自审，从他嘴里撬出东西来。"

"他们是咋样把金子运出去的？"

“这正是我要知道的。我需要知道的有两点:一是找出他的同伙,二是他们如何偷运金出山。有了这两点,我既能挖出他们的同伙,又能堵死那条通道。”

“铭心,你就放手去干,我支持你。李英奇处长不愧在迪化当了多年的特务头子,会用人啊,手下都是强将。”

刘铭心谦虚地笑笑:“局座,您过奖了。我就是一个普通人,只不过受到您的赏识和器重而已。那个乔里轩和乔里知是兄弟俩,他们会不会是一伙的?如果是一伙,莎莎就更不能接近他了,省得惹出麻烦不好收拾。”

“我抽空和她谈谈。”

“不过……”刘铭心望着钱良剑,欲言又止,“局座,我突然有了新想法……”

“有啥你就说嘛,不要吞吞吐吐。咱哥俩儿有什么话不能说?”

“我在想,莎莎是咱自己人,咱信得过。不然咱就顺其自然,她跟乔里轩走得勤一些也好,没准莎莎能听见什么对咱有用的东西呢!”

“你的意思是让莎莎当鱼饵,去钓乔里轩?”

“局座,我可没这样说。莎莎是您的宝贝闺女,我怎么能让她蹚这道浑水?我是说,顺其自然,咱们静观其变。据我观察,莎莎虽然单纯,但也算走南闯北,脑瓜子够用,她完全能够把握自己。”

“铭心,这你得容我想想。”

这个晚上,莎莎又来到乔里轩的窝棚。乔里轩的窝棚里有不少淘金客,看见莎莎进来,都起身告辞。在走过莎莎的身边时,都偷偷打量她,脸上露出艳羡和暧昧的笑容。

莎莎带来一只军用挎包,进到窝棚后,她从包里掏出油纸包着的酱牛肉、烧鸡,一瓶奇台白酒,还有山里难得一见的桃子和苹果。

乔里轩诧异地望着莎莎:“你得把它们原封不动地带回去。”

“你不喜欢?还是不需要?”莎莎圆睁着她那双美丽动人的眼睛问道。

乔里轩没有说话,只是摇摇头。

“你刚才说的是真的?”

乔里轩点了点头。

莎莎霍地站起，将刚从挎包里拿出的东西一股脑儿捧起，猫腰钻出窝棚，扬手就把手里的东西全部扔了出去。那瓶酒碰到了地上的石头，发出一声脆响，浓烈的酒味散发出来，飘进乔里轩的窝棚。那几个才出窝棚的淘金客都没走远，暮色中看见这些东西，一哄而上，捡了起来，然后相互追逐和抢夺。

乔里轩没有见过这么刚烈的女子，不由得仔细打量她。

莎莎实在太美了，美得让男人不敢正视他。而莎莎却毫无掩饰地盯着乔里轩的眼睛。

“现在你满意了吧？”她那双美丽动人的眼睛变得有些挑衅。

“你三番五次来，究竟为什么？”

“我没别的意思，就想跟你探讨佛学。听人家说，你对佛学有研究，也不知是不是个冒牌货！”

乔里轩低下头腼腆地笑了笑。

在莎莎看来，这种笑充满魅力。莎莎出落成美丽的大姑娘后，围在她屁股后面转的男人实在太多了。一个个不是露富、显权，就是把自己打扮成无所不知的博学者，就像雄性孔雀张开绚丽的尾巴在充分展示。而眼前这位男人，却是这样隐忍。她想起那天他跟列昂契奇比武，他完全有能力在瞬间制服列昂契奇，可他却始终不显山不露水。这个男人真的很特别！

“你要是懂佛学，我就拜你为师。”

“你真想立地成佛？”

“我就这样想着。”

“那你得先学会放下屠刀。”

“我手里没有屠刀。”莎莎摊开自己的双手。

“你一身戎装，腰上还别着手枪，那是干什么的？”

“我只防身用。”

“那可不好说。姑娘，我劝你趁早离开，这里根本就不是你该来的地方。”

说完之后，盘腿而坐，双目内视，呼吸缓慢，气存丹田，不再搭理莎莎。

莎莎没法再待下去，眼睛瞪着乔里轩：“讨厌！你休想不理我，你听好了，我还会再来的！”

莎莎走后，乔里堂进到窝棚里。

“那姑娘又来了？听说还带来不少东西。你又没理人家？老三，你是对的，别理她。她好端端的一个姑娘家，老这样纠缠你，不知安的是什么心？”

乔里轩徐徐地吐出一口气：“有可能是钱麻子派来打探消息的。可是，这个赌注也太大了，让自己的养女来做这种下作事，想想也不合情理。大哥，二哥这次去托托里小镇，都走了五天了，往常在前天就该回来的，这次有些反常。”

“我来就是跟你说这件事的。他们一去一返两天，加上歇一天，前天应该回来的，就是因为什么事耽误一天，也应该是昨天回来，这都整整五天了，该不会遇上什么麻烦事了吧？”

“我觉得不会。这几天来，没有哪个兄弟听见地雷爆炸声，钱良剑和刘铭心那边也没动静。一切都正常呀。刚才那个二转子来，我还想从她脸上看出点儿什么名堂，也没有啊！咱们只能继续等了，别的也没办法。”

“三弟，如果明天那个二转子莎莎再来的话，你不妨往这方面试探一下，看看她有什么反应。”

一间四堵墙上都没有窗户的审讯室里，墙上挂着各种刑具，屋的中间有一个用汽油桶改装的火炉，炉子里炭火正旺。乔里知和黄俊喜的双手被吊在铁环上，脚尖刚刚可以触地。两个人都耷拉着脑袋，痛苦、沮丧。邬生龙的鼻子哼了一声，轻蔑地说：“早这样多好，何必遭这份罪？”

黄俊喜最先开口。工兵班常班长当即被秘密处死，尸体被悄悄掩埋。那条曾经通达的运金小路被重新布上了雷。刘铭心要乔里知为他秘密工作，乔里知到现在还没答应。刘铭心有些郁闷，但他觉得乔里知是个贪生怕死的家伙，早早晚晚会答应的。只不过他现在还没有找到让乔里知心甘情愿为自己服务的办法。后来，他灵机一动，拨通了连接托托里小镇的电话。

白凤琪被小镇电话所的差役叫到了电话所。头几个月，白凤琪曾向刘铭心建议，往她的金悦店里拉一根电话线，刘铭心在床上高兴的时候也答应下来，但不知咋的，直到现在这根电话线还没接通。

在走进电话所的时候，白凤琪嘟哝一句："什么事这么急?"

其实，白凤琪知道刘铭心来电话很可能与乔里知的被捕有关系。昨天上午，韩三婆就来悄悄告诉她，说刘铭心手下一个叫邬生龙的真狠，从阿勒屯塔莱来的五个人其中三个被他打死在客栈，两个被抓走了，被抓的两人中，一个是蓝星星的常客，一个姓乔。直觉告诉她，那个姓乔的很可能就是乔里知。

有了这个判断之后，一股苍凉的情绪漫上心头。白凤琪觉得作为女人，自己的命很苦。先前也算自己男人的马二娃、安东都命丧黄泉，刚刚跟乔里知好上，有了一跟到底的感觉，他却被抓走。而抓他的这个人却是自己所依附的刘铭心。她知道，刘铭心表面文雅，其实心狠手辣，乔里知落在他手里，凶多吉少。但她不死心，如果能够救他，她一定不会袖手旁观。

拿起电话听筒，话筒传来熟悉的声音。

"乔里知在我手里。"没有半句问候和寒暄，刘铭心上来就这样直截了当地说，"听说他跟你有一腿?"

"你是不是听邬生龙说的? 你别听他乱嚼舌根。姓乔的……哦，我先头还真不知道他是从阿勒屯塔莱里出来的，也不知道他姓乔。他带的花儿多，我的大戥子搁在家里了，要称他带来的花儿，所以他才来我住的地方了。"

"你太敏感了。我就那么一说。你不来山里瞧他一眼?"

"不就是生意上的事? 我瞧得着吗?"

"你不要这么无情。"

"我怎么就无情了?"

"你是我的女人。关键时候，你不来山里帮我，能叫有情? 来吧，进山来帮帮我，劝劝姓乔的，他对我有用。金悦店的营生，我会派人去打理的。"

放下电话，白凤琪的心里松快了一些。

乔里知和黄俊喜还吊在铁环上。两人全身赤裸，一丝不挂。邬生龙的打手提来一只水桶，桶里盛着喷香的肉汤。然后，他用一只扫帚头往两人身上涂抹肉汤。肉汤熬得很浓，两人的身上有一缕缕肉糜，散发着诱人的香味。

乔里知猜不出邬生龙在搞什么把戏，问："你想干什么？"

黄俊喜一脸的疑惑，看着身边的乔里知，问："哥，他们想干啥呀？"

邬生龙轻蔑地笑笑，问："干啥，待会儿你们就明白了。"

刘铭心面无表情地推门进到审讯室，站在一旁一句话也不说。

邬生龙使劲地扯起乔里知的耳朵，说："我问最后一句，你给不给刘总督察做事。"

乔里知的五官被扯得变形，说："我不知道叫我做什么事。"

"叫你做什么你就做什么！"

"我不知道做什么事，怎么答应？"

"我最后问你一句，你答应不答应？"

乔里知摇了摇头，说："我不知道，你叫我怎么答应？"

刘铭心的下巴点了点，邬生龙朝审讯室门外高喊一声："带进来！"

门外传来汪汪两声吠叫，一只张开血盆大口的狼狗冲进来，邬生龙指了指黄俊喜，狼狗饿虎扑食，一嘴就撕开了黄俊喜的肚子，蜷曲的肠子哗地流了出来。黄俊喜一声凄厉的惨叫，让所有在场的人都毛骨悚然。乔里知当场被吓晕过去，失去知觉。

乔里知苏醒过来，白凤琪坐在他身旁，正在用毛巾擦拭他的脸颊。

"里知，识时务者为俊杰，你就不要硬撑下去，何苦呢？"

乔里知一言不发，痛苦地摇摇头。

白凤琪忽然哭出了声，泪水顺着她白皙的脸颊流下来。

"乔里知，我的命好苦呀！刚和你好上，只说这辈子好不容易遇上一个可以托付终身的人，你却落到了这般地步。我的命真苦啊！你如果就这样走了，你让我怎么办啊！……你是何苦来着？你不会先应下来，咱们再找机会逃离这里？……"白凤琪的手抚摸乔里知的脸颊，哽咽着说。

乔里知仍然不说话。

"我的命真苦啊！乔里知，你说，你要走了，让我怎么办？"

乔里知的脸紧紧地贴在白凤琪白皙的手掌上，喃喃地说："我知道，我知道……"

瞬间,乔里知像是变成了一个无助的孩子,放声大哭起来。

“你看,我说嘛,只有你能够帮助我。”刘铭心摸着白凤琪的脸蛋说。

白凤琪的脸上没有一点儿表情,木木地坐在那里。

“你的事情办完了,我可以出山,回托托里小镇了吧?”她口气生硬地说。

“我已经做了安排。金悦那边有人掌管,你就留在这里,也好陪陪我。凤琪,我离不开你。你不知道,没有你的这半年,我有多难受。”

刘铭心把白凤琪抱在怀里。

白凤琪像个橡皮人,无动于衷。

“好不好啊?你倒是说句话呀!”

“不是说好了,乔里知答应帮你,我就可以回托托里小镇了吗?现在,乔里知不是已经答应了吗?”

“可我就是离不开你呀!”

“你怎么可以说话不算话?”

“凤琪,好话我可是给你说了一百遍了,怎么着,你想叫我求你,还是叫我翻脸?”

“我在这里能干什么呀?”白凤琪知道刘铭心的狠毒,心里有些怕,语气软了下来,“我还能帮你做什么呀?”

“你在阿尔金山的时候不是在伙房里吗?现在你还干你的老本行。”刘铭心的口气硬硬朗朗,“就在乔里知每天吃饭的那个伙房里待着,也不会让你累着,每天打打菜什么的就可以了。你替我跟乔里知保持联系,有什么需要对他说的话,我会及时告诉你。但是,你记住了,不许跟乔里知亲近,如果让我知道了,我饶不了你,也饶不了乔里知!”

“你把我当成什么人了?”

“我把你当成什么人?”刘铭心又变回原来的嘴脸,笑着把白凤琪抱入怀里,“把你当成我的心肝宝贝呀!”

白凤琪一把推开刘铭心:“我还有正事要对你说。既然你让乔里知帮你做事,那你也得替人家着想。乔里知他们这次带到托托里小镇的金子兑换成银票后,一部分帮淘金客汇往各地,一部分带在身上,被邬生龙搜走了。

你得叫邬生龙把那些银票还给乔里知，不然他回去没办法交差，他不就暴露了吗？你放的这根线还指望有什么收获？”

刘铭心沉吟片刻，说：“这个你放心，我会处理好的。”

第十三章

谢尔盖回来了。

是响彻云霄的淘金船开动的声音，把这一信息传递给了宋振良。宋振良很振奋。他一刻也等不及，坐上宋司机开的拉柴油的卡车就赶到安德烈的采金区。远远看见头戴鸭舌帽的谢尔盖正在采金船旁边忙活着什么。

看见拉柴油的卡车开来，谢尔盖从采金船上跳下来。

“你的狗鼻子真尖啊！你怎么知道我们的采金船饿肚子了，要喝油啦？”谢尔盖摘下鸭舌帽，露出他一头亚麻色的卷发，使劲挠了挠，故意大声说道。

宋振良从卡车驾驶楼跳下，在谢尔盖两名同伴的协助下，打开后车厢板，开始往下卸油桶。

“我知道，只要你还在山里，听见采金船的响声你肯定会来找我的。”谢尔盖凑在宋振良的身边低声说。

“你怎么是一个人回来的？你带来的苏联红军呢？”

“这话儿不是一句两句就能说清楚的。”看看别人并没有注意他俩，谢尔盖继续说，“我们国家要发生战争了，而且是大的战争！咱们长话短说。这一年来，欧洲形势发生了巨大变化。德国军事力量迅速崛起，侵占了捷克斯洛伐克、荷兰、法国，我们苏联虽然与德国签署了互不侵犯条约，但那都是表面文章，苏德战争无法避免。我们的祖国在斯大林同志的领导下，现在是全民动员，加紧备战，生产各种武器和军事装备，过去的拖拉机厂变成了坦克车厂，过去的汽车制造厂现在变成了火炮厂。这次幸亏我回去得及时，不然就见不着派我来这里执行任务的那个老上级了。他有了新的任命，正准备动身呢，他被派往一个新型火箭炮厂担任政治委员。”

看见有人走近，谢尔盖大声说：“你这个家伙，又要发大财了，我们的两艘采金船都动起来，一天要喝下多少油呀？你还不发财？”

等那个人走远了，谢尔盖接着说：“我们国内顾不上来消灭安德烈这伙流寇。我的老上级说，现在国内形势危急，为了防止这伙流寇再来骚扰，命令我密切监视他们，见机行事，最好能干掉安德烈，这样他们群龙无首就会散摊子了，所以我就一个人回来了。情况就是这样，亲爱的宋振良同志。”

“那好！咱们这就说定了，让我来配合你完成这项任务。我上次给你说过，我跟安德烈手下一个叫廖远山的淘金客取得了相互信任，他现在已经联系了不少人。他设法在安德烈那里搞破坏，咱们伺机除掉安德烈，这样他们首尾不能相接，必垮无疑。廖远山那个人很机智，也值得我们信任。不过，他毕竟是淘金客，喜欢金子……”

“这个好办，我这两台艘金船每天能产多少金子？我从中搞一些，一点儿问题都没有。宋振良同志，安德烈手下那个列昂契奇对他非常不满，咱们可以利用这种矛盾。说不定，到时候列昂契奇还真能帮上咱们一把！”

乔里知躺在自己的窝棚里。有淘金客亲眼看见，乔里知几乎是从那面岩壁的罅隙中滚落下山的。他被人背回窝棚时，满脸是伤，身上也是伤痕累累，浑身都在流血，奄奄一息。乔里轩赶来看望，他挣扎着要坐起。乔里轩连忙将他按住。

“二哥，不要动，好好躺着。”

乔里堂闻讯也赶来看他。

乔里知看见大哥，眼泪哗哗落下。看见自己的二弟伤成这样，乔里堂也是衣襟沾泪。

“二弟，回来就好，不要太伤心了。”

“黄俊喜和三个兄弟都让邬生龙手下给打死了。真惨啊！他们都才二十出头呀！子弹把他们的脑袋都打爆了……真是惨不忍睹啊！”

“二弟，你不要太难过。这本来就是火中取栗的事情，难免有这么一天。”乔里轩这样安慰自己的二哥。

“在小镇上，我们都兑好了金子，该给兄弟们汇出去的银票差不多都汇走了，可就在当天晚上，他们就在客栈堵上了门，上来二话不说就开枪。黄俊喜让我先从窗子跳出去，我不干，他一把把我推下去，自己却把住窗户，为我挡子弹……我们一点儿也不怕他们，可我们手里只有匕首，没有枪呀，根本不是他们的对手啊！”

疤拉强和互助会襄堂帮的几个人听到消息后，也陆续赶来。

“我就说嘛，要搞这种事，手里没枪根本就不行！你们偏不听！”

“强哥说得对。我们手里如果有枪，就能跟他们对着干，也不至于一下死了四个兄弟。”乔里知很感激地看着疤拉强说道。

疤拉强一副得意的样子，说：“你们听，乔家二哥是咋样说的？今天咱们襄堂帮的几个头目都在，咱们就得把这事儿给敲定了，咱们自己得有家伙什，没有家伙什，咱们不是等着吃亏？”

疤拉强扭脸对乔里轩说：“乔哥，你说是不是这么个理？乔家二哥，你也不要太难过，你能回来，说明你娃命大。生死由命，富贵在天。他们四个弟兄走了就走了，早走早解脱。黄俊喜那小子行，是条汉子，生死关头还能帮你逃出来，够义气。明年他的忌日，记得给他烧纸啊！乔哥，你倒是表个态度，咱们赶紧买枪吧。”

乔里知说：“现在怎么去买枪？那条通道已经被钱良剑他们堵死了。我为啥回来晚了两天？过不了那道铁丝网啊！我在铁丝网那边趴了整整两天，他们巡逻人员增加了不少，在铁丝网边上来回走。后来我等不及了，才找了一个空隙冒死钻进来。路过那片怪树林的时候，我看见他们在重新布雷。”

乔里轩不解地问：“他们怎么知道我们的运金道路？”

乔里知早就想好了答复的话：“我们都在那条道上来来回回地走了多少趟？就是再仔细，地上的草丛、树上的枝叶，都难免留下痕迹，他们稍微仔细一点儿不会看不出来。”

乔里轩曾经对运金小分队多次叮嘱，来回一定要轻手轻脚，不要留下蛛丝马迹，但仔细想想，每次去都不是一人，来来往往多少次了，不留下痕迹也不可能。

于是他说：“二哥说得有道理。可惜黄俊喜四个好兄弟了，我们一定会为他们报仇的！”

说话间，眼睛已经发红。

疤拉强却说：“可惜我们那条运金小路了。这下子，别说弄枪进山了，金子也难以运出山了。”

莎莎对自己的养父说：“金客生活互助会有一个襄堂帮，他们是互助会的领导组织。另外，淘金客把自己手中的金子都交给了襄堂帮了。”

每次莎莎从乔里轩那里回来，只要遇上养父，他都会向她打问淘金客互助会的事。莎莎一般都轻描淡写地说上那么一句两句。

“襄堂帮里由谁主事？”

“噢，好像是乔家老大吧。这种事儿，他们还能告诉我？防我跟防贼似的。”

其实，莎莎知道乔里轩是襄堂帮的头儿。乔里轩在淘金客中很有威望。他虽然不爱讲话，但只要他开口没有人不听他的。莎莎相信自己的眼睛和感觉，她觉得乔里轩就是与众不同。可是当养父在问到襄堂帮时，她却莫名其妙做了隐瞒。

话刚一出口，莎莎觉得脸上稍稍有点发烫，好在养父并没有注意自己。

“莎莎，你也别特意去打听什么，也就是有一搭没一搭的，听见什么奇怪的事，回来想跟爸说就说一句，不想说就拉倒。”

莎莎应一声，就去忙自己的事。

转天，钱良剑把莎莎对自己说的话学给刘铭心听。刘铭心听后，哈哈地笑了起来。

“局座，我说嘛，莎莎是你的宝贝闺女，是咱自己人呀，没准儿在关键时刻还真能帮上咱们的大忙哩！”

“铭心，我可是心里想啥就说啥。你的机敏有时候不错，比如说你派邬生龙去托托里小镇设伏，就很漂亮，一下子就干掉了他们三人，活捉两人，还放了一根长线出去；有时候呢，又太敏感了，你想想，咱们阿勒屯塔莱，跟集中营有啥两样？一群穷鬼手无寸铁，我们有兵有枪，还有炮，他们能干出啥名堂？不行就毙他几个，他哪个娃娃不怕死？就说那个乔里知，不是让你给收拾得服服帖帖？”

“局座,不瞒您说,我可能也是在阿尔金山上让共党分子给搞怕了,不是有那么一句老话?‘一朝被蛇咬,十年怕井绳’嘛。”

“我看也是这样。”

“不过,局座,小心驶得万年船,我就是怕有共党分子在淘金客中煽动闹事。他们可是真有一套啊!”

“就算里面有共党分子煽动,只要他们敢闹事,我就开枪!”

滚滚的乌伦古河向东流去。两台轰隆隆响的采金船边上,有近两百人在跟它忙碌。谢尔盖手里握着一团沾有油污的棉纱站在采金船旁,正在跟一位俄国技师说着什么。宋振良走过去,先在十几个柴油桶那边转了转,敲了敲空桶。

“这玩意儿还真能喝油。”他对油桶边上一个淘金客说道。

“是啊。谁让它的力气大呢?它抵得上一两百人的工作量。”淘金客回答。

“那也得有上百人为它服务呀。”

“你没有听懂我的意思。我是说,除掉为它服务的这上百人,它能抵上一两百人的工作量。”

“这我知道,可它喝的是油,我们人喝的是水呀。”

“宋先生,那你也喝油试试?”

“你这不是在抬杠吗?我说的是这个意思吗?”

谢尔盖已经走过来。

“你们在吵什么呢?”

“我们在瞎聊呢。”

淘金客看见他们的技师走来,忙转向别处去忙活儿。

“谢尔盖同志,我上回给你说的廖远山人不错,已经加入互助会了,因为他代表安德烈这边的淘金客,还被选为襄堂帮成员。廖远山得到了乔里轩的信任,也得到了大伙的信任,他很高兴。他对我说,他愿意帮助咱们,再困难他都不怕。他的身边也团结了几个过命兄弟。不过,他还是说到了金子。他说干这种冒险的事,不给金子是不行的。谢尔盖同志,请理解他,他不是我们的同志，他只是一个淘金客。”

谢尔盖点头表示理解。

“咱们把这些有利的力量都调动起来，干掉安德烈，我们还是有把握的。”

“我们手里如果有一把枪就好了。”

“可在这山沟里，咱们去哪里找枪啊？”

“听说钱良剑的养女莎莎常去找乔里轩？她身上不是带有一把枪吗？”

“我明白你的意思。但要从莎莎身上搞枪，那必须得干掉她呀。那样，事情肯定要闹大了，钱良剑不是吃素的，绝不会善罢甘休。如果是那样，也会引起安德烈的警觉，增加干掉他的难度。咱们能不能想想其他办法？比方说用金子收买矿警队的士兵，从他们那里借枪？”

“士兵的枪如果不见了，他的长官能不知道？就算能借到，谁能保证在一两天内就能干掉安德烈？纸包不住火，时间一长，肯定会被发现，反而弄巧成拙。”

“谢尔盖同志，你说得有道理。那么，用什么办法收拾安德烈？”

“看来只好用炸药了。在这里找炸药好像并不困难。”

“好的，炸药由我来找。不过，山里没有电雷管，都是用导火索来引爆炸药。导火索是不好掌握引爆时间的。”

“这我知道。但还有什么好办法，宋振良同志？”谢尔盖双手一摊，做了个无可奈何的表情。

“谢尔盖同志，我找到炸药了，你什么时候动手，我跟你一块干！”

谢尔盖低头想了一会儿，说：“只能在安德烈的住房干掉他。那样就得进到他们的营区。我进去问题不大，哨兵都认识我，而你……肯定会引起他们的注意。这样吧，宋振良同志，你负责搞炸药，由我一人去干掉他。你跟那个叫廖远山的保持联系，想办法分化他的手下人，就算帮了我。哦，我昨天跟列昂契奇在一起喝酒，那家伙的酒量真大，一气儿喝了一瓶。他喝多了，发泄了很多对安德烈不满的话……”

“谢尔盖同志，酒后的话不可当真。你要提防他。”

“这我知道，跟他接触我有分寸。”

安德烈的住房地处他们营区的一个制高点，站在他住房的回廊前可以鸟瞰营区。他的住房外，还围有一圈铁丝网。

谢尔盖曾经去过安德烈的住房。那是一座很漂亮的俄式建筑。整座房屋悬空近半米，用结实的松木扎进地下作为基础，房屋的周边有木质回廊，靠北边是木质台阶，回廊四周均匀地排列着一根根廊柱；进入房间，是一间宽敞的客厅，客厅周围连通几个房间，所有房间的地上都铺着漆得猩红的木地板。那次，从俄罗斯进口采金船马达回来，安德烈非常高兴，在他的住所宴请了谢尔盖。安德烈还炫耀地带着谢尔盖在自己的卧室转了一圈。谢尔盖还记得安德烈的那架漂亮的钢丝床，当时他还情不自禁地夸了一句。安德烈得意扬扬地说："就是在迪化，也难找到这么纯正的俄罗斯铁床。"

前两天，在跟列昂契奇喝酒时，谢尔盖装作若无其事地问道："上校爱喝酒吗？"

列昂契奇回答："他能喝一点儿，但从不酗酒，他就是一门心思想复仇。"

"他体格那么好，连女人也不爱？"

"他对女人没兴趣。每天晚上就待在他的屋里，不是看书，就是看地图。我怀疑上校可能没有那个能力了。"列昂契奇说完哈哈大笑起来。

谢尔盖捧场式地跟着一起笑。

在笑声中，谢尔盖知道安德烈还在他原先的寝室睡觉。

"不过，"列昂契奇忽然说，"上校并不老，他一直很警觉，浑身都长满眼睛，耳朵比兔子还灵。"

连着两天，谢尔盖都隐藏在营区那片白桦林里，偷偷观察安德烈住房里的动静。他看见窗户里，一个高大的身影走来走去。他确定这就是安德烈。

第二天，他对宋振良说："我找到炸死安德烈的好地方了。宋振良同志，你就等着我的好消息。"

两人还一起策划了炸死安德烈以后的行动，并且具体分了工，由谢尔盖策反列昂契奇。宋振良动员廖远山多联系一些淘金客，上下呼应，彻底搞垮安德烈的队伍。

在说这些的时候，谢尔盖不无疑虑地说："那个秃头伊万是个鬼机灵，咱们得想想，没有了安德烈，他会做什么。列昂契奇对他好像也没有什么办法。”

这个晚上，月亮姗姗来迟。

谢尔盖背着大号的俄式军用背包，走过沟壕上的吊桥。因为常来常往，哨兵熟悉他。

“谢尔盖，这么晚了，还不歇息？”站岗的是两个中国人，是由安德烈训练出来的武装人员。

“那个采金船虽然是个大家伙，但是也娇气得很，动不动就有毛病。这不，传动轴上的轴承又有问题了，我背到军械所来修修。”

为以后被追查时有个说法，谢尔盖的背包里除了炸药和铁丝钳外，还真有一个采金船上的轴承。谢尔盖向哨兵挥挥手，就独自进到了安德烈的营区。

谢尔盖静静地匍匐在铁丝网外的草丛里。他看见安德烈在屋里走动的身影，甚至听见了安德烈的咳嗽声。

夜色越来越浓重，四周静悄悄，青蛙在不知疲倦地聒噪，远处有狗吠声。谢尔盖从背包里取出铁丝钳，小心翼翼地剪断铁丝网。他匍匐着钻进去，悄无声息地摸到安德烈寝室的窗户下。他把炸药包立在窗户边，竖起耳朵听屋里的动静。他的脑子里闪现出安德烈死后阿勒屯塔莱可能出现的情景，他甚至想到和宋振良如何逃出阿勒屯塔莱。他突然觉得自己想得太多，在心里说：还是走一步说一步吧。

这样想着，谢尔盖用火柴点燃炸药包。手有些抖，连着划了几根火柴都没有划着。他警觉地把身子转过去，以挡住火柴燃着的光亮。第五根火柴终于划着了，导火索被点燃，发出哧哧的响声，一股青烟往上飘。谢尔盖怀疑这样的动静会不会被警觉的安德烈听到。他几乎是连滚带爬地往回跑。在寻找被他剪开的铁丝网的窟窿时，突然碰响了一只空罐头盒。铁丝网边上是斜坡，那只罐头盒顺着坡度往下滚，发出一串清晰的响声。谢尔盖心想不好，钻出铁丝网就要跑，铁丝网上的铁刺却勾住了身后背包的带子，越急越慌，谢尔盖折腾了好一会儿才算脱身。

躺在钢丝床上的安德烈其实还未入睡，听见那串异常的响声，他警觉地从床上跳下来，连衣服都顾不上披，趿拉着鞋就往外跑。

安德烈拉开门，站在木头走廊上喊道：“卫兵，去看看，外面有动静！”

喊声刚落，一声剧烈的爆炸声骤然响起，安德烈的住房被炸开了一个角，房顶的绿铁皮向上翻卷，那只钢丝床也变得歪七扭八，被褥里的棉絮被炸得满地飞扬。

巨大的冲击波将安德烈掀翻，他的头撞在回廊的立柱上，鲜血顿时顺着脸颊流下来。

“快来抓刺客，营区前面堵住吊桥，不要让刺客跑了！”满脸是血的安德烈保持着军人的镇定。

爆炸引起熊熊大火，火光照亮了半边天。整个营区是一片喊叫声和杂乱的脚步声。谢尔盖顾不上看爆炸后的结果，快速往吊桥方向跑。穿过那片白桦林时，他突然想起什么，蓦地停下脚步。他想如果这时候跑到吊桥上，自己很可能被逮个正着，就算侥幸跑过了吊桥，又如何能跑出阿勒屯塔莱？灵机一动，他绕过白桦林，跑向营区的军械所。

气喘吁吁地进屋后，他关上门，点燃台钳旁的马灯，把背包里装着的淘金船传动轴上的轴承夹在台钳上。然后，他定定神，走出军械所。他忽然想起什么，连忙返回屋里，取过自己的背包，翻开看了看。炸药和导火索已经在刚才都化为青烟了，那把铁丝钳在慌乱中也丢在铁丝网边上了。包里没有任何有关爆炸的痕迹。他还是不放心地翻开包，在工作台上摔了摔，并且从台钳边抹了一把油糊在包里。这一切做完以后，谢尔盖觉得自己镇定多了，他从容地走出军械所。

伊万带着武装人员正在四处搜查，猛然看见谢尔盖从军械所那边走来。

“你在这里干什么？”

“我来修理采金船传动轴上的轴承呀。”谢尔盖镇定地答道。

“为什么要晚上来？”伊万用审视的目光盯着谢尔盖。

谢尔盖正要回答，安德烈带着列昂契奇等一伙人来到这里。

谢尔盖同安德烈和列昂契奇打过招呼后，回答道：“明天一早采金船就要工作，等明天再来修不是误事了吗？本来，采金船的马达被人偷走就耽误了很多时间，我们等不起了。天一凉，河水结冻，采金船就没法儿工作了，不抓紧时间怎么行?”

安德烈的头部包扎了白色绷带,从里渗出的血在绷带上染出一个红色小圈。他用手摸了摸受伤的地方,收了收下颌,表示赞同。

列昂契奇说:“那你还不快去忙?”

伊万说声“等等”,转身进到军械所的房间,马灯亮着,伊万看见台钳上果然夹着传动轴上的一个部件,他弯下腰看看,忽然看见谢尔盖带来的那只军用背包。他拿在手上,把背包翻过来,用鼻子闻闻。安德烈和列昂契奇跟进屋,列昂契奇问道:“伊万中校,你闻出什么了?”

伊万把背包扔在台钳旁,扭脸看了谢尔盖一眼,出门对自己手下人喝道:“还不快去?沿着营区沟壑两边再给我仔细搜一遍!”

沟壑边,呼喊声、脚步声,一片乱糟糟。火把将沟壑两边照得通红。安德烈住房的火势已经被扑灭,那边的夜空暗下来,而这边的火光却映红了半边天。

伊万沮丧地对一个手下心腹说:“算啦,找也是白找。我怀疑就是谢尔盖干的。我早就注意这家伙了。大晚上的,他跑到军械所干什么?修传动轴,那么巧?就在他来的这段时间遇上了刺客?鬼才相信!我交给你一个任务,别的事你都可以放下,但要盯紧谢尔盖。他有异常举动,你立即向我报告。”

第十四章

晌午，乔里轩抬头看了看悬在中天的太阳，心想就要吃午饭了。因为河滩的工地与驻地有一段距离，钱良剑怕耽误生产时间，淘金客的午饭不在伙房里吃，由厨子把饭菜送到工地上。乔里轩用手搭起凉棚，遮住阳光，看见伙房的厨子正挑着担子往这边走来。他把手里的高压水枪关了，繁忙喧闹的采金槽边一下安静下来。

“兄弟们，歇把手，你们看，厨子已经过来了。”

身边的淘金客们纷纷停了手脚。

乔里轩他们采金组也是由十八人组成的，乔里轩算是民主选举出的组长，组长之上才是金把头。金把头由钱良剑任命或指定，这种人是不参加劳作的，一般管理着十到二十个采金组。

乔里轩在水洼边洗净手，看见宋振良肩膀上背着一圈橡胶管从河滩路上朝他走来。乔里轩明白宋振良有事找他，便站起来踩着泥水迎上去。

“里轩，这是要吃午饭了吧？”

乔里轩应了一声，与宋振良一起跳过有水渍的地方，在干燥的地方找了块石头坐下。

乔里轩看看周围没有人注意他俩，才说：“山里通往托托里小镇的秘密通道被钱麻子的矿警队封得死死的，一克金子也运不出去！金子出不了山，咱手里就没钱，靠什么买武器？”乔里轩说着，从脚下捡起一块石子，狠狠地掷向远处。

“这还不是主要的。”乔里轩叹了口气，“要紧的是，淘金客兄弟信任咱互助会，托咱们往出运的金子越积越多，可是现在咱们又运不出山，这样就会冷了淘金客兄弟的心，互助会刚刚建立起来的威信就会丧失。”

宋振良把肩膀上的橡胶管扔在地上。

“这两天我也在思谋这件事。咱们的互助会就是替淘金客兄弟解困纾难的，这些淘金客在山里大都跟阿山金课局签了三年合同，今年秋天大部分合同才会到期，但现在不少淘金客急着用钱，其中有的父母等钱看医生，有的要娶媳妇下聘金，还有的要置地盖房子，各种各样的用途吧，总之，就是要用钱。但是，存在手里的金子变不成现大洋，干着急没办法。起先，咱们有一条秘密运金通道，能把金子运出山，变成现大洋，而且帮他们汇到了家里，解决了他们的困难，所以淘金客兄弟信任咱，依赖咱。可现在，秘密运金通道给封死了，金子运不出山，咱互助会哪有威信可言？一想到这儿，真就把人急死了。”

乔里轩沉思片刻，又捡起一块石子掷向远处，目光望着前方滔滔作响的乌伦古河，说：“不行！咱们不能这样坐等，得找出一条新的运金通道！”

宋振良说：“我今天找你就是为了这个。你合计一下，看这办法行不行？”

乔里轩点了一下头，示意宋振良说下去。

“你看啊，现在山里的机械越来越多，柴油的用量也就越来越大，我每隔几天就要从山外运一趟柴油进山。里轩，我的意思是，能不能在我运柴油的卡车上动点脑筋……”

“那个司机靠得住吗？”

“司机姓宋，是自己人。”

“可是，据我所知，卡车在出山时，尤其是过那座叫什么莫河桥时，检查是非常严格的。现在的问题是，怎么就能通过检查？”

“是啊，这正是我来找你商量的主要问题。这两天我一直在琢磨，可到现在也没有想出一个好办法。里轩，每次卡车出山的时候，检查得尤其严格，进山倒好一点儿。”

“他们就是怕你出山带金子，所以才那样检查的。回来的时候，他们自然就放松了。”

“每次出山，他们检查的时候，车上车下来回翻腾，连卡车底盘都不放过，一个个都鬼着呢。”

"那就得找一个他们看不见的地方啊。"

"这样,我去和那个俄国人谢尔盖商量一下。他是搞机械的,对卡车的结构比我们熟悉,看他有没有办法。有了好主意,我再来找你。"

"宋先生,又得叫你亲自出马了。你看,送饭的厨子都来了,一块吃吧?"

"你们都是按人头送的饭,一人一份,我吃了,你吃什么?不了,还是你们自己吃吧。都是强体力活儿,不吃饱可不行!"

谢尔盖围着宋振良拉柴油的卡车转了一圈,最后蹲在卡车的轮胎边端详。宋振良蹲在他的身边:"谢尔盖同志,可不可以在车底盘上加一层木板或铁板,夹层里面不就可以放入金子了吗?"

"那些士兵经常检查进出车辆,车的构造他们完全清楚,加上一层隔板,车底下就突出了,那就肯定是他们检查的重点。"

"可以做得稍薄一些,他们不就看不出来了?"

"你加上一层隔板,为了取货方便,必须做一个盖板之类的东西,只要他们趴到底盘下看一眼,肯定会发现破绽的。不行,你这个方法不行!"谢尔盖用肯定的口气说。

"那么,在车厢的木板上加一层怎么样?"

谢尔盖想了想,说:"你加的板子肯定是新木头做的,就是再做旧也能看出来。而且你的车是美国货,车厢的底板都是美国木料,跟这山里的不一样,我估计他们一眼就能看出来,放在里面的东西不就露馅了吗?"

"那如果从车的机器盖里想想办法行不行?"

"我估计他们在检查时要打开机器盖子的……"

"是的,我们的卡车每次出山时,他们都要打开机器盖子检查。"

"我估计,"谢尔盖站起身走到卡车另一边的轮胎旁,"机器的构造他们多少知道一些,看见有了异样,肯定会更仔细地检查。机器盖下也不好做手脚。"

"谢尔盖同志,那你说该怎么办?"

谢尔盖继续蹲下来看卡车的轮胎。

这部运柴油的卡车是美国产的大道奇,车的前部是两只单轮,后部却有两排双轮胎，一边是四只，两边合起来共是八只轮胎。

谢尔盖蹲着看了一会儿，站起身，习惯性地用手指往后梳理他那亚麻色的卷发，然后说:“宋振良同志，你每次出山都是空车吧?”

“差不多都是空车。”

“这就有办法了。这卡车后面有八只轮胎，咱们把中间靠里的两只轮胎的内胎放掉气，在内胎开一个小口，从那个小口往里装上金子。出山是空车，承重量不大，那只被放了气的轮胎旁又有其他轮胎支撑，不会有问题。检查的岗哨根本就想不到，也看不出来。宋振良同志，你看这办法行吗?”

宋振良蹲下来看了看卡车轮胎，站起来一拍大腿说:“谢尔盖同志，你的这个办法真是妙极了，谁会想到轮胎里藏着东西呢？你不愧是高级机械师，办法想绝啦!”

滔滔的乌伦古河在接近莫河桥时，拐过一道山，河两边的山峦逼仄起来，形成了一个巨大的“S”形河道，一座用冷杉圆木拼接组合而成的木桥架在河面上。

一辆美国大道奇卡车从山里驶出，车的驾驶楼里坐着司机和宋振良。眼瞅着就要到桥边了，宋振良叮嘱了一句:“沉住气，千万别慌张!”

看见有卡车驶近，守桥的岗哨站在桥中央挥旗示意停车。卡车缓缓地停在岗哨的前面。司机和宋振良打开车门，从车上跳下来。

宋振良经常路过这里，岗哨虽然都认识他，但例行检查一点儿也不放松。

宋振良向两名迎面走来的哨兵递去早就准备好的香烟，哨兵客气地摆摆，一名哨兵爬到车厢上。车厢里整整齐齐码着十几个油桶，哨兵招呼司机上车，看着司机用扳手将每个油桶的螺丝盖都拧开，然后哨兵才用一根长长的探条，不厌其烦地挨个伸进去，看桶里有没有什么禁运品。车下那名哨兵则匍匐在地，用手电照明，仔细检查卡车底盘。接着，检查完车底盘的哨兵又上了驾驶楼，将司机和副驾驶座的皮垫翻开来看。最后，这名哨兵打开卡车的发动机盖进行检查。当这一切都做完之后，那个掌旗的哨兵才挥挥手中的三角绿旗，桥中央的两个哨兵搬开设在桥上的鹿砦，示意宋振良他们可以通过。

上车之后，宋振良心想，若是在车的底盘或车厢里搞什么夹层，毫无疑问地会被发现，不觉倒吸一口凉气。司机小声嘟囔一句：“真他妈的一点儿不马虎啊！”

卡车发动后，宋振良丢给一个哨兵几包香烟，想不到哨兵说声“少来这一套”，把香烟扔进驾驶楼里。

手握方向盘的司机吐了一下舌头：“过去进山出山，咱们可没有注意到他们有这么严格的检查啊。”

宋振良轻轻地吐出两个字：“开车。”

伙房到开晚饭的时间了。今天乔里知来得早，看见打饭窗口前排队的人不多，他的前后只有一两个人。轮到他了，他把饭碗递进窗口，在里面打饭的白凤琪对他莞尔一笑：“你是不是姓乔？”

乔里知点了点头，故作诧异地说：“请问你怎么知道的？”

“听人家这么叫你嘛。”

“哦，是这样啊。”乔里知装模作样。

“那你能进来帮帮忙吗？谁让你今天来得这么早，我就抓你的公差呗。”

乔里知知道白凤琪这是有话对自己说，便做出一种不情愿的样子从侧门进到伙房里面。板凳上摆着汤汤水水一大盆菜，白凤琪说：“你帮我把它端到桌上去。”

乔里知弯腰端菜的时候，白凤琪在他身边耳语：“刘铭心对你很不满意，说你到现在一点儿有用的情报都没提供。他说让你当心点儿，别把他当猴耍。我帮你说了很多话。”

乔里知盯住白凤琪的眼睛。白凤琪柔情似水地看了他一眼：“给你说心里话。我进山就是为了你。不然我可不愿跑到这么个穷乡僻壤来！”

乔里知的心里升起一股温暖。在托托里小镇跟白凤琪在一起缠绵的情景从脑际掠过。

“这我心里清楚。”

“答应人家了就得给人家办事，人家可不是好惹的，你把性命丢在这里了,叫我后半辈子咋办？我心里有你,这你知道。该给人家做事就得做。其他的你别急,咱们有机会。”白凤琪最后这样说。

盛菜的大盆被乔里知端到了桌上。他转身走了出来。在窗外等着打饭的机灵鬼蛇娃问道:“乔家二哥,伙房那个漂亮娘们儿跟你嘀咕些啥？看上去好亲热呀!”

乔里知板起脸:“别瞎扯！你都看到了,菜盆重,她一个女人端不动,才叫我帮她端上桌。”

“那她跟你嘀咕些啥?”

“她说……她说菜汤很烫,让我别烫了手。”

“我看见她可说了不止一句话。”

“女人啰唆嘛,她反反复复地就啰唆这一句话。”

“哦,是这样。”蛇娃半信半疑。

乔里知的心里警醒起来,心想用这种方法跟白凤琪接触可不大好,万一被人看出来,那还得了？刘铭心那边还没动你呢,蛇娃的表哥疤拉强还不把自己的皮给剥了！还是不说话的好,有什么事用纸条传递就好。

第十五章

沐浴着绯红的晚霞，一身戎装的莎莎在伙房通往淘金客窝棚的木栈道上堵住乔里轩。那时乔里轩跟同伴吃完晚饭，刚刚走出伙房。一起走在木栈道上的同伴有四五人，都很年轻，也都认得莎莎，都用同样的表情偷偷打量这个年轻漂亮的混血女孩，然后哧哧地笑着跑开了。几个人一边跑一边回头张望。

其中一个说："乔哥从冬瓜上跌下来，脑袋摔晕啦！这么漂亮的姑娘上赶着追他，他却不理睬人家，真让人搞不明白。"

另一个说："人家是钱局长的养女，金贵着呢，乔哥再有本事，不过是一个淘金客。弄不懂这女娃咋就看上他了。把这事说给山外的人，十个人有九个都不相信。"

这时，乔里堂从另一条木栈道上走过，头一个说话的淘金客喊道："乔家大哥，那个俄罗斯二转子又来黏糊咱乔哥了，你说这事怪不怪？"

乔里堂没好气地说："黄鼠狼给鸡拜年，谁知道她安的是什么心？"

又一个淘金客接过话说："管他安的什么心！这样漂亮的女孩要是跟我好上，就是第二天叫我死，我都不眨眼。"

第一个说话的淘金客哈哈笑道："死在花丛下，做鬼都风流！"

乔里堂说："你们吃饱了，在这里乱嚼舌头根子。看来劳动强度还不够啊，你们的体力还有富余。"

两个淘金客几乎同时说："那可要累断我们的腰！"

乔里堂扭过脸来看身后的三弟。

乔里轩仍站在木栈道上。那个莎莎在没完没了地跟他说着什么。

乔里轩也朝他大哥这边望了一眼，然后静静地听完莎莎的一番表白，平和地说:“你这样多次来找我,你觉得有意思吗?”

莎莎笑了,晚霞中露出一口洁白的牙齿:“我觉得很好啊！中国有句老话说:‘男追女,隔道山;女追男,隔张纸。’可我怎么觉得你我之间隔着海啊！凭什么男尊女卑？凭什么只有男追女,没有女追男？这公平吗?”

乔里轩安静地看着莎莎,眼睛像雨后的天空一样清澈:“你确定,你这是在追我?”

“当然。”

“你知道吗？你是什么人,我是什么人?”

“当然！你是男人,我是女人。”

“还有呢?”

“其他就没有了。”

“你是什么女人,我是什么男人?”

“我是个混血女人,你是我见到过的最好的男人。在我心中,只有这些。”

“我劝你还是离我远点儿,不要给自己招惹麻烦。”

“我倒想听听,能招惹什么麻烦?”

“你我之间悬殊太大,能没麻烦?”

“我不信!”

“不信你就等着瞧。”

说完这句话,乔里轩侧身一挪步,快速地离开了莎莎。莎莎在他身后喊:“乔里轩,你听着。这不算完,永远没有完,我还会找你的!”

乔里轩走在木栈道上,脚下发出嗵嗵声。乔里轩有些迷茫,心跳得却厉害。他觉得自己很可笑,心里十分喜欢这个敢爱敢恨的姑娘,却装出一种不食人间烟火的样子。其实,乔里轩的心里也燃着一团火。离开莎莎后,茜茜的眼睛总在他的脑子里晃。那是一双多么纯洁、透亮、毫无杂质的眼睛啊！这种眼睛里只有百分之百的纯真,绝对没有欺诈和阴谋。而她真挚的语气更告诉他,那是万分地热烈和迫切。如果她带着某种使命或企图来接近自己,怎么可能表现得如此逼真?

乔里轩相信自己的眼睛和感觉。转念又想,莎莎是何种身份？自己又是何种身份？怎么可能会发生这种事情？这难道就是人们所说的能叫人失去理智的爱情？

乔里轩真的迷惘了。这一刻，他渴望见到自己的师父文慧法师。如果师父在身边就好了，他那双洞悉世间万物的眼睛一定能看透其中的奥秘。自己却不行。尽管这个女孩美丽得令人窒息，但是，他反复告诫自己，千万不能被诱惑迷乱了心境。

半个小时后，莎莎又出现在乔里轩的窝棚里。

在沙滩干了一天活儿，乔里轩腰酸背痛，正准备躺下睡觉，莎莎站在了自己的面前。

同窝棚的淘金客都是互助会的会员，又都是乔里轩的好友，看见莎莎进来，尽管都累了一天，都想休息了，但还是相互挤眉弄眼地自觉地走出窝棚。

莎莎从腰间枪套里抽出枪来，啪地拍在乔里轩的床铺上。

“你要干什么？”尽管乔里轩有着过人的心理素质，但他还是吓了一跳，“你究竟想干什么？”

莎莎咯咯地笑起来，好看的灰褐色的眼仁似乎都漾出了笑意。

“我想教你打枪。”

“谁要跟你学打枪的？”

就在半个小时前，看见乔里轩嗵嗵响地踩着木栈道离去的背影，莎莎思忖着得找到一个乔里轩感兴趣的事情与他交流。本来，莎莎想通过学习佛学来接近乔里轩，但乔里轩拒绝了她，没有给自己这种机会。她想乔里轩喜爱武术，或许会对武器感兴趣，于是，她以这种方式来接近乔里轩。

“你把这东西拿开。”乔里轩的手都不想触碰床上的枪，只是用眼睛瞟了瞟。

“怎么，你跟列昂契奇比武时的英雄气概都跑到哪里去了？”莎莎又咯咯地笑起来。笑声很响，以至于站在窝棚外的淘金客们都听得见。他们挤挤眉眼，在心里做着某种猜测。

“乔里轩，我告诉你，如今已是热兵器时代，你的那些拳脚在现代搏杀中根本不管用。你知道当今世界的武器已经发展到什么地步了？告诉你，就是屠杀成千上万的人连一滴血都看不见！来吧，还是让我来教你如何使用手枪。”

莎莎拿起手枪，凑到乔里轩的身边。乔里轩嗅到了来自莎莎身上那种芬芳的青春女性的气息。那一刻，他有些心动，神思跟着飘摇起来。他快速地抖动脸庞肌肉，让理智回归于心。

“咱们从最基础的开始学起。你看，这是准星，这个豁口是瞄准器，当瞄准器、准星和被射击目标三点成一线的时候，就可以扣动扳机。对，食指上的这个就是扳机。”

莎莎退出弹夹，咔的一声，又推上弹夹，然后，哗啦一声拉开枪机。

“现在子弹上膛了，食指扣动扳机就能击发。”

莎莎在做示范时，乔里轩始终不为所动。他的眼睛微眯，丹凤眼显得更富有男性魅力。

莎莎又往前凑凑。她的气息一度让乔里轩难以自已。

“你来做一遍。”

莎莎把枪递向乔里轩。乔里轩没有伸手去接。

“我对你说过，我对这个没有兴趣。”

“那我不明白，你习练那么好的功夫为了什么？”

“强身健体。”

“你难道不是为了攻击别人？”

乔里轩摇了摇头，说：“你该走了。我的同伴该休息了。我们不像你，明天有重体力的活路还在等我们。以后你也不要来了。”

说完，乔里轩微眯眼睛，呼吸均匀舒缓，好像进入他的气功状态。

莎莎站起身，不气不恼地说：“我依旧是那句话，我还会来的。而且，永远要跟你在一起！”

钱良剑小餐厅的桦木方桌上，放着一只新疆喀什噶尔出产的手工土陶花瓶，花瓶里插着一束开有紫花的野苜蓿。野苜蓿的花朵刚刚开放，绝大部分还都是花蕾，就是少数开花的花瓣也不大，但颜色特殊，紫中带着灰白，显得很高贵。早晨起床，莎莎开着钱良剑的嘎斯六九敞篷吉普车，出了莫河桥，沿乌伦古河往东跑了半个多小时，在一个山坳里看见一大片开着紫花的野苜蓿，莎莎觉得漂亮，采了一束带回来。午饭时，钱良剑和刘铭心率先走进餐厅，两人都说好看。

莎莎单独开车出山，在莫河桥上曾受到守桥士兵的拦截。邬生龙接到电话后，立即跑去向钱良剑汇报。钱良剑说："世道这么乱，一个女娃单独跑出去，就不怕出事？胆子也太大了！你通知桥上守兵不让她通过，把她拦回来。"获得指令的士兵站在吉普车前，让莎莎掉转车头开回去。莎莎漂亮的眼睛瞪得溜圆，指着自己的领章说："你看好了，我可是中尉呀！你只是一个下士，听我的命令，你马上给我滚开！"士兵站在车前原地不动。莎莎猛踩油门，朝士兵冲过去。千钧一发之际，士兵躲闪出去，捡回一条性命。另一个士兵对惊魂甫定的士兵说："亏你娃腿脚麻利，躲得快，不然真就做了车下鬼，你找谁说理去？你知道吗？钱局长这个二转子养女有个外号叫疯丫头，她可是真敢撞你的！"邬生龙转回去，把这个过程汇报给了钱良剑。钱良剑无可奈何地摇着头说："这个疯丫头，性格暴烈得很，在迪化差点儿捅了盛督办小舅子一刀子，我就是怕她惹出事端才把她召到山里来的。嗨，这疯丫头！"

在餐桌前，钱良剑把这件事讲给刘铭心听后，接着说："这疯丫头，我真拿她没办法。铭心，我给你讲她小时候的一件事。莎莎七岁那年，我从俄国学成回国，也就把她带到了迪化，放在迪化的一所学校读书。因为她是混血儿，班上有男同学欺负她，喊她二转子，想不到她当场给了那个男孩子一耳光，下手也够狠的，把人家的脸都给打肿了。男孩子的家长不干了，让老师带上门找我，后来是督办公署的一个秘书给男孩子家长打了电话，这事才算了了。"

刘铭心听后哈哈大笑："局座的面子也够大的。小孩子惹了事连督办公署的秘书都搬出来了。"

"不是我去搬的救兵，那兄弟不知从哪里知道的，主动给人家打的电话嘛。"

"这更说明局座有人缘呀。"然后，看着桌上的野苜蓿花说，"莎莎的性格随谁了？"

钱良剑说:“我那李哥是个憨厚人,性格绵软得很。他救过我以后,他家我常去。李哥的俄罗斯老婆人不错,待人真诚啊!家里有什么好吃的,一点儿不留,都拿出来让我吃。每次去都这样。但那俄罗斯女人就有一样不好,脾气大得很。有一次,当着我的面,把一只锡皮茶壶摔扁了。李哥说,这是因为我来家里了,她还算收敛点儿,要是我不在,还不知闹出多大动静呢。”

刘铭心笑了笑:“看来莎莎随了她妈,性子虽烈,但人耿直。常言道,文贵曲,人贵直嘛!莎莎品性高贵啊。哦,就像桌上这束野苜蓿花,有一种野性的美,紫幽幽的,还透着高贵,和莎莎的气质有些像啊!”

两人说着话,莎莎就走进餐厅,刘铭心望着莎莎笑。钱良剑说:“铭心会说话,说出来让人听着舒服。”

三人在桦木桌前坐定。勤务兵将饭菜陆续端上。钱良剑喜欢吃肉,顿顿少不了。一大盘清炖羊肉首先端上桌。钱良剑指着羊肉说:“铭心,这肉我一闻就知道是北疆羊肉,有股子膻味,别说你们吃不惯,就连我也不爱吃。可这个季节,天气热,南疆的羊肉运不过来,只能凑合着吃了。等过些日子天气凉快下来,我从南疆的焉耆县搞一点儿羊肉来。铭心,焉耆你还熟悉吧?”

刘铭心点点头:“从迪化出干沟往南疆去,过了开都河就是吧。前年安东带着我们在那里打了个大胜仗,一次干掉了一个自称曹司令的土匪一百多人呢。”

“没错,就是那里。那地方的草碱性大,羊吃进肚子后,体内的酸性被碱性中合,肉就很鲜嫩,可以说一点儿膻味都没有,你们肯定也爱吃。”

刘铭心和莎莎都喜欢素菜,但碍着面子,都说好好。一会儿,素菜上来了,三人各取所需。

刘铭心对莎莎说:“上次你对你爸说,在他们淘金客生活互助会里有一个襄堂帮,是互助会的首脑机构。在襄堂帮里,乔里堂和乔里轩两人,是他们家老大乔里堂做主,是不是这样?”

莎莎咽下一口饭,点点头:“是这样的。”

回答完毕,莎莎突然心生疑窦,刘叔叔怎么只提到乔里堂和乔里轩?为什么漏掉了乔里知?此前她隐约听邬生龙说过,他在托托里小镇抓住了互助会一个领头的。那么,这个被抓的会不会是乔里知?莎莎不敢肯定。

而刘铭心在听了莎莎的答复后,联想起当时审讯乔里知时,问他互助会里是不是乔里轩做主,乔里知为保护自己的三弟,斩钉截铁地说不是。刘铭心又问那是不是乔里堂做主。乔里知也想保护大哥,但总得有人出头啊,所以在回答时有些支吾。刘铭心按中国传统长者为大的说法,推测出互助会里应该是乔里堂做主。现在听莎莎这样说,更加确认了这一点。

钱良剑说:"莎莎,那片野苜蓿地我知道,离咱们这地方很远呢,你一个人跑那么远,也不怕?"

"怕什么呀?谁不知道您是我爸呀!谁敢对我怎么着?再说我手里有枪呀!爸,我整天待在山里,您不怕把我憋坏啊!"

"你这疯丫头!你就这么疯吧,看以后谁还敢娶你。"

"没有人拉倒,我跟着爸过呗。"

刘铭心说:"莎莎,出了莫河桥,外面还真没有咱们的兵。你就听你爸的,还是待在山里安全。至少出去要给你爸说一声。"

廖远山三十六七岁,中等个头,身体稍胖,是个方脸,额头大,发际线有些高,看上去像是秃顶。他第一次跟宋振良接触是在伙房。安德烈营区的伙房虽没有钱良剑伙房那么气派,但也可以同时容纳四五百人吃饭。那时采金船还没有进山,宋振良为安德烈的柴油发电机送柴油,晚饭就留在安德烈营区的伙房里用餐,正好和廖远山同桌。廖远山说:"我长得急,还不到四十呢,看上去跟四十岁没啥两样。"廖远山是迪化北郊人,和宋振良一聊,两人老家住的地方很近,不到两里地,于是就有了一种亲近感。宋振良说:"你这哪是长得急?是少年老成呀!"

廖远山原来被安德烈委任为中尉连长,有一次,伊万嫌他手下一名淘金客干活慢,就训斥那个淘金客。廖远山看不过眼,说:"他今天身体不舒服,是带病坚持工作。"伊万转过来训斥廖远山。廖远山不服,顶撞了几句,一下惹怒了伊万,被他关了禁闭,后来又被撤销了中尉连长职务。从此,廖远山就对伊万乃至安德烈有了看法。他跟宋振良熟悉以后说:"我们这是算啥呀?还军人呢,连钱麻子手下的淘金客都不如,人家再苦,每个月还有三块新疆银圆，多淘了金子还属于自己。我们呢，跟傻子一样被人骗着白白干活。”宋振良说：“他们这就是变着花样进行剥削，是更狡猾、更具欺骗性的剥削。”廖远山觉得这个小黑瘦子每句话都讲得那么新鲜、那么透彻，让人口服心服。一来二往，两个同乡的关系非同寻常。乔里轩在钱良剑采金区组织了淘金客生活互助会后，廖远山经宋振良介绍认识了乔里轩。在接触过程中，乔里轩也欣赏廖远山，后来选他进入互助会的襄堂帮。廖远山在安德烈采金区的淘金客中秘密发展会员。一个月前，互助会组织阿勒屯塔莱淘金客第一次全线罢工，安德烈采金区里就是由廖远山组织淘金客积极响应的。

这个黄昏，宋振良与廖远山坐在乌伦古河的边上交谈。河水哗哗从眼前流过，西边天上最后一点晚霞渐渐退去，河水的颜色变得越来越暗。

“远山，自从谢尔盖暗杀安德烈失败后，伊万派出的人盯他盯得越来越紧。晚饭后，只要他从伙房走出来，总感觉身后有人影。安德烈说他现在是一筹莫展了。”

谢尔盖暗杀安德烈前，宋振良与廖远山的关系就非同寻常，两人已到了无话不谈的地步。那次，廖远山就说，只要需要他，他就在所不辞。

“那现在怎么办？”

“他完全处在被监视当中，只能靠我们了。远山，只要除掉安德烈，他的这支队伍群龙无首，很快就会垮掉的。”

“我明白你的意思。你让我来想想办法。但是，老宋，咱们有啥说啥。帮谢尔盖做的事，是把脑袋拴在裤腰带上的勾当，你得让他……你明白我的意思吧？”

“我明白，我会对他说的。他那两艘淘金船每天能生产多少金子？嗬，他弄出来一点儿不成问题。这个让我来对他说。”

“老宋，不好意思了。如果是你自己的活儿，我一个子都不会要的，但这事儿毕竟隔着一个人，是两码事。还有，你给我一点儿时间，容我想想办法。”

疤拉强风风火火地来找乔里轩，一钻进窝棚，就对窝棚里其他的淘金客粗暴地挥挥手：“你们都出去，我有话对乔哥说。”

乔里轩摆了摆手:“强哥,这样不好,大家累了一天,这就要睡觉了,有啥话还是咱俩出去说。”

两人沿着窝棚外通向河边的一条斜坡土路往下走,不多会儿,就走到了河边。夜色已经浓了,月亮刚刚升起,清亮的月辉洒在河面上,河水有一种似明似暗的光泽。

“乔哥,我手下一个兄弟今天从托托里小镇回来,他说镇上的黑市能买到枪,苏联造和德国造都有。上回襄堂帮的兄弟不是说,咱们手上得有家伙什吗?看着这架势咱们跟钱麻子免不了有一拼,咱们就得早做准备。你想想,上次黄俊喜他们在小镇上跟邬生龙遭遇,你二哥不是说,如果手上有枪,他们也不至于吃那么大的亏,黄俊喜连命都搭上了。”

“你说的消息准确吗?”

“准确。我那兄弟跟枪贩子都见上面了。”

“长枪短枪都有?”

“都有。”

“问题是,那条出山的路已经被堵死,咱们咋出山?又咋样把枪运进山?”

“是呀,我也在琢磨这个事呢。”

“那我跟宋先生商量商量再说。”

“乔哥,我就看不惯你这一点儿,啥事都要跟那个小黑瘦子商量,他懂个屁呀!”

“强哥,不能这样说。他懂得的道理咱们真还不懂。”

乔里轩和疤拉强在河边分手后,沿原路返回。刚能看见自己住的窝棚时,一个黑影从后面扑来,乔里轩本能地躲闪,那个黑影哎呀一声跌倒在地上。乔里轩听出这是莎莎的声音。

他上前把莎莎扶起来,莎莎借势扑在乔里轩的怀里,乔里轩将她一把推开。

“你这是干什么?”

“我有个秘密要告诉你。”

一股浓重的香味直扑乔里轩的鼻孔。

“啥秘密？你站好了说话。”

莎莎往前靠靠：“这秘密可不能让别人听见。”

“你说吧，我听着。”

乔里轩在心里判断莎莎究竟要告诉自己什么秘密，难道跟互助会襄堂帮有关系？

“我呀，我告诉你——我喜欢你！”

说完以后，还没等乔里轩反应过来，莎莎咯咯地笑着跑开了。

乔里轩木然地站在那里，许久没有挪步。

第十六章

滚滚的乌伦古河边，淘金客刘顺领着蛇娃等十几名兄弟在河滩淘金。蛇娃是疤拉强的表弟，刘顺之所以能带上蛇娃，完全是看疤拉强的面子。

蛇娃搁下手中的铁筐箩，用拳头捶打后背：“我累得腰都直不起来了。”

刘顺说：“整天这样干，就是铁人也得累趴啦！”

三十三岁的刘顺是阿勒屯塔莱的老淘金客了。蛇娃两年前进山，疤拉强就让自己的表弟跟着刘顺搭帮干，其用意一是想让自己的表弟跟刘顺学一手，二是跟着刘顺干手头不吃亏。

钱良剑的淘金客一律实行捆绑式淘金，十八人为一组，每组每天的生产定额是九十克沙金，超额部分由十八人平分，不足定额的要靠日后找补；一月一核算，找补不齐，要从淘金客每月三块银圆的工钱里扣除。

刘顺是阿勒屯塔莱有名的淘金高手。他又矮又瘦，长着两只老远就能看见的招风耳，眼睛呈三角形，鼻子又短又小，但就是这不起眼的眼睛和鼻子，却能看得见沙里的金子和嗅得见金子的味道。钱良剑指定了淘金河段后，一般由淘金客自主选地段淘金。刘顺长着一双识金的眼睛，兄弟们都听他的，跟着他转，刘顺说往东，兄弟们不敢往西。刘顺却并不保守，自己知道的那点子东西也乐意告诉兄弟们。他说：“虽然古人有‘淘金之法，互不转授’的老规矩，但我就不信这个邪。你们看啊，这山沟几十里长，咱阿勒泰像这样的山沟有七十二条，沟沟都装满了金子，你一个人几辈子能淘得干净？告诉你们，那是永远也淘不干净的！所以还得大伙儿一起来淘。这么说来，教一点儿淘金的法子给你们有啥了不起？”

刘顺眨巴一下他的三角眼，说：“淘金你得首先会看山形。什么是淘金客嘴上常说的‘三山’‘四不露’？‘三山’就是‘馒头山’‘关门山’‘屏风山’。淘金客说的‘馒头山’，差不多都山体高大，山上可以找见石英石，有‘馒头山’的下游河谷，才可能形成沙金矿。‘关门山’又叫关门嘴子，咱们常见的铁钳子形状的山体。‘屏风山’就是河流转弯迎面的那座山。‘四不露’又是啥？‘四不露’就是‘沟前不露山口’‘沟后不露山豁’‘沟中不露风口’‘全沟不露山骨’。沟里只有这种地段，才是沙里多含金子的好地段。”

刘顺说的这些话，兄弟们都耳熟能详。蛇娃捶着腰，眼睛四处盼顾，说：“顺哥，这不就是你说的好地段嘛！花儿咋就开得不旺呀？”

刘顺站直了身体，也环顾周遭：“说也邪性，好好的地段咋就淘不出金啊？咱这阿勒屯塔莱像这种架势的山沟并不多见呀，应该是能够多见花儿的地段啊！”

刘顺手下的淘金客，分工合作，有从河滩堆沙的，有用手推车运沙的，有用水泵枪冲沙的，也有用溜金槽和铁笸箩淘金的。现在，十几个人都停住手脚，眼巴巴地瞅着刘顺。

“瞅我有屎用？能瞅出金子？”刘顺说完，卷起一根莫合烟，蛇娃麻利地给点上。

“蛇娃，你知道花儿是从哪里来的吗？”刘顺深深地吸下一口烟。

蛇娃摇摇头，然后乍起胆子猜道：“不就藏在河滩的泥沙里吗？”

“你知道个屁！来，兄弟们歇歇手，反正再怎么折腾也见不多花儿。你们都在金峒干过活儿吧？”

几个淘金客围过来，有人卷莫合烟，也有人点头说：“到天冷了，谁没在金峒里干过呀！”然后，眼睛盯住刘顺，听他说话。

“金峒里那些夹在岩壁中像线一样粗细的金层，其实跟河滩里的沙金是一个祖宗。你看咱们这曲里拐弯的阿勒屯塔莱，都是上千年、上万年，甚至上亿年被山上流下来的雪水给冲刷出来的。那些夹在石英石里跟金峒里一样的金层也跟石英石一起被冲进河里，石块在河里翻滚摩擦，最后变成粉齑，金子比沙子重，所以就沉淀在泥沙里了。我常说的什么‘三山’‘四不露’的，就是因为这种独特地形，花儿才容易落在这里的。咱们现在淘来淘去的，就是在淘这东西，让花儿开花嘛。”

蛇娃说：“咱这个地段符合‘三山’‘四不露’啊，咋就看不见花儿呀！”

刘顺扔掉烟蒂："蛇娃说得对。你们看，"他用手指着乌伦古河的上游说，"头里那座山，又高又大，够巍峨的，我上山看过，也见到了不少石英石。你们再往回看，河流到这里，下面又出现一座山，河水只好拐弯，咱们就是在这拐弯处呀。再看看这山沟的走向，也符合'四不露'的要求，按理说这里应该是出花儿的好地方啊，真他妈的邪性，让人琢磨不透！"

蛇娃在一旁神神道道地念道："花儿花儿，我的好花儿，求求你赶快开花吧！"

身旁的淘金客都苦笑起来，说蛇娃你再念咒也没有用。

蛇娃说："对呀，我念咒不念咒都没关系。可钱麻子的五克金，咱完不成呀！这样下去，别说工钱，怕是饭钱都扣光了，命都保不住！"

"是啊，是啊，蛇娃说得一点都没错！"淘金客们七嘴八舌地说道。

蛇娃说："咱阿勒屯塔莱不是流传着'不流血，金不旺；不死人，金不到'这么一句话嘛，咱们这里是不是又该死人啦？"

刘顺呵斥道："蛇娃，闭上你的乌鸦嘴！你难道盼着山里出人命？"

蛇娃吐了一下舌头，说："顺哥，咱是不是找乔哥说道说道，互助会再给咱做回主，让钱麻子把金子的定额往低里减一减？"

"是啊，顺哥，蛇娃说得有道理。"几个淘金客应和着说。

蛇娃和几个淘金客正说着话，就看见从上游河滩那边呼啦啦地走来几十个兄弟，领头的上来就说："刘顺兄弟，咋听说你这金眼睛找下的地段里也看不见花儿？那我们这帮兄弟就更没辙了！"

随他而来的兄弟中有人就喊："操，他钱麻子不管咱们兄弟死活，定额定得比天高，到哪儿去完成啊！"

"找乔里轩去，找互助会去，让他们给咱们做主……"淘金客们一片聒噪。

蛇娃说："要不咱就延长淘金时间，再多干两小时，就能补过来了。"

领头的那个淘金客说："现在每天都干十二个小时了，再加上两小时，还让人活不活？我们那边前天有个叫马德海的就累死了。刘顺，那娃你见过的，两年前进山时体格多棒！活活给累死的。钱麻子让人装在一个破棺材里埋掉就算了事。再多干两小时？蛇娃，我看你也得装进破棺材里了。"

刘顺说:“我也听说了。是的,马德海我认识,真可惜,让人痛心啊!上次罢工他们提出缩短劳动时间,由过去的十二小时改为十小时,我就有看法。缩短劳动时间顶屁用,降低生产定额才是根本。每人每天由五克金减少到四克金,生产定额下来了,劳动强度自然就减少了……”

一个淘金客打断他的话:“刘顺,你不也是互助会襄堂帮的吗?当时为啥不提?”

“他们都这样说,我一个人管屁用?”

领头的淘金客接过话说:“咱们都是老淘金客了,淘金有很大的运气成分在里面,可不光是什么卖力不卖力、有技术没技术的。像咱们顺哥,在阿勒屯塔莱也是数得着的金眼睛了,你们十几个人,每天不也淘不到九十克金嘛。为什么这些不走运的事情都得我们来担着,他钱麻子横竖每天都要从每个淘金客手中收取五克金?这太不公平了。顺哥,你上回没有提,这回该提了吧?”

有淘金客喊道:“再不提,咱们大伙儿都得活活累死在这里了!走,找乔里轩去!”

每天晚上,当马善成木头房子烟馆里烟雾缭绕的时候,他一般都在自己屋里跟女人缠绵。马善成对烟土有一种本能的戒备,他知道那玩意一旦染上绝没好下场,可是晚饭后到睡觉这段光阴不好打发,在女人身上消磨时光是不错的选择。马善成金屋藏娇的两个女人,一个叫香香,另一个叫小荷花。马善成对小荷花偏爱一些,这引起香香的不满。为了平复香香的怨气,这个晚上他跟香香腻在一起。

香香要比小荷花大两岁,人情世故什么的也懂得多一些,但马善成还是喜欢小荷花的单纯。香香讨好马善成的目的很直接,就是为了多从他手里赚取金子。马善成的这两个女人是他从福海街上卖笑女中挑选来的,长相都说得过去。马善成一向认为,卖笑女虽然下贱,但她们在女人中是最诚实的,她们要的就是金子,素不相识,见面就讲好价钱,你要花多少钱,她就能给你什么东西,直截了当,没有欺骗和曲里拐弯。可是,马善成这个人,对手里的金子看得重,送给别人金子无异于从他身上割肉。

香香轻轻地抚摸着马善成滚圆的肚子，带着青春香气的舌尖在马善成肥大的耳朵四周缠绕，马善成很惬意，觉得就是做神仙也莫过于此。他突然坐起身子问道："香香，我一直忘了问你，上次让你伺候邬生龙，你觉得那个人怎么样？"

"什么怎么样？你天天都跟小荷花那个妖精滚在一起，哪里有时间和我聊天？"

"你别说这些没用的。你知道我想问什么。喔，他在床上怎么样？比我强吗？"

"哪个男人能跟马爷您比呀！要说您是英雄，他就是一个狗熊；要说您在天上飞，他就在地上爬。"

"嘿嘿，要说会说话，还是我的香香。"马善成拍拍香香的脸蛋，"那他一点儿都没给你留下印象？我不信。"

"他呀，猴急的，还粗暴得很，上来就扯人的裤子。噢，要说留下印象，就这些吧。"

两人嘻嘻哈哈地说笑，渐入佳境。忽听门外卫士报告一声，说："邬队长来访，让不让他进？"马善成坐起身子，回了一句："让他进来吧。"

邬生龙进到屋，先瞅了一眼香香，做了个鬼脸："还这么漂亮！"接着对马善成说，"马爷，我们那边出事了！"然后，欲言又止。

马善成知道这位夜里来访必有要紧事，便冲香香使了一个眼色。香香从床边站起，哼一声，屁股一扭一扭地走出门。

"邬队长，出什么事了？你这么火急火燎的？"

"钱局长采金区的淘金客闹起事端，说是每个淘金客每天五克沙金的定额太高，他们今年手气不好，根本就淘不出来，要求减少到四克金子，不然就要罢工！"

"就这事？"

邬生龙点点头。

"那就谢谢邬队长来通风报信。怎么着，今天有雅兴吗？小荷花妹妹闲着呢，要不要换个口味？"

"不价。都火上房啦，今天可没闲空。我们矿警队官兵都上岗了，子弹顶上了膛。今天可使不得。我抽空来报信，就是想让马爷您多长个心眼，别让那股祸水淹到您的地盘上，我这就得赶回去！”

马善成坐在床边呆呆地发了一会儿愣，常挂在脸上的笑容消失了。在隔壁房间等候的香香知道邬生龙已经走了，便一扭一扭地返回马善成的住房。

“邬队长走了？”

“走了。”

“他跟你说了些什么，让你变得无精打采？”

“钱局长那边的淘金客又要罢工，他来告诉我一声，好让我有些准备。”

“那跟你有什么关系？再说，他那边闹得越凶，不是对你越有好处嘛。”

“对我有什么好处？”马善成像是在对香香说，又像在自言自语。

蓦地，笑容又浮现在脸上。他的眼珠子转了一圈，深藏不露的眼神闪出一道明亮的光芒。

香香凑到马善成的面前，先用眼神去挑逗他，见他没有反应，又用丰腴的乳房去摩挲马善成的脸颊。

马善成不动声色地坐了一会儿，猛地推开香香，朝门外喊自己卫士的名字。卫士应声入门。马善成胸有成竹地命令道：“你赶快去通知咱们大大小小的金把头，一刻也不要耽搁，让他们明天一早都给我赶到这里来议事，谁都不许请假！”

这是个阴天，低垂的乌云压在乌伦古河的上空，河水似乎喘不过气，波浪比往日弱小了许多。河两侧的山峰上，那些一簇簇直刺云霄的松树变得更加黝黑。河的边上站立着上千名淘金客，大家围成一团团、一伙伙，正在七嘴八舌地议论着什么。

蛇娃的声音尖细，好像要刺破山顶上的乌云：“我们是人，不是淘金船，我们没那本事，谁有本事每天上交五克金子就让他来！”

邬生龙带着矿警队一百来名武装官兵，荷枪实弹、虎视眈眈地站在河滩边的坡上。邬生龙手持铁皮话筒高喊：“淘金客弟兄们，你们赶快回到自己的淘金地段去干活！你们想一想，大家抛家舍业地来这破山沟为个啥？还不是为了淘金子！都待在这里，咋样淘金子？都快去干活吧！大家听好了，钱局长刚才有令，一天不干活，扣一块银圆，两天不干活，扣两块银圆，三天不干活，扣掉所有工钱外，还不许进伙房吃饭。大家听清没有？”

疤拉强站在人群中，高声回了一句：“邬队长，你是站着说话不腰疼，你去河滩干干，看你一天能不能淘上五克——不，你娃能淘上两克沙金，我就管你叫声爹。就怕你娃不敢去！”

“我要去淘金，那你干什么啊？”邬生龙从铁皮话筒里传出的声音变得瓮声瓮气。

“我去当矿警呀，穿上你那身狗皮，也能牛皮哄哄啊！”

“疤拉强，别以为你在阿勒屯塔莱混的时间长，就敢跟老子叫板！这枪给了你，你会使吗？”

“邬生龙，你娃底下也长了卵子，你说话算话啊！来，现在就把枪给我，让我给你使使看。”

疤拉强想弄上一把枪，已经不是一天两天了。他这么说着，就拨开人群往出走。

邬生龙把大机头咔啦一声扳开：“你小子敢上前，就不要怪老子的枪走火！”

疤拉强的牛犟劲儿上来了，不管不顾地往前走。身旁有人用力拉了他一把，疤拉强猛然甩开，想不到那只手力大无比，甩了两次都没有甩掉，转身来看，拉他的人是乔里轩。

“你别去！一折腾你就忘啦？沉住气！”声音低沉而坚定。

刘顺在边上说：“邬队长，我们跟你没有仇，你当差也不容易，我们淘金就更不容易了。邬队长，我们在家都是种地的。谁不知道收成有一年好，就要一年赖？这跟我们现时淘金差不多。大前年，收成也不好，哦，那年你还没进山哩。前年金峒子一下砸死了四五十口人，去年收成好了，人在哪里都能淘出金子……”

“这么说来，咱山里又要死人啦，要死很多很多的人！到明年就又能淘出金子啦！”蛇娃抢了一句。

有淘金客接过话茬说：“我们也听过那句话，‘不流血，金不旺；不死人，金不到’嘛，咱们这里真的又该死人啦？”

“你们都别瞎吵吵，先听我把话说完。”刘顺接着说，“邬队长，我刚才的话是说，大前年山里收成不好，我们都背了一些，去年收成好，我们大家都找补齐了。可是，今年是我们跟阿山金课局签下三年合同的最后一年。也就是说，到今年秋后，我们的合同就到期了，明年还在不在山里干，得跟金课局再签下合同。我给你说，我们淘金客干活都很卖力，可以说简直是在玩命儿干活。前天，体格那么棒的马德海，年纪轻轻就把命给丢在山里，活活累死的嘛。不出金子，不是我们没有卖力，收成的事谁也弄不明白。今年肯定要歉收。那么，不继续签合同的咋办？是不是连工钱都没的挣了？这得有个说法。我们的意思就是，能不能看在今年收成不好的分上，减少一些我们的定额？”

邬生龙把驳壳枪插进枪匣，说：“刘顺，我知道你是个明白人，这事儿我可做不了主。”

刘顺说：“这我们都知道，我们不会为难你，就是麻烦你转回去跟钱局长言语一声，让他老人家发发善心，减少一克金子的定额。他老人家的大恩大德我们记一辈子。”

疤拉强骂一声刘顺：“你他妈就是个窝囊货，还轮着我们求他哩！”然后说，“邬生龙，你听好了，刘顺这个囊揣不代表我们。我们跟你们是铁蛋磕石头，硬碰硬。姓钱的减少一克，我们就上工；若不减，我告诉你，我们罢工到底！邬生龙，你虽然进山时间不长，但不会不知道，山里天气冷得早，今年在河滩采金也就剩下一两个月的时间了，我们罢工，看谁的损失大！”

头天晚上，襄堂帮在乔里轩窝棚里议事，宋振良受邀参加。他建议，罢工不但要讲策略，而且得有理有节，要有人唱红脸，还得有人唱白脸。疤拉强起先不同意，说：“哪那么多的裹脚？跟他们干到底就是了。”后来在乔里轩的耐心劝说下，疤拉强才勉强同意。

刘顺并不理会疤拉强，接着说：“邬队长，就麻烦你给钱局长知会一声，我们这里先谢谢你！”

邬生龙说：“既然这么说，那都给我老实待着，不许闯营区，不许聚众闹事，我去向钱局长汇报。老实待着！不然不要怪我们的枪子不长眼！”

马善成和诸位金把头的议事会整整开了一上午。其实，不到两分钟，十几个大小金把头就把马善成急吼吼地叫他们来的目的搞清楚了。马善成手下有两千多名淘金客，他跟钱良剑一样也把每十八个人组成一个淘金小组，大一点儿的金把头手下掌管着二十来个淘金小组，小金把头管十几个淘金小组。他们用这种简便有效的组织形式来进行生产。

马善成面带笑容地说：“诸位都是知道的，咱这阿勒屯塔莱，钱局长和咱们的淘金客每天的生产定量是一模一样的。俄国人安德烈上校那里跟咱们不一样，人家实行的是半军事化管理，没有啥屎定额。今年就邪门了，娃们也都卖力，就是淘不出金子。咱们就讲讲仁义，把娃们的定额往下调调，以后日子好过了可以调高嘛。我想从明天开始，每个淘金客每天的生产定额为四克金子……”

马善成的话还没说完，金把头们早就嚷嚷起来。

“每天每个淘金客五克金的生产定量，在咱们阿勒屯塔莱都实行了多年，凭什么现在要降一克啊！这不是坏了规矩吗？”

马善成不急不恼，笑着说：“今年收成不好嘛！减一点儿有什么不行？”

“这不像您老人家处事的风格呀！咋就想起给淘金客减定量了？”

马善成还是笑着说：“在什么山上唱什么歌，在什么坡上种什么地。今年除了安德烈上校有了两个大家伙淘金船收成还不错外，咱们这儿跟钱局长那里的收成都不及去年。我也派出不少人去监督淘金客们，那些娃干活还是挺卖力的……”

一个金把头接过话说：“那是自然，五克金之外的花儿就装入他们的腰包，他们怎么可能不卖力气？”

“大家说说，谁手下的淘金客偷懒耍滑？”

金把头都说：“娃们还是卖力的。”

马善成诡秘地一笑道：“那不结啦！人家都卖力，就是淘不出金子，你让人家咋办？总得给人家活路吧？”

金把头中有喜欢阿谀的，就说：“马掌柜，您是善人，您积德行善，您讲得有道理。但我们这些做把头的，最后也得给您交金子不是？您减了娃们的定额，我们收不齐金子，咋样给您交金子？”

马善成说：“这个好办。咱们互相都做点儿让步，每个淘金客人头下，我少收半克金子，你们呢，也担待一些，略微受点儿损失。这样不就行啦！你们大家的意见咋样？”

一个金把头说：“马掌柜，您拔根汗毛比我们的腰粗，我们没法跟您比！这样做，我们办不到！”

马善成又说了自己的理由，但金把头们还是不同意。这个议事会就这样僵持着。马善成并不着急，说话时脸上始终挂着笑容。最后他说：“大家开了这么长时间的会，也都累了吧？走，今天我请客，都去我的木头房子里吸两口，提提神，咱们接着再扯。”

大小金把头都有吸食烟土的习惯，很高兴地站起身往木头房子烟馆走去。

在金把头们腾云驾雾的时候，马善成悄悄地把一个叫陈述中的金把头叫到他的房间。“述中，你在他们中有威望，”马善成的嘴往烟馆方向努努，“我也一向待你不薄。今天你带个头，就按我说的做吧。”

陈述中摇了摇头，说：“按说，我该按您老人家说的办，可是这样下来，我一年落不下多少金子了。真的，别的都好说，减少定量这个事，真还不好办。”

“行了，述中，我也不跟你啰唆。这样，待会儿你就按我说的表个态、带个头，让大家跟你学。你的那份呢，我在每个淘金客人头上少收你一克金还不行吗？”

陈述中的脑子反应快，马上回答道：“这没问题，马爷！”

过足了瘾，金把头们回到议事厅。陈述中果然带了头，表示支持马善成，而且说了一大堆马善成的好话，句句都说到了点子上。刚过足瘾的金把头们还在云里雾里飘着，听见有人带了头，而且话都说在点子上，也就一个个虽不情愿，但也勉强答应下来。

金把头们走后，一直待在隔壁屋里偷听的香香对马善成说：“马爷，不听不知道，一听还真有您的！不过，我不明白，您为啥要这样搞？降低淘金客的定额对您有什么好处？”

马善成脸上的笑容顿时消失：“这个嘛，到时候你自会知道！”

安德烈站在他的俄式洋房前，看着工人们在修缮他的住房。那个被炸掉一角的房子被修葺一新，工人们正在屋顶往铁皮顶上刷绿色油漆。看见马善成来访，安德烈把他迎进客厅。

“上校，你调查出来了吗？哪个家伙狗胆包天，干下的这事？”坐下来后，马善成先是关切地问道。

“有点儿线索，但没有确凿证据，最后都否定了。到现在也没查清。”

“那会不会是他干的？”马善成习惯性指指脸颊，安德烈明白他指的是钱麻子。

“没有证据啊！这就不好说了。”

“但我总觉得他跟这事儿脱不了干系。他和你有直接的利益之争。分析起来，在阿勒屯塔莱，除他之外，谁还有这么大的胆量和能量啊？”

安德烈点点头：“说老实话，这个我也不是没有想过。有一阵子我觉得，此事非他莫属。可是，没有证据啊！马掌柜，咱们不说这个了。听说你给淘金客降低了生产定额？”

“啊，上校的消息这么灵啊！上午才决定的事，你下午就知道啦？”

“喔，马掌柜，我有我的耳报神啊。”

“上校真是中国通，我们的俚语俗话你都会说呀！”

“马掌柜，我可是在新疆待了快二十年了啊！”

“对对，岁月真是跑得快啊！”

“马掌柜，你来我这里，不是来看我修房子的吧？有什么事？是不是跟你降低淘金客生产定额有关？”

“看来什么事也别想瞒住上校的眼睛啊！”马善成笑了笑，由衷地发出感慨，“既然这样，咱们明人不说暗话，我这次来确实跟这件事有关。安德烈上校，你这里实行的是半军事化管理，是铁板一块，只有我跟钱局长在淘金客中实行生产定额管理。你可能已经听说了，钱局长的采金区几千淘金客已经闹起来了，大有山雨欲来风满楼的架势。我率先降低生产定额，势必给钱局长造成压力，他若是也能降低定额，可能会避免一场大冲突。可是据我对他的了解，钱局长这个人固执而且强硬得很，他是不会轻易让步的。如此一来，一场规模空前的罢工在所难免。我想……安德烈上校，你说，钱局长最怕什么？”

“他当然最怕邱司令撤他的职喽！”

“那邱司令又最忌惮什么？”

“当然是从山里收不上金子喽！”

“淘金客们都罢工了，从哪里收金子？金子收不上来，邱司令要他这个局长做什么？”

“哈哈，你这个聪明绝顶的家伙，我算长了见识！”

“安德烈上校，你跟邱司令能说上话。我知道，邱司令信任你，你得及时地把阿勒屯塔莱发生的一切告诉他老人家，好让他老人家及时做出决断，不要误了老人家的大事……”

“马掌柜，你这人哪里都好，就是说话绕了一些。我明白你的意思。你是想让咱们两头夹击，好让他钱麻子滚下台吧？好呀，等他下了台，那局长的宝座就是你马兄的了。到时候，可别忘了我们呀。至于怎样和你配合，容我和伊万中校商量过后再说。你看，这样行吗？”

“行啊！到时候，整个阿勒屯塔莱就是咱哥俩的了。我最近也听说了，欧洲都乱成了一锅粥，这是一个特殊时期，你的敌人自顾不暇，正是你完成复仇大业千载难逢的机遇，到时候，我会帮助你！”

这句话说到了安德烈的心坎上。

安德烈俯下他那高大的身躯，紧紧握住马善成的手，真诚地说：“咱们一言为定。”

第十七章

马善成前脚走，伊万后脚进屋。他向安德烈行了一个标准的军礼：“列昂契奇少校要我跟您说，他想要十公斤黄金。”

“他要这么多黄金干什么，伊万中校？”安德烈不解地问。

“列昂契奇的牛脾气上来了，他在发飙，上午莫名其妙地打一个伙夫。说是那个伙夫没有把列巴给他烤熟，欠了火候。”伊万答非所问。

看见安德烈不满的眼神后，补了一句：“他要用十公斤的黄金做聘礼，向莎莎·柳包芙求婚。”

“听说莎莎是钱良剑的养女，不可能吧？就是钱良剑同意了，我看那个莎莎未必同意。列昂契奇都四十岁了，柳包芙才二十几岁，怎么可能？你来之前马善成刚走，他想跟咱们联手，一块挤走钱良剑，他来做这个金课局的局长，到时候还帮助我们去斋桑湖复仇。我看他很真诚……”

“上校，马善成的话不可信，这家伙诡计多端，满肚子坏水，绝不能轻信……”

“伊万，我说过多次，你这人疑心太重。就算他不是真心话，咱们也可以利用他嘛，跟他联手就多一分力量，一起对付钱麻子有什么不好？”

伊万发亮的脑门在泻入房间的阳光下闪了一下，眼珠转了转，说：“上校，列昂契奇最近情绪很不稳定，对我们反攻斋桑湖越来越丧失信心，经常在官兵中散布对复仇大计不利的言论。他是哥萨克老兵，还多次立过战功，原来又是军团的拳击冠军，在官兵中有威望，所以我也不好过多地限制他。嗨，对他还真没办法。今天他对我说，他都快要崩溃了，说去年反攻斋桑湖就该让他去，跟去的一百多名官兵一块战死就算了，省得窝在阿勒屯塔莱人不像人，鬼不像鬼。他还说，他现在整夜都睡不着觉，一闭上眼睛就是柳包芙，赶都赶不走。有时候，好容易睡着了，不到天亮就醒了，眼前全是柳包芙。他哭着说，再这样下去，他得活活憋死！”

“列昂契奇，他是哥萨克军人啊，没出息的东西！哎……”安德烈长长地叹口气，“伊万，你的主意多，你说怎么办？”

“列昂契奇是中魔了。咱们不能让他把这股子邪火发到咱们身上。他不是要向柳包芙求婚吗？好呀，咱们成全他。钱麻子不同意，他自然会把火发在钱麻子身上，让他去恨钱麻子去！”

“不就是十公斤黄金嘛，我给他。”安德烈肯定地说。

带着一包沉甸甸的金子，列昂契奇欢天喜地地在伊万的陪同下来到钱良剑的营区。钱良剑正在跟刘铭心商议对付淘金客即将罢工的办法，伊万和列昂契奇上门求见。

“来，请坐。”钱良剑并不反感这个哥萨克拳击手，但对伊万总是心存戒备。他跟刘铭心交换了一个眼色：“不知二位大驾光临有何见教？”

这两三年来，钱良剑跟阿勒屯塔莱的俄国人打过多次交道，知道这些家伙在新疆待的时间长了，都是中国通，所以说话故意文绉绉。

伊万还是先前的嘴脸，眼珠子像鹰一样锐利。而列昂契奇却一改往日桀骜不驯的性格，变得有些腼腆，原本就红的脸盘变得跟猪肝差不多。刘铭心觉得奇怪，心想列昂契奇今天是怎么了？

“二位有什么事儿请讲。”钱良剑对俄国人还是蛮客气的。

“哦，钱局长，事情是这样的，我就不拐弯抹角了。”伊万欠了欠身子，“我们的少校列昂契奇看上你的养女柳包芙，他今天算是正式来求婚。”

钱良剑愣了一下，刘铭心也颇觉诧异。

列昂契奇坐不住了，上前将装有金子的挎包往桌上一放，说：“我可是真心喜欢柳包芙！我娶上她以后肯定对她好，一辈子对她好！”

钱良剑神情严肃地说：“谁同意让你娶她了？你是在说梦话吧？请问你今年贵庚？”

列昂契奇听不懂，坐在他身旁的伊万用俄语说了一遍。

列昂契奇说：“四十一岁。”

“你知道我女儿今年多大?”

“我打听过了,她今年二十三岁。”

“你是不是闲得没事儿来我这里开玩笑?”

“不是开玩笑,我是真心的!”

“你这包里装着什么东西?”

“十公斤黄金。”

“你什么意思?”

“它代表我的真心。噢,就算你们中国人的聘礼。”

钱良剑哈哈地笑起来:“笑话!我手下有六千多名淘金客,还缺少这东西?”

伊万一看情形不妙,连忙说:“钱局长,我们来得匆忙,没有准备好聘礼,你如果嫌聘礼分量不够,或者需要别的聘礼,我们现在可以商量嘛。”

刘铭心接过话说:“这不是什么聘礼不聘礼的事情,我们钱局长……”

“我如果开口,”钱良剑打断刘铭心的话,语气生硬地说,“你能办到吗?”

列昂契奇一听,以为事情出现转机,连忙说:“你说,我就是想尽办法也一定办到!”

伊万眼睛珠子一转,补充了一句:“只要是能办到的,那就没有问题。”

钱良剑的眼睛盯着列昂契奇说:“你听好了,我要的聘礼是,一条淘金船,还有上次和你们的淘金船一块运来的新式武器装备,什么火焰喷射器、转盘机枪、电雷管爆炸装置、手雷,还有大功率的发报机……”

“钱局长,你这是在难为我,这个我做不了主,得安德烈上校说了算!”

“那你还在这里瞎耽误工夫?我还有公务在身,恕不奉陪。刘总督察,送客!”说完,拂袖而去。

刘铭心将两位俄国人送出门,面带歉意地说:“二位长官,请不要怪我们钱局长,他这两天心情不好,上千名淘金客都不干活了,说是要罢工,他的心情糟糕透了。你们在这个时候来谈这种事儿,难免不碰钉子。等过了这几天,淘金客们都安稳了,钱局长的心情好转,咱们再来谈列昂契奇的婚事好不好?”

这算是给了两个俄国人一个面子,伊万借坡下驴:“我一向认为,冤家宜解不宜结。钱局长与我们联姻，我们就是朋友，就是亲戚，整个阿山不都是我们的天下？”

刘铭心点着头说：“伊万中校说得好极了。列昂契奇少校，你也不要灰心，这种事情哪能跑一趟就成？我们中国人有句老话，好事多磨嘛。”

列昂契奇涨红着脸勉强点头。

伊万接了一句：“说得对，好事多磨！”

邬生龙对着马善成一番耳语。马善成听完以后，哈哈大笑：“伊万这步棋真是太妙啦！钱麻子跟安德烈这算又结了一道梁子，看他怎么翻过去！眼瞅着几千名淘金客就要罢工了，安德烈在邱司令那边没少给他上眼药，钱麻子这是内外交困，看他咋收场？看来他得从副局长的宝座上滚下来了。邬队长，你人机灵，怕是早看透这一点了吧？”

邬生龙点头哈腰地称是。

马善成拍拍邬生龙的肩膀，继续说：“邬队长，你这么干就对啦！钱麻子那边有什么动静你及时知会我一声，等我当上金课局的副局长后亏待不了你。怎么样，今天有雅兴吗？小荷花可是向我打听过你呀！哈哈，对你有兴趣呗！”

邬生龙摇摇手说：“今天使不得。钱局长那边都火上房了。我这是趁吃午饭的工夫给您言语一声，我的马就在您的门口拴着呢，我得马上赶回去。钱局长或刘总督察找不到我，那还得了？”

马善成笑嘻嘻地说：“那好，邬队长，我今天就不留你了，改明儿有闲空再过来。”

莎莎从小餐厅出来，邬生龙在木栈道上等她。

“莎莎，吃过啦？”

“你这不是没话找话吗？从餐厅出来，不是吃过了，还能是什么？”莎莎没有停下脚步，边走边说。

“莎莎，我有话对你说。”

“你说吧，我听着呢。”还是没有停下脚步。

“莎莎,列昂契奇向你……”

“你是想说那个红脸俄国人向我求婚的事?”

“啊,你都知道了?”

“刘总督察告诉我了。怎么,你这是要说什么?”

“多恶心的一件事。我以为你还蒙在鼓里,就想告诉你一声,想不到你早就知道了。可我看你并没有生气呀,吃饭的时候还是有说有笑。”

“我凭什么要生气?哈哈,真可笑!我爸那是在逗他们玩呢!我凭什么生气?”

莎莎是脚步加快,嗵嗵嗵,皮靴后跟踩得木栈道山响。邬生龙被甩在身后。

过去的午饭都是在工地上吃,这两天,淘金客们酝酿着罢工,所以大都待在自己的窝棚里。莎莎撩起乔里轩窝棚的毡门帘,看见乔里轩躺在自己的被垛上。另外的床铺上也躺着六七个淘金客。

乔里轩翻了一个身,把脸转向里面。

看见莎莎进来,在床上躺着的淘金客自觉地坐起,有人正在酣睡,身边坐起的人将他捅醒:“走吧,窝棚里憋得很,咱们出去透透气。”

莎莎已经不是一次两次来乔里轩的窝棚了,淘金客们见怪不怪,一个个自觉地走出窝棚。

“你们都躺着别动。”乔里轩叹了口气,“莎莎,你真是吃饱了没事儿干。走吧,我跟你出去,别耽误别人休息。”

8月的阿勒屯塔莱温度适宜,不冷不热。白桦林里的树叶已经开始变黄,颜色绚烂起来。树干上那一个个黑色的裂隙,恍若人的眼睛,神秘叵测。早晨就起风了,这会儿风刮得更大了一些,山上那黑黝黝的松林往一个方向倾斜。云朵却没有被风吹散,仍缠绵在山巅之上。

两人朝乌伦古河走去。走到半路,乔里轩对莎莎说:“我看你还是回去吧!咱们不是一路人,真没有什么好谈的。你回去休息多好,何必在这里耽误工夫?”

莎莎笑了笑,说:“我不会吃掉你,也不会给你带来灾难,我今天确实有话对你说。”

两人走到河边，各自找了一块圆石头坐下。

“列昂契奇向我求婚……”

乔里轩哦了一声，好像听了一句跟自己毫无关系的话。

“你说我该怎么办？”

“你问我有什么用？这事跟我有关系吗？”

乔里轩在说这句话时，语气有些生硬，他思忖肯定会激怒莎莎的，想不到莎莎居然一改过去的火暴脾气，声调平和地说：“我知道没有用，但我就想问你一句。我也不知道是怎么了，现在遇上难缠的事儿，第一个想告诉的就是你，请你不要见怪，我这个人就是这样，想什么就说什么。”

她这样回答倒让乔里轩感到意外。

“不管你想听不想听，我就是想告诉你。”说到这里，莎莎停顿了片刻，“我是个苦孩子。我给你说的是我的心里话，我从来没有对任何一个人说过，所以，请你不要笑话我……”

性格暴烈的莎莎突然啜泣起来：“我的生父是汉人，我的妈妈是俄罗斯人……”

乔里轩温和地点点头：“这我早就知道。”

“我的生父是我妈妈的第二任丈夫。妈妈的第一任丈夫也是俄罗斯人。他是一个酒鬼，每天都喝得醉醺醺，回家就打妈妈。后来妈妈跟他分开了。妈妈嫁给爸爸后，才有了我。爸爸是新疆塔城额敏人，第一次世界大战开始不久到的俄国，是高加索地区有名的皮靴匠。爸爸对妈妈很好。很小的时候，我就听妈妈说：‘中国男人靠得住。’这些年来这句话像生根一样扎在我的脑子里。我常常对这句话感到纳闷。你可能也知道，一般人的记忆大概在四岁上下才有，一生中最早的记忆不超过三岁。可是，我的妈妈是在我三岁时去世的，可是这句话怎么就留在了我的脑际？后来我想，这是不是上天对我的一个启示？”

说到这里，莎莎的眼睛盯着乔里轩，乔里轩能觉出莎莎眼里火辣辣的情感，他把目光转向一边，声音很小，但很温柔地说：“你说吧，我在听。”

“爸爸在俄国国内战争的时候救过养父，后来他们的关系很好。养父在高加索军事学校读书时，常常来我家。养父对爸爸很敬重。就是现在还常说，说你生父那个人厚道。我四岁的时候，爸爸有病了，后来就不行了。他在去世的前几天，养父来看望他，他把我托付给了我的养父。那时，养父在高加索军事学校还没毕业，就把我托付给当地的一位俄国大婶照顾。1924年养父回国，实现了他对爸爸生前的承诺，把我带到了迪化。这些年来，养父对我就像亲生。开始我在迪化女中读书，毕业后又送我到俄国彼得格勒翻译专科学校读书，去年我才回到迪化……”

莎莎说这些往事的时候，乔里轩一直在静静地听，不禁让他想起他们哥仨在河南登封犯事后亡命天涯的种种艰辛与窘迫，心中最软的那个部位被触动。乔里轩深感这是一个单纯的女孩，刚才这番话是她的心声。但他更知道自己与这个女孩之间的巨大差距，自己是个亡命天涯、以命做赌的淘金客！她为什么这样信任自己？莎莎刚开始接触自己的时候，乔里轩认定她是带着某种企图来的。那时他很警觉，每说一句话都要反复掂量。大哥和襄堂帮的兄弟也都告诫过自己，千万不要被这个女人的美色迷惑。他之所以还能够与莎莎保持一定的联系也是留有心眼。莎莎是钱良剑的养女，从她嘴里很可能获取某种情报，在关键时候能够帮助襄堂帮。但随着与莎莎接触时间的延伸，乔里轩觉得这女孩虽然脾气暴烈、耿直，心底却非常单纯善良，就像阿尔泰山上的冰川那么透亮。后来他真的有些迷惑，但他又没有办法把这种迷惑讲给自己的兄弟们听，其中包括自己的大哥乔里堂。后来乔里轩琢磨，这很可能就是佛学里讲的执着和缘分。

“这些话，不管你愿意听还是不愿意听，我就是愿意说给你听。我信任你，你就是我这辈子的靠山。你身上有一种神秘力量，这种力量牢牢地吸引我，让我总想跟你待在一起。跟你待在一起，就是受苦受难，我也觉得幸福无比！”

莎莎最后这几句话，既是心声，又是宣言。乔里轩望着莎莎那双真挚而美丽的眼睛，轻轻地说了一句：“列昂契奇，他休想。”

第十八章

姚晨芳带来的好消息，像长了翅膀一样在钱良剑营区六千多名淘金客中传递。仅仅半天时间，淘金客们都知道了马善成手下淘金客的生产定额从每天五克减少到四克。这确实是一个鼓舞人心的好消息，让淘金客看到了胜利的希望。开始的时候，互助会襄堂帮动员淘金客罢工，淘金客们的看法并不一致。六千余名淘金客中，只有一千来人响应罢工，一千多人并不同意罢工，剩下的大部分人在观望。不同意罢工的淘金客们认为，眼瞅着合同就要到期，到时候就可以拿上手里的金子出山了，何必折腾？他们觉得几年来一直实行的定额就是五克金子，再折腾也不管用。而现在，马善成手下的淘金客已经减少了定额，前有车，后有辙，咱们闹一闹，也能顺理成章地减少定额。

像是一把火扔在了干柴上，轰地燃起通天大火。襄堂帮成员和互助会的骨干分子不失时机地在淘金客中串联，一场轰轰烈烈的罢工开始了。

从襄堂帮号召罢工到现在，已经过了两天，这期间淘金客们的劲头并不大，乔里轩焦急了两天。疤拉强的脾气变得更加暴躁了，动不动就开口骂人，连他的表弟蛇娃都远远躲着他。乔里轩与宋振良多次在一起商量，宋振良甚至怀疑自己对形势判断有误。他对乔里轩说："不然咱们再缓缓，等以后有机会再说，反正互助会也没有向钱良剑正式摊牌，咱们还有退路。"

乔里轩思忖了一会儿，说："咱们虽然还没有摊牌，但钱良剑他们心知肚明。这还不是主要的，关键是一部分淘金客已经动起来了，两天都没有出工，在工地上还继续干活儿的淘金客也都知道了咱们罢工的意图，这样一来，这次罢工就算半途而废了，以后咱们再要号召什么，就更困难了。"

宋振良面带愧疚地说："真对不起，当时你来跟我商量时，我没有把大部分淘金客合同到期的这件事想清楚。看来咱们这次行动有些左了。”

乔里轩问：“宋先生，‘有些左了’是什么意思？”

“就是事情没完全搞清，行动却冒进了。”

“这不能怪你，你不是淘金客，又没跟金课局签下什么合同，你当然就不会考虑到这些。怪就怪我，兄弟们都信任我，我却干下这种骑虎难下的事情。”

宋振良迎着乔里轩真诚的目光，说：“咱们先别着急，继续观察一两天再做决断，说不定事情会有转机。”

中午时分，当乔里轩看见宋振良钻进他的窝棚时，便兴奋地把姚晨芳带来的好消息告诉了宋振良：“还真让先生给说中了。先生真是神人啊，有先见之明！”

乔里轩窝棚里的几个兄弟知道他俩有要事相商，跟宋振良打过招呼都陆续走出窝棚。

“里轩，马善成那边减少定额的事儿我一早就听说了，我现在找你就是来跟你谈这件事的。我哪有什么先见之明？只能说事情碰巧了。马善成不知出于什么目的，他那边的淘金客还没闹呢，他倒先走了这一步。这个马善成，人称马善人，其实诡计多端。我分析他可能是在利用这件事，想达到他自己的什么目的。咱们不管他了，管他什么目的，反正事情在朝着有利于咱们的方向发展。来的路上，我看窝棚前闲待着的淘金客比昨天多多了，估计淘金客们都知道这件事了，已经有了反应。我琢磨，真正的罢工这就开始了，咱们得进一步商量一下……”

“乔哥，乔哥在吗？”只听见疤拉强在窝棚外喊道。

在窝棚外的兄弟告诉疤拉强，乔哥和宋先生都在窝棚里。

“去他个宋先生吧，我找他做鸟蛋？”

说话间，疤拉强已经钻进了窝棚，看见宋振良在座，疤拉强傲慢地说：“这小黑人也在？好好，你们谈，我待会儿再来。”

乔里轩在他身后喊：“强哥，正要派人请你呢，你赶紧坐下吧。”

说完，乔里轩钻出窝棚，对站在窝棚外的几个淘金客说：“你们分头去通知襄堂帮的兄弟，请他们赶快来议事。别忘了通知安德烈采金区的廖远山。

噢,找匹马,快去快回!”

钱良剑气急败坏地说:“这帮穷鬼咋就越闹越凶啊?这六千人罢工都过去两天了。六千人中除去管理和辅助工,也超过五千人,一个人一天五克金,铭心,你算算,五十公斤的金子没有啦!妈的,我这就下令开枪,谁他妈的敢抗命不上工,我就毙了他!”

“局座,您冷静一下。您放心,他们坚持不了几天。您想想,淘金客进山为个啥?不就为了淘金子?他们不干活,其实他们心里比咱们着急。晾他们两天,他们保准都干活去了。局座,他们中肯定有共党分子在煽动,不然闹不到这个地步……”

“铭心,你别老是共党不共党的,你倒是抓出几个来给我看看啊!邬生龙是干啥吃的?整天东晃西晃的,也没见他抓出两个共党分子啊?”

“局座,这事情不能急,急了也没用……”

“是,我不急,可邱司令那边急啊,一天两个电话,催淘金客开工。我拿什么来催?不行我就开枪!我不怕,大不了把官丢在这里!”

“这里面有马善成捣鬼的成分。头几天,穷鬼们想闹可又闹不起来,我以为也就这样了。关键时刻,想不到马善成那边倒先减了定额,等于在我们背后捅了刀子,穷鬼们受到了鼓舞,这才越闹越大。局座,马善成就是在等你丢官呢,到时候他好上去。”

“他?想都不要想。铭心,”钱良剑舒缓了声调,“咱们得想想办法,不行就命令伙房把穷鬼们的伙食给停了,我不信,他们就不怕饿死?”

“对,让他们饿肚子,看他们还怎样闹?”

乔里轩的窝棚里,油灯如豆。乔氏三兄弟、襄堂帮成员、宋振良等都在座,谢尔盖也特邀参加议事会。

互助会的兄弟在伙房通往木栈道上放哨。

所有参加议事会的人都压低声音说话,窝棚里透着一股肃杀的气氛。

“实在不行就抢他狗×的!伙房里有的是米面。”疤拉强的声调有些高。

乔里堂立即拍拍他的肩膀说:“强哥,声音小一点儿。”

“怕个鸟蛋，大不了掉脑袋！”疤拉强拧着脖子瞪了乔里堂一眼。

“人是铁，饭是钢。伙房都两天不开饭了，听说你们这边今天有七八个兄弟被饿晕啦？”姚晨芳说。

姚晨芳是个瓦刀脸，鼻子和眼睛都小，若不留意地从侧面看去，好像看不见眉眼。

疤拉强朝姚晨芳的头上拍了一把：“都是你小子带来的消息，鼓动兄弟们罢了这个鸟蛋工。还有你！”疤拉强指着宋振良的鼻子，“说什么马善人那边减了定额，钱麻子这边肯定撑不下去，结果呢？闹得兄弟们都要饿死了。”

乔里轩朝疤拉强摆摆手：“强哥，不要这么焦躁，大家这不是在想对策吗？你安静地坐下来好不好？”

在这群人中，疤拉强就听乔里轩一个人的，乔里轩这样说了，疤拉强嘘口气，才不再嚷嚷了。

窝棚的毡门帘被掀起，蛇娃钻进来，说：“又有三个兄弟饿晕了，好多兄弟坚持不住了，说明天要去上工，不然得被活活饿死！”

疤拉强斥责自己的表弟：“谁让你来这里多嘴？滚出去！”

蛇娃从毡门帘缝里缩出身子。

乔里轩忧虑地说：“得赶快想出办法来，不然真的像蛇娃说的，要饿死人了。”

乔里堂起身喊了一声蛇娃，蛇娃返身钻进窝棚。乔里堂说：“蛇娃兄弟，咱们这里存下了一点儿干粮，你带过去，让坚持不住的兄弟先吃两口，说襄堂帮正在想办法，而且一定有办法，让他们挺住了。”

一向木讷的乔里堂，这会儿说话倒很利落。

乔里知说：“要不要我去找钱麻子再交涉一次？这样会饿死人的！”

宋振良说：“罢工，就是对抗双方在拼意志，拼决心，拼耐力，谁能坚持最后五分钟，谁才可能获胜。现在如果半途而废，襄堂帮就会失去人心，互助会很可能就变成一盘散沙了。”

谢尔盖用他那带着俄国腔调的汉语说：“宋先生说得对，已经罢工了，就没有退路，不然老天爷都会笑的。”

“笑你妈的屁！”疤拉强终于按捺不住了，“人都饿死了，还坚持个鸟蛋？”

谢尔盖不解地问:“这跟鸟蛋有什么关系?”

众人轰地笑出了声,说鸟蛋就是没法坚持的意思。

“怎么说鸟蛋,咱们就不能坚持?”谢尔盖搓搓他那亚麻色的卷发,还在纠缠鸟蛋。

众人又笑起来。乔里轩笑了笑,解释说:“鸟蛋在这里就算我们的俚语,相当于否定的意思。”

谢尔盖这才不再发问。经过这么一通笑,大家好像变轻松了,窝棚里凝重的气氛有所减弱。

乔里堂说:“咱们动员兄弟们,明天天亮就上山,带上筐子、挎包,咱们上山找吃的去,松子、蘑菇啥的,都能充饥。山上没有埋雷的地方下上夹子,套点野味也行。各处存下的干粮匀着分,不能让一个兄弟饿死!”

乔里轩说:“我觉得宋先生说得对,罢工比的就是意志。我们吃不上东西着急,钱麻子收不上金子更急。你们算算,我们一天不生产,他们要损失多少金子?就是他能硬撑着,他上头那些人能允许他撑?坚持就是胜利,看谁能坚持到最后!”

乔里知说:“我跟大哥再去跟钱麻子交涉一下,看他能不能把定额减到四克……”

乔里轩摇着头说:“不行!我改主意了,每人每天的定额要降到三克!”

在座的人一下都愣住了。乔里知望着乔里堂说:“大哥,这……”

宋振良坚定地说:“我看行。古人云:‘取法其上,得乎其中,取法其中,得乎其下。’就是要让钱麻子知道我们的决心和力量。”

邬生龙全副武装地进到钱良剑的办公室:“报告局座、刘总督察,那些穷骨头淘金客全都停止生产了,都待在窝棚里睡觉。昨天还有一些人干活,现在河滩上连个鬼影都没有,所有的机器都摆在那里……”

钱良剑气呼呼地说:“想跟我斗狠啊?好,我真要下令毙他几个,看他们还敢抗命罢工?”

刘铭心说:“原来我只是怀疑淘金客中有共党分子在蛊惑,现在我可以肯定,这群人中必有共党分子活动,不然不会如此整齐划一。邬队长,你带人给我好生查找，找出共党分子和带头闹事的，真得毙几个，他们才知道钱局长不是吃素的。”

邬生龙前脚走，有卫士前来报告：“钱局长、刘总督察，淘金客代表前来求见。”

钱良剑的住所前，壁垒森严。吊桥外垒起一圈崭新的沙包，矿警队官兵荷枪实弹地站在沙包里，一个个警惕地注视着外面。

乔里堂、乔里知和蛇娃站在沙包外。

本来，疤拉强要出面去交涉，宋振良认为他脾气火暴，怕他掌握不了火候，惹出事端，执意不同意他出面谈判。疤拉强为此大发雷霆。但在宋振良的坚持下，乔里轩决定让蛇娃代他出面。疤拉强指着宋振良的鼻子说：“我跟你没完！”

“不见！”钱良剑挥手让卫兵出门。

刘铭心说：“你先慢点走。局座，咱们还是见一见，听听他们的说法有没有变化。”

“就是不见这几个小丑！要见我也是跟广大淘金客娃娃见面。就许他们摇唇鼓舌，我们就不会说话了？”

刘铭心对面前的卫士说：“你就这样对他们说，钱局长只跟广大淘金客见面，其他人一律免谈。”

乔里堂三人悻悻离去。

伙房前的开阔地，几条木栈道以及木栈道边的空地上，站满了衣衫褴褛的淘金客。人群中一片喧哗。乌伦古河的流水声变得微弱。

钱良剑、刘铭心、邬生龙等人在矿警大队长官的簇拥下，走向木栈道中央的木台子。

刘铭心大声喊道：“淘金客弟兄们，大家静一静，钱局长对弟兄们有话要说。”

一身戎装的钱良剑站在木台子上，干咳了两声，说：“淘金客弟兄们，兄弟我不才，受盛长官、邱司令的器重，五年前出任阿山金课局副局长，主持金课局工作。大家都知道咱们这河沟为啥叫阿勒屯塔莱，这是蒙古语，翻译成咱们的汉话，就是“金沙滩”的意思。金沙滩啊！这说明自古以来这里就是宝地，是出金子的地方。咱们在这里淘金，是咱们的福气呀，大家可得要珍惜这个福气！这些年来，每个淘金客的生产定额都是每天五克金。就像种庄稼，有好年景，也有不好的年景，今年运气不好，欠了一点，大家就找补一点。那如果是好年景呢？有一年一天不就淘出了十几克金子？那不也都装在了大伙儿的腰包里了？刘顺，刘顺兄弟在不在下面？”

长着一对三角眼和一双招风耳的刘顺在人群中应了一声。

“刘顺在这里，你们可以问问他，是不是这样？”

人群中有人喊道：“刘顺是贼眼睛，看得见沙里的金子，谁能跟他比？”

“就是刘顺今年每天也淘不出五克金来，你问问他是不是这样？”又有人喊道。

刘顺又应了一声。

钱良剑装着没有听见，接着说：“噢，好年景里，多淘了金子，就装进了自己的腰包；赖年景里，淘少一些金子，就要减少定量，有这个道理吗？”

人群中，有淘金客声音不大不小地说一句：“钱局长，那你说咋办？反正也快到合同期了，要不剩下的这一个多月，多少减一点我们就上工，总不能不叫我们吃饭吧？”

刘顺看了这个淘金客一眼，朝身后的疤拉强使了一个眼色，疤拉强赶紧蹭过来，在这个淘金客的耳边低语：“闭住你的臭嘴！你信不信，再胡说我弄死你！”

这个淘金客慌忙低下头。

钱良剑在木台子上问：“刚才这位弟兄说什么？声音能不能大一点儿？”

这个淘金客缩到旁边人的身后，不敢再言语。

乔里知高声说道：“钱局长说远了。眼下这难关我们怎么度过？每个淘金客减上一克，对你们来说，也不当紧，而对广大淘金客来说，就救了淘金客的命。”

人群中立即有多人呼应：“就是嘛，减少一克金，对钱局长就是九牛一毛的事情。”

钱良剑扭脸低声问刘铭心:“铭心,你不说这个乔里知被咱们收服了,是咱们的人了,咋就是他闹得最凶?”

刘铭心伏在钱良剑的耳边说:“姓乔的这是在表演,他需要这样的表演。局座,这个我心里有数。再说,就是他不表演,淘金客上不上工,他说上几句也不顶事。”

钱良剑放大声音对木台子下的淘金客喊道:“我说过,五克金就是五克金,这是老辈人定下的规矩,也是经过多年核算过的,是合情合理的……”

疤拉强等人率先在人群中喊起来:“你说的都是屁话,是哪个龟儿子核算过的,让他把依据拿出来!”

人群中又响起喧闹声。

钱良剑凶相毕露:“别他妈的敬酒不吃吃罚酒,老子认得你们,老子的子弹认不得!”

郯生龙掏出驳壳枪,矿警们将枪栓拉得一片哗啦啦响。淘金客中一些胆小怕事的开始往后退。人群中出现了松动。乔里轩、乔里堂、疤拉强、刘顺、蛇娃、乔里知等数名襄堂帮的成员带头往前逼去,大部分淘金客跟着走。几千名淘金客突然呐喊起来,阿勒屯塔莱一片轰响,乌伦古河两侧的山谷发出巨大的回响声。

钱良剑、刘铭心、郯生龙以及矿警大队的长官吓了一跳,虚张声势地喊了几声,跳下木台子,灰溜溜地走了。

第十九章

这已经是罢工的第四天了。钱良剑采金区的六千余名淘金客跟钱良剑这些统治者对抗着。用饥饿来迫使淘金客就范是钱良剑的看家本领。淘金客们在互助会襄堂帮的团结和组织下,想尽一切办法来抵抗饥饿。淘金客们不停地喝水,甚至躺在床上一动不动来节省体力。有人从山上深厚的落叶中捡来松子,大家互相谦让着嚼几颗。蛇娃的体质弱,已经昏迷了两次,疤拉强急得直跺脚,几次嚷嚷着手里没有枪,如果有枪谁也拦不住他去拼命。

这是最后的坚持。对抗双方在比意志和耐力。但淘金客中绝大部分人毕竟是没见过世面的青年农民,他们与生俱来的懦弱决定了他们容易妥协和动摇。淘金客中不断有人来向乔里轩等襄堂帮成员求情,允许他们出工,先糊口保命再说。

晚上,宋振良和乔里轩又凑在一起,两个人在琢磨下步棋该如何走。两人出了窝棚,在夜色的掩护下,朝河边走去。他俩的身后由两名兄弟暗暗保护。正走着,忽听身后兄弟问道:“这时候了,你找他做什么?”

“我只说一句话。”好像是莎莎的声音。

两人回过身来,莎莎已经走到跟前。

“迪化方面已经知道山里在闹罢工,一天三个电话催开工。”莎莎在乔里轩身边耳语,“而且,迪化邱司令来电说,为避免更大的损失,可以稍作让步。”

说完,随着一股香气在乔里轩和宋振良鼻翼边飘动,莎莎悄然离去。

宋振良和乔里轩站住了脚步。

“她这是什么意思?”乔里轩像是自言自语,又像是在问宋振良。

“我也在琢磨啊。”

“她好像在通风报信。”

“这我知道。我在琢磨她为什么要报这个信。”

“她好像在暗示我们应该坚持下去。”

“是这个意思！可是，她是钱良剑的养女呀！据说，他们父女关系不错呀！这真让人费解。”

“她不会是受了钱良剑的差遣，在向我们下什么套吧？”

“迪化催这边开工，这里面能有什么阴谋？不会呀，这里面能下个什么套？我看不像！”宋振良坚定地说，“应该是在鼓励我们要坚持下去，而且表明我们很快能够胜利！这就太好啦！坚持，坚持就是胜利！”

乔里轩使劲地拍手：“对，坚持就是胜利！”

钱良剑的额头上沁出汗水，战战兢兢地说：“是，司令，属下一定照办。这里山高路远，您就不要亲自来了。请您放心，属下一定尽快让他们开工。”

放下电话，钱良剑掏出手绢擦汗，刘铭心为他递上茶杯，说：“局座，先喝口水，这个电话打的时间可不短。又是邱司令来的电话吧，是不是又在催？……”

“这次他倒明确地表了态，降低了他的调子，”钱良剑喝口水，放下茶杯说，“让咱们先让让步，同意把定额减到四克。他说，阿勒泰的夏天很短，再有一个来月山里就结冻了，在河滩就没法儿淘金了，得抓紧时间生产，不然损失太大了。他还说，盛督办都知道这里的事了，把他叫到办公室训了一顿。盛督办说，迪化从去年实行币制改革，现在正处在节骨眼上，民众对新疆省银行新发行的纸币还不太认可，还在观望，这样就需要充足的黄金做储备，才能消除顾虑，使币制改革得以顺利进行。这次币制改革是牵扯到新疆经济能不能翻身的大事，所以只能成功，不能失败。而在这个节骨眼上，新疆重要的产金区却出现罢工，这不是在添乱吗？邱司令说，盛督办连坐都没让他坐，把他训得直冒汗。他说他要亲自来阿勒屯塔莱，我好说歹说才给劝住了。邱司令还透露，迪化将出台一项新政策，新疆境内的黄金一律不许出疆，违者将课以重罪。”

“想不到这些穷小子，还折腾出这么大的动静，连盛督办都被惊动了。这不是让我们下不来台吗？咱们真得好好想点儿办法来对付他们了，可不能掉以轻心。”

“铭心，咱们没这么好欺负。这事不能算完。你想办法查出你所说的共党分子。他们的互助会里不是有个襄堂帮吗？你得让邬队长把他们给盯紧了。还有，那个被你放了长线的乔里知怎么老是没动静？是不是在敷衍你？”

“局座，我这就去布置。您放心，那个乔里知我心里有数。”

乌伦古河从身边滔滔流过。乔里轩站在河滩上，用水枪将泥沙往溜金槽里冲，两个伙伴抖动溜金槽，泥沙伴着水流从倾斜的溜金槽里流走，大一点儿、含有金子的沙粒留在槽体。淘金客们把这些沙粒盛入铁笸箩，然后双手端起来使劲晃荡。

宋振良拎着一桶柴油向乔里轩他们的水泵走去。他环顾四周，看没人注意才接近乔里轩。

“忙着呢？今天花儿多吗？”

“今天收成还行。你来加油啊。”

“莎莎那句话起了关键作用。”宋振良放低声音，“不然罢工能不能坚持到最后还很难说，很可能就半途而废了，那襄堂帮在淘金客中从此就丧失威信，没有号召力了。亏得她的那句话。”

“那个莎莎真还让人琢磨不透。”乔里轩一边用水枪冲泥沙，一边说道，“刚开始我还真认为她是被派来监视我们的。咋在关键的时候帮了我们？”

“里轩，我是结过婚的。我看得出来，她对你是情有独钟啊。”

“这个我心里多少也知道一些。当初她亲近我，我也是逢场作戏，想从她的嘴里套出对咱互助会有用的东西。这次可是人家主动来帮咱们的，好像出于真心，让人费解呀！”

乔里轩身边的弟兄知道宋振良找乔哥一定有要紧事相谈，为了保护他们，故意把其余几个弟兄支开：“弟兄们，忙了这一上午，咱们也该歇一下了。乔哥，你还不歇歇手？”

乔里轩大声应一声，然后跟宋振良继续交谈。

"当然，到啥时候警惕性都不能丢。"宋振良边说边用眼角余光环顾周围，"这次六千多名淘金客大罢工，每人每天的生产定额由五克减到四克，真是个了不起的胜利，互助会在淘金客中的威望一下高涨起来。听廖远山说，安德烈采金区的淘金客也动起来了，纷纷要求加入咱们的互助会。我代表你答应了……"

"宋先生，您做得对。互助会的人越多越好，势力大了，钱良剑他们害怕。"

"安德烈手下的淘金客们渐渐明白过来，要求摆脱安德烈军事化管理的控制，说那是地道的压榨人血汗的枷锁，什么奋斗呀、复仇呀，那全是欺骗人的精神鸦片！"

"太好啦！宋先生，安德烈那边的工作您还得加紧做。您有这个身份，可以到处走动。马善人那边互助会的事由我哥乔里堂统管。阿勒屯塔莱三个采金区的淘金客如果都能动起来，钱麻子他们真不是我们的对手了。"

"襄堂帮出山买武器的事有眉目了吗？强哥说得有道理，咱手里就是得有武器，没有那东西，咱腰杆子直不起来。"

"出山的秘密通道被堵死后，我一直在想其他办法。"

"我经常要出山拉柴油，是不是可以从我的柴油车上想想办法？"

"对呀，那倒是个新通道！"乔里轩兴奋地点点头。

晚饭的伙房里一片乱糟糟。这是淘金客们最快乐的时刻。有位淘金客曾说过，阿勒屯塔莱就是一口活棺材，只有在晚饭时，这口棺材才透出一丝少得可怜的亮光。先到的淘金客们已经打上饭，围坐在用松木钉起的简易饭桌边吃饭，当天运气好、见花儿多的淘金客打来烧酒，几个人说笑着对饮。来得晚的淘金客还在厨房的窗口前排队等候打饭。乔里知站在队伍的后面。有淘金客认得他，喊他排到前面去。这次减少定额的大罢工结束后，襄堂帮的威望大大地提高了一步，襄堂帮的成员受到淘金客们的普遍尊重。

乔里知摆摆手："不用啦，也就两分钟的事儿。"

等乔里知排到窗口，他看见里面打饭的是白凤琪，不觉心里一热，发生在托托里小镇里的故事涌向脑际。他把空碗递去，白凤琪给了他一个暧昧的笑，乔里知更觉心里热乎乎的。白凤琪转身为他盛好了菜，菜上面放有两个馒头，在递向他的时候，白凤琪的眉毛往上一挑，用眼神示意碗底。乔里知心里明白，接碗时注意碗底。他感觉到碗底有纸条，心跳骤然加快。他匆匆地走向一张空餐桌，放碗的时候将纸条悄悄装入兜里。邻桌有人向乔里知打招呼，他居然没有回应，让那个人感到莫名其妙。心里装着事，这顿饭是什么滋味、怎样吃进嘴的，乔里知一概不知。他拿着空碗走出伙房，路上又有人向他打招呼，他木然地点点头。蛇娃从身后跑来，喊他的名字："喂，你咋就不理人啊？"乔里知的脸上这才挤出了一丝苦笑。

夜空很亮堂，星星缀满天空，月亮也升起了，伙房对面的群山一清二楚。看看四周没人，乔里知从兜里悄悄取出那张纸条，上面只有四个字：狼狗饿了。乔里知的心脏蓦地收缩起来，心跳越发加快，那条恶犬扑向黄俊喜，一口将他的肚子撕开的情景倏地浮现眼前。他慌忙把纸条塞进嘴里，吞咽进肚子。

夜空还是那么明亮。

宋振良坐在拉柴油卡车的副驾驶座上，透过挡风玻璃看见廖远山站在路边挥手。廖远山的大脑门在秋日的阳光下熠熠发亮。宋振良让司机停车，跳下了车。

"宋先生，我找到收拾安德烈的办法了。"廖远山显得有些激动。看了一眼驾驶楼里的司机，把宋振良要往远处拉。

"没关系，他是自己人。你有什么好办法？"

"我最近在金峒子里干活。金峒子你进去过吗？"看见宋振良点头，廖远山又看了驾驶楼里的司机一眼，伏在宋振良身边一阵耳语……

宋振良挑了一下眉头："这办法管用吗？再说，安德烈怎么就能乖乖地听你的调遣？"

"这个我有办法。但最后能不能把他骗进金峒子，得看他的大限到没到期。"

廖远山此人胆大心细，是个机灵鬼，在淘金客中多少有些威望，号称"智多星”。

可没想到，这个大脑门廖远山还有几分幽默。

“我跟你一块儿干吧！”

“到时候再说。宋先生如果相信我，索性把这件事交给我办。你放宽了心，我能行的。就看他安德烈该死不该死！不过，宋先生，你得告诉谢尔盖，咱们丑话说在先，干掉安德烈，一千克金子一粒不能少，而且我要颗粒金，不要麸皮金。”

“廖远山，你放心。这个我已经跟谢尔盖说好了。事成之后，一千克颗粒金绝对不会少，少了你拿我试问。廖远山，你知道的，谢尔盖是个有信仰、守信用的人。”

宋振良的卡车开到了淘金船旁边。用柴油给淘金船加足后，宋振良凑到谢尔盖身旁。上次暗杀安德烈失败后，谢尔盖一直愁眉不展。他几次要宋振良帮他搞来一把手枪，这样让他眼睁睁地看着安德烈却杀不了，自己生不如死。听完宋振良带来的所谓好消息，谢尔盖依然一脸愁容。

“他是安德烈的上司？安德烈就那样听他摆布？上次爆炸之后，安德烈更加警觉，就像患上了多疑症，晚上连门都不出。我看你的廖远山没有这个能力。”

“我也不是没有怀疑过，但廖远山有信心。”

“宋振良同志，你还是通过你们襄堂帮帮我搞到一支手枪，我不信找不到机会打死安德烈……”

“就算给你搞来手枪，你开枪打死了他，你怎么脱身？”

“这个我从没想过，我也不去想。打死他，我的任务就完成了。至于我怎么样，我不去考虑。换句话说，如果有机会跟他同归于尽，我也绝不会推辞！”

宋振良上前紧紧握住谢尔盖的双手，使劲摇晃。

眼前这个真正的布尔什维克让宋振良心怀敬意。

第二天晚饭，还是白凤琪在窗口打饭。乔里知在给白凤琪递碗时，用眼角扫了一下碗底。白凤琪心领神会,眨了眨眼。为乔里知盛上饭菜,在递还给他的时候,白凤琪用只有乔里知一人能听见的声音说:“我想死你了,每天晚上脑子里都是你。我相信有那么一天。”

乔里知的心头一热,刚才的恐惧和愧疚消失得一干二净。

掌灯时分,白凤琪从木栈道上走下来,在夜色的掩护下,进来到刘铭心的住所。门前站岗的哨兵喝道:“谁?”待来人走近后,看清是刘总督察从山下带来的相好,收回枪,立正敬礼。白凤琪的鼻子哼了一声,闪进刘铭心的住房。

“你怎么好久不上我这里来啦?”

“你是这里的总督察,我一个做饭的没事儿老往你这里跑,算是怎么一回事? 给你,乔里知的纸条。”

刘铭心接在手里却不急于看,顺手揣入衣兜内:“你让我想得好苦呀!”说着,上来就抱住白凤琪。

白凤琪一把推开他:“你打算让我在这山里待多久? 你把我真当成厨娘啦?”

“你别急呀! 这地方天冷得早,10 月下旬就结冰了,也就生产不了了,到时候我跟你一块下山。你如果还想当金悦金店的掌柜,你就接着当,不想当了,你就跟我回迪化。如果我能在李长官那里辞掉这个差事,咱们还在迪化开咱们的亨得利……”

说话间,已经把白凤琪拥向床边,用手为白凤琪解衣服纽扣。

“你们这些男人啊! 你跟安东没两样,人前装模作样、正儿八经,人后都跟畜生差不多!”心想还是乔里知那个河南人不错,到底教过书,懂得斯文。

一通忙活过后,白凤琪从床上坐起,穿好衣服,鼻子哼了一声,刘铭心在身后嘟囔一句,她也没听清,屁股一扭一扭地走出房间。

刘铭心从衣兜里掏出那张纸条,在灯下展开来看:明后两天细查进山的柴油车,车里有货。

第二十章

吉普车在山间石子路上奔驰颠簸，路的一边是奔腾的乌伦古河，另一边是绵延起伏的山峦。晨曦从山尖上洒下，山上的层层松林露出尖尖的树梢，连成一溜儿黑黝黝的剪影。从河边蔓延过来的草甸子，像排天的绿波一样向山上冲去。山上松树的黛绿和草甸子的浅绿在阳光的作用下，混合成团团美丽的绿雾，弥漫着整个山谷。手持方向盘的莎莎腾出一只手来，把自己的军帽掷向车的后座，晨风将她的长发吹拂起来，像黑色的旗帜一样地飘舞。车子越开越快，车边的景物发疯似的向后倾斜。乔里轩平生头一回乘坐这种敞篷吉普车。在出登封少林寺之前，他从未乘过任何机动车，出少林寺后，他跟两个哥哥逃亡西北，在河西走廊给一个商用车队当搬运工，那时他才坐上了卡车。他从没想到，坐在敞篷吉普车上的感觉是这样的奇妙，简直让人其乐陶陶。身边的莎莎灵巧地打着方向盘，吉普车像一匹神马快乐而敏捷地奔驰。乔里轩心想，要是昨天晚上拒绝了莎莎，不知道该有多么后悔。

昨天晚上，莎莎来找乔里轩，问他敢不敢跟她去托托里小镇。乔里轩笑着说："我没事儿去那里干什么？"就在他差不多要拒绝莎莎时，宋振良也来找他，当宋振良知道莎莎的意图时，把乔里轩叫到一边："你不是一直打算去小镇买枪吗？"

乔里轩恍然醒悟，一拍大腿说："对呀，我咋就忘了这茬儿啦。"于是，他跟莎莎说："我可以跟你去。不过，我得先跟金把头请假。另外，我还得在矿区治安调查执行委员会开出山的路引。"莎莎一下笑起来，说："这些都好办。"早晨，在莎莎来之前，他跑去向金把头请假时，金把头连磕巴都没打就同意了，而且不怀好意地看他。后来，二哥乔里知来告诉他："小镇前街并排有三个杂货铺，你找中间挂着夏记招牌的那个，进去就找夏掌柜，提我和黄俊喜的名字就成。”

莎莎开车来接乔里轩时，乔里轩说：“我还没办路引呢。”莎莎笑话他说：“今天我才看到你的弱点，你怎么这么啰唆？”

吉普车经过莫河桥时，值守的班长上前一看，嘟哝一句：“又是这个疯丫头！”车子一点儿没减速就从桥上穿过。乔里轩惊讶地问：“我还能回来吗？”莎莎一边开车，一边扭脸笑话他：“你不觉得你啰唆吗？”

这次大罢工获得空前胜利，乔里轩心里非常畅快。复工的那个晚上，许多兄弟都喝醉了，大家在一起说呀笑呀，好像把一辈子不高兴的事儿都忘了。淘金客们对他越发尊敬，和他说话时脸上总挂着笑容，而他说话的时候人们又总是在静静地听。就连那个桀骜不驯的疤拉强，跟他交流什么事时，比原先要畅快得多。这一切，让乔里轩感到了莫大的满足。世上的男人不就是这样？获得别人的肯定比什么都重要。

望着身边手握方向盘的莎莎，乔里轩说：“莎莎，你为什么要帮助我们，给我们通风报信？”

“这是你第一次叫我莎莎吧？”莎莎扭脸说，她的头发在车窗玻璃里飞扬，“那我得先谢谢你。我没有义务帮助你们，我只是愿意帮助你！你听明白了吗？”

“那你不怕得罪你的养父？”

“乔里轩，我真的发现你很啰唆耶！我愿意帮助你就是愿意帮助你，哪来那么多废话？”

“还有，你一个姑娘家家的，一个人开车出来也不怕？遇上坏人怎么办？”

“我是一个人吗？”

“对，还有我……”

莎莎哈哈地笑出了声：“还是一个我所见过的最有功夫、最能保护我、我最信赖的男人！”

说完，靠近乔里轩的那只眼睛俏皮地挤了挤，乔里轩的心头滚起一浪热潮。

吉普车路过那片野苜蓿地。莎莎侧脸望去，但见野苜蓿比初夏时长得更旺盛了，但枝头上的花朵已经开谢，那片紫色的海洋不复存在，有的只是连天漫地的葱绿。莎莎听邬生龙说过，过了野苜蓿地六七公里的一个三岔路口，拐进去后有一条蝴蝶沟，那里长满了各种各样的花草，还有无数各种颜色的蝴蝶，简直美丽极了。

“乔里轩，咱们从托托里小镇回来，你想跟我去蝴蝶沟转转吗？”

“这里还有蝴蝶沟？”

“你真啰唆，去还是不去？”

“你去，我就去。”

这回，乔里轩一点儿也不啰唆。

这次，乔里轩算是真正意义上地逛了一回托托里小镇。过去，他从山里的运金小路出过山，也来到过托托里小镇，但是，那时候他的心情高度紧张，而且肩负使命，兑换了金子，把银洋存在钱庄，就匆匆返回。小镇是个什么样子，小镇里的居民和各色人等又是什么状态，他几乎一无所知。现在，他跟在莎莎的身后，在小镇的各个商号进进出出。莎莎旁若无人地走在街上，从那些大大小小的商号里买了很多东西，其中最主要的是各种衣服和裙子。吉普车的后座已经堆满。莎莎还为乔里轩买了一条咖啡色卡其布裤子和一件白洋布衬衣。乔里轩说：“老天，我是干什么的，咋能穿这样高级的东西？”

莎莎说：“怎么就不能穿了？你比这个镇上，不对，你比迪化所有男人都帅气，你不穿漂亮对不起你的爹娘。”

乔里轩开始并没有弄明白她这句话的意思，怎么就扯上爹娘了？蓦地反应过来后，大笑不已。从两年前逃亡西北以来，这是乔里轩最开心的一天。但是，他并没有忘记此行的使命，一双眼睛使劲在找那三个并排在一起的杂货铺。他还趁莎莎在商铺挑选衣服的时候，在商铺门口悄悄向人打听前街在什么地方。当地人告诉他，镇上只有两条街，前面的这条街就是前街，后面的那条街叫后街。然后他看见了那个在风中摇摆的、用仿宋体大字写的夏记招牌。他想他肯定有机会摆脱莎莎，哪怕只有一会儿。

中午时分，莎莎把吉普车停在一家生意还不错的饭庄前，叮嘱门口烧水的老头帮她看住车里的东西。老头说:“放心去吧,这镇子里的人手干净。”两人进了饭庄。里面吃饭的人真不少,男人女人、各种肤色、各个民族的人都有。男人们大都在喝酒猜拳,一片喧闹。莎莎个子高,将近一米七〇,又是一身戎装,非常惹眼。两人找了空座位坐下,饭庄里突然变得安静下来,就像谁下了一道口令,人们都闭紧了嘴巴。男人们毫无顾忌地打量莎莎,女人则用眼睛的余光偷偷看乔里轩。有人悄声说了一句:“这两个男女长得真俊呀!”

莎莎那时正在跟上前伺候的堂倌说话,没有听见,而乔里轩却听得一清二楚。莎莎正在看菜单,弯弯的眉毛下,长长的睫毛一闪一闪,褐色的眼睛释放出美丽的光亮。那一刻,乔里轩有些走神,以至于莎莎把菜单递给他,问他:“你看还点些什么菜?”他居然无动于衷。莎莎又说了一遍,他才说:“行,你看着点吧。”

两个人用过餐,走出饭庄,身后还有人在戳戳点点。离饭庄不远处有一个理发馆,莎莎说她想去洗头,顺便卷卷头发。乔里轩趁机说:“那我去澡堂洗澡。”

乔里轩在澡堂水池里胡乱搓了几把,便擦干身子、穿上衣服,匆匆地走上街头。在夏记杂货铺前,乔里轩停下脚步。夏记杂货铺的门面是用马口铁皮钉起的,屋顶用半圆木搭起,上面敷着一层厚厚的草泥。乔里轩回身往四下里看了看,觉得并没人注意他,便疾步走了进去。二哥告诉他,夏记掌柜是个瘦高个,脸很长。乔里轩进到店里后,打量柜台里有没有这么个长脸。只见柜台里只有一个十五六岁的小男孩,从装扮上看像是店里的伙计。

“先生要买什么?”小伙计问道。

柜台里的货架上,摆着许多货物,大都跟伐木、打猎、滑雪、淘金有关,也有生活日用品。

“请问你们掌柜是不是姓夏?”

小伙计点点头:“你找我们当家的?”

“有些事想当面问他。”

小伙计有一双明亮的大眼睛,扑闪了一下:“那请你稍等。”说完从柜台里转身进到里屋。

乔里轩的胳膊肘支在柜台上，回脸看去，街上依然人来人往，没有任何异常。他知道小镇表面上风平浪静，但潜藏杀机，他的好兄弟黄俊喜等四人就是在这里丧命的。二哥曾给他详细地描绘了那个晚上的情景。好兄弟们死得很惨。他还想起二哥所说的“要是手里有家伙就不至于输得那么惨”。

里屋的门帘被掀起，一个四十多岁的瘦高男人走出来，果然长着一张长马脸。

“这位客官，请问你有何见教？”听口音不像是本地人，至于什么地方的人，乔里轩一时分辨不清。

“乔里知要我找你。”

“哦，怪不得面熟呢，你是乔里知的什么人？”

“是兄弟。”

“对，面相上挂着呢。”

“既然你看出来了，咱们就不要拐弯抹角了。”乔里轩心想得在莎莎做好头发前赶到理发馆，“你有这个吗？”

乔里轩张开拇指与食指，做了个手枪的样子。

马脸笑了笑，说：“你真是找对地方了，请跟我来。”

乔里轩跟着马脸从杂货铺后门走出，拐了两个弯，长脸人将他带进一个平房院子，然后进到一间屋里。

“过去，用不着这么小心谨慎。”马脸笑着说，“小镇上倒枪卖子弹的有的是。就是上个月这里发生了枪战，死了几个人，警察局这才盘查得严了一些。”

乔里轩心想，死的那几个人就是我的兄弟；为了今后少死兄弟，我才来找你的。

“你要长的还是短的？”

“驳壳枪。”

马脸麻利地从床下拖出一只木箱，打开盖，从里面取出一支瓦蓝色的驳壳枪。

“德国货。”

乔里轩拿在手里看,果然是把好枪。

“你开个价。”

“既然你是乔里知的兄弟,也算自己人了,十块光洋一把。”

头天晚上,二哥对他说,你得跟他讲讲价。

“太贵了。”

乔里轩把驳壳枪放回马脸的手里。

“那你说什么价合适?”

两人讨价还价,最后以十五块光洋敲定了这笔生意。乔里轩从内衣兜里掏出二十元一张的银票递过去,马脸给他找回五块银圆。乔里轩拿在手里看了看,都是新疆银行发行的银圆。

“可能在明后天,我的兄弟还要来找你,长的短的都要。”

“尽管来。如果朋友有这方面的需求也可以介绍给我。咱们一回生,二回熟,下次咱们就是朋友,我请你到前街下馆子。”

“你这里还有什么武器?”

“兄弟,我能这样称呼你吗?”

乔里轩点了点头。

“告诉你,在这新疆,缺什么就是不缺军火商。离这里不远有个叫福海的地方,你去过吗?”

乔里轩老实地回答道:“没去过,但听说过。”

“那里军火商就更多了!什么英国、德国、俄国,还有什么印度、巴基斯坦的军火商都能找到,别说你要短家伙,就是机关枪、手雷,还有重机枪、大炮什么的,要什么有什么。但就有一样,你得有钱!”

乔里轩心头一亮。阿勒屯塔莱并不缺金子,如果能搞到大量金子,也就是说,就能换来大量武器,互助会有几千弟兄,根本就不缺人!他还想起廖远山对他讲过的安德烈训练淘金客的事:他们练习射击、投弹、爆破、匍匐前进,还有战术动作,三人一组,相互掩护,钳形攻击……

“这位兄弟,你还需要什么?”马脸看了看发愣的乔里轩问道。

“喔,不要了。我刚才已经说了,明后天我的兄弟来找你。”

将两支崭新的驳壳枪放进准备好的布袋里,乔里轩与马脸握手道别。

赶到理发馆门前，莎莎正站在门前四处张望。路过的男人无一不在回头看她。吉普车已经被莎莎开到理发馆门前。莎莎低头看了一眼乔里轩手里拎着的布袋："你跑到哪里去了？"

"在街上转了一圈，转向了，找了一圈才转回来。"

"那你还要再转转？还是这就往回赶？"

"往回赶。"

"托托里小镇好玩吗？"

"太好玩啦！"乔里轩心想，弟兄们，尤其是那个疤拉强看到这两把瓦蓝的驳壳枪，不知高兴成什么样子。

乔里轩已经跨上了吉普车，忽然又下了车，问："莎莎，镇上有卖珠宝的吗？"

"啊，你对那玩意儿还有兴趣？"

乔里轩点了点头。

小镇上还真有两家珠宝商铺。两人走进去，在门里与蓝星星妓院的老鸨韩三婆擦肩而过。韩三婆先注意到莎莎，看见这个女孩真漂亮，她想这样的女孩要是弄到蓝星星坐台，那无疑是她的一棵摇钱树。然后看见莎莎身旁的乔里轩。韩三婆觉得这人面熟，但一时又想不起在哪儿见过，一步三回头地走出珠宝商铺。

珠宝商铺里的物件真不少，用琳琅满目来形容，一点儿不为过。国产货和进口货都有。乔里轩心想，这么偏僻的山里小镇怎么能有这些东西？便伏在柜台前仔细观看。莎莎很奇怪，不知乔里轩要买什么。她也不说话，双手插在军马裤向外扩张的裤兜里，站在一旁好奇地观望。乔里轩起初挑选了一串巴基斯坦红宝石项链，他都拿在手上了，但最后还是决定换了一串和田玉项链。他从兜里掏出马脸找给他的五块光洋，递给了掌柜，柜台里掌柜说："先生，你的选择是正确的。你看，这串和田玉颗颗都是独料，而且油性好，很温润。"

乔里轩数了数，这串和田玉项链由二十六颗圆形玉石组成，每颗玉石的圆形不是很规则，但大小均匀，光滑润泽。

"请问独料是什么意思？"

"玉石项链大部分是从大块的玉石中切割下来的,那就不叫独料了,也就不是很值钱。而这一串,每一颗都是独料,从和田的喀拉喀什河里找出来的时候是单独成形的,这种玉石就值钱了。小伙子,不骗你,你买得值!和田的喀拉喀什河里的玉石只会越来越少,过上几十年,说不定这串项链就价值连城了。再说,"他看了一眼站在离柜台四五米远的莎莎说,"玉石项链送给心爱的姑娘最合适不过,它代表忠贞的爱情。小伙子,真的,这串项链你买得值。"

乔里轩听了很高兴:"那我先谢谢你了。"

两人走出珠宝商铺,坐上吉普车,乔里轩双手托着和田玉项链递给莎莎:"送给你,做个纪念。"

乔里轩心想,就是为你在关键时刻帮助过我们互助会,也应该送你一件礼物。

莎莎这才明白乔里轩进珠宝商铺里的真正目的,心跳突然加快,脸烧得厉害,这个一向大大咧咧的女孩变得腼腆起来。她好像在梦中,这一切来得这样的不真实,以至于许久没有说出话来。等她把项链接在手里后,眼里早已噙满泪水。

"你帮我戴上。"莎莎用只有自己才能听见的声音说。

仿佛心有灵犀,乔里轩听得却分外真切。他把项链拿在手上,莎莎转过身去,乔里轩仔细地替她戴在洁白光滑的颈项上。

"我会永远戴着,一直到死!"莎莎的声音变得哽咽。

莎莎轰地发动着了车子,但在回去的路上,吉普车却开得很慢。

托托里小镇距离阿勒屯塔莱三十余公里,太阳西斜后,路过一个三岔路口,莎莎一打方向盘,车子拐向朝南的另一条沟。乌伦古河流经的阿勒屯塔莱实际上是一道东西走向的河谷,而这条沟却是南北走向。沟里有一条溪水,潺潺地自北流向南,汇入山路那边的乌伦古河。吉普车溯流往沟的深处走。沟两侧是绿茸茸的草甸子,上面缀满星星点点、形形色色的花草。一路上,车上的两个人谁都没有说话,只听见车子发动机的轰鸣声。开进沟两三公里,山沟变宽了,两侧的山势舒缓起来,草甸子一直漫上山的高处,山腰以及山巅上,是郁郁葱葱的黛绿的松林,而松林的边上却弯弯曲曲地长有一圈白桦林。这景象实在是太神奇了。在西斜太阳的照耀下，山上逶迤的黛绿越发暗黑，而山下的白桦林却发出一道粲然的银白，大自然像是为山上的松林镶上了一圈发亮的项链。

乔里轩想起自己刚刚为莎莎送的项链，不由得笑了一下。

“你在笑什么？”莎莎扭脸望他一眼。

“你看山下的那片白桦林，真漂亮。”

“是的，是很漂亮。就像你送给我的和田玉项链。”

乔里轩大吃一惊：“你说什么？”

两个人在同一瞬间、同一地点，居然有相同的想法。这难道是巧合，还是象征着什么？

莎莎扭转脸，得意地笑了笑。

我的天！她好像知道我在想什么。乔里轩在心里不由得诧异道。

吉普车驶向沟的深处，路两侧的花朵越来越密集，漫山遍野的山花，姹紫嫣红，笑靥迎人。路侧的那条溪水，流得越发激越，撞击在石头上，时时溅起雪白的浪花。

绕过一座屏风般的石壁，吉普车行进在弯曲的山路上，发动机的轰鸣声惊动了伏在花草上的蝴蝶，呼的一声全都飞升起来，一群群、一团团，迎着车子的两翼扑过来。瞬时间，成千上万振翅飞翔的五色蝴蝶，层层叠叠，密密匝匝，铺天盖地，居然产生了一股旋风，在乔里轩和莎莎的耳边吹拂。莎莎一脚刹车，将车子停住了。

“我没劲儿了，开不动车子啦。”莎莎的脑袋伏在方向盘上。

“莎莎，你怎么了？”乔里轩着实吓了一跳，慌忙用手掌去试莎莎的额头。

莎莎却从方向盘上直起腰，伸出双臂蓦然抱住乔里轩，乔里轩愣了片刻，急忙将莎莎抱在怀中。两个人的嘴唇轻轻地触碰了一下，然后紧紧地贴上去。呼吸都急促起来。乔里轩是平生第一次接触女人，在这一刻，莎莎身上产生了巨大的磁场，乔里轩觉得自己像是变成了细碎的铁屑，被牢牢地吸引上去。他嗅到了从莎莎身上发出的醉人的青春芬芳。莎莎的舌头率先进入乔里轩的口腔，却被乔里轩的舌头吸住，相互搅在一起。五彩蝴蝶在他们的头顶盘旋。莎莎突然推开乔里轩，从车上跳下去。

“你还愣着干吗？”

乔里轩这才反应过来，也从车上跳下。

莎莎脱下制服，铺在厚厚的花丛上。

“怎么，你需要我帮助？”莎莎娇嗔道。

“啊，不需要、不需要。”

乔里轩解开莎莎在镇上送给他的白洋布衬衣。

莎莎全身裸露地侧伏在花丛中。她的脸埋在花丛里，只有乌黑的头发铺在花朵上。雪白柔美的身体曲线清晰。

乔里轩轻轻地伏上去。两双手臂猛然交合在一起……

成群结队的蝴蝶在他们的身上飞舞。

一群飞过去，疲倦了，匍匐在花草上；紧接着，又有一群飞过来，在他们的身上飞舞。

成千上万的蝴蝶产生的五彩旋风，裹挟着满山的花草颤动、摇曳，阵阵花香让飞翔的鸟儿如痴如醉，纷纷坠落下来。

太阳西斜了，阳光变得柔和。山上的松林显得越发黝黑，山脚的白桦林更显出洁白华丽。

“你是我今生今世第一个男人。”莎莎的耳语如同带着芳香的风声。

“我知道。”

“我也不想要第二个男人。”

“我知道。”

“我生生死死都是你的人。”

“我知道。”

夕阳隐逸在阿勒屯塔莱西边的群山，山巅上空雾气笼罩。一辆吉普车快速通过莫河桥，车子没有减速的意思。值守的班长说：“看，疯丫头回来啦。”

“班长，要不要让他们停车接受检查？”

“检查个屁！疯丫头不开车撞你就不错了。上回要不是我躲得快，非得把我撞死不可！”

车子开进阿勒屯塔莱，直接开到离乔里轩窝棚最近的路边停下。

乔里轩下了车，站在路边看了莎莎足足有半分钟。

“别傻站着了，带好你布袋里的枪，别落在了车里。”

“啊，你说什么？你原来知道呀！”

“别忘了，我是军人。”

乔里轩木然转身刚要走。

“回来，我有句话对你说。”莎莎的脸色严峻，“我清楚，这山里迟早要有一场大的纷争。里轩，我只求你一件事，到时候你别伤害我的养父。”

乔里轩迟疑了一会儿，说：“我答应你。但我不敢保证其他兄弟……”

“你给我保证，你别伤害他！”

“我知道。”

第二十一章

波涛翻滚的乌伦古河流经此地，受山势的制约，形成了一个硕大的“S”形转弯，一座木桥斜跨在河上。这座桥叫莫河桥，是阿山金课局副局长兼矿区治安调查执行委员会主任钱良剑命名的。全桥长约五十米，宽约四米，有十六根粗壮的桥桩伸向河里。过了这座壮观的木桥就是阿勒屯塔莱。靠阿勒屯塔莱方向的桥头，有一个用沙袋垒起的地堡，桥的中间位置有两排结实的鹿砦，矿警大队的两名武装士兵背着枪在检查过往车辆和人员。

一切都像往常一样，乌伦古河从桥下哗哗流过。然而，沙袋后的地堡里却暗藏杀机。郛生龙背靠在沙袋上，十几名弟兄散坐在他的身边。

“怎么还没有来？张善为，”郛生龙招呼他手下士兵，“你没看见路那边有动静？”

郛生龙从嘴上摘下烟卷，愤怒地说：“这都等了快一天了，真他妈的烦人。”

“郛队长，其实您大可不必这样，在地堡里支上桌子，和弟兄们打几圈多好！”那个在掩体里负责监视的张善为讨好地说，“我在这里看着呢，他们的车一露头，咱们再上去也不迟。”

“张善为，这么好的主意你怎么早不说？这都什么时候了？才想起来支桌子打几圈。你他妈的完全是马后炮。”

“谁知道能等这么久？……啊，队长，前面来了辆卡车！”

“狗×的真来啦！”郛生龙从地上起身，趴在沙袋的枪眼朝外看，“没错，肯定是他们！我认得那辆拉柴油的美国大道奇。弟兄们，都给我打起精神来！”

大道奇卡车开到桥中间，在鹿砦前停下来。郛生龙带着十几个弟兄忽地从地堡里钻出，呼啦啦地冲到桥上，将卡车围起来。

“下车，接受检查！”邬生龙扔掉嘴上的烟卷，登上驾驶楼，“怎么只有你一人？宋振良呢？”

“我们掌柜有时跟车，有时不跟车，今天是我自己去的。邬队长，辛苦啦。反正是熟门熟路，我自己去也没有什么问题。”驾驶卡车的还是那个黑脸膛的宋司机。

“你给我少啰唆，赶快下车！”邬生龙大声吼道。

宋司机慌慌张张地跳下车。

“弟兄们，把车上给我仔细搜查一遍，听见没有？”

“是！”士兵一边答应，一边爬上了车。

宋司机被一名士兵推到车后。士兵警惕地用枪顶住他。

“你们这是干什么？我经常从桥上过啊！”

爬到车上的士兵掀起苫布，露出十几只装满柴油的油桶。

“邬队长，车上没有发现别的东西。”

“你给我仔细搜查！”邬生龙自己也爬上了车。

车厢里除了十几只黑乎乎的油桶外，别无他物。

“队长，车下也没有发现什么东西！”

“这个狗×的乔里知。”邬生龙从车上跳下，自言自语地骂道。

“把车的底盘也搜一遍，任何地方都不要放过。我不相信！他们能把枪藏到什么地方？屁眼？那也藏不下啊！”

有的士兵们憋不住，笑出了声。

“邬队长，你说啥枪不枪的？我一个拉柴油的司机，要那玩意儿做啥哩？”宋司机用地道的迪化方言说道，桥上的气氛有些轻松了。

邬生龙并不理会宋司机，说：“张善为，你个子小，给我爬到车底下，看看底盘有什么地方不对劲的。仔细一点，查出东西，老子有赏。”

一听这话，宋司机的黑脸蓦地变成了白脸。邬生龙看了一眼，心里有了数。

“张善为，你不是老喊着要回家看看你娘吗？你要能查出什么来，老子明天就放你的假。”

张善为嗯一声，整个身子钻进了车底下。

“邬队长，车底盘上捆着一个油包！”

“再钻进去一个人！”邬生龙兴奋起来。

不大一会儿，两个士兵奋力地从车子底盘下拖出一个长条油布包，打开来看，里面裹着九条步枪，全是崭新的汉阳造。

宋司机奋起反抗，被看押他的士兵一枪托打晕在地。

“妈的，你别把他给打死啦！”

邬生龙慌忙上前，用手指压在宋司机颈项的脉搏上。

“还好，有动静。他要是死了咱们还问个屎？”

另一名士兵从驾驶楼的皮座垫下发现了一个油布包，喊道：“邬队长，你快来看啊！”

油布包被打开，里面裹着五支短枪。邬生龙拿起来看，兴奋地说：“妈的，都是德国造的十响驳壳。弟兄们，咱们今天发财啦！”

宋司机上身裸露着被捆在刑讯室的木柱上。这是个敦实的小伙子，浑身饱满的肌肉上血迹斑斑。他的脸上糊满了血，上下两排门牙都被打掉，从嘴角往外滴血。

邬生龙骂了一句：“妈的，想不到你的骨头这么硬！我倒想看看你到底能坚持多久。往死给我抽！不对，别给真打死了。抽，用皮鞭抽，让他生不如死！说，谁是你的幕后指使人？说，是谁让你运枪进山的？”

“谁也没指使，是我自己。”

“你一个司机，弄枪进山干什么？”

“倒腾枪就是为了赚钱。”

“谁给你的钱？枪从哪里弄来的？说！快说！”

宋司机咬紧牙关，再也不吭声了。

“抽，给我狠狠地抽！”

一顿皮鞭过后，宋司机再次昏死过去。

“局座，这回您该信了吧？如果这帮穷鬼中没有共党分子，他们弄枪进山干什么？他们闹事、罢工，可以说是为了某种利益，可弄枪进山光从利益上就解释不通了。他们肯定有阴谋，没有阴谋他们绝对想不到弄武器。莎莎，你也是军人，你觉得是不是这样？”

莎莎在钱良剑办公室的文件柜里整理文件，听见刘铭心在问自己，抬起头说：“刘叔叔，这个我可说不好。”

莎莎和刘铭心的关系还是不错的。原因有两个：一是刘铭心和养父的关系处得非常融洽；二是来到阿勒屯塔莱不久，在刘铭心的积极争取下，莎莎由少尉提升为中尉。莎莎从军不到两年，像她这种资历能得到中尉军衔是比较少的，她知道刘铭心原是迪化最大的特务头子李英奇手下的得力干将，他在迪化军中有人缘，在他的努力下她才得以提升。

“铭心，你怎么还在提这件事？上回穷鬼们闹着减少定额，你说其中必有共党分子从中煽动，那时我不是已经相信了？”

刘铭心笑了笑，说：“局座，是这样的。我不过是为了让您更加重视才这样说的。我可没有别的意思啊。”

两人正说着话，邬生龙喊声报告进到屋里，一脸的气急败坏。

“他还不招？”刘铭心问。

“真是个死硬分子，我还没见过这种人！”

“你还是打得不够！给他上刑，上烙铁，往他嘴里钉钉子，看他招不招！”

钱良剑恶狠狠地说完，一抬眼，看见莎莎诧异的目光，不再说下去。

刘铭心说：“这家伙背后肯定有人，很可能有一个秘密组织。那个油贩子宋振良跟这件事有没有关系？”

“我这样问过他，他就是不说。”

“还是上刑没有到位。莎莎，你还没有找到你要的材料？喔，你先出去一下，这些都是男人说的事，你听了不好。”

莎莎应了一声，走出房间。

刘铭心藏在镜片后的眼睛转了一圈，在邬生龙的耳边低语几句后，说：“邬队长，你得开动脑筋，不同的人得用不同的方法。”

中秋节快要到了，白昼明显变短。吃完晚饭走出伙房，天就彻底黑下来。乔里轩沿着木栈道往自己的窝棚走去。他的脚步匆忙。宋振良托人带来话，说他晚饭后去窝棚找他。据带话的兄弟说，宋先生这次是万幸，本来他是要跟宋司机一块去小镇的，毕竟一下子买那么多条枪，宋司机一人去，他放心不下。但头天晚上，宋先生突然发烧，身体软得站不起来，想到已经跟托托里小镇那边的夏掌柜说好了，只好由宋司机只身前往。但事情就这么巧，恰恰这一天就出了大事。

乔里轩知道，宋振良今晚来找他，可能是商量如何营救宋司机的事。

正要下木栈道，一股香味从身后飘来。不用回头，乔里轩就知道准是莎莎有事找他。

“他们要挖出司机背后的人，你要当心！”耳语声过后，莎莎像一阵风，从乔里轩身边悄然飘过。

钱良剑营区五个大伙房前的开阔地上，站着上千名淘金客。宋司机被绑在木台子边的木桩上，上身赤裸，浑身血迹斑斑，脑袋耷拉在胸前。宋司机差不多昏死过去。他身旁的邬生龙，手提一把亮晃晃的尖刀。钱良剑和刘铭心站在邬生龙的另一边。

刘铭心率先讲话：“诸位淘金客弟兄，你们都很年轻，世事经历得不多。前些日子，你们中的一些人在别有用心人的煽动下，闹罢工，闹得动静很大，说是不减少生产定额就不复工。这件事连迪化盛督办和伊犁警备区邱司令都惊动了。我们呢，看在今年年景不好、花儿不旺的份上，破例为你们减了定额，由每天每人原先的五克金减到了四克金。你们中的大部分人罢工，都是为了自身的利益，我们表示理解。但是，我们也知道，你们中间有坏人在煽动。他们跟你们不一样。你们来到阿勒屯塔莱是来淘金子的，是来发财的，是来讨生活的，跟那些别有用心的人不一样，他们来阿勒屯塔莱就是跟阿山金课局、新疆省政府、盛督办、邱司令唱对台戏的，一句话，是来捣乱的！当时我说这些话，有些人还不相信，说我是小题大做。你们现在看，我是不是小题大做？他一个拉柴油的司机，往山里运武器干什么？不是为了捣乱，还能是为了什么？钱局长说，要把藏在你们中间的鬼给抓出来，我还没有顾得上抓哩，他自己就跳了出来。金课局三令五申，淘金客中不许私藏枪支，这个鬼东西一次就运进来十四支枪！但据我所看，他不过是个司机，是个马前卒，他的后面肯定有人指使，有摇羽毛扇的！行啦，兄弟我先说到这里。邬生龙，现在看你的啦！”

邬生龙应了一声，闪开身体，从他身后走出一个身穿红衣红裤、光脑袋的壮汉，手里端着一碗凉水。邬生龙把手里的尖刀递给他，壮汉衔在嘴上，走到宋司机的身边。

邬生龙拍拍宋司机的脸，让他清醒过来：“给足了你娃时间，也给足了你娃机会，你娃就是不把你身后摇羽毛扇的家伙供出来，那就怪不得我了。伙计，这娃嘴硬，你就让他尝尝凌迟的滋味！九百九十九刀，少一刀，我就从你身上补上！听清了吗？是让这娃活着享受你九百九十九刀的滋味！”

红衣红裤壮汉从碗里喝下一口水，噗地喷在宋司机的侧身上，从嘴上取下尖刀，上前就要动手。木台子下的人群死一般寂静。突然，有人大喊一声：“慢些动手！”

喊声刚落，矮胖的乔里堂从人群中往外走。乔里轩隔着他有四五个人，慌忙挤上去要抓住他，但乔里堂走的速度相当快，还没等乔里轩挤上去，乔里堂已经站在了人群的前列。

“我就是他身后的人，我就是你们要找的人！你们放过他，有什么事你们冲我来！”乔里堂异常镇定地说。

阳光落在乔里堂的脸上，他扁平的脸变得立体起来，显得非常伟岸。人群中发出一阵唏嘘声，一个声音在高喊乔里堂的名字：“乔里堂，是一条好汉啊！”

紧接着，许多人齐声高呼：“乔里堂，乔里堂，乔里堂……”

喊声震天动地。

钱良剑在刘铭心的耳边说：“平常蔫巴巴的一个人，没想到还真是一条汉子。”

第二十二章

谢尔盖把一只鼓胀的皮囊放在列昂契奇的桌上。

列昂契奇抬起他的红脸膛问道："这是什么东西？"

"金子，十公斤金子。"谢尔盖说完，指着身边的宋振良介绍道，"这是宋先生……"

"我认得他。他不就是送柴油的吗？看他这样子在阿勒屯塔莱赚了不少金子吧？"

宋振良上前要跟列昂契奇握手，列昂契奇把两只手绞在胸前，傲慢地说："有什么事你就明说吧。我们俄国人不喜欢兜圈子。"

"列昂契奇少校，那我就直说了。"宋振良的态度非常诚恳，"钱良剑他们前天抓了我的司机，昨天又抓了一个人，想必你都听说了吧？"

列昂契奇的双手依然绞在胸前，点点头："噢，你为他们来？这个忙我帮不上。他们往山里贩枪，这是死罪，这个忙我可帮不上。"

然后伸出手，把桌上的皮囊推过去："库兹米奇，对不起，请带着你的这位朋友走吧，这个忙我帮不上。"

谢尔盖说："彼得，宋先生是我最好的朋友，你也是我最好的朋友，所以你们也应该是朋友。"

列昂契奇硕大的蒜头鼻子深深地吸了一口气，点了点头。

"所以我才来求你帮忙。麻烦你给钱麻子说一句话，就说那些枪支是你们要司机带进山的。"

"笑话！我们有的是武器，谁要那几条破枪？"

"所以嘛，你说那几条枪是你让司机带进山的会有什么事儿？"

"库兹米奇，凭咱俩的关系，我说这么一句话也没有什么，谁让咱们是朋友？可是，钱麻子能相信吗？钱麻子身边的刘眼镜可是很厉害的。”列昂契奇指指自己的脑袋。

宋振良说：“列昂契奇少校，那个司机是我的好朋友，另外一个被抓的乔里堂就是上次跟你比武的乔里轩的亲哥哥，你要是能帮忙，我们非常感谢……”

列昂契奇问谢尔盖：“库兹米奇，他说乔里堂是乔里轩的哥哥？”

“是的。”

“乔里轩？”列昂契奇的脸转向宋振良，“你刚才说，被钱麻子抓起来的人叫乔里堂？”

“是的。”

“他是乔里轩的哥哥？就是跟我比拳击的乔里轩的哥哥？”

宋振良说：“是的，没错。”

“乔里轩很厉害。我们俄国人就是佩服有真本事的人。我还知道，乔里轩人很好，我佩服他。库兹米奇，这个忙我可以帮，可是能不能管用我就不知道了。”

邬生龙还没说完，刘铭心就说：“放屁！他们老毛子要那几杆汉阳造干屁事？拿我当三岁孩童？”

“那个大鼻子列昂契奇说，他回头还要来问结果……”

“问什么结果？告诉他，没有结果！邬队长，乔里堂招供了没有？他们那个组织里有没有共党分子？他们弄来枪是什么目的？尤其是他们的目的，你想办法要他开口。”

“从昨天到刚才，他一句话也不说。所有的刑具都上过了，那个家伙就是不开口。”

钱良剑走进屋，怒气冲冲地问：“姓乔的还没招？”

邬生龙说：“这不，正在给刘总督察说呢，那家伙只喊疼，其他什么都不说。”

“铭心，他们如果有非法组织，如果是共党分子，难道从乔里堂的弟弟那里弄不清楚？乔里知是不是乔里堂的弟弟？他不也是什么狗屁襄堂帮的？

从乔里知那里应该能弄清楚啊。”

“上次乔里知已经都交代了。局座，其实我对他们那个狗屁襄堂帮一点儿兴趣都没有，我只关心是什么人往山里弄枪，弄来枪的目的又是什么。刚才，列昂契奇来找咱们，说那几条枪是他让司机带进山的。骗谁呀？他们俄国人有的是新式武器，要那几条汉阳造做什么？难道他要搞收藏？”

“这不是扯淡吗！邬队长，根据你的经验，那个乔里堂会不会是共党分子？”

“钱局长，我看不像。他们乔家哥仨儿我都摸过底，他们一块儿进山淘金，都快三年了。”

“这我比你清楚。”

“钱局长，一个共党分子能窝在山里三年？能不动声色地趴三年？我觉得不大像。刘总督察，您看呢？”

“邬队长说得有道理。我总觉得那些家伙的背后还有人。”

“那会不会是他的三弟乔里轩？”

“那也不太像。当年他们乔家三兄弟是一块进山的。”钱良剑说，“当时跟金课局签约时的情景我多少记得。三兄弟一块进山，这在山里并不多见，所以我有印象。他们三个人穿得破破烂烂，跟叫花子没两样，在山里待了三年，就能变成共党分子？”

“这么说来，乔里轩也不像是共党分子。”刘铭心扶了一下眼镜说。

“妈的，”钱良剑不耐烦了，“咱们别在这里费口舌，回头我去会会他。他姓乔的是条汉子，这我知道，但我不信，他是条铁打的汉子！”

审讯室里飘着一股浓郁的皮肤被烧焦的味道。两只手被挂在铁环上的乔里堂已经昏死过去。钱良剑用手绢捂住嘴：“真他妈的有味儿。往他身上泼凉水！”

上身裸露、身体健硕的打手提来半桶凉水，哗的一声全都泼在乔里堂裸露的上身。乔里堂的身体颤抖了一阵，慢慢睁开了眼睛。

邬生龙说：“乔里堂，睁开你的狗眼看清楚，谁在你的面前？钱局长！钱局长都来了，你还不说。你想装哑巴？没门！赶紧都说了吧！”

乔里堂的身上血肉模糊,连巴掌大的一块好皮肤都没有了。

"你们下手够狠的,好好给娃讲道理嘛!乔里堂是个明白人,听得懂道理。光动粗的,那是不行的。铭心,你瞧瞧,都给打成啥样啦!"钱良剑假模假样地说。

刘铭心说:"乔里堂,钱局长那么忙,还抽空来看你,你得识相一些,怕是过了这个村就没这个店了。该讲什么,你心里清楚,不要硬撑着了,让皮肉吃苦,也没有用。"

邬生龙搬来一条板凳,钱良剑坐下来,掏出他的楠木烟斗,往烟斗锅里装烟丝,邬生龙赶紧给点燃。

"乔里堂,刘总督察说得对,你娃是个明白人。当初你们三兄弟来这里投奔我,我一听口音就知道你们是河南人。我估计你们在河南犯下事了,跑到我们新疆躲灾来了。你还记不记得?我没有难为你们哥仨儿吧,都给你们留下了。这三年,你娃要有良心,摸摸你的心口,我没有难为过你们吧?今天说句不该说的,我的养女莎莎对你们家老三有点儿意思,我也这把岁数了,什么事没经过?能不知道这点儿事?我不是也没有干涉过嘛。乔里堂,我的莎莎是中尉,在俄国读过大学的呀!你家老三说到天上去也就是个淘金客,我没有门户之见吧?对你们够意思。可是,你们对我咋样?你心里清楚。你说,你们好好地挖金子,倒腾枪干啥?想抢金库?还是想暴动?就你们那几杆破枪,能干点儿什么?我手下有两百多名正规军人啊!借个胆子给你们,你们能整出个啥名堂出来?今天我给你最后一次机会,你想好了说。你们中间是不是有共党分子?搞枪是不是为了暴动?你娃把握住这机会,我不可能再来看你。"

乔里堂慢慢抬起头,说:"钱局长,我真不知道共党分子是啥样。我们就是来淘金的,怎么能知道啥是共党分子?是的,我是淘金客生活互助会襄堂帮的成员,可我们那个互助会是经过你们同意才成立的,就是为淘金客提供生活帮助,为大家解决困难……"

"把枪弄进山也是为了给淘金娃娃们提供帮助?提供什么帮助?"

"淘金客中间分成帮帮派派,打打杀杀的事情少不了,手里有几杆枪就吃不了亏。"

“我看你娃要么体格不错，要么还没吃够苦头，说话还利落得很。你娃真不想说？”

“我只知道这点事。”

“邬队长，上回你们对付他弟弟乔里知用的是什么方法？听说很有效果嘛。”

“是的。我们往乔里知的身上涂上狼狗最喜欢的肉糜，狼狗闻到香味，一口就能将他的肚子撕开，肠肠肚肚流了一地。”

“那你们为什么不在乔里堂的身上试试？”

邬生龙说：“钱局长，没问题，我这就去弄肉糜，牵狼狗去。”

邬生龙还没离开，听见乔里堂的嘴里咯噔一声，他的身体一阵剧烈颤抖，钱良剑等人正在疑惑之中，乔里堂猛地喷出一口鲜血，连同半个舌头一起吐在了钱良剑的脸上和身上。

“哎呀！真他妈的晦气，把狗×的拉出去毙啦！”

“局座，毙了他就没法开口啦！”

“他连舌头都没了，还开个屁口？”钱良剑气急败坏地掏出手绢擦脸，“毙啦，还有那个司机，赶紧都给我毙啦！留下他们没有用，给咱们省点粮食吧！”

夕阳就要坠落的时候，钱良剑营区五个大伙房前的开阔地上新立起两根碗口粗、六七米长的松木杆，杆头上挂着两颗血淋淋的人头。五条木栈道以及旁边的空地上围满了衣衫褴褛的淘金客。淘金客们认得这两个人，一个是乔里堂，一个是开柴油车的宋司机。

乔里轩从工地回来，正走在木栈道上，同窝棚的一个兄弟朝他跑来。

“乔哥，你快去看看，你大哥他……快去看看吧！”

木栈道前围看的人越来越多，人们看见乔里轩，都自觉地让开了一条道，他听见身边不断有人在说：“真惨啊，这些狗×的真狠心！”

等乔里轩走到前面，疤拉强在人群中朝他挤来：“走吧，这里没有你的事！”

说着，使劲将他往回拽去。乔里轩的心里咯噔一动，觉得不对劲，是不是跟大哥有关系？他甩开疤拉强的手，扭头往前跑了几步，目光越过那一片黑压压的脑袋，看见自己大哥的人头挂在木杆上，大哥睁着一双惊愕、无神的大眼睛。乔里轩的眼前一黑，一屁股坐在木栈道上。疤拉强一边喊，一边摇晃他的胳膊。乔里轩渐渐清醒过来。只听他号叫一声，一拳砸向身下的木栈道，嗵的一声闷响，木栈道上寸把厚的木板被砸裂，凹陷进去一个坑。围在他身旁的淘金客们都愣住了："我的天，好大的气力啊，要打在人身上还不捅进去一个洞？"

疤拉强吼道："扯什么闲篇？"

上来搀扶乔里轩，乔里轩摇摇晃晃地站起，又一次甩开疤拉强的胳膊，踉踉跄跄地顺着木栈道往外走去。

乔里轩走出木栈道，像醉汉似的一步一晃地往河滩走去。疤拉强紧跟在他的身后。乔里轩回过身对疤拉强说："强哥，你走开，我没有事，我就想一个人待一会儿。"

疤拉强不敢跟得太紧，若即若离地跟在后面。

乔里轩拖着脚步走过河滩，河滩上的鹅卵石在他的脚下发出喀唧喀唧的响声。他来到了乌伦古河的边上。乌伦古河一如既往地向东奔流，汹涌的河水时时翻起雪白的浪花。乔里轩的眼前一片模糊，脑子里充满了大哥活的时候的种种片段。

乌伦古河像一条略带弯曲的长链，又像一条起伏飘摆的亮色缎带。河水西边的夕阳越来越接近河面，河水被染成金色。风吹得紧起来，河滩边白桦林的树叶哗哗响。河两侧连绵的群山变得暗沉。夕阳衔起河水，河水涌起层层波浪。就在这一瞬儿，夕阳猛地扎进河水，河面突然变得一片漆黑寂静，只听见河水訇訇作响。

乔里轩的脑子里也变得漆黑寂静。大哥活着的种种片段被湮没得无影无踪。

突然，他的脑子里亮了一下，就像一颗星星划过夜空：一定要杀死钱麻子，杀死刘眼镜，杀死邬生龙，为大哥报仇雪恨！

这个念头像石头一样装在了他的心里。

他以一成不变的姿势长时间地坐在河边，一动不动，像尊石塑。

天黑了,他还是一动不动。

天又亮了,他还是一动不动。

疤拉强坐在离乔里轩不远的河滩上,变换了无数次姿势,终于熬到天亮。

河滩上,还有一个人也在远处守着乔里轩。

当疤拉强揉捏着酸困的腰背,直起身时,透过迷茫的晨雾发现了莎莎。

疤拉强走上前,强拉硬拽,乔里轩勉强站起了身子。

“乔哥,那个二转子莎莎,”疤拉强指着晨雾中一个模糊的背影,“一直在河边守着你,守了整整一个晚上啊!”

顺着疤拉强手指的方向,乔里轩看见了一个晃晃荡荡、越来越模糊的人影,刚才还像石头一样强硬的念头有些变软。

其实,这个晚上,沐浴着月色的乌伦古河的边上,还坐着一个人,这个人就是乔里知。

整个晚上,乔里知都在低声哭泣。

乔里知悔恨交加。自从在刘铭心手里捡出一条性命以来,乔里轩就没有睡过一天安稳觉。每天晚上,辗转反侧,好不容易睡着,噩梦就扑上来。他梦见刽子手拿着通红的烙铁在他眼前晃动,梦见托托里小镇的客栈里几个人倒在血泊里,梦见黄俊喜的肚子被狼狗撕开肠子流了一地……恍惚中,躺在地上肚子被撕开的那个人又变成自己……于是他大汗淋漓地醒来。醒来后望着窝棚上参差不齐的三角形木顶,就再也无法入睡。他被刘铭心作为诱饵放出来以后,很长时间里没有给刘铭心提供任何有价值的情报,刘铭心三番五次命白凤琪让他提供情报,都被他用这样那样的借口回绝了。尽管白凤琪暗中帮助他,但他知道,一旦他拿不出像样的情报,他将跟黄俊喜一个下场。万般无奈之下,他把襄堂帮从山外弄枪的情报透露出去。他做了最坏的打算,设想了许多结果。他琢磨最坏的结果就是宋司机被抓起来,遭受不测。但是,他没有想到却把自己的亲哥哥给搭进去了,而且死得那样惨!

乔里知跟哥哥的感情很深。三弟自小就被爹爹送进少林寺,他跟哥哥做伴。哥哥比他大三岁,从小就照顾他。有一次,他上树掏鸟窝,从树上摔下来,哥哥背着他拼命往家跑,到了家门口自己醒过来了,而哥哥却累得晕过去。还有逃亡的西行路上,只要有一口吃的,哥哥都要尽着他和三弟吃。过去的事情一桩桩、一件件,像浮雕一样突现在他的脑海。

乔里知一边想,一边哭,时不时地抽自己的耳光。

“我不是个人呀！怎么这么傻呀！那是我的亲大哥呀！我的大哥没了,身首异处,脑袋还挂在木杆上啊!”

夜色弥漫以后,从地面望上去,松木杆上的两颗人头变得模糊。两名矿警大队的士兵抱枪坐在离松木杆不远的木栈道上。一个士兵说:“妈的,他俩死了,让咱们守灵,活见鬼啦!”

另一个说:“我的鼻子里全都是死人的味道。我怕是三天都不能吃下饭了。”

第一个说话的士兵说:“咱们轮换着眯会眼吧,困死啦。”

“那你先眯一会儿,我接着闻这死人臭。”

一个士兵和衣在木栈道上刚躺下,邬生龙带着两名士兵走过来。

“都给我警醒起来,木杆尖尖上的人头没有了,我把你们俩的脑袋挂上去。听见没有?”

邬生龙站在木栈道上往四下看了看,抽了一支烟,说:“我告诉你们,不能睡觉。这山里面现在有名堂,看着平静吧？屁,底下名堂多着呢,都给我打起精神来!”

说完,带着两名随从转向了别处。

望着消失在夜色中的邬生龙背影,一个士兵说:“屁,拿鸡毛当令箭。树干上挂的不是金头,是臭烘烘的人脑袋,谁他妈的会偷啊?”

夜色中的两名士兵,一个先睡着了,不一会儿,另一个也睡了过去。

天亮了。当晨曦洒满阿勒屯塔莱的时候,两根松木杆上空空如也。两名值守的士兵吓得半死,大声呼道:“见鬼啦,见鬼啦！死人脑袋没有啦!”

消息传到钱良剑的住所,钱良剑大发雷霆:“谁这么大胆,想找死啊!”

刘铭心还是很镇静，酒瓶底一样厚的镜片后，一双冷峻的眼睛眨了眨，说："邬生龙，你先把那两个值守的士兵给我关禁闭。"说完转身向着钱良剑，"局座，山里肯定有一个秘密组织，不然谁吃了豹子胆？"

乔里轩带着从河滩捡来的一块白颜色石头，回到自己的窝棚，从床铺下摸出一把尖刀，在石头上霍霍地磨起来。

"乔哥，你回来啦！"

"乔哥，昨天晚上你到哪里去了？我们几个人到处找你。"

乔里轩一句话也不答，眼睛直勾勾地盯在尖刀上。兄弟们觉得要出事，心里开始发急。有人突然说："乔哥一向听宋先生的，还不赶快把宋先生请来劝劝他？"

一名淘金客立即跑去请宋振良，还没走上木栈道呢，就看见宋振良急匆匆地走过来。几名淘金客围上前，七嘴八舌把这件事告诉宋振良，宋振良说："他什么时候回来的？我一晚上都在担心这件事呢！"

宋振良钻进窝棚。兄弟们懂事，都待在窝棚外。

宋振良默默地蹲在乔里轩的身旁，乔里轩还是一句话也不说，人好像痴傻了，只知道低头磨刀。

"里轩，你得沉住气，千万不能鲁莽，钱麻子正等着你丧失理智呢。你这样冲上去，只会中了他的圈套！"

乔里轩还是不说话。那把尖刀在石头上来回搓动。窝棚里点着一盏煤油灯，灯光映在尖刀上熠熠闪亮。

两个人都这样沉默着，只听见刀子在石头上发出霍霍的响声。

"我从没有告诉你，"过了很久，宋振良才说，"那个司机也姓宋……"

尖刀在石头停顿下来。

"他叫宋学义，是我的堂弟。他进山就是为了帮助我。我叔叔有三个女儿，只有这么一个儿子，他却这样死了。是我害了他啊！本来，他在迪化开了一家汽车修理厂，干得好好的，是我硬把他叫来的……我不知道以后怎么面对我的叔叔……"

乔里轩抬起头，看见宋振良眼睛里噙满泪水。

“我还有一件事想告诉你……本来这是组织秘密，但通过这半年我对你的观察，我认定你是一个值得信赖的人，是完全靠得住的，所以我今天要告诉你。我不是什么柴油商人。在迪化，我的公开身份是中学教员，其实我还有一个不为人知的身份，我是中共地下党员，是迪化共产党组织电台报务员，因为我在俄国学习和生活过一段时间，懂得俄语，所以我的组织在去年秋天派我到这里来完成共产国际交办的任务。里轩，我信赖你，索性全都告诉你。共产国际在山里的这个同志你可能见过，就是安德烈采金区开淘金船的那个谢尔盖。这是秘密，你一定要注意保密，绝不能向任何人透露。”

看见乔里轩重重地点头，宋振良继续说道：“谢尔盖到山里本来是来侦探安德烈的，但今年以来欧洲形势发生了巨变，俄国大战在即，已经顾不上这股小小的流匪了，这里的任务由谢尔盖自己来完成。我现在就是在配合协助他。我需要经常跟外界取得联系，可又不能老往山外跑，所以我把堂弟宋学义叫到了这里。想不到……我真的没法向我叔叔交代啊！”

乔里轩把尖刀放在石头上，叹了一口气，望着宋振良真诚地说：“宋先生，其实我早就猜出您的身份。您说的每句话，我差不多都记得。我当然知道，一般人说不出你讲的那些道理。从前，我们老家也有共产党组织，而且每个县，甚至每个村子都有，我虽然身在寺庙，但也去过村子，接触过你们这样的人。你说话、办事和他们一样，所以我早就猜出来了，只不过不好问你罢了。宋先生，你讲的那些道理帮助了我们互助会，如果没有你，互助会干不成那些事情。”

宋振良说：“今天咱们谈得比以往都透彻。我的堂弟虽然死于非命，我心里难受，但跟你这么说说，我觉得心里透亮了。里轩，我的组织派我进山来，任务只有一个，就是配合协助谢尔盖。说句老实话，并没有帮助这里淘金客的任务。但是，当我看到淘金客们被反动当局压榨和欺凌，我心里非常难过。我们组织的宗旨就是帮助穷人，获得解放，看见上万名淘金客在这里受苦受难，我作为共产党员，绝对不能坐视不管！开春的时候，那个淘金客李旺才带金子出山，被地雷炸伤，躺在伙房前，你为了给他一口水喝，差点儿跟邬生龙干起来。我看得出，你是一个愿意帮助穷人、把生死置之度外的人。从那时起，我就开始注意你、接近你，想跟你一起干帮助受苦人的大事。

当然,想干点儿什么、能干点儿什么,我现在一时也说不清。只能等机会,耐心地等机会的到来。我觉得机会一定会有,估计超不出今年冬天。里轩,你的哥哥和我的堂弟死于非命,我们都很难受,但是,如果我们贸然地跟钱麻子拼命,那他们的血不是白流了?这笔账一定要算,血债要用血来还。里轩,我说到做到,一定要他们加倍偿还!”

乔里轩说:“宋先生,我相信你的话。有一件事我想问你,邬生龙咋会知道这次柴油车里带有武器?事先知道这件事的只有襄堂帮的几个人,从哪里走漏风声的?”

宋振良沉吟片刻:“有句话,我不知当讲还是不当讲?”看见乔里轩点头,宋振良接着说,“钱麻子的养女莎莎知道这件事吗?”

“不知道。”

回答了这句话后,乔里轩蓦地回忆起那天从托托里小镇回到山里,下了吉普车,莎莎说“带好你布袋里的枪,别落在车里”。她在什么时候知道自己买了枪?与夏记杂货铺马脸掌柜打交道时,自己说过“可能明后天,我的兄弟还要来找你,长的短的都要”。这句话有没有可能通过马脸掌柜的嘴传入莎莎的耳里?

乔里轩心里猛地一惊。但须臾之间,他立即否认了这一念头。在蝴蝶沟里,她的那份纯真与热切,那是任何人也无法掩饰的。昨天晚上,她还在河边默默地守了自己一夜啊!而且,自己带枪回到山里,如果她有意告密,出事的首先应该是自己啊!

“我敢保证,这件事跟莎莎无关!”乔里轩抬起头,用肯定的语气这样说。

第二十三章

从钱良剑的采金区溯乌伦古河往西走十公里左右，就是安德烈的采金区。安德烈的采金区在阿勒屯塔莱尽西头。在紧靠河边的岩山峭壁下，排列着若干个大大小小不规则的岩洞，其中有一个直径两米多的岩洞最为忙碌。洞口外堆积着大量的碎岩石。淘金客们推着装满碎岩石的手推车从洞里出来，在洞口外倾倒了车上的东西再进入洞中。他们就这样来来回回地在洞里洞外进进出出。

大脑门廖远山是这里的技工，他手里拿着一把榔头在岩洞里挨个检查支撑岩顶的木柱。木柱的上方是一块连一块的一寸厚的长板条。每根木柱的底部都有斜插进去的楔子，以保证木柱的牢固性。看见身边没有人，廖远山偷偷地用榔头敲松楔子。楔子松动后，支撑的木柱就晃动一下。廖远山笑了笑，背着手往洞的深处走。看看周围没人，他又去松动另一根木柱下的楔子。

一个淘金客推着装满碎岩石的手推车出来，廖远山连忙上前搭把手，等手推车上了一个小坡，那个淘金客感激地冲他笑了笑。

“刚才我看见洞里岩石上那层金片够厚的，足有这么厚。”廖远山张开食指与中指比画着。

“真的？我干了三年了，从没见过这么厚的金片。”这个淘金客说。

安德烈手下的淘金客跟钱良剑一样也分为两拨，一拨在河滩掘沙淘金，另一拨在富含金矿的岩壁打洞。这样的岩洞就叫金峒。夏天里，在金峒里干活的人要远远少于在河滩里的人。但是当冬季来临，阿勒屯塔莱封冻以后，这里便是淘金客们的主要劳动场所。淘金客将富含金矿的岩石开采出来，用手推车运到洞外，然后用滚石机破碎机将岩石粉碎，再用碾石机碾成粉齑，最后堆积在一起，待到来年春暖花开，河流开化，再进行淘洗，从中提取金子。夹在岩石里的金层一般像纸一样薄，像在这个金峒里发现的这么厚的金层平素难得一见。

廖远山走出洞口，看见金把头坐在洞口的一块石头上吸莫合烟。这个小金把头姓哈，手下管着廖远山他们二十几名淘金客。廖远山满脸带笑地凑上去，说："哈把头，真是邪了门啦！都说今年不景气，见不着花儿，钱麻子和马善人那边的淘金客都降了定额，可我们这个洞子里却发现这么厚的金层。连老淘金客都说真稀罕。"

洞子里的金子多，金把头也高兴，说："来，老廖，坐下抽根烟。"

廖远山从哈把头手里接过长三寸、宽一寸的纸条，在手上展开，哈把头往纸上放上烟末，廖远山的两只手来回捻了几下，一根莫合烟就卷成了。他借来哈把头的烟头，对着燃着后，将烟头还给哈把头。

"扔了吧，也吸不上两口了。"

廖远山道声谢，猛地吸一口，然后舒服地徐徐吐烟。

"哈把头，照你的能力和资历，上校应该让你当个大把头才对。手里咋也得有个百八十人，那才有气派。"

哈把头也是迪化北郊人，算是廖远山的近老乡，加上廖远山这个人敢作敢为、鬼点子多，又有一群淘金客围着他转，哈把头对廖远山也算客气。

"屎，咱俩是老乡，我也不瞒你，咱这里的金把头没法儿跟钱麻子和马善人那边比，人家那边的金把头见到花儿都有抽头，咱这有个屁，都让安德烈上校给收去了。还他妈军事化管理，还他妈给我封了个什么狗屁的中尉，顶个屁用！"

"可不是吗？我原来也被封了个中尉，说撸了就撸了。不过你跟我不一样。安德烈上校还是器重你的，这谁不知道啊？"

"嗨，说到器重，也不见得，俄国人的脾气咱摸不透。"

"哈把头，你高升的机会就在眼前，你还唉声叹气？"

"什么机会？说说我听听。"

"咱们金峒里那道金层，"廖远山朝洞子里努努嘴，"那可是十年遇上一个闰腊月。我在阿勒屯塔莱也待了五六年了，还有比我待的年头更长的，谁见过这么厚实的金层？半个指头厚呢，那不就等于在岩石里铺了一层金条吗？”

“廖远山，你说得也太夸张了。金峒里的东西我能没看过？这道金层厚倒是比一般的金层厚一些，但也没到你说的那么厚吧？”

“哈把头，你这是跟老乡抬杠哩。刚才我们还在洞子里说呢，连咱们这里最老的淘金客都说哩，从来没见过这么稀罕的金层。我要是你呢，我立马去上校那里报个喜，让他也过来看看，他老人家一高兴，说不定赏你点儿什么好处哩，把你提成上尉，让你当大把头，也不是不可能！唉，哈把头，你我要不是老乡，我才懒得给你出这个主意呢！”

哈把头的眼睛珠子骨碌了一圈，觉得有几分道理。

“人家上校那么忙，能跑到这里看吗？”

“腿长在他身上，他来不来的，咱说不好。反正你向他汇报了，就尽到了你的职责。高兴了他就来，不高兴就不来，对你也没坏处。哈把头，你说是不是这么个理？”

哈把头嗯了一声，觉得有道理，说：“那我去给上校说一声。廖远山，兄弟我要有了好处，忘不了你。”

宋振良开着拉柴油的卡车来到廖远山他们的金峒前。他刚从谢尔盖那里过来，谢尔盖听了廖远山的计划后很高兴，要跟宋振良一块过来。宋振良制止了他。宋振良说：“他们的洞子打得深，洞里缺氧，需要鼓风机往里送氧，而鼓风机需要动力，也离不开柴油，所以我有借口去，而你去那里干什么？那个金峒子跟你的淘金船现在还没关系呢！等他们从金峒里采出矿石，碾碎了，喂进你的采金船，那时才跟你的采金船有关系。你现在去，只能增加安德烈对你的怀疑。”

从车上卸下来一桶柴油，廖远山从洞里出来。

“一桶够不够使？”宋振良问廖远山。

“足够我们这台机器使一个礼拜的。”

在鼓风机巨大噪音的干扰下，宋振良问道：“准备好了吗？”

“没问题。我刚才撺掇哈把头去叫安德烈了，这阵子，哈把头可能已经到安德烈住的地方了。”

“安德烈能那么听话？你估计他能来吗？”

“以我对他的了解，安德烈那家伙好大喜功，来的概率还是比较大的。”这个大脑门的年轻人总是这么自信。

“我刚去了采金船谢尔盖那里，他说他也想来，他要亲眼看见安德烈完蛋。”

“其实连你都不用来。我已经把几根关键立柱下的楔子都悄悄松开了，只要用镐头敲掉，洞顶的岩石没有了支撑肯定会塌下来，安德烈只要进了洞子，就是长了翅膀也飞不出去。”

“安德烈真能来？”

“那就看他该死不该死了。宋先生，你的柴油也送到了，我劝你还是快走吧，省得在这里溅上血，沾上腥。”

宋振良走后时间不长，果然看见通往安德烈营区的那条石子路上尘土飞扬，五六匹马奔向这里。在金峒子里采矿的淘金客都跑出来看。须臾间，安德烈等人来到洞口。

安德烈、伊万、列昂契奇和三名卫士从马上跳下来。

“说是发现了厚金层？”几乎谢顶的伊万把缰绳扔给卫士。

这个时候，聪明的廖远山并不急于上前，而是站在金峒口人群后面。

“是啊，从来没有见过这么厚的金层。”有淘金客伸出食指和拇指比画。

安德烈兴奋地用马鞭在自己的马靴上抽了一下，说：“操，从岩壁上抠下来，那不就是金条啦！”

伊万用疑惑的目光看了一下用手比画的那个淘金客，说：“岩石里能有这么厚的金层？我在阿勒屯塔莱也十几年了，从来没听说过呀。”

红脸膛列昂契奇说：“咱们在外边磨蹭啥？进去不就能看见了！”

伊万问道：“洞子有多深？里面的氧气够不够使？”

“深着呢，好几十米呢，所以要用鼓风机往里送氧。”

正说着呢，哈把头气喘吁吁地跑来了。

“还是四条腿的马跑得快。安德烈上校，敢不敢进洞看看？干脆这样，你们在外边等一等，我们进去采一块带金层的岩石出来，你们看看不就行啦?”

列昂契奇却说:“笑话！你们敢进去，我们为什么就不敢？走，进去看看，这么厚的金层怎么长在岩石上的。我们也进里面瞅瞅稀罕去!”

廖远山站在人群后，冷眼看着这一切。

安德烈拍拍自己的脑袋，犹豫地说:“我这么高的个子……走，我低头就是了。”

伊万本来就没打算进去，看见安德烈已经开始往洞里走了，只得跟着进去。

“上校，您得注意低头啊!”哈把头一边跟着进洞，一边招呼手下淘金客为进洞的长官每人发一盏矿灯。

伊万把矿灯系在头上，贴近三名卫士，小声说:“你们三个，一个留在洞外看马，两个跟我们进去，子弹上膛，洞子里狭窄，光线不好，注意保护上校。”

哈把头已经挤到安德烈的前面，说:“上校，给您一盏矿灯，您个子高，千万别碰了脑袋!”

廖远山跟在人群后，趁着没人注意，悄悄地用脚跟松开那几个楔子。几个楔子都是事先松动过的，随着廖远山脚后跟的碾动，它们都离开了立柱的底部。

廖远山在等待最佳的时机。

安德烈在哈把头的陪同下，往洞子深处走。洞外鼓风机的噪音变得弱下来，洞子里黑魆魆，只看见矿灯打出去的圆柱光在凸凹不平的岩壁上晃动。

“上校，您看，岩壁上这条金线就是金层啊!”哈把头欣喜地喊道。

几道光柱打到了哈把头所说的岩壁上，果然看见犬牙交错的石英石岩壁上，一条若隐若现、游丝般的金线向洞子深处延伸。

伊万也凑上前观看，当他看到那么细的金层时，突然有一种上当的感觉，说:“上校，已经看到金层了，咱们就不要再往里走了，往外走吧。”

哈把头感觉事情不妙，硬着头皮说:“上校，您仔细看，金层越来越厚了。”

安德烈弯下腰，仔细去看。游丝般的金层到了这里变得清晰起来，而且越来越厚。再往前走几步，看那金层，已经有两层纸厚了。安德烈兴奋起来，说：“伊万中校，不入虎穴，焉得虎子？往里走，就要抱上金娃娃了！”

廖远山推倒了一根立柱，岩石顶上的隔板纹丝不动；再推倒一根，隔板仍然纹丝不动。廖远山有些慌神，伸出腿去，连连向事先被他松动的那几根立柱踹去。突然，岩顶下的隔板咔嚓一声响，就像推倒了多米诺骨牌，岩顶上的隔板一块接一块地断裂了，迅速地向洞子深处延伸。随着岩顶隔板的断裂，大量的岩石碎块开始往下坠落，而且越来越密集，金峒里尘土飞扬，发出轰隆隆的巨大响声。

到底是老淘金客出身，哈把头比洞里的其他人反应要敏捷，他拉起安德烈的手，大声喊道：“快，给上校让开道！”

洞里的人纷纷靠向洞子的两侧，安德烈在众人的帮助下，快速往洞子外面跑。洞子里尘土弥漫，人们被呛得直咳嗽。哈把头从身上扯下汗褂，塞到安德烈的手里，说：“上校，用它捂住鼻子！”

跑出十几米，看见前面出现洞口的亮光，鼓风机的噪音也听得分明。安德烈心里非常恼火。哈把头推着他往洞外跑。安德烈一回身，用他那硕大的拳头猛击哈把头的脸面，哈把头没有提防，被这冷不丁的一拳打倒在地，他想坐起身，却被在他身后奔跑的人又掀翻在地。伊万和列昂契奇跑在安德烈的身后，快到洞口时，伊万被掉下来的一块岩石砸倒在地，惊得他身旁的列昂契奇一个趔趄，倒在地上。在这千钧一发之际，廖远山冲上前，拉起了列昂契奇，说：“少校，前面就是洞口了，跑几步就出去了！”

列昂契奇感觉到后背被人猛推一把，他连滚带爬地出了洞口。就在这时，只听见轰隆隆的一阵巨响，洞顶彻底塌方了，从金峒里喷出滚滚浓烟。廖远山跟在列昂契奇的身后，从金峒子里冲出来的气浪将他掀翻在地，连滚两个跟头。而他身后的人，一个也没出来。

三天后，经过几十名淘金客的奋力苦干，金峒才被打开。伊万早已身亡，他的尸体被挖出来，脑袋和身体被石块压成了肉饼。哈把头、两名卫士、三名淘金客都被砸死在洞中。三名淘金客中有一个叫海秃子的是廖远山的好朋友，自进山以来就一直跟着他，可以说亲如兄弟，现在却命丧黄泉。廖远山在实施这一计划时，由于高度紧张，居然忽视了自己的兄弟，当他看见海秃子的尸体时，悲从心生，但他只能在心里骂自己害了兄弟，却不敢吱声，这种憋在心里的悔恨让他痛不欲生。

宋振良和谢尔盖来看望他，知道海秃子被砸死在金峒里，都替他难过。廖远山这个平时玩世不恭的人，此刻沉默不语，只是默默地流泪。宋振良安慰他："安德烈虽然躲过一劫，但伊万却死了。伊万这个人又奸又坏，他死了是好事，海秃子兄弟没有白死。谢尔盖答应给你一半金子，你想办法带给海秃子的家人。"

谢尔盖说："安德烈没有被砸死，但我给你五百克金子，而且都是颗粒金。"

宋振良说："这个安德烈真可谓命大，又躲过了这一劫。"

谢尔盖气得直用拳头敲脑袋，宋振良又说："我们中国有句老话，再一再二，不能再三，下次，安德烈必死无疑。"

这个晚上，列昂契奇拎着两瓶黑瓷瓶装的福海白酒和一只煮熟的羊腿来找廖远山。两人很快就喝高了。廖远山想到自己的兄弟海秃子，一时控制不住，放声大哭。列昂契奇开始有些莫名其妙，过了一会儿，想到自己死里逃生、像囚犯似的多年困在这条山沟里，不禁也号啕大哭。两个男人抱在一起，哭得悲天怆地。列昂契奇握住廖远山的手说："廖，你救了我的命，今后咱们就是兄弟，你有什么需要我帮助的，尽管来找我，我不帮你我就是这个！"

说着，列昂契奇用他那五根粗壮的手指做了个乌龟爬行的动作。

廖远山突然停止了哭声，说："列昂契奇大哥，您知道的，过去我是中尉，就是因为得罪了伊万，才把我的军衔给撸了。我求您，帮我恢复我的军衔！"

"你还在乎那玩意儿？"列昂契奇也收起了哭声，"那有什么用处？伊万死了，安德烈还说要提我当中校，我并没当一回事啊！"

“列昂契奇大哥,我在阿勒屯塔莱待了五六年了,一分钱没挣上,就挣了这么个军衔。军衔没了,那不等于我在这里白混啦?”

“廖,你说得有道理。这样,我尽量给你争取。我想问题不大。”

第二十四章

当廖远山把头天晚上跟列昂契奇喝酒的过程学给宋振良和乔里轩听时，宋振良的眼睛蓦地一亮，他抓住廖远山的手说："远山，这可太好啦！你如果真能恢复军衔，就能参加他们的军事训练；参加军事训练，你就能接触到武器；接触到武器，你就有可能控制武器。真是踏破铁鞋无觅处，得来全不费工夫。里轩，我们整天在一起琢磨怎样能搞到武器，廖远山只要恢复了军衔，肯定没有问题！"

乔里轩听了也很高兴。自从他大哥死于非命后，他的脸上第一次露出笑容："应该把这个好消息告诉强哥，他听了不知道要高兴成什么样子！"

"里轩，你先不忙告诉他。"廖远山摆摆手，"第一，列昂契奇说话管不管用，还未知可；第二，强哥那个人和你不一样，好咋呼，万一走漏风声，不就坏了大事？知道谢尔盖真实意图的，只限咱们三人，一定要注意保密，其他任何人都不能告诉！"

乔里轩说："好，我知道了，就照你说的办。远山，你真是有勇有谋。虽然没有把安德烈干掉，但干掉了伊万。在那帮俄国人中，就数伊万狡猾，上次我和列昂契奇比试，列昂契奇输了，安德烈和钱麻子本来已经答应了我们的五项要求，就是这个伊万在背后捣鬼，后来只同意了四项，减少劳动工时没有弄成。"

"乔哥，就是那次我算服了你了，"廖远山说，"当时我就想，能跟你这样的人一块干事情，就是死也不回头。"

"你太高看我了。其实，如果没有宋先生在关键时候帮我，我什么也干不成。宋先生刚才说得太好了。我们也够傻的，舍近求远，放下安德烈那里的武器不去琢磨，却跑到托托里小镇去买武器，结果，唉……"乔里轩说到这里，悲痛又涌上心头。

宋振良抚了抚乔里轩的肩头，然后对廖远山说："远山，干事情不能单打独斗，你一个人怕是不行。得想办法多发展一些兄弟。但是，淘金客中什么人都有，鱼龙混杂，一定要看准了人，坚决不能让那些见利忘义、贪生怕死的人进入咱们的组织。"

乔里轩接着说："远山，有事儿多和宋先生商量。"

廖远山说："乔哥，我佩服你是条汉子，而且信任你，所以我愿意跟你们一起干。我不知道你们最终有什么目的，我的想法其实很简单。我在安德烈手下干了五六年，他什么也没给我。我那时还不到三十，轻信了他，他用军衔呀、嘉奖呀，以后就是功臣呀什么乱七八糟的东西欺骗我们，让我们白白给他干活。五六年啊，一年少说也要干一百多天。我现在每年只按一百天计算，就算每天我给他上交五克金子，一年就是五百克金子，六年，不就是三公斤金子？我要讨回属于我的三公斤金子。至于怎样才能把我的金子要回来，我一时还说不好，但我绝对等得起！列昂契奇因为我救了他的命，要说服安德烈恢复我那狗屁中尉军衔，我不为别的，就是想抓枪。只有抓到枪，我才可能要回属于我的东西。乔哥、宋先生，我的要求就这么简单。这也就是我跟你们干的目的。"

廖远山显得很激动，大脑门闪着熠熠光亮。

"谢谢你对我的信任。"乔里轩双手紧抱廖远山的肩膀，使劲拍了拍，"远山，我给你说句老实话。上次李旺才踩地雷炸断腿，邬生龙他们眼睁睁地看着李旺才渴死、疼死，就是不救人；还有那个尚有一口气就被当成死人扔在白石坑里的甘肃娃……钱良剑他们把我们淘金客不当人，就是牲口也不能这样对待！我们为了维护我们做人的权利，维护我们的利益，所以就在淘金客中组织了互助会，目的就是抱成团，只有团结在一起才有力量。就在上个礼拜，钱麻子杀了我大哥，那个司机宋学义还是宋先生的堂弟，他堂弟进山就是为了帮助宋先生，如今却……"

宋振良在一旁重重地点头："我叔叔只有这一个儿子啊！"

"那天傍晚，我坐在河边，看见太阳落进河里，我心里只有一个念头，就是杀了钱麻子，给我大哥报仇！后来宋先生给我说了好多话，我心里才敞亮了。远山，咱们抱成团，等待机会，为咱们阿勒屯塔莱几千兄弟争取最大的利益！”

宋振良拍起了手掌：“里轩这番话说得好啊！说千道万，说到底就是这么个理！我们跟他们斗，最终目的就是为了讨回属于我们自己的东西，讨回我们做人的权利和尊严！”

安德烈上校的采金区在阿勒屯塔莱的上游。阿勒屯塔莱完全是大自然的杰作。乌伦古河流经它之前，并不见得有多么汹涌，而当几条从各个冰山雪峰流淌下来的支流汇合在一起，气势就磅礴了。它呼啸着从岩山的隘口跌落下来，更显出它的汹涌澎湃，于是轰鸣声响彻云霄。然后，经过一段不到两公里的峡谷，随着河滩渐渐变宽，乌伦古河却显得格外温柔，水流极其和缓平稳。其后的蜿蜒二十余公里长的地段，就是美丽富饶的阿勒屯塔莱。阿勒屯塔莱两侧是无法攀越的高山峻岭，上面长满了千年松林。在山与河之间的地带上，是或宽或窄的沙滩，沙滩的绵绵细沙里蕴藏着丰富的沙金。1921 年，安德烈残部被挺进阿勒泰的苏联红军的一个步兵师和一个骑兵团追剿得七零八落，最后他只带了百余人逃匿到了这里。阿勒屯塔莱是蒙语，翻译过来是“金沙滩”的意思。安德烈正是从这个地名上获得灵感，最后觅得了这块宝地。后来，这里相继来了马善成和其他淘金客。1935 年，新疆省政府成立了阿山金课局，钱良剑出任金课局副局长，来到了这里。但是，不管云卷云舒，谁来谁走，安德烈这支队伍始终盘踞在阿勒屯塔莱的上游。这是一个金不换的宝地。用安德烈的话说，“死也不挪窝，除非我们杀回俄国去”。

安德烈的两艘淘金船就停在这个地段的一个斜坡上。水泵从乌伦古河抽来取之不尽的水，上百名淘金客用几十架手推车从河滩运来泥沙，然后倾入淘金船的输送带里，高压水枪像机关枪扫射一样将泥沙打进地槽，流进淘金船。淘金船的滚筒分沙机、笸箩筛金板像疯子一样剧烈颤动，分离泥沙，提取沙金。

在这上百名忙碌的淘金客中，刘疆生每天的工作就是用水枪冲洗那些泥沙。

现在，他看见老乡杨健的身体打晃，两次都把装满泥沙的手推车推不上来，连忙放下手里的水枪，上前帮了一把，把车子推了上来。

“杨健，你今天怎么了？是不是不舒服？”

杨健人长得矮小，身材也单薄，脸色蜡黄，一双小眼睛眯缝着看人，一副唯唯诺诺的样子。

“老觉着身体发飘。谢谢你呀，刘哥。”

“那你歇一会儿再干啊。”

“我敢吗？”杨健的小眼睛瞥了瞥不远处站着的俄国军官，“他们虽说不打人，但会说你偷懒耍滑，关你的禁闭。去年我就被关过一次。禁闭室小得连转身都困难，待一天比挨十下鞭子都难受！”

“要不这样，你来把住这水枪，我来帮你推沙子。”

两个人刚调换了劳动方式，那个站在高处的俄国军官就走了过来。

“刘，你擅离值守。”俄国军官用手指着杨健，“他会用水枪？”

“这有什么难的？手把住就行了。”

“那你向我报告了吗？”

“杨健今天身体不舒服，我跟他调换一下，又有什么不行？”

“我在问你，你向我报告了吗？”

“这又不影响工作，有什么需要报告的？你是不是在多管闲事？”

“刘，你不尊重我，没把我当一回事。你不怕我向列昂契奇长官汇报，关你的禁闭？”

“你爱汇报不汇报，关我屁事！”刘疆生觉得俄国军官不讲情理，不由得生气了。

“刘，你的嘴巴不干净，”俄国军官勃然大怒，“你等着，有你好看的，我让你尝尝禁闭室的味道！”

还没到中午，刘疆生就被关了禁闭。

禁闭室是用石头垒砌的房子，但四壁用木板相隔。禁闭室里非常狭窄，就是普通人进去，别说躺不下来，就是坐着也觉得憋屈。当初禁闭室建好后，安德烈进去试了一下，只待了一分钟就憋得受不了。安德烈说：“这样不行，要憋死人的。”伊万说：“上校，你的块头那么大，有几个人跟你能比？就是要让他们难受，看他们敢不敢再犯错误。”刘疆生的身量虽然比安德烈差远了，但也算个大块头，他在里面根本没办法坐下，只能直起身子站着。想想这些年来在阿勒屯塔莱什么也没落下，不觉气上心头。越气心越急，那一刻他死的心都有。

杨健有过被关禁闭的经历，而且刘疆生个头又比自己大，知道他待在里面将非常难受。刘疆生是为自己才被关了禁闭的，一想到这他就坐卧不宁。听说廖远山跟列昂契奇关系非同一般，杨健便去求他帮忙，让刘疆生少遭点儿罪，早点儿出禁闭室。

廖远山听杨健说完事情经过，沉吟片刻，说：“这个忙我可以帮。刘疆生人不错，待人仗义，也算我的一个朋友。我去找列昂契奇说说，看他给不给面子。”

列昂契奇还真给了廖远山面子，说：“行，你开口了，就让他少关一天。廖，他出来后你给他说说，以后说话客气点，不要管闲事，不要说粗话，我们不喜欢他那样不讲礼貌。”

刘疆生本来被罚要关三天禁闭，结果提前一天被放出来。杨健把廖远山说情的事告诉了他，刘疆生很感激，晚上就和杨健一起请廖远山喝酒。

安德烈手下的淘金客虽然没有钱良剑、马善成的淘金客每月有三块光洋的工钱，但还是有一点儿数额很小的津贴。刘疆生和杨健凑了凑，从小卖部买来两瓶福海白酒和罐头、花生米等下酒菜，刘疆生还买通伙房头目，搞来一只清炖羊头，三个人钻到一个小储物间里。储物间堆满了钢钎、麻绳、铁索、铁锤和手推车轱辘之类的杂物。三个人坐在麻绳上，把带来的酒菜什么的放在一只破木头箱上，喝上了酒。

刘疆生是个火性子，在狭窄的禁闭室关了两天，气得不得了，但他还是先顾了礼数，向廖远山道了声谢谢，然后就开始骂安德烈和他手下那些俄国军官。

“屌，本来就是一群被人家打散的丧家犬，自己的国家都回不去，还跑到这里猪鼻子插葱装象，什么上校？什么复仇？什么反攻倒算？去年那个秃脑袋伊万带了一百多人杀回去，结果呢？只灰溜溜地回来伊万一个人！就那么几十号人，加上他们训练的淘金客，满打满算，也不过千把来人，还能打回老家去？真是天大的笑话！我们呢，也傻得可怜，让他们一哄，居然也就相信了。廖哥，我从三年前就跟着他们干，到现在是一块银圆也没落下……”

“刘哥，别光顾了说话，来，喝一杯。”杨健打断刘疆生的话，举起酒杯，“听说廖哥要恢复中尉了，人家跟咱们不一样，你还是少说这个吧。这次要不是廖哥，你还得在禁闭室里多待一天。廖哥，来，我们谢谢你啊。”

三只酒杯碰在一起。

“疆生，你接着说，我爱听。”杨健来找廖远山帮忙时，廖远山就有拉拢他们的意思，想不到还没往这条道上引呢，刘疆生就说上了，廖远山暗暗自喜。

“这帮俄国人鬼得要死，对我们用的是杀人不见血的软刀子。人家马善人，就是钱麻子那边的淘金客，虽说挨打受气，但除了每月每人三块光洋外，超过四克的金子是自己的。而我们呢，什么军衔呀、嘉奖呀、立功呀，全是骗人的。”

“听说这一套都是伊万那个死鬼设计的花招，”廖远山说，“如今他死了，这些章程也该变一下了吧？”

杨健只是在一边听，并不太说话。他用一把锋利的尖刀剔羊头上的肉，熟练地将两只眼睛和眼睛旁边的软组织剔下来，分别递给廖远山和刘疆生。

“不可能变的。他们就是变换花样来压榨我们，这是他们的本质，怎么可能变呢？廖哥，我看咱们得跟乔里轩走近一些，他们那个互助会就是替淘金客撑腰的。你们都听说了吧，他大哥也是好样的，是条铁汉子呢。”

“铁汉子有啥用？”杨健停住了剔羊头的手，“最后还不是让人家把脑袋给插到树棍儿上了？想想多惨啊！”

三个人不再说话，喝了一会儿闷酒。

刘疆生举起酒杯，说：“这次真得好好谢谢廖哥了。我是一个急性子。廖哥，你如果能瞧得起我和杨健，咱们三个结拜成兄弟咋样？”

杨健没有说话，用眼睛盯着廖远山。

“那求之不得哩！那咱们现在就结拜？”

“结拜，结拜！”刘疆生、杨健马上应道。

往三只酒杯里斟满酒，三个人分别用剔羊头的尖刀划破手指，将鲜血滴入每只酒杯里，然后站起来共同举起酒杯。歃血结拜在年轻的淘金客中很普遍，差不多每个淘金客都能背诵誓词。三人同时念道："皇天在上，厚土在下，今天晚上，廖远山、刘疆生、杨健自愿结拜成兄弟，不求同年同月同日生，只求同年同月同日死。"

破木箱上的马灯里火苗一闪一闪，三人脸上的表情都很肃穆。酒杯被高高擎起，三个人仰起脖子一饮而尽。

廖远山说："现在咱们都是兄弟了，我不妨实话实说。列昂契奇瞧得上我，我可能很快就要恢复中尉军衔，参加军事训练。当然，我知道那玩意儿是哄骗人的把戏，但是，这样我就可以半天不用淘金，还可以抓枪杆子。咱们有了枪杆子，就什么人都不怕了。"

"廖哥，我明白你的意思。"刘疆生说，"那你能不能想办法也让我们有个什么军衔，然后抓上枪杆子？"

"这正是我要说的。我尽可能地说服列昂契奇，让你们穿上制服，抓上枪杆子。疆生、杨健，今后咱们要抱成团，提高我们的军事能力，还要多联络人，形成我们的力量。到时候一定能把属于我们的东西夺回来！"

刘疆生上前紧紧地握住廖远山的手。而杨健却没有动，用奇怪的眼神看着面前的两个人。

第二天，天还未亮，廖远山被一阵嘈杂的声音惊醒，睁开眼一看，窝棚里站着三个武装人员用刺刀枪对着自己。

"快起来。穿上衣服跟我们走！"其中一个俄国人大声喝道。

廖远山刚穿好衣服，连纽扣都没来得及扣，就被来人按倒在地，用麻绳捆了个结实。廖远山心想坏事了，准是在金峒子里敲掉木楔子时被什么人看到，在俄国人那里告了密，今天怕是要送命。这一刻，廖远山想到了列昂契奇。这个红鼻子俄国人能不能帮自己？

廖远山被押解到列昂契奇的住所时，天已经放亮。列昂契奇正在穿制服。廖远山注意到列昂契奇的肩章上增加了一颗黄铜的星星。不一会儿，那个高个子刘疆生的双手捆绑着，也被押进屋里。廖远山恍然明白，这件事跟金峒子塌方的事没有关系，很可能是杨健卖友求荣。他想起宋振良说的“不能让那些见利忘义、贪生怕死的人进入咱们的组织”，不由得悔恨交加，自己发展组织心切，却忘了考察人和观察人。

刘疆生稍稍抬起头，用侧眼打量廖远山。廖远山并不理会他。到了这时候，廖远山的心里反而变得轻松起来。他猜想，只要这件事与金峒子塌方没关系，就不会有太大的麻烦。

列昂契奇穿好制服，走到廖远山的面前，说：“廖，我对你太失望了。噢，怪不得你为这个人向我求情，原来你们是一伙的。昨天，我的中校和你的中尉都被安德烈上校签署了命令，可是，你永远也戴不上中尉的肩章了。你们昨天晚上在那个杂物间里都做了些什么。你心里清楚。作为朋友我劝你一句，该交代你就快快交代，免得让皮肉吃苦。去，把这两个家伙押到刑讯室！”

在刑讯室，面对墙上挂着的各种刑具和屋子中间的熊熊炉火，还没动刑，刘疆生和廖远山都交代了。在这个过程中，杨健作为证人来过刑讯室一趟。廖远山问他：“我帮了你跟刘疆生，你为啥要害我？”

杨健笑了笑道：“我知道你这人仗义，待人厚道。但是，对不起，我为了自己，不得不踩着你的肩膀往上走一步。告诉你，我当上中尉了，安德烈上校已经签署命令了。”

“那么一个虚假玩意儿你还当真？”

“真不真的，你知我也知。但现在，我起码每天可以半天不用去河滩下苦力了；我的津贴从下个月开始，比我过去的要增加十倍；而且，我可以住单间了，不用去挤那个臭烘烘的大通铺啦！廖哥，你过去不也当过中尉？这些你应该知道的。难道这没有吸引力吗？老实告诉你，我等这样的机会不是一天两天了。”

看看旁边没人注意，廖远山低声说道：“杨健，你信不信我弄死你？”

杨健好像一夜之间变了一个人。他眨巴了一下他那双小眼睛，一扫过去唯唯诺诺的样子，自信而宽容地笑了笑，说：“廖哥，那你也得有机会呀！”

然后，他走到刘疆生的跟前，挺直了他矮小单薄的身体，仰起脖子说：

“刘哥，这辈子对不住了，下辈子我做牛做马报答你！”

刘疆生朝他脸上啐了一口，杨健的脸上仍然挂着笑：“刘哥，那就再见啦。”

两天后，刘疆生被安德烈签署命令执行枪决，廖远山却被释放出来。

廖远山被放出来的那个上午，列昂契奇去牢房看他。

“廖，你救过我一次，现在我也救了你一次，我们扯平了，谁也不欠谁。今后，你得给我放老实一点儿，别再折腾。下次，我就不帮你了。还有一件事，听说你要弄死杨健？我告诉你，只要你活着，杨健死了，我就拿你问罪！你记住了没有？”

廖远山反问：“那他要是摔死、砸死，或是病死，你都要拿我问罪？”

“你说对了。只要他死在你前头，你就活不了。”

“那我明白了。列昂契奇中校，我记得你说过一句话，你说我救了你的命，今后我们就是兄弟，这句话现在还管用吗？”

“是的，我说过这句话，不然刘死了，你怎么还活着？廖，只要你老实地在河滩干活，不要折腾，不要给我惹麻烦，我们还是兄弟。”

第二十五章

一弯上弦月高挂在半空，月光笼罩着訇訇作响的乌伦古河，河两侧连绵起伏的松林更显得黑魆魆的。在松林与河水之间的滩涂上，星星点点的灯光似与天上的星星相映生辉。

这些灯光是从淘金客窝棚里泻出来的。掌灯时分，淘金客点的是煤油灯或马灯，而金把头们用的则是雪亮的汽灯。在马善成的住所，几盏亮晃晃的汽灯下，一圈人正围在一张八仙桌边吃吃喝喝、猜拳行令。这是马善成用来招待贵客的大餐厅，被邀请的主宾是高大威猛的安德烈和红脸膛列昂契奇。

“来，再干一杯。”马善成已经喝得满脸通红，“安德烈上校，这酒就是上次我送给你的奇台古城窖藏几十年的老酒，那些大缸里的酒就是靠它勾兑才提味的。干掉这一杯。列昂契奇少校，不对，是列昂契奇中校，你也举杯，都别闲着，来，干！对，吃菜，多吃点儿菜！”马善成的舌头已经有些伸不直了。

满桌子的菜肴都是山里的珍品，有熊掌、野骆驼掌、鹧鸪、山菇、鹿筋、雪豹肉等。马善成往安德烈的碗里夹了两块肉，说：“尝尝，这是‘双掌宝’，难得一吃啊。来，列昂契奇中校，你也动筷子。”

安德烈问道：“马掌柜，什么叫‘双掌宝’？”

“‘双掌’宝是熊掌和野骆驼掌在一起红烧的。来，再吃这个。这叫‘塔尖红’，真的很有嚼劲儿。”

“怎么叫‘塔尖红’？为什么起这么个古怪名字？”

“这是雪豹的鞭……”

列昂契奇问一句：“什么叫鞭？”

“简单地说，就是雄性兽的生殖器。”

列昂契奇听罢，哈哈大笑起来。安德烈也被感染得大笑不已。自从伊万被砸死在金峒子里，安德烈一度悲伤和郁闷得很。他深居简出，长时间地窝在他那被卫兵重重保卫的住所里。这次马善成邀请他们做客，要不是列昂契奇怂恿，他是不会出门的。但毕竟是山里难得一见的好酒好菜，尤其是酒精在腹中一烧起来，兴奋感就不期而遇了。

“这玩意儿吃上可不得了。”马善成边说边放下筷子，“安德烈上校，敢问您今年贵庚?”

“四十四岁了。为什么叫‘塔尖红’？马掌柜，你还没有回答我。”

“噢，比我长三岁，我得叫您一声大哥哩。上校，您别着急嘛。这么给您说，您要是吃了这‘塔尖红’，保您今晚夜御十女。”

安德烈的脸上多少有些迷惑。

马善成噢了一声，微笑着说：“这是句中国古语，意思是……”

“废话!”安德烈有些不高兴了，说，“不就是说一晚上跟十个女人睡觉嘛。”

安德烈到新疆阿勒泰十八九年，身边十有八九都是中国人，中国古今那点子事儿他大都知道。

马善成哈哈大笑，掩饰着他的些许尴尬，说：“噢噢，听说了，安德烈上校鸿鹄大志在胸，是不近女色的君子啊！来，那也可以尝尝嘛。”

安德烈大口吃下“塔尖红”。列昂契奇好奇地问马善成：“马掌柜，那为什么要叫‘塔尖红’?”

马善成又笑起来，笑过之后才说：“列昂契奇中校，如果你吃了这玩意儿，然后又遇上了一个雏儿，就是处女，那不就‘塔尖红’了吗?”

列昂契奇听完之后，歪起脑袋琢磨了好一会儿，突然狂笑不已，他本来就红的脸庞被酒精烧得越发通红，两只耳朵红得好像随时要出血。

安德烈觉得这道菜的确有滋味，也格外筋道，和列昂契奇一起连着吃了好儿筷子。

马善成脸上挂着笑，也斜一眼列昂契奇，又看看安德烈，嘴角有一丝难以察觉的奇怪的笑。然后，他对安德烈说：“上校阁下，听说您这两个多月来两次遇险,差点儿把您珍贵的性命丢在这破山沟里。我今天仗着酒劲儿,说句不该说的,这八成是钱麻子那老家伙派人干的。你想啊,这破山沟里就是跟你有不共戴天之仇的淘金客,吃了熊心豹胆,也没有这个能力……”

列昂契奇抢过话说:“这种话我给上校说了不止十遍八遍,在这山里干这种事儿,不是他钱麻子,还能有谁?妈的,照我的意思,哪天我先把他给解决了!”

安德烈的眉头皱了皱,只顾低头吃肉,并没有答话。

夜深了。星星显得更加明亮,山沟里的灯光却被浓重的夜色包裹,愈来愈昏暗。

安德烈躺在自己的床上,翻来覆去睡不着,下面那个物件儿膨胀了几个小时。他不断地从床上爬起来,抱起一只铁皮水桶,咕咚咕咚地喝凉水。上床以后,还是焦灸得无法入眠。好不容易挨到天亮,他趿拉着鞋去敲列昂契奇住房的门。

列昂契奇原来住在军营的军官宿舍,伊万死后,他搬到了伊万原来的住房。伊万的住房就在安德烈住所里,在那幢绿铁皮顶俄式建筑的另一头。安德烈在门前敲了一会儿,屋里没有一点儿动静。安德烈思忖,都说列昂契奇睡觉跟死猪一般,就是天上响炸雷他也醒不来,但也不至于如此吧。安德烈又用力敲门,屋里还是没有动静。住在前面的卫兵闻声跑来。

“上校,列昂契奇中校昨晚就出山,去托托里小镇了。”

“他干吗去?怎么也不向我请假?”

卫兵是一直跟着安德烈的老部下,摸了摸自己的脑袋,有些不好意思地笑了笑,说:“上校,我给您说,您千万别告诉列昂契奇,他要知道了,还不剥了我的皮?”

安德烈微微点头,示意他说下去。

“可能是到小镇上找女人去了。看见您已经睡下,就没敢打扰您。”

安德烈骂一句:“妈的,这混蛋!”

转身叫自己贴身卫士的名字:“谢辽沙,快去马号牵马,咱们也出山去!”

马善成手下喽啰来报告:“马爷,安德烈真的出山啦!”

马善成搓着手说:“你看看,你看看,还真就叫马爷我算中了。你带上一个弟兄骑马跟下山,找机会打他两枪。记住,一定不能伤着他,吓唬吓唬就行了。”

“他们肯定带着家伙呢。要是他们还击怎么办?”

“你傻呀,不知道跑,还不知道躲?”

安德烈火急火燎地赶到托托里小镇时,太阳几乎坐中,正是要吃午饭的时候,小镇热闹非凡。不宽的前街上,各种营生的小店前人来人往。由于天气还未转凉,各色吃食都摆在街面两侧,叫卖声此起彼伏。小镇上金店和钱庄前,更是人头攒动。贴身卫士谢辽沙问安德烈:“上校,咱们是不是先找个地方吃饭?”谢辽沙抬眼看天空,“这就到饭点了。”

安德烈不屑地看他一眼,说:“谢辽沙,我觉得你快成饭桶了。”

“上校,我是怕饿着你!我这么年轻,还扛不住饥?”

“谢辽沙,你的意思是说我老了?”

“上校,我可没有这个意思啊!”

“谢辽沙,我告诉你,我身上有劲得很,不然,我一大早跑到镇子上做什么?”说完,还向谢辽沙挤了一下眼睛。

谢辽沙觉得安德烈今天有些反常,一向严肃有余的人却变得滑稽。他耸耸肩,说:“上校,您不饿的话,就算我没有说。”

“谢辽沙,你先牵着这两匹马找一家客栈,把马喂上再来找我。咱俩不饿,马跑了一上午,它饿啦。”

安德烈在前街转了一圈,拐过一道小巷,转到了后街。后街上皮肉生意做得红火,高挂红灯笼的妓院前各色男人进进出出。安德烈随便找了一家走了进去。一个三十多岁、脸上敷着厚厚一层脂粉的老鸨迎上来。

“哟,长官,这么高大威猛,要找个大个子妹妹吧?”

“把你们店里的女人都叫出来。”

一会儿工夫,五名涂脂抹粉的女人一扭一扭地从里屋走出来,站在前堂。

“就这几个？我是说把你店里的女人都叫出来，我有的是钱。”安德烈拍拍装满银圆的衣兜，里面发出哗啦啦的响声。

“这还不够长官玩的？”

安德烈挨个看看眼前站着的五个妓女，问：“真就这么几个？屋里还有吗？”

“都在这里了……”

安德烈用马鞭抽了一下自己的马靴，说：“太少啦，没劲儿！”就扬长而去。老鸨在他身后小声说：“多大的胃口啊。”

看着安德烈就要出门，老鸨喊道：“长官，您往西头走，那边有个青砖大瓦房，里面有十好几个姑娘呢！”

安德烈站住脚，头也没回：“那个店叫什么？”

“蓝星星。”

安德烈走到街面上，按照老鸨说的，往西边走。谢辽沙小跑着赶上来了。

“上校，我把前街都找遍了……”

“我在这条街上，你跑到前街找什么？谢辽沙，我越来越觉得你成饭桶了。马都喂上啦？”

“喂上了。我给客栈的伙计说别忘了加料。”

安德烈顺后街往西走，谢辽沙跟在身后，说：“这镇上乱糟糟的，什么人没有啊！上校，我就奇怪了，过去您从来不到这个小镇的，今天这是怎么了？您就不怕有人打黑枪？”

安德烈转身瞪了谢辽沙一眼，说：“谢辽沙，我还发现你学会多嘴多舌了。”

两人走出五六十米，街两边的商贩不停地招呼他俩，安德烈并不理会，眼睛盯着前方的店铺，谢辽沙却东张西望。

再往前走，就是一个丁字路口，这里行人不多，也看不见商贩，安德烈正寻思朝哪儿走呢，忽然看见前面几十米处有一座高大的青砖瓦房，门楣上方悬挂着两盏桶状的红灯笼。安德烈不由得加快了脚步。谢辽沙不敢大意，紧跟在安德烈的身后。这时，突然从街角伸出一支枪管，叭、叭、叭连击三枪，安德烈慌忙卧倒，高大的身躯占了半条街。三发射出的子弹中，一发击中蓝星星门楣上方的红灯笼，纸糊的灯笼被打得稀烂；另外两发打在门上，木质门板立即有了两个白花花的小孔。

谢辽沙奋不顾身地朝开枪的方向冲去，转过街角一看，打黑枪的人已经跑得无影无踪。谢辽沙回身跑向安德烈。青砖灰瓦的蓝星星门里出来几个女人，叽叽喳喳地乱嚷嚷，有两个女人还发出刺耳的尖叫声。

“上校，您没事吧？”谢辽沙上前来搀扶安德烈。

安德烈狼狈地从地上爬起来，甩开谢辽沙上前搀扶的手臂。从昨晚到刚才，一直硬邦邦的下身物件儿早已变得疲软了。

第二十六章

滔滔的乌伦古河从乔里轩和莎莎的脚下一路东去。在两人的眼里，桀骜不驯的河水显得分外温柔。

“我每天都想见到你，见不到你我心里难受。”莎莎倚在乔里轩的肩头上说，“可是，见到你却不能跟你亲近，我心里更难受。”

“我也是。过去在寺庙里偷偷地读《诗经·王风》中的《采葛》，其中有一句‘一日不见，如三秋兮’，我一直不理解，觉得那是写书人在夸张，现在我是真相信了。”

莎莎把头紧紧地靠在乔里轩坚实的肩膀上。过去跟乔里轩在一起时，乔里轩不爱说话，就是说话也吞吞吐吐。自从有了蝴蝶沟之行，乔里轩好像变了一个人，说出来的话她越来越爱听。在莎莎的心目中，她越发信任和依赖身边这个人了。她觉得上天对自己真是太过厚待了，自己是世界上最幸福的女人。可是，一想到养父已经同意将自己许配给列昂契奇，不由得气上心头，一股恼人的燥热从下往上涌起。她注视着脚下的河水，想借此缓解自己的烦恼。夜色笼罩中的乌伦古河，好像离温柔远去，有一种莫名的恐怖的冰冷的感觉。在这一瞬间，她又想起那两颗挂在树干上的人头，打了一个冷噤。

“你冷呀？对，已经是秋天了。”乔里轩脱下自己的外衣，披在莎莎的身上。

“你大哥……我一想起来，心里像刀绞一样难受。事先，我只知道邬生龙抓了个运柴油的司机，那天你大哥怎么就冲出来了。我真后悔呀！那时候应该及时提醒你啊！当你大哥被抓之后，我曾多次劝过我养父。可是……他根本听不进去，还说我在大是大非面前糊里糊涂。我说，可以再调查一下呀，如果真是他干的这种事，他怎么会不知死活地站出来呀？里轩，我只能这样说。我不能说其他的，更不能说这个人是我心爱之人的哥哥，那样说，事情就会越来越复杂，越来越糟，我可能就再也不能与你相见了。”

“莎莎，你不要再说了，我心里明白……”乔里轩的眼泪又一次溢出了眼眶，“我大哥真是个顶天立地的好汉子啊。他完全是在保护我呀。他知道，你养父他们又不傻，如果抓不到一个他们认为是襄堂帮里管事的人，绝对不会善罢甘休的，只有他站出来，才能让这件事暂时平息……我大哥就是这么个人……”

月光下，乔里轩看见莎莎的眼里亮亮地闪了一下。

乌伦古河缓缓流淌，发出均匀而沉闷的响声。

“三年前，我们兄弟三人从老家河南登封逃出来，那是负案逃出的啊！”

往事不堪回首。面对眼前这位美丽善良的姑娘，乔里轩打开心扉，从登封逃亡阿勒泰的那段惊心动魄的经历，像乌伦古河一样滔滔不绝地流淌出来。

三年前的一个晚上，乔里轩诵读完经文，正要吹灯就寝，忽听外面有人扣响窗户：“三弟，我是大哥乔里堂呀！你在吗？”

乔里轩心说不好，慌忙打开门，大哥一身寒意地闯进来。

“三弟，不好了，咱家出事了，爹让乔保长给打死了，咋办啊？娘也不行了，晕过去几次……”

乔里轩的脑袋顿时变大，耳朵里嗡嗡轰响。

乔保长叫乔旺林，是当地富甲一方的恶霸，仗着自己的儿子在登封县当保安团长，为富不仁。乔里轩家在他入寺庙习练之前，尚有百余亩土地，其中一些地与乔旺林家的地毗连，乔旺林随着他儿子在县城里的势力越来越大，开始蚕食乔里轩家的土地。乔里轩他爹为息事宁人，忍气吞声地看着自家的地被巧取豪夺，最后剩下不到一块六十亩的土地。乔旺林认为乔里轩他爹软弱可欺，在陆续吃掉了乔里轩家周围几户人家的土地后，把乔里轩家的土地完全包围起来。种地离不开水，而水渠要流经乔旺林的土地，乔旺林掐住水源。乔里轩他爹在多次交涉未果之下，一个晚上悄悄扒开了水渠。乔旺林暴跳如雷，找乔里轩他爹算账。乔里轩他爹跟乔旺林厮打在一起，结果被乔旺林当场打死……

“大哥,寺庙的大门早已关闭,你是怎么进来的?”乔里轩镇定地问道。

“我从一棵树上翻进来的。”

“走,”乔里轩穿上外衣,“那咱们还是从墙上翻出去。”

赶到家后,二哥哭得像泪人:“你们怎么才来呀! 娘、娘她老人家也走了。”

三天后,兄弟三人合葬了爹娘,大哥对两个兄弟说:“如今咱们爹娘都没有了,咱们怎么办?”

乔里知说:“乔旺林势力大,又有他儿子替他撑腰,这三乡五里的人没人不怕他。咱们还能怎样? 把那六十亩地给他一半,他或许会放过咱们,咱们只能忍气吞声了。”

乔里堂狠狠地说:“他杀了咱们的父亲,咱们还要忍气吞声,天下有这样的事情? 杀父之仇不共戴天!”

“可是,咱们不是惹不起那狗×的吗? 只有等机会了,等机会想办法报仇雪恨。”

乔里堂问乔里轩:“三弟,你倒是张口说句话呀! 你说,你还能回寺庙静下心诵读经文吗?”

乔里轩淡淡地说一句:“二位哥哥,这件事儿你们先不要管,让我琢磨一下再说。”

第二天,乔旺林家大院传出消息,乔旺林头晚被吊死在他家院子里的槐树上。

乔里堂问乔里轩:“这件事是不是你干的?”

乔里轩淡淡地一笑道:“他死有余辜。”

当天中午,乔家三兄弟正准备逃离时,闻讯赶来的保安团包围了乔里轩家。三兄弟被戴上手铐,保安团的三个士兵用马车将他们押往登封县城。在马车上,趁着三个士兵昏昏欲睡,乔里轩用缩骨功脱下手铐,以迅雷不及掩耳之势,将三个倒霉的士兵打死在马车上。乔里知吓得魂飞魄散,连士兵是怎么死的都没有看清。

“咱们怎么办? 到处都是官军,咱们能躲到哪里去?”他慌张地问道。

乔里堂稍显镇定,说:“咱们得跑得远远的,越远越好。”

乔里知到底是教书的,说:“新疆最远,而且那里是少数民族聚居的地方,他们追不到那里去!”

于是,兄弟三人渡过黄河,途经西安,沿河西走廊一路奔西,后来到了迪化,听说在阿勒泰能淘到金子,最后进了山,在阿勒屯塔莱落下脚。

“我们在山里一待就是三年啊。跟阿山金课局签下三年合同,今年秋后就到期了。可是,我大哥却永远也出不了山了……”

莎莎深情地注视着乔里轩:“我知道,你心里难受,可我心里同样难受。我想帮你,可又没办法帮你。我也知道,从此你跟我的养父就算结下了仇恨。一边是我的心上人,一边是对我有养育之恩的养父。里轩,你说我该怎么办才好啊?”

说到这里,莎莎泪如泉涌。乔里轩的心一下就软了。他紧紧地抱住莎莎,说:“我也知道,你夹在中间很难受。莎莎,你一丁点儿错都没有,这事儿跟你没有关系。你放心,无论出现什么情况,我都会保护你的,就是用我的命,我也在所不惜!”

莎莎用她绵软的手捂住了乔里轩的嘴:“从一开始,我就知道我没有看错人。你是我此生唯一的男人。活着我是你的人,死了我就是你的鬼!”

“莎莎,”乔里轩轻轻地挪开莎莎的手,“我就是一个非常普通的人,不值得你这样。我原来在寺庙时也想过,一辈子守着青灯诵经,或习拳练武,了却此生也罢。后来家里出事了,就像我大哥说的那样,我不可能再静下心诵读经文了。来到阿勒屯塔莱之后,想着苦干三年积攒金子,老家那边的旧案随着时间的推移,可能也就被人淡忘了,我们三兄弟可以在边陲买下一块地,盖几间房,娶上媳妇,三兄弟和睦相处,平平安安地度过此生。可是,你养父他们……你别在意,咱们就事论事,他们也太狠了,那个被地雷炸断腿的李旺才,那时候你还没来。还有一次,金峒子塌方,砸了黄二狗等四个淘金客,其中一个叫甘肃娃的还有一口气,却被扔在白石坑里,一大群秃鹰就在天上飞啊,等着吃他们的肉。莎莎,你说世上还有比这个更凄惨的事情吗?从那时我就想,这辈子不能这样被人欺压,得活出个人样来。我就想啊,你养父他们不要欺压我们,把我们当人看,在淘金客们的合同到期后,淘金客拿上属于自己的金子,平安出山。其实,这也是我们组成互助会的目的。”

“里轩,我不傻,我看得出来,你们在淘金客中有一个庞大组织,这个组织的人都信服你。我也知道,你们迟早会跟我养父他们有一场大的冲突。我有这样的预感。那么,我夹在其中怎么做人?一想到这里,我就痛苦得要死!后来,我想出了一个主意……”

“什么主意?莎莎,你快说呀。”

“里轩,你等等,我有一件重要的事情先要告诉你。昨天,我养父告诉我,要把我许配给上回跟你比武的列昂契奇。”

“啊,那你……”

乔里轩愣住了。乌伦古河在他的眼里停止了流动。

“我死也不同意!我对我养父说,你要把我嫁给列昂契奇等于叫我去死。我养父也就犹豫了。我这辈子就是你的人。我母亲活着的时候说过,‘中国男人靠得住’,我信这句话!”

“莎莎!”乔里轩轻轻地唤了一句,两人又紧紧地抱在一起。

“莎莎,等秋天过后,我跟金课局的合同到期,我就带你出山,我们永远在一起!”

“那为什么现在不可以在一起?”

“你是说……”

“对,你真聪明,好像已经懂我的意思了!你看啊,我现在不是可以开车自由出入莫河桥到小镇上去了吗?我也知道,淘金客兄弟都信服你,把他们手上的金子集中到你手里去到镇上兑换。这样好不好?你就把金子交给我,由我带到镇上去换,这中间不是有差价吗?咱们既帮了你的淘金客兄弟,手里也会有很多积蓄。然后,我找机会带你出山,咱们远走高飞。即使山里发生大的冲突,也跟咱们没关系。至少你就不跟我的养父直接对抗,我心里也就会平静和舒服了。你说这样好吗?”

“那我二哥呢?”

“想办法带上他一块走。”

“那襄堂帮其他成员呢?”

“那……咱们再想其他办法。”

“那互助会的几千淘金客呢?”

“那就没办法了。谁能把山里的人都带出去?除了我的养父。”

“你怎么有这种幼稚的想法?莎莎,你知道我是什么人,我怎么可能这样走呢?咱们还是等到秋后,跟合同到期的淘金客一道走。”

“我刚才说过,我有一种预感,总觉得你跟我的养父要发生大的对抗。你想想看,到时候我该怎么办啊?而且,里轩,你答应过我,你不会伤害我的养父。”

“莎莎,那是我大哥还没出事之前说过的话……”

“你的意思是说,这句话现在没有用吗?乔里轩,你是一个男人啊,男人说话是要算话的!”莎莎的泼辣性格突然爆发,这是她跟乔里轩交往以来第一次这样大声嚷嚷,“乔里轩,你不是说你爱我吗?钱良剑是对我有养育之恩的养父啊!你怎么可以对他下手?”

“我什么时候说过我要对他下手的?”

“我不管,你得向我保证,你什么时候都不要伤害我的养父!不然,哼!不然我就死在你的面前!”

乔里轩沉默了许久才说:“莎莎,我爱你,今生我就爱你一个女人。我答应你,但我不敢保证其他兄弟……”

“你给我保证,你别伤害他!”

“好,我保证。”

“里轩,你真不愿带我一起私奔?好,如果我养父真把我许配给列昂契奇,他和你就等着给我收尸吧!”

钱良剑在刘铭心的陪同下在淘金工地巡视。乌伦古河汹涌奔腾,山谷中发出巨大的回声。河滩宽阔之处,远远看去,是正在蠕动的黑压压的淘金人群。

“局座,您前两天不是已经同意让莎莎嫁给列昂契奇了吗?咋能说变就变、言而无信呢?”

钱良剑瞪了刘铭心一眼,说:“怎么跟长官说话呢!莎莎虽不是我亲生的，但我把她拉扯了十七八年，送她读书，让她回俄国接受高等教育，怎么可以嫁给那么一个笨熊？”

刘铭心慌忙说：“啊，对不起，局座，一着急，嘴上就没有把门的了，还请多原谅。您想啊，伊万一死，这列昂契奇可是坐上俄国白卫军采金队伍的第二把交椅了。局座，那列昂契奇再是个笨熊，如果成了您的女婿，咱们不就等于控制了那支队伍？”

“铭心，莎莎的情绪激动得很，说不定会出什么岔子。这事儿还得从长计议。”

“局座，您再疼爱莎莎，她总归是要嫁人的。据邬生龙汇报，莎莎最近跟那个河南淘金客乔里轩走得勤。”

“那不也是你让她多接近姓乔的吗？”

“千万别赔了夫人又折兵。”

“莎莎是什么人？铭心，亏你想得出来。那个河南淘金客，怎么可能？”

“局座，当断不断，必有后乱。”刘铭心的眼珠子在厚玻璃镜片里骨碌碌地转了一圈，“再说也只是提亲，真到莎莎嫁给列昂契奇那一天，这山里还不知怎么着呢！局座，我有一种预感，这山里得出大乱子……”

“出什么乱子？就那些赤手空拳的淘金娃娃，能整出什么大乱子？我倒真想看看！”

马善成的脸上的笑容消失了。

邬生龙脸上挂着汗水对马善成说：“叫我这一路好跑啊！我是怕钱局长和刘总督察发现我老往马爷这里来，他们该起疑心了。”

“这钱麻子也真做得出来！叫自己的养女嫁给那么个粗鲁的红脸汉，真是一朵鲜花要插在牛粪上了。他哪里是要嫁女啊？分明是在跟俄国人联姻，一同对付我啊。邬队长，你说该怎么办？”

“要我说呀，他愿意嫁就嫁呗。”

“屁话！那个红脸汉如今是白卫军的二把手了。那家伙是个直肠子，当了钱麻子的女婿，还不把钱麻子的话当圣旨？不能让他们成帮结伙！这两三个月以来，阿勒屯塔莱这边老出事，安德烈又不断地给邱司令打小报告，眼瞅着邱司令不信任钱麻子了，钱麻子的地位已经开始动摇，在这个关键时刻，他钱麻子居然来了这么一手！邬队长，麻烦你还得给我盯紧了这事儿，有啥动静赶紧过来言传一声。”

“再说，”马善成说到这里，眼睛盯着邬生龙，脸上露出猥亵的笑，“香香还老念叨你呢！”

第二十七章

一身水红、披头散发的女人,径直地朝乌伦古河跑去。

钱良剑指着女人的背影对刘铭心说:“你信不信她真敢往河里跳?”

刘铭心说:“我信我信,这是个不管不顾的烈女子。局座,您还不赶快派人去把她拦住?”

钱良剑这才喊道:“卫兵,还不快去追?把她给我拦住,看好了!”

两名卫士慌忙朝女人追了上去。

钱良剑说:“铭心,这你都看见了,这个疯丫头,这么多年,就这个臭脾气。”

钱良剑四十三岁了,膝下没有其他儿女,就这么个宝贝养女。十几年来,就这样宠着、爱着,宠出这么个说风就是雨的犟脾气来。

早晨,起床不久,钱良剑按着刘铭心的意思跟莎莎谈她和列昂契奇的婚事。

“我看那个人挺耿直,没有一点弯弯肠子,这样的男人好对付。不就是比你大个十来岁嘛,那有啥呀?比你大,才知道疼你呢。再说,也不是让你现在就嫁给他,离那一天还早着呢!你急什么?”

“爸,我怎么越听越不明白?您是叫我嫁人呢,还是拿我当一个赌注,去赢什么东西?爸,这是不是刘叔叔的主意?你们在玩什么阴谋?”

“你这孩子,咋跟你爸说话呢?男大当婚,女大当嫁嘛!你今年二十四岁,也老大不小了,该到婚嫁的时候了。我不是给你说了,列昂契奇有他的好处,比起迪化盛督办的小舅子邱毓熊也不知要强多少……”

“爸,邱毓熊算什么东西!花花公子,我跟他有什么关系?他那是在调戏和侮辱我!爸,我不明白,您怎么连他也提到了?”

“莎莎，爸的意思是你先答应下来，到时候再说……”

“爸，我不同意！我这辈子只嫁……爸，你要真让我嫁给列昂契奇，那我只有死给你看了！”

“莎莎，你怎么越来越不懂事了？”

钱良剑的话刚说完，莎莎连外衣都没顾上穿，只穿一身水红睡衣就往外跑去……

小山包上，那座别致的绿铁皮顶的俄式建筑里，列昂契奇一脸怒容地站在安德烈的大写字台前。

“彼得中校，你不要这么心急。中国有句俗话叫‘心急吃不上热豆腐’，你着什么急呀？这件事坐下来好好商量一下再说嘛。如果伊万活着，他也肯定不答应这件事。”

伊万死后，安德烈感到事事不痛快。伊万活着的时候，列昂契奇根本不敢这么跟他说话，中间隔着的伊万完全就制约了列昂契奇。而如今，他居然这样在长官面前大喊大叫。

列昂契奇气鼓鼓地说：“安德烈上校，您知道吗？伊万中校要是不短命，还有一口气，他最想做的一件事是什么吗？”

“是什么？”

“他最想做的一件事就是娶莎莎当他的老婆！”

“彼得，你这个混账东西，我在跟你说正事，你却开起了玩笑！中校，你冷静地想想，他钱麻子两次暗害我不成，又派人在托托里小镇打我的黑枪，现在却突然来提亲，这不是中国人说的黄鼠狼给鸡拜年——没安好心吗？这里面肯定是个阴谋！”

列昂契奇还是气鼓鼓地站在写字台前。

“来，彼得，我说句话你听好了，”安德烈从写字台边站起来，弯下他那高大的身躯，面带笑容地说，“彼得，我绝不同意这件事！你死了这份心吧。我决不会让钱麻子得逞的！”

在钱良剑和马善成采金区接壤的地段，邬生龙手提皮鞭追打一名淘金客。站在一处高地上看淘金的马善成走下来:“邬队长,这小子咋惹着你了?看把你气成这样子!”

“这小子偷懒不说,还敢顶嘴,不抽他抽谁?”邬生龙大声说道,然后小声说,“马爷,我哪是抽他?这里人多眼杂,我就是找个借口来接近您,有话对您说啊。钱局长真敢下赌注,真让他的养女莎莎嫁给那个俄国拳击手列昂契奇。”

“钱麻子真豁出老本了,连自己的养女都往出搭啊!多好的一个闺女,却要嫁给比她大快二十岁的俄国红脸汉!”

“这还不都是我那上司刘总督察出的好主意?他们也听说了,安德烈老用电台向邱司令说钱局长的坏话,说钱局长没有能力,控制不了阿勒屯塔莱的局面,才两个多月,就发生了两次淘金客罢工事件。我觉得,刘总督察可能怕钱局长失去了邱司令的信任,才出了这么个馊主意来化解这件事。伊万死后,安德烈只有依靠列昂契奇了,列昂契奇和过去不同了,在安德烈面前举足轻重,所以他们才想出了这么一着,想和安德烈联合起来对付你。马爷,您可要当心啊!”

列昂契奇从安德烈屋里走出去没多一会儿,又转身进屋,从枪套里掏出手枪,啪地拍在安德烈的写字台上。

“上校先生,您有两种选择,要么枪毙我,要么同意我娶莎莎!”

安德烈站起身,从桌上拿起手枪,拉开枪栓,退出上了膛的子弹,然后不慌不忙地走到列昂契奇的跟前,把枪插入列昂契奇武装带的枪套里,拍拍列昂契奇的肩膀,说:“列昂契奇中校,你想娶莎莎?我来告诉你,只有一种可能……”

列昂契奇睁大眼睛看着安德烈。

“那就是我得死在你前头!”

列昂契奇气得满脸通红,一摔门出去了。

列昂契奇气冲冲地走出安德烈的房间,走近那架吊桥,守桥的士兵看见列昂契奇走来,连忙放吊桥,吊桥被缓缓放下。列昂契奇等得着急,发火道:

“大白天的，拉什么吊桥？”

“这是上校的命令。”士兵小心地回答道。

“怕死鬼！一群怕死鬼！”

顺着吊桥外的石子路，列昂契奇走向河滩，迎面走来谢尔盖。

“彼得，看你一脸怒气，出什么事了？”

“安德烈，那个混蛋！库兹米奇，你走开，这事跟你一点儿关系都没有！去干你的活儿，少管闲事！”

“彼得，你这个人怪没意思的，我没有招你，也没有惹你，你凭什么冲我发火？”谢尔盖知道列昂契奇一向对安德烈很恭敬，现在突然听他骂安德烈，心里一乐，故意这样说，想逗出列昂契奇与安德烈之间究竟闹了什么矛盾。

“库兹米奇，我说过，这事跟你没有关系，都是……”列昂契奇欲言又止。

“彼得，你是不是想到淘金船那边看看？我也正要往那边去，走，陪你一块去。”

列昂契奇平常跟谢尔盖多少有些交情，两人常在一起喝酒，列昂契奇心里有不痛快，喜欢跟他在一起宣泄一番。谢尔盖判断列昂契奇刚才肯定跟安德烈因为什么事情怄了气。

两个人谁也不说话，默默地走在河滩石子路上。谢尔盖这两天听宋振良说起，刘铭心给钱良剑出主意，想通过把莎莎许配给列昂契奇来控制他们，琢磨列昂契奇生这么大的气，会不会与这件事有关系呢？谢尔盖很机敏，他当然不会直接问，而是绕了一个弯子。

“彼得，你说怪不怪？为什么俄国人和中国人生的孩子都那么漂亮？你知道的，我小时候住在塔城，那里的混血儿很多，在每条巷子里都有那么几个这样的孩子，不管男孩还是女孩，都很漂亮的。彼得，你说这是什么原因？”

“废话！库兹米奇，你不也读过书吗？怎么连种群越远、联姻越好的事情都不懂？库兹米奇，你这句话是什么意思？”

“能有什么意思？还不是闲聊天嘛。彼得，你想啊，我们俄国女人皮肤白，却是黄头发；中国女人呢，是黑头发，但皮肤却黄……”

“库兹米奇,你又在说废话了。中国人是黄种人,俄国人是白种人,不是一个种族,能是一样的吗?”

“可是,这两种人的后代就能把他们的优点结合在一起,就像钱良剑的养女莎莎,她长得要多漂亮就有多漂亮。她身上既有俄国人的优点,又吸收了中国的好处……”

“库兹米奇,你跟我少提莎莎!她就是再漂亮,那也不是我的。安德烈就是故意阻碍我们!他说我要娶莎莎,只有一种可能,就是他死在我前面!库兹米奇,你听听,这不是混账话又是什么?我娶不娶莎莎,跟他有什么关系?可是,安德烈的脾气就是这样,说一不二。库兹米奇,你说我该怎么办啊?”

自从今年夏天淘金船的引擎被人破坏,谢尔盖回国进口配件返回阿勒屯塔莱后,他一直在琢磨安德烈、伊万和列昂契奇三人之间的关系,想从中找出一道缝隙,制造矛盾,以便剪除安德烈。从他掌握的情况看,伊万和列昂契奇都是安德烈的心腹,算得上左膀右臂。伊万此人非常狡诈,多年逃亡的经历让他养成了遇事先怀疑的习惯,每次看见谢尔盖,他的那双鹰一样的眼睛总在偷偷观察,让人不寒而栗。列昂契奇算是一介武夫,但粗中有细。两人共同的特点就是对安德烈很忠诚。伊万死后,谢尔盖松了一口气,频繁地接触列昂契奇,借着一起喝酒的机会伺机挑拨他与安德烈的关系,但列昂契奇机敏得很,每到关键时刻总是收住了话,让谢尔盖几乎无懈可击。今天,机会就这样不期而遇了。

“彼得,咱俩认识的时间虽然不长,但相处得很愉快。我敬佩你是条汉子。说句不该说的,你对安德烈够朋友,二十岁就跟着他在这个破地方苦熬。说句老实话,我在这山里才待了不到半年,都待不下去了。这里有什么?连个女人都没有。我真不知道这么多年你是怎么熬下来的!对,这里有金子,金子人人都爱,但是,青春都没有了,要金子做什么?……”

“金子跟我有屁关系!”列昂契奇突然吼起来,“我跟他在这里淘了快十九年的金子了,我手里有什么?什么也没有!金子都在他的手里。他要积累资金,他要买武器,他要复仇……复什么屁仇!去年,伊万带着一百多人打回去,结果在斋桑湖全军覆没,只回来伊万一个人!复仇?全是骗人的鬼话！我在山里憋了十九年，找个女人还要跑到三十多公里以外的托托里小镇去！但是，这些年来，我说什么了？一句怨言也没有！妈的，哪天把我惹急了，我带上武器，哼……”

一听这话，谢尔盖喜上眉梢，连忙说：“对，像你这样的好汉，当然应该有属于自己的一片自由自在的天空。”

“可是，一想到当年是安德烈带着我们一百多人捡回性命的，对我们有恩，我又不忍心！这些年就是这样过来的。唉……”

谢尔盖的心里猛地一惊，心想太着急了，差点儿说漏了嘴，连忙把话题拐向别处。

吃过晚饭，谢尔盖就去找宋振良，宋振良听完他与列昂契奇的这次对话后，说道：“列昂契奇这个人很复杂，他有仗义的一面，但也有狡诈的一面。”然后就把前不久列昂契奇跟廖远方说的话学给谢尔盖听，“你听听，因为廖远山救过他的命，他放了廖远山一马，也算义气，却又让廖远山放老实一点，如果杨健死了，他就拿廖远山问罪，又够狡猾和凶残的吧？库兹米奇，你做得对，跟这样的人打交道，一定不能着急，要循序渐进，慢慢来。不过，这次他对你说的那些话，完全说明他跟安德烈有很深的矛盾，咱们抓住机会，完全可以利用这些矛盾。列昂契奇迷上了莎莎，他不会轻易放手，而安德烈又是一个非常固执的人，在这一点上他们无法调和，这正是我们做文章的好机会。”

谢尔盖说：“钱良剑为什么会在这时候主动向列昂契奇提亲呢？据我所知，几个月前，列昂契奇曾上门向钱良剑求亲，还带去了十公斤的黄金，却遭到钱良剑的奚落，而现在……怎么变化这么大？”

“据说，钱良剑向列昂契奇提亲，是刘铭心的主意，这里面是不是有阴谋？就在这两天，我们互助会得到了一个确切的消息。这消息是从马善成那边传过来的。新疆省政府为支持他们推出的币制改革，已经出台了一道新的禁令，从今往后，禁止新疆所产的黄金出疆，一旦发现谁擅自把黄金倒出新疆，将予以重罚。刘铭心会不会从中做什么文章？库兹米奇，如果他在做这方面的文章，列昂契奇和莎莎的事会不会跟这件事有关？”

“这个不好判断,但有一点可以肯定,钱良剑在莎莎与列昂契奇的婚事上出尔反尔,就不大正常,而这件事又是刘铭心出的主意,就更费琢磨了。宋振良同志,咱们关注这件事,说不定正是我们分化安德烈,从而除掉他的好机会。”

第二十八章

蛇娃是疤拉强的命根子。钱良剑手下六千名淘金客无人不知道这么一句话:你欺负谁也不要欺负蛇娃。蛇娃属蛇,这年二十三岁,他比疤拉强晚七八年进山。疤拉强是阿勒屯塔莱的元老,十多年前,安德烈他们百余名白卫军官兵战败后辗转到这里不久,疤拉强就进山了。明面上,蛇娃是疤拉强的表弟,但知底里的老淘金客知道蛇娃其实是疤拉强一个老相好的弟弟。疤拉强是甘肃嘉峪关人,小时候整天在嘉峪关旧城楼上跑上跑下。成人后的疤拉强个头不高,但身体很壮实,虎头虎脑,胆子贼大,如果星星能够得着他都敢摘。有一年夏天,他跟当地民团团长的小老婆搞上了。实际上,他跟民团团长小老婆的接触十分偶然。一天,那个妖娆的女人穿一袭旗袍走在嘉峪关城楼下的砖地上,砖地凸凹不平,女人崴了一下脚,旗袍的开衩处一下裂开,恰好女人那天没穿短裤,这在封闭、保守的西北相当罕见,正巧被坐在城墙根纳凉的疤拉强一眼瞅见,疤拉强憋不住了,借了一副豹子胆就把那女人搞了。时隔不久事情败露了,民团团长杀了小老婆,却让这个不知死活的家伙给跑了。蛇娃就是小老婆的亲弟弟,也是这小子向疤拉强通风报信,疤拉强才捡了一条命。疤拉强一竿子跑到阿勒泰,在阿勒屯塔莱站住脚后,就把蛇娃接进了山。

在山里,蛇娃一直是疤拉强的好帮手,疤拉强离开这小子就觉得日子没过头。可是,眼下蛇娃却病了,还病得不轻,整天躺在床上不停地咳嗽。有懂点儿医道的淘金客猜测蛇娃患的是肺炎,对疤拉强说迪化有红毛洋人的神药,叫什么盘里西林,打几针就好。

“这里离迪化几千里呢!”疤拉强急得直跳脚,“到哪里去找这种神药?”

没办法,疤拉强先去找邬生龙,求他在刘铭心面前说句好话,他好带蛇娃去迪化瞧病。

邬生龙一句话给他撅回来:“疤拉强,你以为你是谁?让我到刘总督察那里说好话,说得着吗?”

疤拉强贴在邬生龙的耳边说:“邬队长,我可不像那些叫花子淘金客,我是阿勒屯塔莱的老人呀,我不会白求你,我在迪化有宅子,有婆姨,等回头咱们出山到迪化,我请你下馆子,给你送女人、送金子。”

邬生龙一听,雀斑脸上两只耷拉的三角眼眯起来,眼角挤满细密的皱纹:“那我也只能去试试。就看你表弟蛇娃的运气好不好了。”

午饭后,钱良剑先走了,莎莎今天没有过来吃饭,餐厅只有刘铭心和邬生龙,邬生龙趁机把疤拉强托付的事说了。刘铭心翻起他镜片后的死鱼眼说:“滚蛋,还迪化呢,托托里小镇都不行。他疤拉强劳动合同没到期,就别做美梦了。别人也不行,合同没到期,一个都别想出山!”

疤拉强来找乔里轩诉苦,乔里轩安慰他说:“强哥,你先别急,咱们一块去找钱良剑,难道他还能见死不救?”

乔里轩和疤拉强来找钱良剑的时候,恰好刘铭心也在场。不知怎么的,钱良剑对乔里轩还算客气,让他们在办公室的椅子上坐下说话。

钱良剑说:“这还真不好办。提前出山,这在咱山里还没有先例,我要是同意你们提前出山,其他人有这方面的要求,我该怎么办?批还是不批?”

疤拉强说:“我表弟病得真的很厉害,我估计等合同到期再出山治疗,怕是等不及,到那时说不定他就死了。钱局长,您能不能看在我多年在山里劳碌的分上,高抬贵手,放我们出山啊?”

刘铭心说:“你们跟阿山金课局签的是三年合同,合同上有这样的条款:‘三年之内,淘金客生死由命,富贵在天,合同没到期,一律不得下山。’阿勒屯塔莱近万名淘金客呢,这口子一开,还能收住吗?咱们还是按照合同约定的来吧。再说,还有一个月天就冷了,该收山了,你们签下的合同也就到期了,再坚持一下,到期再去迪化就诊吧。”

乔里轩说:“刘总督察,你说的是对的。但是,蛇娃他病得厉害,等不到下山！咱们总不能见死不救啊！”他的脸转向钱良剑，“钱局长，佛语说：‘救人一命，胜造七级浮屠。’蛇娃才二十三岁呀！求求你，救救他吧！”

钱良剑的一只手捂着下巴，表情有些犹豫。

刘铭心却坚决地说：“这个口子不能开，影响太大，一旦让你们出山，弄不好真不好收拾了。”

乔里轩和疤拉强耐着性子，好说歹说，口水都说干了，就是不行。

疤拉强站起身，一把拉起乔里轩，说：“别跟他们啰唆了，走，咱们不求他们！骑驴看唱本——等着瞧吧！”

乔里轩和疤拉强出了门，钱良剑对刘铭心说：“这个半边脸让狗熊扇掉的家伙还挺硬，脾气大得不得了，他以为他是谁哩！”

“那小子没什么名堂，就是个二杆子。倒是那个姓乔的，不卑不亢的，说话也得体，还有一身功夫，倒是个人物。”

“疤拉脸是阿勒屯塔莱的老淘金客，阿山金课局成立前他就在这里淘金，虽然经常惹是生非，却也没搞出与金课局对抗的大名堂。姓乔的那人就不简单了，你看他办事多沉稳，不慌不忙的。上次他跟列昂契奇比拳脚，他明明可以随便就放翻列昂契奇，但他却收敛锋芒，始终不出手，不是寻常人物。铭心，你说，这家伙会不会是他们那个狗屁襄堂帮的核心人物？”

“如果是的话，咱们要不要找个借口除掉他？局座，莎莎最近跟他还走得近吗？”

“我每天这么忙，咋能知道？你得问邬生龙去。除掉他，找个什么借口呢？”

“不然我派邬生龙找个机会把他暗杀掉就完了。”

“暗杀他？”钱良剑沉吟片刻，“如果他不是襄堂帮的领头人物，杀掉他对咱们来说也没有什么意义；如果他是个领头人物，咱们暗杀了他，他突然在山里失踪，他们的襄堂帮乃至互助会是不会放过咱们的，有可能酿出轩然大波，倒让咱们陷入被动。这还真得从长计议。”

“局座考虑周到，心思缜密，怪不得这山里这么些年没出过什么大事，让您治理得服服帖帖。这阿勒屯塔莱非同寻常，是出金子的宝地啊！这种地方不出乱子才是怪事哩。局座，说句心里话，这一年来，跟着你我受益匪浅呀。就说我原来的上司安东吧，人绝顶聪明，非常有才干。但是，与您相比，却显得小气，说句不好听的，他没有大智慧。局座，您稳稳当当的，才是大智若愚啊！”

“铭心，不说这些没用的。那个姓乔的，先放一放，让邬生龙盯紧他，他若有一点儿不轨行为，立即向我汇报。”

“是，局座。那莎莎是不是还可以继续跟他接触？那也是咱们获取情报的一条重要渠道呀。”

“这个……就顺其自然吧。把我闺女搭到里面，我心里不舒服。”

乔里轩和疤拉强出门后，走上木栈道。疤拉强走在前面，木栈道被他踩得嗵嗵响。突然，他停下脚步，回过身说：“乔哥，咱们罢工吧！不给狗×的一点儿颜色瞧瞧，他们不知道马王爷长着几只眼！”

“罢工啊？这么大的事，咱们襄堂会得坐下来商量一下，不是咱们两人就能定下来的。”

“乔哥，襄堂会和互助会，谁不听你乔哥的？只要你乔哥说罢工，谁敢不听？”

“强哥，我哪有那么大的威望？这事太大了，一动就是几千人的事，咱们得好好合计合计才行。要不这样，今晚上咱们开个襄堂会，一块商量好了再说。强哥，你看行吗？”

“你看行就行！”

疤拉强转过身，嗵嗵地走去，把乔里轩一人留在木栈道上。

晚上，在一盏如豆的煤油灯边，几个男人坐在窝棚的地铺上。煤油灯的火苗在扑闪，映在几个男人的脸上一晃一晃，明明灭灭。

参加会议的人有乔里轩、乔里知、疤拉强、吾守尔·买买提、刘顺、姚晨芳、廖远山，还有宋振良。开会前，来人的屁股刚坐下，疤拉强就对宋振良参加会议提出异议。

“这是襄堂会的议事会，宋振良又不是襄堂会的堂客，他凭什么参加咱们的会议？”

乔里轩做了解释：“是我通知宋先生来参加会议的。因为罢工事大，牵扯方方面面的人，再说过去但凡决定重大事项时，都请宋先生参加，所以这次也把他请来了。”

疤拉强强硬地说：“襄堂会的议事会只有襄堂会成员才有资格参加，这一条也是写进了襄堂会章程里的，凭什么说变就变？我不同意！”

刘顺附和着说：“既然有章程，咱们还是按章程来办。”

疤拉强立即说：“你们听听，我说得是不是有道理？”

一向沉稳的乔里轩突然变得急躁说：“你们知不知道？宋先生病在床上，”乔里轩说话时，宋振良半倚在地铺的被垛上，连声咳嗽，“是我硬把他给拖来的。兄弟们，咱们回忆一下，每次咱们襄堂帮遇上大事，哪次不都是宋先生给咱出的主意？而且，事后也证实了，宋先生拿出的主意就是没错！我就不明白了，他怎么就不能参加咱们的议事会？”

宋振良本来就瘦小，脸色也黑，现在更显得又黑又瘦。他憋住咳嗽，摆摆手，说：“里轩，让大伙儿说呀，还没议事呢，就戗戗起来，不大好啊！”

几个人这才安静下来。

沉默了几分钟后，乔里知用和事佬的语气说：“要不这样，宋先生当然有参加议事会的资格，过去他不都参加了吗？他只参加会，但没有表决权，这样咋样？总不能为这事儿就僵持在这里吧？”

大家纷纷点头，疤拉强也没有提出异议。

乔里轩说：“那谁先说？”

“事是因我而起，我就先说一句。”疤拉强没好气地说，“上回黄二狗四个人死了，咱们还罢工了。这次，眼瞅着一个活人要变成死人，有些人却像娘们儿，犹犹豫豫，我想不通，这是为啥？”

乔里轩说：“强哥，你知道的，我这人心里有什么话就说什么话，说得不对你也别生气。上回黄二狗四人他们被扔到白石坑，其中那个叫甘肃娃的还有一口气，满天飞的秃鹰却要吃他们身上的肉，这不是活吃人吗？钱良剑他们根本就没把咱们淘金客当人看，淘金客们都非常气愤。为争取做人的权利，所以很容易就把淘金客们给发动起来了。这一次，蛇娃病得厉害，要抓紧时间去迪化治病。这件事我着急，在座的人都着急，但是，这跟几千淘金客却没有直接关系，要发动所有淘金客罢工也就不容易。所以咱们现在才坐在这里合计，大家看这件事怎样办才好。”

吾守尔·买买提、姚晨芳、廖远山都说，乔哥说得有道理，为这件事闹罢工，能不能闹起来，还是个问题。刘顺和乔里知没有言语。宋振良说：“几十人、几百人的小规模罢工，不会起大的作用。如果是几千人的大罢工，那罢工的理由必须跟他们的切身利益有关系，这样罢工才可能成功。不然的话，罢工搞不起来，反而让互助会失去威信。”

疤拉强说：“上两次罢工不都成功了吗？在座的差不多都是老淘金客，哦，只有姓宋的一人不是。阿勒屯塔莱多年来的生产定额都是每人每天五克金，一个罢工，就减到了四克！连这样的事情都能办成，再罢他娘的一次工，放一两人下山治病还做不到？真是天大的笑话！”

“这句话本不该我来说，但事关重大，我不能不说。强哥，有得罪的地方还请原谅。上次罢工之所以获得成功，是因为减少劳动定额牵扯到山里所有淘金客的利益，而且马善人那边莫名其妙地先减了，最后才迫使钱麻子他们妥协的。尤其是关键时刻，莎莎报信说，迪化邱司令也有松动，咱们咬牙坚持到了第五天才成功的，这些大家心里都清楚。而这次就因为要送蛇娃下山治病，几千名淘金客怎么可能一呼百应？”宋振良用尽气力说了这番话后，连连咳嗽，那张瘦小的黑脸憋得像猪肝一样黑紫，“所以说，罢工还得因势而为……”

他张口还要说什么，疤拉强声音很响地咂咂嘴，揶揄道：“还说、还说，你都快憋死啦，还闭不上你那张嘴！再说，你也不是襄堂帮的，这里没有你说话的份儿。”

姚晨芳听不过去，说：“强哥，人家虽然没有表决权，但参加会议就有说话的权利，不然人家坐在这里，不就成泥菩萨了吗？”

疤拉强瞪了姚晨芳一眼，说：“你是马善人那边的人，跟我们关系不大，没你什么事，你也该少说话，没人把你当哑巴！”

乔里轩晃晃手，说：“闲话少说两句。我看要不这样，你们看行不行？蛇娃是强哥的表弟，也是我们的兄弟，绝不能看着他眼睁睁地死掉，他还那么年轻！宋先生，您的柴油车不是经常出山吗？您能不能让司机到托托里小镇看看有没有他们说的红毛洋人的神药，如果托托里小镇没有，就去福海看看，福海没有，就搭乘飞机去迪化，总之，要把药买回来，救蛇娃要紧。”

众人听罢都没有说话，疤拉强也沉默下来。过了一会儿，他说：“远水不解近渴。他姓宋的眼下病得连站起来都困难，咋去托托里小镇？更不要说去迪化了。”

乔里轩说：“他新来的那个司机可以去嘛。”

“他去托托里小镇没问题，可是小镇上根本就没有那种药，那谁去迪化买药？如果不罢工，不给钱麻子一点儿颜色瞧瞧，我们这些人谁能出山？这不是活活地让蛇娃等死吗？”

宋振良有气无力地说：“我让司机在小镇托朋友，完全可以去迪化……”

“托朋友？想得那么容易！哪个朋友？可靠不可靠？谁能保证他愿意跑这一趟，而且能把药给买回来？”

“这个谁也不能保证。”

“那你还在这里说，顶个屁用！”

“强哥！”乔里轩喝了一声，“咱们不是在这里商量吗？你不要出口伤人！”

“我出口伤人？蛇娃是我的表弟，不是你的表弟，你才这么站着说话不嫌腰疼。行啦，别说这些没用的了。同意罢工还是不同意罢工，咱们表决吧。诸位兄弟，看在蛇娃年纪轻轻就等死的份上，帮我一把，我疤拉强一辈子不忘！”然后，扑通跪倒在地铺上。煤油灯的火苗忽地扑闪起来。

乔里轩上前来拉他：“强哥，不要这样，咱们这不是紧着在商量吗？”

疤拉强执意跪地不起。

众人面带难色。

疤拉强仰起脸说：“别耽误工夫，表决、表决，废话少说！”

乔里轩看了眼疤拉强：“既然强哥都这样说了，那咱们就表决吧。同意罢工的请举手。”

跪在地上的疤拉强首先举手。刘顺犹豫片刻，也把手举起来。乔里知把手举了一半，却又放下来：“弃权可以吧？那我弃权。”

“不同意罢工的请举手。”

吾守尔·买买提、姚晨芳、廖远山慢慢举起手来。

乔里轩最后举手:“按照襄堂帮的规矩,少数服从多数……”

疤拉强忽地站起身,狠狠地瞪了宋振良一眼:“妈的,王八蛋!”

第二十九章

晚饭时分是钱良剑营地最热闹的时候。一字排开的五个大伙房中，除了长官餐厅稍微安静外，其余四个饭厅总是一派乱糟糟、闹哄哄。早餐简单，加上那些大小金把头催得紧，淘金客们三口五口地把饭扒拉到嘴里，用衣袖一揩嘴就算了事；中午为免去来回跑路的时间，午饭由厨子送往工地；只有这晚餐才是伙房最热闹最放松的时候。大伙儿累了一天，喜欢聊天吹牛的就在松树做成的简易餐桌前大声说话，放声大笑，好喝两口的就在一起红头涨脸地猜拳行令。总之，在这群人离开前，伙房永远也别想安静下来。

乔里知木然地排在打饭的队伍中。自从大哥死后，乔里知像是变了一个人，整天沉默寡言。当他排到菜台前时，管打菜的白凤琪用铁勺敲响菜盆边，说："喂，姓乔的，丢魂啦？"

乔里知连忙将饭盆递上去。

白凤琪接过饭盆，往里舀了一勺菜，说："姓乔的，当心饭盆烫手。"

这是事先约定的暗号，表示饭盆底下有东西。乔里知端着饭盆往出走的时候，顺手把盆底下的纸条悄悄放入衣兜内。坐在餐桌前吃饭，乔里知心神不定。邻座的一位淘金客跟他搭讪了句什么，他也没听清，心里猜测着纸条上的内容，想等到走出饭厅再拿出来看。但他忍不住，只吃了几口饭，看看没人注意他，便从兜里取出纸条，在餐桌下偷偷看："姓乔的，我的狼狗又饿了！"乔里知的心里咯噔一沉，知道这是刘铭心又在催促他提供情报。

乔里堂死于非命，最为惶恐和愧疚的就是乔里知。乔里知的脸庞原本白皙丰满，现在两颊却凹陷进去，面色也变得蜡黄。有一天，乔里轩对他说："二哥，你是不是不舒服？瘦得厉害啊！等秋后合同到期，咱们出山，一定要去医院看看。"乔里知勉强地一笑道："没事，三弟，晚上睡不好觉，总做梦，可能跟这有关系吧。”

是的，乔里知说的是实话。自从大哥死后，他老在做一个相同的梦。梦中是黑压压的人群，大哥低矮的身躯在人群中穿行，站在人群中的他拉了一把，大哥蓦然回头，是一脸殷红的血。他往往猛然惊醒，浑身上下都是冷汗。

现在，当他把饭盆里的食物毫无滋味地吞下肚里时，惭愧与后悔却被浓重的恐惧所替代。他知道，钱麻子、刘眼镜心狠手辣，绝不会放过自己，那条狼狗张着血盆大嘴扑向黄俊喜的惨景又浮现在眼前。他猛地起身，离座走出去几步，身后有人喊他，他的心里一惊。转头看时，正是刚才那位坐在他对面吃饭的淘金客在喊他：“乔家二哥，你忘了拿走饭盆了，等你再回来找，可能早就被人捡走了。”

乔里知木然地朝那位淘金客点点头，小声说了句“谢谢”，便脚步匆匆地走了。

乔里知从木栈道上往自己三弟的窝棚走去。在接近乔里轩的窝棚时，门口有人大声咳嗽了一下，乔里知知道窝棚里的人正在秘商什么大事。果然，从窝棚里传出宋振良急促的咳嗽声。

放哨的淘金客看清来人是乔里知，故意大声地说：“是乔家二哥呀！您这就吃过饭啦？”

乔里知应一声，低头掀开毡门帘进到窝棚，里面坐着三弟和宋振良。乔里轩和宋振良见来人是乔里知，并不在意，继续着他们方才的话题。

“疤拉强说咱们互助会不肯替蛇娃做主，真是瞎说！我一向不愿出头，为了蛇娃，我不是陪他找钱良剑和刘铭心理论去了？”乔里轩朝刚进窝棚的二哥点点头，有些生气地说。

“疤拉强本来就对你嘴服心不服，这是大家都知道的事。据山里的老淘金客说，疤拉强原来很风光，淘金客都私下里给他交保护费，自从咱互助会成立后，他的这笔外快收不上了，他心里不记恨咱才怪呢……”话没说完，宋振良又急促地咳嗽起来。

乔里轩探过身子去摸宋振良的额头：“这么热，都烫手了！宋先生，您这是怎么了？咳嗽怎么老不见好啊？”

宋振良摆手说："没事儿，你们别担心我。疤拉强要咱们互助会替他表弟撑腰，组织淘金客罢工，我看搞不起来，这跟前两次不一样……"说着，又是一连串咳嗽。

乔里知连忙说："宋先生，您得找山里的郎中看看，听说刚进山的一个姓邬的郎中医术还不错，让他给看看吧。我听住在您窝棚附近的兄弟说，这些天老听见您在咳嗽，有时一咳就是一宿。"

乔里轩说："我二哥说得对，宋先生，您把您手头上的事放一放，抓紧时间治病。"

"不碍事的。咱们接着说正事。"

两人坐在一起继续交谈。

坐在旁边听着他俩说话，乔里知心里蓦地一动，眼睛不由自主地眨了眨。他站起来说："宋先生、三弟，你们说正事，我这就走了。"

"二哥，"乔里轩问道，"你有事吗？"

"没事，就是两天没见你，想过来看看，那我走了。"

钱良剑和刘铭心目送着白凤琪屁股一扭一扭地走出房间。刘铭心把一张窄纸条递给了钱良剑。

纸条上用铅笔写道："他们又要罢工，领头的是疤拉强！"

钱良剑说："妈的，上回让他们捡了个便宜，生生地把定额给降下来了，这回咱们先下手为强，既然是疤拉强领的头，先把他给收拾了，看他们群龙无首怎么闹腾？铭心，你放的那个怕死鬼还挺管用，上回让咱们缴了十四条枪，杀了他们两个人，真他妈的过瘾。常言说一树之果有甜有涩，一母之子有聪有愚，真还不假，就说乔家哥俩吧，一个硬得像石头，一个软得像卵蛋。铭心，你真有两下子，乔里知这条长线放得值。"

受到上司的夸奖，刘铭心多少有些沾沾自喜，但他却说："局座，我这两下子算什么？您大智若愚，表面上不动声色，实际上满腹韬略，那才叫帅才呢！局座，依我看，杀他们一两个人，小菜一碟，不过，也不能轻易激怒他们。疤拉强到底是不是领头的，我让邬生龙再细细查访一下，坐实了再动手，也为时不晚。局座，您看这样好不好？"然后，在钱良剑耳边小声嘀咕了一阵。

钱良剑哈哈一笑:"好的,就按你说的办。铭心,和你搭档同事,痛快!"

蛇娃本来就不壮实,病了以后就更显得瘦小。疤拉强坐在蛇娃地铺的边上,望着一脸蜡黄的蛇娃,心里很不是滋味。蛇娃每咳嗽一声,仿佛都咳在自己的心里。

"妈的,我就不相信,离开他乔里轩,我就折腾不起来?我也在阿勒屯塔莱待了十几年,没有兄弟,还有哥们,没有哥们,还有朋友,我就不相信我闹不起来。他不罢工,好吧,我带人罢工!弄上千儿八百人一起折腾没有问题,只要钱麻子不让咱们出山治病,我就闹屌不完!"

蛇娃又咳嗽了一阵,喘着粗气对疤拉强说:"哥,不要因为我让你跟乔里轩翻脸。乔里轩还真有两下子,咱斗不过。我这条贱命,丢在这里没关系。哥,你千万不要跟乔里轩翻脸啊!他手下人多,还有两把枪……"

"枪?对呀,我先把那两把枪弄到手再说。"

"人家能给你吗?"

"本来就是我提出要弄枪进山的。再说,他乔里轩又不会使枪,还跟那个二转子莎莎学开枪呢。我就说,我会使枪,枪当然应该放到我这里好啰。咱们手里有枪,就谁也不怕了。到时候,看谁敢不跟着我干?蛇娃,你放心,有哥在你身边,你娃死不掉!"

在找乔里轩要枪的路上,疤拉强想了好几条理由,他在心里默默记背,心想无论如何也要把枪搞到手。他还多少有些后悔,当初乔里轩从托托里小镇搞来两把枪的时候,就应该弄一把到手。他转眼一想,要是乔里轩不同意怎么办?硬抢?自己不是乔里轩的对手。那么,最好找借口把枪骗到手。

什么借口呢?干脆直接说了,就说好久没摸枪了,手痒痒,玩上几天就送还给他。

天黑下来,疤拉强刚走到乔里轩的窝棚前,乔里轩从窝棚里钻出,看见他很热情:"强哥,蛇娃这两天身体好些了吗?"

"还是那个屌样,咳得厉害,我看他熬不过秋天了。"

"宋先生的车明天出山拉油,已经跟司机说好了,让他想办法托人去福海看看，不行就去迪化，多给人家一点儿金子，尽量找到盘尼西林。强哥，你就放下心，蛇娃的事搁在我心里呢！”

疤拉强心里涌起一股暖意。须臾间，暖意消失了，他想起自己的来意。

“乔哥，咱们不是从山外面弄来两支枪吗？”

“是啊，德国造的十响驳壳枪。你什么意思？”

“我想，我想，”疤拉强嗫嚅着，“我想借去玩玩，手痒痒。另外，也想上山看看能不能碰上运气，打个猎物……”

“那你开枪，不怕矿警大队的人听见？”

“山那么多、那么高，哪能到处都有矿警队的人？再说了，我走远一点儿，到森林深处去，鬼都听不见。”

“既然这样，我这就给你去取。”

“我想借两把……”

“一把还不够你玩？再说，那把枪在别人手里面呢。”

“乔哥，我能不能问一下，那把枪在谁手里？”

“这个……反正不在我手里。你先拿一把去玩吧。”

另外那把枪在谢尔盖手里，是宋振良帮助谢尔盖借走了那把枪。乔里轩知道，谢尔盖随时准备刺杀安德烈。但这句话不能对疤拉强说，对谁都不能说。

“刘总督察，准备领头闹事的就是那个疤拉强！”一路走得急，邬生龙满脸通红，以至于雀斑看上去都不那么明显，“就是因为不让他和他的表弟提前出山，他就在底下鼓捣淘金客们罢工。”

“妈的，他们罢工还罢上瘾来了。看样子真的像钱局长说的那样，先把那家伙给除掉！”

“刘总督察，我听您的，您说什么时候干掉他，我就什么时候送他去见阎王。另外，那个宋振良也得了跟蛇娃一样的病，应该是肺炎。这段时间，按照您的吩咐，我们对姓宋的加强了监视，没有发现这家伙有什么不轨行为。他如果不出山拉柴油，每天从工地回来，除了去伙房吃饭，差不多都不出门，就待在他的窝棚里，我看他那个样子不像是共党分子。他现在又病得厉害，要死不活的，整天价不停地咳嗽。我让邬郎中也暗中注意他，邬郎中给他号过脉，证实他患的就是痨病。我看他熬不过这个秋天了。”

“上次，那个姓宋的司机从托托里小镇贩枪进山，我一直怀疑宋振良与此事脱不了干系，所以让你对他实行监视。既然乔家兄弟和疤拉强都不像共党分子，这个姓宋的也不像共党分子，那么这个共党分子应该是哪个？他就像影子一样在我们身边晃，可又确定不了，真让人费心思。”

“刘总督察，说句不该说的，”邬生龙用双手搓了搓他那满是雀斑的脸，偷眼看刘铭心脸上并没挂愠色，奓着胆子说，“您是不是在阿尔金山上吃了共党分子的苦头，有些太过敏感？但我觉得，共党分子跑到这里干什么？况且，盛督办的六大政策中，有一项就是联俄。所谓联俄，就是与共党交好，双方就不会明里搞对抗，他们有必要专门派人来这里跟咱们捣蛋吗？”

“邬队长，你扯远啦。该监视的还是要监视，不能放松了警惕。”刘铭心的脸上显出些许尴尬，他伸出右手托了一把眼镜，沉思了好一会儿，“邬队长，我忽然有个主意。你看啊，我手里恰好有一盒从迪化带来的治肺炎的特效药盘尼西林。前年，我上阿尔金山督查时，知道山上空气稀薄、气候恶劣，就特意备下了那东西。也就巧了，这两年我身边一直存有这玩意儿。邬队长，你这么着……”

然后，在邬生龙的耳边低低细语。

第三十章

邬郎中与矿警大队督察队长邬生龙一点儿亲戚关系都没有。春夏之交的时候，阿勒屯塔莱的淘金客第一次罢工刚刚平息后，为了表示重视淘金客身体健康，钱良剑从山下请来几个郎中，邬郎中就是其中的一个。那天，在乌伦古河的边上，邬生龙遇上了这个有稀罕姓氏的邬郎中。邬郎中伴着哗哗的河水声对邬生龙说："咱五百年前肯定是一家子。"这之后，这位督察队长见到郎中，老远就叫他叔。督察队长说："叔，咱这个侄儿不是白当的，以后你每个月给我五块新疆省银行发行的银圆。这山里，有的是淘金客找你看病，你赚钱的机会比你在山外要多几倍，所以你得给侄儿几块零花钱。"此后，这就成了规矩，每逢月初，郎中果然就给督察队长送去五块钱。

邬郎中长得白白净净，中等个头，身体微胖，斯斯文文。他原本在福海县城当郎中，中西医都有所涉足，在城里也算响当当的人物。三年前，县城豪绅梁德厚的四姨太早产，偏巧一时找不到接生婆，生死攸关，只得让这个须眉汉子来充当接生婆。孩子一声啼哭，母子平安，但梁绅士却越想越别扭，这个男人看见了他美妾的宝贝，而且全城人都知道，每次在街上遇见邬郎中时心里就不痛快。后来，梁绅士下了决心准备找人做掉他。郎中得到口风，立马逃到了托托里小镇，在小镇上做郎中，春夏之交，被钱良剑请到了山里。

邬郎中在山外也算见过世面，进山后待人处世圆滑得很，邬生龙找他说那几支盘尼西林的事儿，话还没说完，他就对督察队长说："生龙，叔明白刘总督察的意思了，你和刘总督察就静等好吧。"

邬郎中先找疤拉强和蛇娃，说："刘总督察手里正好有三支盘尼西林注射剂，知道蛇娃病得厉害，答应给蛇娃特效药，治病救人嘛。”

疤拉强和蛇娃大喜过望，只当上天开眼，起死回生了。

第二天，邬郎中急急火火地又来蛇娃的窝棚找疤拉强，一见面就扇自己的嘴巴，说：“不好啦，咋就走漏了风声？可能是我这张嘴不好，见人就说刘总督察给了蛇娃特效药，蛇娃有救了，没准儿就是这样传到他们耳朵里的……”

“你少嘀咕这些没用的！”疤拉强焦急地打断他的话，“你快说，究竟是咋回事啊？”

“那个柴油贩子宋振良也得了跟蛇娃相同的病，他是互助会大当家乔里轩的拜把兄弟，乔里轩就去找刘总督察，要刘总督察把那三支药先给宋振良，说不然就发动互助会的淘金客们举行大罢工，刘总督察很为难，说事先已答应把这三支药给蛇娃了，不能出尔反尔。”

“刘眼镜只有这三支药？”

“只有这三支，还是头年存下的。”

“邬郎中，那如果两个人分开用行不行？”

“那肯定不行。药量小，药效达不到，就治不了病。本来三支就够少的了，刚刚够治病的，还得看用药人的体质咋样呢！分开用绝对不行！”

“那刘眼镜后来咋说的？”

“刘总督察说，乔里轩势力大，只能给他们了，还让我向你解释一下，道个歉，说他也实在没办法。”

“妈的，太欺负人了！”疤拉强气得直跺脚，半边脸越发通红，“好个乔里轩，老子在众人面前抬举你、捧着你，你他妈的翘尾巴啦！凡事得讲道理，总得有个先来后到的。他明明知道刘眼镜已经答应把三支药给蛇娃了，却要横插一杠子，这不是明摆着欺负人吗？老虎不发威，你就当成病猫了？乔里轩，你个河南侉子，你等着，看我咋收拾你！”

邬郎中连忙说：“你看这事儿咋就闹成这样呢？强哥兄弟，你和乔里轩都是朋友，千万不要因为这事儿翻脸啊……”

没等邬郎中说完，疤拉强一把将他推出窝棚，邬郎中踉跄几步摔倒在地。他站起来，拍拍身上的土，朝蛇娃的窝棚冷笑了一声，迈着碎步走了。

疤拉强坐在蛇娃的地铺上，气得直喘粗气："妈的，大前年这个河南侉子没进山的时候，老子每个月要从淘金客手里收多少好处啊！他来了，跟我干了一场，我知道他手上功夫深，惹不起，咱躲得起，还在众人跟前吹捧他。现在好了，端起屎盆子倒在自己身上了。妈的，我他妈的熊瞎子都不怕，还能栽倒在他个河南侉子跟前？"

"哥，你不要为我跟他斗啊！"蛇娃边咳嗽边说道，"那个河南人本来就厉害，现在跟他跑的人更多了，咱惹不起他呀！"

"蛇娃，你忘了，哥手里有啥？"疤拉强从腰后抽出那支瓦蓝色的驳壳枪，"他的拳脚再厉害，能厉害过这玩意儿？"

太阳快落山时，疤拉强早收工了一会儿，去河滩上游找刘顺。

在阿勒屯塔莱，疤拉强资格最老，下来就属刘顺。疤拉强是个不怕玩命的狠角色，这里的淘金客们没人不怕他。但疤拉强却对刘顺一直很客气。一方面是刘顺有一双识金的眼，让人不得不敬佩；另一方面，刘顺聪明过人，善察言观色，把疤拉强的秉性摸得一清二楚，知道怎么与这种人打交道，所以多年来两人不但相安无事，而且多少有些交情。

刘顺肩扛铁锹正从河滩往营地走来，疤拉强上前一把拉住他，问："刘顺兄弟，这些年来咱哥俩儿关系咋样？"

刘顺莫名其妙地看看疤拉强，说："强哥，你今天怎么说起了这个？"

"有人明摆着欺负我，你管不管？"

"强哥，你在跟我开玩笑吧？在这阿勒屯塔莱还有敢欺负你的人？我的老天！"

"我晚饭都顾不上去吃，咋来跟你开玩笑？"然后就把邬郎中说的那些话儿说给刘顺听。

刘顺眨巴两下他那双三角眼，晃了晃他的招风耳，说："真要是这样，乔里轩做得可不地道。都是兄弟，不能亲一个、疏一个，远一个、近一个，还就像你说的那样，怎么也得讲个先后次序吧！既然刘眼镜已经答应把药给蛇娃了，他再插手就不应该了。哎，不对呀，刘眼镜真就只有三支药？怎么那么巧？"

“刘眼镜前年上了阿尔金山,那地方空气少,气候不好,他以防万一,就备下了这种药,现在就只剩下三支了。”

“那个邬郎中怎么说？打一针不管用?”

“真不管用。我也问过山里其他郎中,人家也是这样说的。”

“他俩得的是肺炎,也就是咱们常说的痨病。蛇娃咯血了吧?”

“咯得厉害,差不多天天见红了。”

“那得赶快打上这种药,不然命在旦夕呀。”

“刘顺兄弟,谁说不是啊……”

“强哥,咱闲话少说,你需要我干什么?”

“咱们跟他乔里轩干上一场,让乔里轩知道我们阿勒屯塔莱老淘金客的厉害,也让刘眼镜看看,他敢把那三支药给宋振良会是个什么结果!”

“行,强哥,我听你的,你说咋干就咋干。”

“刘顺兄弟,你是神眼,这山里信服你的淘金客多,你也帮我联络一些人,把事情的经过给大伙儿说清楚,好让大伙儿心里有数,咱们跟他干有道理,也才有力量。”

在河滩,一群淘金客围着刘顺,刘顺厌烦地挥挥手,说:“我不就是比你们在山里待的时间长一些,又不是神仙,我咋知道明明有金子的地方就淘不出金子?”

两个淘金客扑通地跪倒在刘顺的面前,说:“我们的神眼爷爷呀,你就帮帮我们吧,这眼瞅着就要收山了,我们手里不但没留下多少金子,每天还要交给金把头四克金子哩！你总不能看着我们空手出山,我们老家的地也荒下了,金子也没淘到手,我们出山咋个活法?”

刘顺说:“你们说这话儿我就不爱听。大家都是兄弟,埋在沙滩的花儿又不是我的,谁淘多淘少碍我屁事！我也给你们看过几个地方了,明明是好地方哩,咋就见不到花儿？老天爷呀,这花儿都飞到哪里去了？今年咋这么邪门,过去一天淘上六七克花儿也是常事,现在一天找四克花儿都困难,今年这是咋的了?”

“神眼爷爷啊,你就发发善心,再帮我们看看,能不能找一个好地方啊!”

这个组也是由十八个淘金客组成的，十八个人居然齐刷刷地跪倒在刘顺的面前。刘顺叹了一口气，然后骂了一句："狗东西们，你们还不快给我爬起来，跟我到前面的河滩看看！"

十八个淘金客一听这话，忽地站起来："那就谢谢神眼爷爷啦！"

这伙人跟着刘顺在河滩走的过程中，刘顺轻描淡写地说起蛇娃要药的事："那么年轻的娃，眼瞅着就要断气，乔里轩也不知是咋想的。该救人一把还是要救的，你们说是不是这个理？"

十八个淘金客鸡啄米似的点头："这个乔里轩，原来挺仗义的一个人啊，今儿这是哪根弦搭错啦？"

一个淘金客气愤地说："这样不行，兄弟们，今儿吃了晚饭咱们去找乔里轩，听他怎么说！"

其他淘金客齐声应诺道："对，就这样，吃了晚饭就去找他！"

刘顺却说："找不找的、说不说的，那是你们的事，赶紧跟我走，这次看看你们的运气好不好。"

疤拉强到马善成的采金区找到了姚晨芳，姚晨芳听明白对方的意思后，说："强哥，这样怕是不好吧？咱们可都是襄堂帮的成员呀，怎么能自己拆自己的台？就不能跟乔哥好好说说？蛇娃也是咱自家兄弟啊！"

看见疤拉强没说话，姚晨芳又说："乔哥没得说，那是个侠肠义骨的人，这山里谁不知道？不然咋有那么多人都听他的？我觉得，他不是你说的那样的人啊！"

"乔哥仗义，这个没的说。可在这件事上，正是因为他的仗义，他才不顾蛇娃的死活。"

"这话怎么说？"

"老姚，你想啊，乔哥跟宋振良那是什么关系？人家可是好兄弟啊，所以他才不管什么先来后到的，先救下宋振良再说了。不过，咋样说，也得讲道理不是？刘眼镜先答应把那几支药给蛇娃的，凭什么他宋振良要插上一杠子？他宋振良的命是命，蛇娃的命就不是命吗？蛇娃还那么年轻，今年才二十三岁啊！"

疤拉强一边说着，嗓子里就哽咽起来。

“强哥，你别这样，这样我心里也不好受。要不这样好不好，你去安德烈的营地找一下廖远山，回头咱们跟乔哥他们碰个面，不行就开一次襄堂帮议事会，在一块商议一下。强哥，你说这样好吗？”

疤拉强到安德烈营区找廖远山可费了劲儿。他先到河滩工地去找，与廖远山一起干活儿的淘金客说老廖今天早走了一会儿，可能已经回营地了。从工地到营地大约有六公里，疤拉强几乎是一溜儿小跑去的。营地认识廖远山的淘金客告诉疤拉强去伙房找找。

疤拉强来到安德烈的大伙房，伙房的饭厅里空无一人，伙房里正在忙碌的厨子头都不抬地说：“还没到饭点哩！他跑到这里做什么？”

疤拉强悄声骂了一句，出伙房几经打听才找到廖远山的窝棚。窝棚里也是空无一人，疤拉强正往出走，迎面来了一个淘金客，看上去面熟，那人打量他一眼，主动地问道：“这不是强哥吗？”

疤拉强以狠毒著名，在山里待的时间又久，也算是阿勒屯塔莱的名人了，认识他的人很多。

疤拉强点点头，说：“廖远山是不是住在这里？”

“是啊，强哥你找他算是问对人了。”他伏在疤拉强的耳边嘀咕几句，“强哥，待会儿你见到他，千万别说是我告诉你的。”

按照这个人所说，疤拉强没怎么费事就找到了那间比较高大的窝棚。撩起门帘一看，满屋子都是烟雾，七八个人围在一起正在掷骰子赌钱，面前堆着大大小小的皮囊和布囊，疤拉强也是老赌棍，当然知道囊中装的是沙金。他先看见大额头廖远山，然后看见那个一脸雀斑的谢尔盖，再一看，红脸膛列昂契奇居然也在其中。几个人玩得红头涨脸，忘乎所以，根本无暇抬头看人。疤拉强咳嗽一声，廖远山机敏地抬起头，疤拉强给了他一个眼色，廖远山眨巴了一下眼睛。过了一会儿，廖远山说：“你们先玩着，我出去放水。”

走出窝棚，廖远山问道：“强哥，找我啥事？”

疤拉强就把跟姚晨芳说的相同的话又重复了一遍。廖远山立即说：“要是这样的话，乔里轩做得不对，都是救人性命，哪能这样分亲疏？再说了，是刘眼镜先答应给蛇娃的嘛！乔里轩仗义一世，在这件事上做得不够意思。强哥，你说，叫我怎么帮你？”

“咱们跟他闹！等把他推下台，我推举你做堂主！”

“堂主不堂主的那是后话，咱们就说眼面前的事。强哥，直说吧，你想让我怎么帮你？”

“带上人，越多越好，咱们跟他闹！本来这阿勒屯塔莱就没他河南人什么事，凭什么让他来当这个堂主？再说，刘眼镜看见咱们的阵势大，他就不敢把那几支药给宋振良那个瘦鬼了。”

“刘眼镜？强哥，你让我想想。”廖远方晃了晃他的大脑袋，夕阳落在他的秃脑门上熠熠闪亮，“不对呀，这里面有名堂，会不会是刘眼镜搞的离间计？他看见咱们淘金客抱成了团，两次罢工都成功了，他怯乎了，所以玩了这么一手？没错，这绝对是刘眼镜的一个阴谋！”

“管他阴谋不阴谋的，先把药给了蛇娃就没事儿，不然的话，我疤拉强也不是吃素的，不闹他个底朝天才算怪事！”

“强哥，你还是冷静一点儿，别中了刘眼镜的奸计！”

“老廖，你愿意帮一把就帮一把，不愿意帮拉倒，反正不把药给蛇娃我就跟他没完！”

刘铭心展开白凤琪带给他的小纸条：疤拉强为蛇娃与互助会闹内讧。

拿着纸条，刘铭心立即去见钱良剑。

钱良剑看过纸条后，大喜过望，说：“这个姓乔的点子管用。这下好了，让他们自己跟自己去闹吧，咱们看热闹。”

“不管他们闹到何种地步，势必消耗各自力量，两败俱伤，如果他们中有人胆敢再跟我们闹什么罢工，我们很容易就将他们各个击破。”

“铭心，你跟着迪化那个最大的特务头子李英奇没有白跟啊！”说完之后哈哈大笑，“我说句不该说的，你可千万别在意，去年督办公署打来电话说要派你上山当总督察，我心里还膈应了一阵子，心说山里是淘金子的地方，派来个特务头子做什么？想不到李英奇让你进山是一着好棋，我上次就说过，盛督办是什么人？就是放在整个中华民国也是一代枭雄，怪不得他能欣赏李英奇，李英奇能当上他的总特务头子，还真是有两下子。老朽不胜佩服啊！”

“局座，您老是这样褒奖我，让我无地自容啊。说句实话，我这算什么呀？您才有大智慧，是大智若愚啊。这一年我从局座您身上学到的东西可不是一星半点。”

两个人相互欣赏，相互吹捧，弄得双方心情愉悦。

“不过局座，我总有一种预感，这个山里迟早有一场大动荡，这场动荡从什么地方来，怎样收场，我现在无从判断，但这种预感还是很强烈的。好在卑职跟局座一条心，随时都通着气，不管什么问题都一拍即合，这让卑职感到欣慰。”

“铭心啊，你太谦虚了。你是钦差大臣呀，咋变成我的属下了？咱们既是同事，又是兄弟，同在一条船上，同舟共济呀！”

“局座，有您这样的上司，属下三生有幸，也更有底气。他们想闹事？闹吧，我就等着他们闹哩。这山里无聊，闹点子事，不就增添点儿热闹？当然，话虽这样说，警惕性还是一点儿不能放松，要事先有判断，有对策，咱才能立于不败之地。”

“好的，铭心，有什么事你都可以给我说，有什么事你想怎么做我都支持你。咱俩是一体的，看他们谁能闹出事来！”

“局座，我听您的！”刘铭心转过身，放大声音叫来卫士，“你去叫邬生龙马上到这里来。”

不到十分钟，邬生龙笔直地站在钱良剑和刘铭心的面前。

“邬队长，你带上那三支盘尼西林，现在就去找邬郎中，让他把药立即送到那个柴油贩子宋振良的手里。快去，不得有误！”

新疆阿勒泰地区地处中国版图西北角，太阳落山晚。吃过晚饭后，天还亮着。乔里知从伙房出来得稍晚了一会儿，刚走上木栈道，就看见三三两两、结伴而行的淘金客往乔里轩住的窝棚那边走。开始，乔里知并没在意，忽然他发觉这些淘金客的肩上都扛着各种各样的工具，有钢钎、铁锨、铁镐，也有棍棒，甚至还有砍刀。乔里知猛然警醒：这些人该不是去找三弟拼命的吧？他知道疤拉强因为蛇娃的事跟三弟有误会，但没想到事情会闹这么大，居然到了拼命的地步。在这一瞬间，他想起自己的大哥，就因为一张两指宽的小纸条，断送了大哥的性命。现在不会又因为这样的小纸条，让悲剧重演吧？想到这，乔里知不寒而栗。他甩开大步，朝三弟的窝棚跑去，木栈道发出沉闷而急促的响声。

河滩边上那些鳞次栉比的匍匐着的窝棚已经被暮色染成了灰色，将近两百名淘金客肩扛长长短短的家伙从各处会拢到乔里轩的窝棚。等乔里知赶到之后，这些人已经将窝棚围拢起来。疤拉强挥舞着一把砍刀，大声呐喊道："乔里轩，你给我滚出来！"

与乔里轩同住一个窝棚的淘金客们都出来了，围着窝棚站成了一排，姚晨芳、吾守尔·买买提好像事先得到消息，也在人群中间。刘顺站在疤拉强的身边。姚晨芳大声地喊他的名字："刘顺，强哥疯了，你还不快劝劝他！赶快带人回去吧，都是自己兄弟，闹个什么劲儿啊！"

吾守尔·买买提用他那带维吾尔腔的汉语喊道："强哥，啥事情不能坐下来说啊？咋就动上家伙啦？强哥，你冷静一点儿！"

乔里知冲到人群前，张开双臂拦住疤拉强，说："强哥，你是襄堂帮的人啊，什么事情不能商量呀！我三弟是什么人，你难道不知道？这中间会不会有误会？会不会有人从中捣鬼，想破坏你和我三弟的关系啊？"

疤拉强用手拨开乔里知："你给我躲得远远的，没人跟你这个娘们儿兮兮的人讲话，滚开！"

乔里知又上前去阻拦，刘顺在一旁说："他们乔家三兄弟，就这个家伙不像好东西。强哥，他今天在你面前逞英雄呢！"

"逞他娘的屁！"一把猛推过去，乔里知哎哟一声仰倒在地。乔里知身后十几个兄弟往前冲来，疤拉强从身边人手里要过一把砍刀，高高举过头顶，"谁敢动，我让他脑袋开花！"

淘金客们大都知道疤拉强的狠毒，面面相觑地往后退，疤拉强和刘顺的人一步一步逼上去。正在这时，从侧面冲来一百多名手提棍棒的人，呼啦啦地横在疤拉强他们中间，领头的一人高喊道："谁要敢对乔里轩下手，当心他的狗头!”

跟疤拉强一块来的一两百人也高举起手里的家伙,大声詈骂,双方互不相让,眼瞅着一场血拼就要开始。姚晨芳和吾守尔·买买提张开双臂拼命阻拦,但是没有人听他们的,双方人马像两股洪流一样往一起冲击汇合……

发生在乔里轩窝棚的冲突,宋振良一点儿都不知晓,他正在一个淘金客的搀扶下往蛇娃住的窝棚蹒跚走去。蛇娃的窝棚其实距离他的窝棚并不远,最多只有五百米,但就是这点儿路程他居然走了半个多小时。搀扶他的淘金客说:“宋先生,有什么事我替你去办就行了,你看你,身体都虚弱成这个样子了,还非得自己亲自去!”

“不是我信不过你,而是这药很珍贵,”宋振良一边咳嗽一边说,“不亲手送过去,我放不下心啊!”

那个淘金客摇摇头:“宋先生,要不我来背你走。”

那个淘金客说完,也不管宋振良同意不同意,一弯腰,就把宋振良背到了自己身上。

“宋先生,你瘦成啥样子了?身子咋这么轻啊?”

淘金客背着宋振良走的速度居然快多了,不多一会儿,便到了蛇娃的窝棚。蛇娃的身旁有一名淘金客在照顾他。蛇娃看见宋振良不觉一愣:“宋先生,你都病成这样了,咋还要来我这里?”

说话间,两个人一起咳嗽,咳得昏天黑地。

“蛇娃,这三支药给你用吧。我得走,两个病人不能在一起比赛咳嗽啊!”

蛇娃明白过来,费劲地坐起身子:“宋先生,药给我了,您怎么办啊?”

“蛇娃,你放心,别看我瘦小,但我的命大。再说了,我都三十多了,你才二十三岁啊,你想想,谁用合算呀?”

蛇娃从地铺上连爬带滚地到了宋振良的跟前,双手抓住宋振良的双脚哭道:“宋先生,您就是我的救命恩人,您就是我大慈大悲的活菩萨啊!”

疤拉强的眼睛通红,好像往外滴血,半边脸红得发亮。他张开两只手,居然将姚晨芳和吾守尔·买买提双双推倒在地,一个人冲向乔里轩的窝棚,一名淘金客上来死死地抱住他的后腰,疤拉强猛一回臂,一肘将他击倒在身后。

疤拉强撩开毡门帘,看见乔里轩坐在地铺上,双腿盘绞在一起,他好像在静心打坐。疤拉强手举砍刀冲上去,乔里轩居然纹丝不动。

"乔里轩,你装啥洋蒜?"

乔里轩仍然如石塑般一动不动。

许久才说:"强哥,你还算是兄弟,没有带枪来。"

乔里轩语气平静,就像寻常跟他聊天一样。

疤拉强的手不由自主地软了,高举过头的砍刀渐渐垂下来。

"乔里轩,你既然把我当兄弟,为啥要那样对待蛇娃?"

"强哥,你就不会动一下脑子?"语气依然平静。

好像有一种无形的力量在抑制疤拉强,胸中的万丈气焰渐渐熄灭。

突然,照顾蛇娃的那名淘金客气喘吁吁地跑进来,伏在疤拉强的耳边低声细语。疤拉强咣当一声扔掉手里的砍刀,扑通跪倒在地,大声说道:"乔哥,你大人不记小人过,我错了,我向你赔不是!"

"强哥,男人膝下有黄金。请快起来吧。"乔里轩语气依旧平静,"强哥,你记住,既然都入了襄堂帮,什么时候咱们都是兄弟。"

第三十一章

在山里，钱良剑有两大嗜好：一是玩女人，二是玩麻将。这一两年来，随着年龄增大，他对玩女人的兴趣有所减弱，唯有这赌博的兴致却是有增无减。刚在餐厅放下碗筷，他就示意大伙儿上他那里搓几圈。方桌摆在钱良剑宽大的客厅中央，三盏大号气灯将客厅照得一片雪亮。刘铭心、邬生龙前后脚到达，最后到的是白凤琪，扭着滚圆的小屁股一晃一晃地走进来。

"哟，你们这就摆上啦，催、催，就知道催，你们一抹嘴就走了，我厨房里还没拾掇停当呢！"脚步刚迈进门槛，娇滴滴的话语早就飘进了屋。

钱良剑说："让你在伙房待着，你就做个样子算了，我也是给下面交代过的，你还当真啊？"

"你们听听，还是钱局长心疼我。可我就是个贱命嘛，不干活儿手痒痒。"

三男一女各自坐定，和田玉雕成的麻将牌哗啦啦响起。

莎莎从她的房间走出来，拐进客厅，除了钱良剑外，其余三人都向她打招呼。邬生龙还颇有礼貌地站了起来："莎莎，你先来搓两把吧。"

莎莎撇撇嘴："我才没这个雅兴呢！你们玩吧，我在一边看。"

立即有卫士搬来一把椅子，放在钱良剑的身旁，莎莎坐下来："看我爸怎样赢你们。"

众人就笑，说："莎莎，你就盼着你爸把我们赢得精光呢！"

天已经黑尽，夜色弥漫，钱良剑住所的窗户透出雪白的光亮，在一片漆黑中显得尤为醒目。

钱良剑在山里的营盘，是他亲手设计的。1935 年，钱良剑出任新疆省政府阿山金课局副局长，兼矿区治安调查执行委员会主任，当时局长空缺，钱良剑主持局里工作；后来，盛督办的岳父邱宗濬兼任了金课局局长，但他常年在迪化或伊宁，阿山金课局实际上仍由钱良剑做主。金课局建立后的第二年，钱良剑来到了阿勒屯塔莱。俄国人安德烈在他之前，早已进了山、扎下了营盘。钱良剑参观了安德烈的营盘。他觉得俄国人营盘建筑很有特色，体现了八个字：就地取材，安全实用。钱良剑此人还是很有才华的，他稍加改动便设计了自己营盘的样式。他的几千名淘金客的窝棚大都在一座山包下宽广的河滩里，他把自己的营盘确定在这座山包上。山包南面是高峻连绵的山峦，山峦与小山包之间有一道峡谷；往北却是一片扇形慢坡，慢坡下正是淘金客们鳞次栉比的窝棚。山上是原始森林，有的是木材，松树、杨树、桦树取之不尽。他令工匠将粗大的松树圆木一破为二，半截入土，半截竖立，像一道坚实的木墙一样将自己的营盘围成了一个山寨。安德烈的住所挨了炸药包后，钱良剑心有余悸，命人在木墙外又挖了一道壁立的沟壕，沟壕外加上一道结实的鹿砦。山里干的营生是淘金，金子人见人爱，见财起意是常事。

钱良剑的住宅，更显匠心。房屋的建筑材料以木为主，房屋与地面悬空半米，它们之间用结实的木柱支撑。这也是模仿和借鉴了安德烈的建筑风格。这种俄式建筑，隔潮通风，冬暖夏凉。在钱良剑的住宅与那道木墙之间，建有一圈木质房屋，那是马厩和马弁们住的地方。营盘里最核心、最神秘的地方就是建在他卧室后的金库。两名亲信马弁各执一把钥匙不分昼夜地守护着它。除亲信马弁外，那里只有他可以自由出入。刘铭心进山后，知道有这么个神秘地境，曾从侧面问过钱良剑，钱良剑含糊地顾左右而言他，只给刘铭心说了一个大概。倒是自己的养女莎莎，他没有戒备，还带她参观过一次。有一次，白凤琪好奇，嗲兮兮地求他想进金库看看。钱良剑说：“那你还不如用刀挖出我的心脏看看。”

从明亮的窗户看进去，四个人依然围坐在一起打牌。

对于这种娱乐，莎莎并没有多少兴趣，她只在钱良剑的身边待了不到半个小时，随便找了个借口就离开了。

四个人哗啦啦洗牌。随着时间的推移，面前码放的银圆忽而这边，忽而那边，不断变换着堆积的方位和堆积的多少。

钱良剑打出一张牌：“六筒。从山下传来的消息说，迪化那边从1939年开始推行币制改革，搞了一年还真见了成效。别说在迪化、伊宁、喀什、哈密等城市，就是一些小县城，过去那些五花八门的地方币、卢布，包括省政府过去发行的省票、喀什的喀票、伊犁的伊票都见不着了，被新疆省银行新发行的钞票所代替。”

刘铭心说：“又来了一个白板，刚才来多好，正好凑一副牌。不要了。局座，您说得很对，还真是这样。过去新疆货币流通相当混乱，一些地区甚至连清朝的青铜制钱和乱七八糟的外币也在使用，币制必须改革，也必须统一，只有这样才能稳定物价，保持经济平稳发展。”

钱良剑看了一眼手里的牌，说：“统一货币是当务之急。而推行新省币，必须以黄金储备为基础，新省币才有信誉。我听说，今后新疆的黄金一律不准出疆。昨天电讯科王科长告诉我，对黄金管制的新政策已经出台，马上就要下发到咱们这里。刘总督察，你有没有听说过？”

刘铭心正要回答，邬生龙却抢先说道：“刚才我们在来的路上还跟刘总督察说起这件事哩。”

刘铭心点点头：“看来这件事十有八九没的跑了。”

牌桌上，钱良剑总是赢少输多。四圈牌打下来，他面前码放的银圆又都跑到刘铭心那里了。刘铭心起身手扶眼镜说：“局座又让我啦。”

白凤琪打着哈欠说：“你们明天可以睡懒觉，我还得起早忙伙房里的事呢。”

钱良剑说：“白妹子，你就悠着点儿，想干就干，不想干就睡觉，我看伙房的人谁敢找事！”

刘铭心笑着说：“凤琪，局座这是给了你一把尚方宝剑。”

白凤琪向钱良剑作揖：“还是钱局长对我好！我可记在心上了，不像有些人！”说话间用眼睛瞟了刘铭心一眼。

白凤琪与邬生龙起身告辞，刘铭心也要告辞，钱良剑拦住他说：“刘总督察慢走一步，兄弟有话说。”

刘铭心被让进里间的密室。钱良剑手指着墙壁说:“铭心,你看这墙结实吧?这是用石头和水泥砌起的墙,那些木板墙根本没法跟它比,就是用炸药也难炸开,墙那边就是金库!”

刘铭心有些诧异:“局座,这么机密的事您也跟我说?”

“我说过,我们两个是一体的,一荣俱荣,一败俱败。对别人是机密之事,到你这里,哪里还有机密?”

“那就谢谢局座的信任了。”

两人坐下后,钱良剑说:“那个马善人实在可恶得很,他撺掇安德烈老是在邱司令那里说我的坏话。话说的次数多了,谎言也会变成实话。”

“这个我也听说了一些。局座,您知道的,我来的时候从迪化带来一部电台,经常跟迪化联系,虽然身处深山,消息倒也不闭塞。有些不知深浅的家伙在迪化散布对您不利的屁话……”

“都说了些啥?铭心,你就放开了说。”

“这个……局长,您听了以后千万不要放在心上,那都是些屁话嘛。他们说您能力有限,控制不了局面。我估计这是马善人在背后捣鬼,联手安德烈,散布流言蜚语,其目的就是想整倒您,取而代之。马善人,做他的黄粱美梦吧!有人连我也一块捎带上,说我是一个没有用的草包,还是个丧门星,走到哪里哪里就出事。在阿尔金山当总督察,山上的金子就被人抢了;现在又去了阿勒泰的阿勒屯塔莱,那里还不知要出什么乱子哪。局座,那天我用电台跟迪化联系,听到这些消息后,气得我呀一个劲儿胃疼。局座,所以那些屁话千万不要上心。”

“我早就知道,马善人不是个好鸟,迪化那帮吃饱了没事干的家伙也不是好鸟。行啦,咱们不说他们了。铭心,我在琢磨,省政府禁止黄金出疆,咱们能不能……”

说话间,钱良剑的一双眼睛直勾勾地盯住刘铭心。刘铭心明白钱良剑有重要的话要对他说,目光毫无怯色地迎上去:“局座,有什么话您尽管说,咱们俩的关系都到这份上了,就像您说的那样,是一根绳上的蚂蚱,有什么话不能说?”

“省政府禁止黄金出疆,咱们能不能略加变通,或者说借题发挥,来他个黄金不许出山呀？”

“啊？局座，这是个大题目，您得容我想想。怎么就黄金不许出山了？是不是阿勒屯塔莱生产的所有黄金都不许出山？”

钱良剑哈哈地笑起来：“我说铭心，咱们哥俩儿有那么大的胃口吗？”

刘铭心也跟着笑了，略显尴尬。他打了个哈欠，借此掩饰了一下：“局座，咱们这么一聊，不知不觉又过去了一小时，加上刚才打牌，我都觉得有些饿了，您这里有垫肚子的东西吗？”

“这个好办。”钱良剑走出密室，拍拍手，立即有一个贴身卫士跑上前。

“弄点儿吃的。不要多，但要好。再开一瓶苏格兰威士忌。”

一会儿工夫，酒菜就摆在了小餐厅。两人相对而坐，斟满一杯酒，两人同时仰起脖子，一饮而尽。

刘铭心说：“这洋酒还真冲啊。”

餐桌上摆着四样下酒菜：卤鹿肉片、清炖羊排、清炒鲜蘑、油炸花生米，还有熬得黏稠的红枣、莲子、葡萄干小米粥。刘铭心喝一口，说声“好粥”！

夜宵过罢，两人添了精神，钱良剑拉起刘铭心的手，说：“走，咱哥俩接着聊。”

又进了密室。钱良剑说：“刘总督察，你从去年 10 月底进山，到现在也快一年了，我从没问过你阿尔金山上的事。嗨，谁没有败走麦城的事？你说说，若羌金矿局那个安东到底是个啥样的人？”

刘铭心叹口气说：“咱兄弟俩都到了无话不谈的份上了，说说也无妨。局座，打去年在莫河桥上跟您见第一面，我就觉得亲，知道您这人靠得住……”

“铭心，此话怎讲？”

“滴水映蓝天，寸草知春晖。局座，别的暂且不说，就冲您对莎莎，就让人觉得靠得住。您是个有情有义的汉子。当初不就是您对莎莎他爹的一句承诺，您就把她养育成人啦。噢，莎莎既然死活不愿嫁给列昂契奇，那就算啦。咱不能因为想拉拢那个红脸俄国人，就把莎莎一生的幸福给搭进去。局座，您觉得我说得对吗？莎莎是您的掌上明珠，也是我的侄女呀！”

钱良剑摆摆手:“铭心,别扯闲篇了,我想听听安东其人其事。”

“喔,说起来,安东那小子,人虽年轻,却是个将才,料事如神啊!”然后,缓缓地叙说起在刘铭心看来不堪回首的往事。

“局座,我就给您说一件安东的事。在安东上阿尔金山前的头一年,从山上往迪化运金子的途中,要不是李英奇处长事先在卡车上配了一台电台,那次金子肯定就被匪徒劫走。所以安东在他往迪化运送金子时就想出了一个任何人都想不出的妙计。”

“什么妙计?”钱良剑兴趣盎然地听着。

“事先,安东在若羌县城修造厂门前大张旗鼓地改装运金子的卡车。卡车是两辆崭新的美国大道奇。这种车在若羌县很少见,住在县城里的孩子和老人都出来瞧新鲜。若羌没有电,安东特意从库尔勒调来一台柴油发电机。修造厂的十几名工人加班加点地改装汽车,他们往汽车的前后轮胎两侧焊接铁板,轮胎暴露在外的部分就非常少了。驾驶楼的挡风玻璃前也加焊了铁板,只给驾驶员留下一条透视外界的窄缝。经过改装的这两辆大道奇差不多就变成装甲车了。”

“这有什么呀?不就是防止子弹射穿卡车轮胎嘛。”钱良剑不以为然。

“局座,您接着听,好戏在后头。安东算得上深谋远虑。两辆大道奇从若羌开到库尔勒兵站后,安东让报务员给迪化盛督办发了个电报,请求盛长官在库尔勒通往迪化的必由之路干沟两头各放一个骑兵连,并配备电台,在那里待命。当天晚上,安东玩了个狸猫换太子的把戏,命令自己的心腹卫兵秘密地将几百公斤金子全部从卡车上卸下,改用骡子驮运。而装在卡车上的皮囊里面装的都是黄沙,他的随行人员一律改骑马。第二天,两辆大道奇出了库尔勒兵站驶向迪化。结果在库尔勒至托克逊之间的一条叫开都河上,劫匪果然在桥上设伏。劫匪的炸药包炸毁了两辆经改装的大道奇卡车,车上负责押运的官兵不是被炸死,就是被震晕,完全丧失了战斗力。劫匪带着装有黄沙的皮囊,顺干沟往北逃窜,提前集结在干沟两头的两个骑兵连从两边对进,将那伙在若羌山下骚扰多年的悍匪几乎全部消灭。阿尔金山上的金把头先前以为安东年轻,军阶也不高,原来对他不服气,那一仗打下来,就再也没人不服气了。安东从上尉一下连蹦两级,擢升为中校。”

往事如烟，刘铭心打开了话匣子，滔滔不绝。

钱良剑插话问道：“不是听说安东对盛督办和邱司令一向很效忠吗？后来怎么就脑后起了反骨？”

“是的，起先安东对那两位长官确实很效忠。安东的父亲在东北军时与邱司令是结拜兄弟，安东来新疆就是来投奔邱司令的。局座，这您是知道的。他起先在盛督办的身边做贴身副官，后来盛督办在外面搞女人被他的老婆邱毓芳知道，在迪化闹得很厉害，盛督办认为是安东告的密，后来就不太信任他了，所以才把他外派到了阿尔金山上。”

“铭心，你给我说说，安东的弱点在什么地方？”

“一是太贪，二是自负。去年他从山上带下来一个女人，要跟那女人逃到国外去，居然想把山上半年产出的两百多公斤金子都偷偷带走，结果弄了个命丧黄泉！”

“那么，他为什么要谋反？盛督办连升他两级，信任他啊，他怎么就心生忤逆？”

“问题就出在了信任上！局座，咱们都到了这个份上，我有什么话都跟您说，说错了的，您就多包涵。咱们那个盛督办，疑心太重，反复无常。安东觉得已经失去了盛督办的信任，自己在新疆前途暗淡，不如走为上策，却走上了那么一条不归路。”

“说到这里，我设身处地地想想，倒可以理解安东，可以理解啊！”

夜色在他们的长谈中渐渐褪去，东方显出鱼肚白。刘铭心起身上厕所，拉开密室的门，诧异地说：“局座，天都亮啦。”

“铭心，辛苦，让你受累陪了我一夜。”

钱良剑站起身，用拳头捶打后背，说：“铭心，回去补个觉。”将刘铭心送出门，钱良剑又说，“安东，年轻人，可以理解啊！”

第三十二章

天色有些阴沉，乌云压着山巅慢慢移动，乌伦古河失去了往日的亮色，乌突突地从西往东翻滚。莎莎站在河滩的一个高坡上，向河滩那边的开阔地眺望。工地上淘金客像工蚁一样在忙碌。柴油机的响声在乌云的压迫下越发沉闷。她能感觉到在劳碌的人群中，那个端着水枪的人就是乔里轩。相隔的距离太远，根本看不清他的脸面，只看见他手里的水枪喷出的水流像线那么细。莎莎想再往前走走，希望能看清他的心上人。

“这么远，你能看见他吗?”回头看，邬生龙正站在自己的身后，咧着一张大嘴笑着说，“对了，往前走走，才看得清嘛。”

“你知道我在看什么?”

“傻子都知道。你不就在看乔里轩嘛。”

“你是我肚子里的蛔虫？什么你都知道!”

“那是当然，不然我怎么就当督察队长了呢?”

“你不就是个中尉吗？别忘了，我也是中尉。”

“要不说呢，我都替你可惜。那个河南侉子，真有那么好?”

邬生龙一脸轻佻的笑，脸上的雀斑密密地挤在一起，好像要集中在一起发出光彩来。

对邬生龙的这种表情，莎莎觉得诧异。过去，这小子在她面前，一直毕恭毕敬、唯唯诺诺，今儿是怎么了？莎莎觉得邬生龙有些放肆。

“河南人不河南人的，碍你屁事?”莎莎不客气了，骨子里的疯劲儿上来了，“邬生龙，你他妈是咸吃萝卜淡操心!”

“莎莎姑娘，你的眼睛那么漂亮、那么明亮，咋就看不下人？你是军官，漂亮得让所有见过你的男人都流口水。他算啥？就算有两下拳脚又能咋样？枪子上去，噗——也要钻个窟窿。莎莎姑娘，你刚才还在说，你是中尉，我也是中尉，咱们年龄也相当……”

“邬生龙，你今天是怎么了？吃错药了，还是发神经？你说话放尊重点儿！当心我不客气！”

“莎莎，你不要这么厉害。你不就仗着你的养父吗？谁能知道他是不是一辈子在这里当局长？没准哪天要换个人来当呢！”

莎莎听出邬生龙话里有话，而且一反常态，心里不觉一动，她压住一腔怒火，按捺住性子听邬生龙说话，想从他嘴里获取一些有用的情报。

“莎莎，你看，”邬生龙手指着乌伦古河和河那边的山，“山不转，水在转，说不定哪天我邬生龙也会高升一把……”

“那倒真有可能。”莎莎嫣然一笑，鼓励着邬生龙继续说下去，“邬队长本来就是一个干将嘛！我相信，什么都有可能发生。”

“我对你说，你千万不要对别人说。”邬生龙的脸上浮现出一种怪诞的笑容，脸皮在抖动，上面的雀斑好像在跳舞，“昨天晚上，马善成对我说，你养父的局长可能当不成了……”

“邬生龙，你在瞎说！你在开玩笑吧？昨天晚上你不是跟我养父和刘总督察在一起打麻将吗？你难道有分身之术？”

“是这样子。昨天晚上我从你养父那里出去后，去了马善成那里，他亲口对我说的。莎莎，不要把人看扁啦，人是会发展的嘛，说不定哪天我就混个金课局的副局长干干，最不济也得当矿警大队的大队长。你跟上我，不也有面子吗？”

“马善成咋说也是个掌柜的，能跟你掏心掏肺？你怕是在吹牛皮，他能跟你说什么呀？”莎莎不动声色地套邬生龙的话。

“他说啊，迪化的邱司令跟他直接通了电报，邱司令对你养父不满意，说是三个月不到山里就发生了两次矿工罢工，以后还不知会出什么乱子呢，钱良剑能力不够就换人嘛。邱司令还鼓励马掌柜好好干，上面是知道他的能力的。马掌柜就给我许愿，他要坐了金课局局长的交椅，副局长就让我来当。”

莎莎的面孔突然板起来，表情严肃地说：“邬生龙，你知不知道有句成语怎么形容你这样的小人？利令智昏！你别忘了是谁把你带进山的！你端的是谁的饭碗！”

说完，转身就朝坡下走去。

邬生龙独自一人站在坡上，乌伦古河的流水声在他耳边哗哗作响。他思忖着莎莎最后的几句话，猛然警醒起来，浑身冒出冷汗。

他跳下坡，快速地朝钱良剑的营地跑去，心想一定要赶在莎莎前头见到钱良剑。

日头坐中时，补了一觉的钱良剑才起床。在屋外等候的邬生龙听见钱良剑的咳嗽声敲门进屋。

“钱局长，好福气呀，我在外面都等了你快两小时啦。”

“有啥急事？”

“马善成那边有动作。”

钱良剑眼睛珠子一瞪，问：“什么动作？”

“昨天晚上属下从您这里回去，就被马善成派人叫去。他特别兴奋，和我一起喝酒，喝多了就胡言乱语。他说邱司令器重他，要他以后多给他提供您这边的情报。还说，刘总督察是带了一部电台进山的，怎么就听不见他往迪化报告情况。哦，对了，他之所以要拉拢我，也是想从我嘴里套出东西来。马善成还说……”

“还说什么？邬生龙，你不要吞吞吐吐，有啥说啥，我不怪罪你。”

“他说，”邬生龙咽了个唾沫，爹起胆子说，“他说邱司令在电报中表示对您很不满意，三个月不到的工夫，就让淘金客搞了两次罢工，说您老了，控制不了局面啦！马善成那狗东西还说，这阿山金课局今后肯定是他做主，叫我看清局势，跟上他好好干，以后不会亏待我。”

“放屁！”钱良剑勃然大怒，在屋里踱了几步，语气缓和下来，“邬队长，你确实很能干，怪不得刘总督察把你带进山。”

“马善成以为给我点儿绿豆芝麻好处就能收买我，做他的梦去吧！什么情报值钱，什么情报无所谓，我心里清楚。我给他提供的都是些无所谓的情报，想不到那老东西还真把我当成自己人呢。”

“邬队长，你还真有两下子。表面上咋咋呼呼，好像只认钱，其实你心里有一套。先这样吧，马善成那边有什么动静你及时汇报。”

中午，钱良剑和刘铭心刚刚在小餐厅坐定，厨子正往餐桌上摆饭菜，莎莎进来了。她先朝刘铭心点点头，然后说：“爸，邬生龙找过您？”

“来，快坐下吃饭。”钱良剑招呼自己的养女，“一个多小时前就走了。”

“我估计他得赶在我前面见到您。”说完就笑了。

刘铭心便问：“莎莎，怎么一回事？”

莎莎就把在河滩上邬生龙说给自己的那些话说给他们听。刘铭心听罢，琢磨了一会儿，说：“邬生龙这个人我原来也不认识，是来这里之前，李英奇处长推荐给我的。人还算精明，眼睛能看事，腿勤，嘴也甜，就是有时候让人琢磨不透。”

莎莎说：“那是因为他太精明啦！”

“年轻人，心思活泛，也是常有的事，咱们心里有数就行了。”钱良剑放下筷子，朝外喊了一声，一名贴身卫士快速进到餐厅。

“你去把电讯科王科长叫来。”

几分钟后，王科长站在钱良剑的面前。

“王科长，最近你还在对马善成那边的电台监控吗？”

“报告钱局长，没有得到您撤销监控的指示，监控一直在继续。”王科长是个瘦长脸，面目冷峻。他表情严肃地回答。

“有什么动静？”

王科长看了看餐桌边坐着的刘铭心和莎莎，神色迟疑。

“说吧，这里没有外人。”

“好的。马善成那边的电台最近活跃得很，经常与迪化一部电台相联系。”

“那你回去吃饭吧。对那边的监控不能放松。”

“是。”

“我咋一点儿胃口都没有了？”看着王科长敬礼后出去，钱良剑说，“马善人一点儿也不消停，紧锣密鼓啊！刘总督察，吃完饭到我那里去坐坐？我那里有上好的龙井茶。”

“走,局座,咱们现在就去。我也没有胃口了。莎莎,那你一个人用餐吧。”

两人进到了钱良剑的密室。屁股刚一落座,钱良剑就说:“新疆省政府关于境内黄金不许出疆的正式文件已经发过来了,中午开饭前机要参谋才送来的。说风就来雨,这回是真的了。刚才就想找你说这个事,后来看快开饭了,在餐桌上说也来得及。铭心,你还记得昨晚上我跟你说过的一句话吗?我说在‘金不出疆’这件事上咱们要不要借题发挥?”

“局座,您的意思是,上峰说‘金不出疆’,咱们来个‘金不出山’?”

“哈哈哈,”钱良剑一听跳了起来,“铭心呀铭心,你真是我的好兄弟!咱哥俩儿算是想到一块了,连用的词都一样:‘金不出疆’‘金不出山’!妙啊,实在是妙!铭心,你说说你的想法好吗?”

刘铭心点点头,说:“昨晚上咱们还有一个话题,就是安东失败在什么地方了。我说失败在两点上,贪婪和自负。因为自负,他就不可能听进去别人的意见。人不是神,怎么可能把样样事情都想得那么周到?既然是人,就必然有局限和疏漏,必然会犯错误,这就需要志同道合的人一起来相互补台。所以,别人的正确意见一定要听,这叫互为补充。所谓贪婪,就过犹不及,必然要出纰漏。局座,我大胆说一句。”

钱良剑重重地点头,用眼神鼓励刘铭心继续说下去。

“阿勒屯塔莱属于咱们的淘金客有六千多人,马善成有两千人,安德烈的淘金客也有一千多人,安德烈生产的金子素来不向金课局上缴,咱们不去管他,马善成的金子有一半要上缴金课局,他的人马我就给他算一半,一千人吧。咱的人加上马善成的一千人,超过了七千人,咱们就按七千人计算。谁都知道这里是富金沟,肥得流油,不然怎么叫阿勒屯塔莱?七千名淘金客中除去后勤、管理、警卫以及伤病人员,每天怎么着也有五千人从事淘金。咱们算算,过去是每人每天生产五克金,就按现在四克金计算,一天至少是二十公斤,那一个月是多少?六百公斤啊!这里的天冷得早,就算一年只有五个月的生产期,一年下来就能生产三吨金子啊!我进山也快一年了,山里的事儿多少知道一些，一年里分三次往山外运送金子，每次也有一吨金子！局座，咱哥俩儿的胃口再大，一次能吞下一吨金子？”

“铭心，你想说什么呀？每年山里能生产多少金子我当然清楚，每次大概往山外运送多少金子我也清楚，这不用你来计算。但你要说明什么，我怎么越听越糊涂？”

“局座，我的意思跟‘金不出疆、金不出山’，还有安东的贪婪自负，不无关系！咱们既然没有那么大的胃口，咱们就不去打它的主意。该往迪化上缴的金子一克也不少，少了盛督办和邱司令他们都不干。您想想，就算咱俩打了这些金子的主意，盛督办和邱司令能放过咱俩？咱俩就是逃亡海外，他们也能派人追杀。我的意思是，咱们只打‘金不出山’的主意。局座，能不能从迪化调来新疆省去年发行的新省币？”

“能呀，当然能。”

“我说的是大量的新省币！”

“喔，我明白了！铭心，你是说咱们用差价在山里收购了留在淘金客手里的金子，然后打这部分金子的主意？”

“局座真是聪明人！”

“对呀，这才是从‘金不出疆’到‘金不出山’的变通啊！妙呀，实在是妙！”

“邱司令和他的女儿能把金子存到苏黎世，咱们也有两条腿，那咱们为什么就不能把金子存过去？金子是硬通货，放到什么时候、什么地方，都是安身立命的本钱，管他官运顺不顺，管他长官信任不信任，咱都活得自在，活得安逸！”

“对呀，太对啦！”

两个三四十岁的男人，居然像小孩一样相互击掌喝彩。

第三十三章

由刘铭心主持、钱良剑训示的金把头联席会议，在钱良剑营地最大的饭厅举行。饭厅是木头的世界，四壁、顶棚由松木制就，门窗自不待言；餐桌、餐凳的底部是松木做的，桌面是柔和华丽的白桦木做的；所有的木制品上只刷了清漆，透着木头的本色，飘着木头的清香。百十来个大小金把头歪七扭八地坐在松木凳子上，一个个嘴上都叼着莫合烟卷。这些金把头分两拨：一拨属于钱良剑，另一拨是马善成的。马善成私下虽不买钱良剑的账，但他毕竟隶属于钱良剑主管的阿山金课局。金把头们在阿勒屯塔莱待久了，彼此都熟悉，平常也难得一见，这会儿，在烟雾的缭绕中，云里雾里地乱谝一气。

刘铭心用手掌拍击身前的桦木桌面，面色严肃地说："诸位兄弟安静，不得大声喧哗，钱良剑局长有重要事情通报。"

钱良剑扬了扬手里的几页纸片。由于神情过于严肃，他那张麻脸显得铁青。

"列位兄弟都是山里的老人，都是手下管着几十、几百名淘金客的头目，对咱阿勒屯塔莱也再熟悉不过了。阿勒屯塔莱能有今天的成绩，跟列位的努力和辛苦是分不开的。现在，省政府关于金子有了新政策。"他环视一眼饭厅人群，"马善成马掌柜还没到？"

人群中有人回答："报告钱局长，马掌柜病啦，来不了，他请假啦！"

其实，马善成好好地待在自己的营区，正跟他的那个叫香香的美人在一起温存呢。通知开会前，马善成已经知道了会议的主要内容，他这是称病拒会。

"这个节骨眼上他咋就病啦？那咱们接着开会。列位兄弟都是忙人，手下有一大堆淘金客要管，卑职就不照本宣科了，拣要紧的说。"钱良剑的手背起来，那几页纸片也放在了身后，“列位兄弟也都是知道的，去年咱新疆省政府推行币制改革，过去在新疆流通的货币也太乱了……”

“钱局长，啥叫货币啊?”人群中有不知深浅的家伙起哄。

刘铭心接过话说：“少嚷嚷，听钱局长传达省政府来电的主要精神。货币就是钱，就是银圆。别光会挣钱，光会花钱，连货币是什么都不知道。别再提这些让人笑掉牙的问题了!”

人群中一阵哄笑。

“列位兄弟，你们都是知道的，原先在新疆流通的货币中，有中央银行发行的袁大头，有新疆省银行发行的银圆，有省银行的省票、喀什的喀票、伊犁的伊票，还有什么卢布，等等，七七八八的啥都有。省政府为了建设、发展咱们新疆，不实行币制改革根本不行，所以去年就发行了新省币，来替代那些不着调的旧币。这就叫统一货币嘛。可是，新省币要树立信用，要民众来认同它、使用它，就得有大量的储备黄金来支持。省政府、盛督办是下了决心的，从今往后，新疆的黄金是一克也不允许私自出疆的。咱阿山金课局是新疆的产金大户，所以为了支持省政府、盛督办的英明决策，咱阿勒屯塔莱的黄金一克也不许出山……”

直到这会儿，在座的大大小小上百名金把头算是听懂了这次会议的意思，早就七嘴八舌地嚷嚷起来了，整个饭厅一片闹哄哄。

刘铭心有些着急，站起身大声喊道：“安静、安静，有什么问题一个一个地提，这样吵吵闹闹，谁也听不清。”

一个身材魁梧的金把头站起来说：“山里的淘金客都是跟金课局签了三年合同的，今年秋后就到期了。换句话说，淘金客的手里或多或少都有些金子。我们这些做金把头的，手里也是有金子的。请问钱局长，阿山金课局要怎样处置这些金子?”

这是今天开会的关键问题。这个魁梧汉子说完坐下，饭厅里一下子安静下来，金把头们都在心里打小算盘，掂量着这一新政策将给他们带来怎样的结果。

刘铭心清清嗓子，说：“诸位兄弟请放心。这批金子金课局公平兑换，三克金子兑两元钱的新省币，不管是诸位兄弟，还是淘金客兄弟，一视同仁。”

头天晚上，刘铭心与钱良剑在一起仔细算账，钱良剑的意思是两克金子兑换一元新省币，他们的一元新省币就能多赚一倍。刘铭心觉得这种兑法两人赚得太多，生怕金把头和淘金客不满，继而引起事端。

刘铭心说："局座，去年我在迪化时，一元新省币值一块银圆，一两新疆本地产的金子能兑换三十块银圆，一两等于三十一点二五克，这样算下来一克金子差不多就值一元新省币，如果咱们用一元新省币换人家两克金子，这样真的有些太过了，金客们尤其是金把头们肯定不答应，事情闹大了不好收拾。依我看，三克金子兑换两元新省币比较合适。金子兑换现洋在各地都有差价，再说金子的成色也不同，成色好就兑得多，反之就少。我这是班门弄斧，局座，别嫌我啰唆。咱们就以阿山金课局的名义进行兑换。这样兑换咱们既有赚头，大面上还说得过去，他们也就没有理由跟咱们较劲儿了。"

钱良剑却说："多？我还嫌少啦！这就是一锤子买卖，然后咱们跟他们大路朝天，各走一方。行啦，铭心，就按你说的数目跟他们兑换，三克金子给他们两元新省币。哼，阿勒屯塔莱，我也待得太久了，没意思不说，这他妈就是个火药桶，说不定哪天就爆炸了。马善成不是要取代我吗？好啊，三十六计，咱走为上策。铭心，咱们一走了之，让马善成收拾这副烂摊子，不对，让他在这里发财好啦！"

刘铭心接着问道："局座，那马善成既然与邱司令热线联系，他肯定要向邱司令求证'金不出山'的来路，您想过没有，到时候怎么回答？"

钱良剑低头思忖片刻，说："这个，我还真没多想。铭心，你的主意多，你说怎么回答比较好？"

"我昨天想了一天这个事儿。局座，您看这样回答行不行？如果邱司令不来电询问，就罢了，咱们别理这个茬儿；如果他老人家要问，就说我们的'金不出山'正是为了维护'金不出疆'政策而制定的。山里那么多淘金客，来自天南地北，鬼知道他们能把金子倒腾到什么地方去？一旦金子出山，就谁都不好控制了。"

钱良剑想了想，说："这个主意好倒是好，就是有些牵强。不过，暂时也只能这样说了。"

刘铭心习惯性地扶了扶眼镜，干咳两声，继续说道："我们说'公平兑换，一视同仁'，就坚决按这个办。诸位兄弟，你们吃不了亏。另外，顺便向诸位兄弟透露一下。新省币自从去年发行以来，在盛督办的高度关心和省政府的严格管理下，信誉还是相当好的，一元新省币就是硬邦邦的一块现大洋哩，现在全疆各地都在使用。无论在民众中，还是在市场上，新省币可以说是非常畅通的。所以说，诸位兄弟，你们就把心放得宽宽的。"

人群中突然有人嚷嚷道："刘眼镜，你算哪块地里的葱？我们进山淘金的时候，你在哪里啊？我们不听你的，我们要听钱局长的！"

有人立即回应道："刘眼镜在阿尔金山啊！在那里叫人家把金子抢了个干干净净，他差不多是光身子下来的！"

人群中爆发出响亮的哄笑声。伴随着笑声，还有尖厉的口哨声。

钱良剑猛站起身，大声呵斥道："你们都给我安静一点儿！你们在座的大小也算头领了，还这样不顾脸面地起哄！刘总督察说的话，正是卑职我的意思，也是省政府、盛督办的意思。既然是省政府、盛督办的意思，卑职就是奉命行事。列位兄弟，你们就是有意见，不理解，卑职也一点儿办法都没有。咱们是丑话说在先，先君子后小人，谁要敢违抗闹事，休怪我不客气！还有，列位兄弟，你们手下多的带了几百口人，少的也有几十号人，你们非但要带头执行上峰的命令，还要说服手下人痛快执行，不要没事找事，闹得大家伤了和气！"

果然，上午开的会，还没到吃晚饭的时候，迪化那边的电话就打过来了。在整个阿勒屯塔莱，只有钱良剑这里安装了与迪化直接通话的电话，马善成和安德烈几次要求也安装与山外联系的电话，钱良剑坚决不同意。钱良剑背后对刘铭心说："想越过我直接与迪化取得联系，那我不成相公了吗？"

钱良剑拿起电话听筒前，就预感到这电话很可能是邱司令打来的。

"钱局长吗？我是邱司令的参谋，你等等，邱司令找你。"

钱良剑手拿电话听筒，招手让贴身卫士过来，捂紧了听筒，向卫士耳语："赶紧去叫刘总督察来这里。"

几分钟后，刘铭心来到了钱良剑的身旁。邱司令那边却一直未说话。

刘铭心贴着钱良剑的耳边小声说："他这是在摆谱呢，很可能要问'金不出山'的事。"

钱良剑点了点头。

又过了几分钟，电话里传来一串咳嗽声。咳嗽声结束后，才有了话语声。

"钱局长吗？我是邱宗濬。"语气有点儿装腔作势的威严。

"是，我是钱良剑。邱司令好！"钱良剑故意用马靴的鞋跟相磕，发出很响的声音，好像在立正。

"马善成来电报了，'金不出山'是咋回子事？"

"报告邱司令，事情真是太巧了，卑职刚要拿电话向您汇报呢，您的参谋就把电话挂过来了。长官最近身体可好？"

好在事先有准备，钱良剑就把与刘铭心商量的那番话对着电话听筒说了一遍。

刘铭心在一旁偷笑。

"噢，是这么一回子事呀，这事儿都惊动了盛督办。行啦，我向盛督办汇报就好啦。钱局长，今年你们那里收成怎么样？淘金客上交的金子减了一克，你们往上交的总数就会相应地减少。你们得想想办法，往迪化上交的总数比往年不能少得太多，如果少得太多，我这里向盛督办就不好交代了。"

"邱司令放宽心，我们实行'金不出山'，也是从这个层面考虑的。我就是在挖空心思地想把这个窟窿给填平了。估计这样一搞，跟去年上交的数量少不到哪里去，很可能持平，弄好了还会略有增长。"

电话听筒里传出笑声。刘铭心向钱良剑伸出大拇指。

"钱局长，我过去对盛督办说过，你这人就是有办法嘛。淘金客娃娃还老实吗？不再折腾啦？李英奇对我说，刘铭心是这方面的专家，就是放在迪化也是人才啊。"

钱良剑把听筒拿开了一点，好让刘铭心听见这番话。刘铭心笑着点点头。

"邱司令，卑职有一个请求，能不能从省银行调一批新省币过来？我好就地向淘金客进行兑付？"

“这个我得向盛督办请示,估计问题不大。安德烈那边咋样?他们的收成比去年如何?”

“安德烈今年可富得很!他从俄国进口了两艘淘金船,那两个家伙可不得了,开动起来,整个阿勒屯塔莱都地动山摇,抵得上五百名淘金客的生产能力了……”

“啊,淘金船有那么厉害!好、好,太好啦!钱局长,你得把他给我盯紧啊,别让他做出什么太大的动作。欧洲现在闹哄哄,希特勒牛×得厉害,要称霸全世界呢。你让安德烈老实地在山里待着,再别想着带兵去搞啥复仇啦。他要是有动作,你立即向我报告。”

钱良剑说了声“是”,听筒里面传来一阵咳嗽声,“噢,钱局长,”口气变得柔和起来,“你不是羡慕我住的明园风景好,也安静,想在我这里搞一个宅子吗?我倒真给你留意了。我的公馆靠南头那边,原来有几家住户,我让人把他们都给挤走了。入冬前你回迪化来瞧一眼,如果看上了就把那块地方盘下来,到明年开春就动工,把它往大的搞一下,就算跟我做上邻居了。”

“邱司令,我就说了那么一句,您那么忙,还把这点儿小事记在心上,让我怎么谢您啊?”

“钱局长,你跟我见外是吧?你谢我什么?把安德烈给我看紧了,就算谢我。”话刚落音,电话那头咔嚓一声就挂断了。

钱良剑放下电话,刘铭心说:“邱司令还知道拉拢您啊!”

“他哪里是在惦记我?”钱良剑对刘铭心摇摇头,“他是在惦记他在安德烈那边的红利呢。”

“我听说安德烈那边每年生产的金子,有一小半都进了邱司令的私囊了。不然,那帮俄国人怎么可能在阿勒屯塔莱站住脚?”

“这个我也是听说,没有真凭实据。但是,他闺女邱毓芳往苏黎世飞来飞去是事实。苏黎世是世界金融中心,她往那里跑还能干其他什么事?不是为了倒腾金子才怪!邱司令是盛督办的岳父,盛督办又喜欢听邱毓芳的,谁拿邱司令有什么办法?铭心,你说呢?”

“局座,您的脑瓜子真灵。那天咱们琢磨了半天,只说‘金不出山’是根据‘金不出疆’而制定的,但当时并没有往深里琢磨,为什么要搞‘金不出山’,‘金不出山’的目的又是什么,咱们当时考虑得太浅了,疏忽大意啊!幸亏您反应敏捷,就着邱司令的竿子往上爬,说我们正是为了应对淘金客生产定额的减少而做出的这个决定。回答得多巧妙啊!局座,现在是他们琢磨他们的,咱们琢磨咱们的。大路朝天,各走一边。就算各有所图,各取所需吧!”

宋振良住的窝棚在钱良剑营区的最西边,再往西走几百米就是马善成的营区了。他是柴油商人,受到山里的优待,一个人单住。乔里轩收工后,吃过晚饭就往宋振良的窝棚走去。人还没走到,天就黑下来,已经入秋了,白昼明显地缩短了。沿途遇到不少他认识或不认识的淘金客,都恭敬地站在路边跟他打招呼,乔里轩也客气地向他们回礼。马上就要在阿勒屯塔莱待够整三年了,这一年,乔里轩在淘金客中的人气非常旺。人们都知道这个绰号叫“飞鸟”的河南小伙儿办事牢靠,跟上他不会吃亏。

远远就看见宋振良的窝棚了,窝棚里好像掌上了灯,从门帘缝里泻出一点儿微弱的灯光。乔里轩想赶快见到宋振良,不由自主地加快了脚步。突然,路边有人猛然站起来,乔里轩下意识地往后闪了一步,定神去看,原来是疤拉强。

“你怎么蹲在这里?”

“我……来过好几回了,都没好意思进去。”

晦暝的暮色中,乔里轩看见疤拉强一脸的羞愧,他蓦然明白过来。疤拉强想向宋先生赔不是,却又羞于见到人家。

“强哥,你一向敢作敢为,今儿怎么变得羞答答?这不像你的性格呀。”

“乔哥,古代有个词叫‘负荆请罪’,那个‘荆’是不是草呀?”

乔里轩这才看见疤拉强的手里捏着一把草。

“强哥,你真是的,没这个必要。宋先生是个通情达理的人,进去什么也别说,坐坐就行了。”说话间,乔里轩上前从疤拉强的手里夺下那把草,丢在地上,“都是兄弟,根本用不了这些。”

然后拉着疤拉强的手准备进到宋振良的窝棚,正在撩起毡门帘,就听见里面传来急促的咳嗽声。

看见乔里轩和疤拉强，宋振良稍微有些吃惊，马上就笑起来：“噢，是强哥和乔哥呀！你们俩怎么走在一起了？”

宋振良好像又瘦了一圈，整个人好像脱了形，又黑又瘦。笑起来，脸上的皱褶显得更深了。

乔里轩心里一沉，眼圈不由得发热。

“强哥、乔哥，赶紧坐下呀。”宋振良艰难地坐起来，乔里轩连忙上前，帮他靠在被垛上。

疤拉强的屁股刚坐下，倏地又站起身，说：“宋先生，我是个粗人，大人不记小人过，你别跟我一般见识！”

“强哥，事情都过去了，就别提了；再说，都是兄弟，牙齿和舌头还打架呢。你快坐下说话。强哥，蛇娃最近身体还好吧？”

“已经能够起床，自己也能走路了，但身体还虚弱，他老念叨着要来看你。”

“从他住的地方到我这里，还有一段不短的距离，你就别让他来，等好利落了再说。”

乔里轩说：“强哥，你来得正好，不然我也得去找你。咱们三人在一起有事要商量。宋先生，你今天觉得身体怎么样？”

“吃了邬郎中几服药，咳得好像好一些，你看，也能坐起来跟你们说话了……”说话间，又是一阵咳嗽。

疤拉强给他端来水，他喝了两口，喘着粗气说：“二位兄弟，不碍事，咱们说话。”

乔里轩说：“宋先生，我们说，你听着就行了。要是同意我们的意见，你就点头，要是不同意，你就摇头。那我就先说了，强哥，你也听说了吧？钱良剑要搞什么‘金不出山’。”

“那个混蛋钱麻子，一定是在搞鬼名堂！我身边的兄弟都在议论这件事，说钱麻子就没安好心。”

“宋先生，你看，强哥是个明白人，一下就点到钱良剑的根子上了。其实，他们召开金把头联席会前，我就知道这件事了。莎莎向我通了气，说到这事儿，莎莎要我把周围兄弟们的金子拢在一起，她找机会送到托托里小镇兑换。

可是，她一个人怎么可能把咱们互助会这么多人手里的金子都弄出山啊？”

“那是不可能的事！”宋振良说完，又激烈地咳嗽起来。乔里轩上前去揉搓他的后背。

“宋先生，我们说，你听就好了。”

三个人坐在一起，在宋振良急促的咳嗽声中琢磨对策。最后决定，这件事非同小可，一定密切关注，根据事态发展，快速做出反应；疤拉强今晚上就去找刘顺，由刘顺负责联系姚晨芳和吾守尔·买买提，让姚晨芳和吾守尔·买买提把马善成采金区的淘金客联络在一起；由乔里轩通知廖远山，廖远山负责联络安德烈采金区的淘金客；安德烈手下有武装力量，由谢尔盖与列昂契奇保持密切联系，并想办法通过列昂契奇来控制安德烈的武装力量。这次不同以往的罢工，很可能是一场更大的、难以预测的行动，务必使阿勒屯塔莱所有淘金客在互助会的领导下，团结一致，并做好充分的思想准备。

宋振良最后说：“钱良剑实行‘金不出山’，直接损害了全体淘金客的利益，必将遭到全面抵制和反抗。‘金不出山’好比一根导火索，势必将阿勒屯塔莱多年积累的矛盾引爆。咱们不是一直在寻求机会吗？我估计这很可能就是我们的机会！”

宋振良在说这番话的过程中，居然没有咳嗽一声，而且语气铿锵有力，完全不像病人，乔里轩不住地点头。疤拉强在听完之后，连连咋舌：“怪不得英雄一世的乔哥一直这么佩服宋先生，我过去真不服气，也不理解。宋先生想的就是跟我们不一样。我疤拉强虽然是个粗人，也没念过书，但我并不愚笨，宋先生棋看三招，想的就是远，我们照宋先生说的做准没错！”

第三十四章

吾守尔·买买提为人机警,多少有些神经质,正是他在淘金客中最先感觉到"金不出山"有名堂。开春时,买买提将自己两年来积攒的金子分别埋在一棵松树下的两边,结果被窃贼挖走了一半。得亏是分别埋藏,不然就被一锅端了。后来在马善成的劝说下,将金子全部寄存在马善成的金库。当"金不出山"一宣布,他总觉得不对劲,对自己的朋友卢三说:"谁知道这里面有没有阴谋呢?金子攥在自己手上才放心。"

卢三现在已经成了烟鬼。开春的时候,在孙守平多次诱惑下,最终还是抽上了烟土。他人本来就瘦,抽了半年烟土,就显得更瘦,脸色青灰。他想了想,觉得买买提的话有道理。两人一合计,这天吃过晚饭就去找马善成,要赎回存在马善成金库里的金子。

马善成说"急个啥劲儿的",便拿出账簿,先给卢三算账。

手下的算盘哗哗响。一会儿工夫,马善成说:"卢三,你还想要金子?你自己过来看看。"他把账簿推到卢三面前,"你的伙食费、金子保管费、赊账抽下的烟土钱,还有上次我预支给你的八块银圆,哼,你还欠我的钱呢!"

卢三急得跳起来:"马爷,你这是在说笑吧?"

马善成说:"卢三,你说话得凭良心。你每天晚上来我的木头烟馆过瘾时,我是不是总劝你,少抽两口,攒点儿金子不容易,可你听吗?你的朋友买买提也没少劝你,是吧,买买提?你躺在烟榻上腾云驾雾的时候咋就不想想你的金子?"

卢三还在嚷嚷,马善成喊了一声,长着猴脸的孙守平进到账房,伸出手臂轻轻一推,瘦弱的卢三往后一踉跄,差点儿摔倒。

吾守尔·买买提生气地说:"咋能动手呢?孙守平,你以为你个头高就欺负人?”

马善成说:“买买提,不碍你的事,你过来算你的账。”

算盘珠子又是一阵响,马善成低头看了看账簿,让账房先生给买买提兑付一百四十元的新省币。

“这是啥东西?”吾守尔·买买提把账房先生递过来的钞票推回去,“我要我存在你这里的金子!”买买提气呼呼地说。

“这是省政府刚用飞机运过来的新省币呀!南北疆都在用啊,好使着呢!”马善成拍拍吾守尔·买买提的肩头,“买买提,你是个好小伙儿,不抽烟、不嫖女人,才存下这么多钱。这钱管用得很,盖几间房子、置几亩地不成问题。”

“我不要这东西,我要我的金子!”

马善成一下拉下脸:“‘金不出疆’‘金不出山’,这是省政府、盛督办的禁令,谁反对就是反对省政府和盛督办,是要吃官司、坐牢房的。买买提,你是个老实孩子,不要胡来,惹上官司不是好玩的。你看看账簿,咱们好好算算账。除掉你的伙食费和保管费,你存在我这里的金子还剩下两百一十克,三克金子兑换两元新省币,我给你一百四十元新省币。买买提,你看清楚了,我可没有蒙你吧?拿上这些钱,都是崭新的票子,好好保管上,别又让人给你偷去了,马爷我可就帮不上你的忙了。”

说完之后,笑容又浮现在他的脸上。

吾守尔·买买提和卢三都不服气,站在账房里跟马善成嚷嚷。孙守平喊了一声,从门外进来两个恶狠狠的打手,连推带搡地将吾守尔·买买提和卢三轰出了屋。

吾守尔·买买提和卢三走后,马善成向孙守平使了一个眼色,孙守平明白了意思,跟着马善成走进他的卧室。香香还睡在马善成的床上,一条雪白滚圆的大腿从被子的一边伸出来。马善成咳嗽一声,香香睁开惺忪睡眼,不满地瞥了马善成一眼,说:“讨厌,你没见人家还在睡觉吗?”

马善成笑着凑上前:“香香,太阳都晒屁股了,还不起床呀?”

“你真讨厌!”香香从床上坐起来,素花内衣里胸部隆起,露出雪白的乳沟。

"香香,你要是还没吃够,我身后还有人呢,让孙守平再陪你睡一觉?"

"马爷,你真是要多讨厌就有多讨厌。"香香从床上下来,侧过脸冲孙守平嫣然一笑。孙守平的猴脸涨得通红,香香都走出房间了,他还在那里痴痴地看着。

"守平,你怎么看刚才的事?"马善成脸上的笑容早已消失。

"噢,马爷,"孙守平立即回复了他的奴才相,脸色变浅了,"我觉得他们不会善罢甘休的,一定会联起手来闹事的,咱们……"

"哈哈哈,"马善成一通开心大笑,"我就是想激怒他们。守平,你想呀,这'金不出山'是谁搞的?还不是他钱麻子搞的?他这是在玩火!好啊,我就让你玩,再给你加上一把柴,把火烧得旺旺的,到时候看你怎么收场!他钱麻子收不了场,还不快快地从局长的位置上给我滚下来,咱们到哪里去找这种千载难逢的机会?"

孙守平愣了一会儿,才恍然大悟:"哎呀,我咋就没想到这一层呀?马爷,您是赛诸葛呀!这个阿山金课局局长的位子您要是不坐,天理都不容!"

"别这样吹我了,把我给吹晕了,啥事都做不成了。守平,你赶紧去找跟你走得近的淘金客,多找几个人,越多越好,跟他们吹吹风、下下毛毛雨,把这帮人的邪火往钱麻子那边引,把那张麻脸给我好好烧烧。"

孙守平点头哈腰地说:"马爷,我这就去联络我的几个弟兄,让他们分头联系人,一串十,十串百,很快就会形成气候的。"

"对的,守平,你很机灵,就这样干。你对他们说,马爷也是无奈之举,没有一点儿法子,马爷得听人家钱局长的呀!他们要闹事就冲钱局长闹去。守平,你跟我好好干,我要是坐上金课局局长的椅子,不但要提拔你,还把香香送给你。你没注意刚才香香看你的眼神,那个亲哟,让人羡慕加嫉妒啊!"

一句话,说得孙守平心花怒放。

第二天中午,马善成手下近两千名淘金客都知道"金不出山"不是说着玩的,钱麻子这伙人在弄真格的。由大烟鬼卢三带头,互助会成员做骨干,上千人呼啦啦地拥向马善成的营地。

姚晨芳正在工地干活儿，忽然听说马善成手下淘金客闹起来了，一时摸不着头脑，连忙去找刘顺合计。吾守尔·买买提知道这件事后，跑到闹事的人群中去阻拦和劝说，但被愤怒的淘金客推搡在一边。买买提赶忙跑向钱良剑营地，去给乔里轩报信。

上千名淘金客人多势众，呼喊声震天动地，漫山遍野地拥向马善成的营地。马善成早就听手下人报告了，这时，他站在营地的一个高坡往下看，平素挂在脸上的笑容早就消失得一干二净。果然，时间不长，就看见远处有人影正在往这边移动，隐隐约约传来嘈杂的声音。

“孙守平、孙守平，你死到哪里去了，还不赶快过来！”

听到呼喊声的孙守平一溜小跑地赶到马善成的身边。

“孙守平，我跟你咋说的？让你把他们的邪火往钱麻子那边引，你是咋引的？他们咋还冲着我来啊！”马善成的声音有些颤抖。

“马爷，您别慌！我的弟兄们就在这群闹事的中间，您放心，关键的时候，他们会使上劲儿的！”

“孙守平，你给我听好了，他们要是砸了我这里，我可要把你给活剥了！还有，你快去把咱们那十几名卫士叫到这里，不对，叫一半过来，另一半给我把金库守好了，子弹都给我上膛！他们要是敢砸敢抢，你们就给我开枪！先往天上打，不行再往腿上打！”

孙守平说了声“是”，便跑走了。这时候，愤怒的人群越走越近，马善成心里发慌，浑身直冒冷汗。人群走近，领头闹事的正是那个大烟鬼卢三。

卢三肩上扛着一把铁锨。他把铁锨往地上一杵，大声说道：“马善成，你不是号称马善人吗？凭什么我们把金子存到你的金库，你却要给我们什么狗屁纸币？”

马善成站直了身子，稳稳神，说：“卢三，你说话要凭良心。这一年来你整天在我木头烟馆抽我的大烟，我不赊给你，你是又哭又闹；我劝你，你根本就听不进去。你把金子都抽光了，现在跑到我跟前要金子！弟兄们，你们给评个理，卢三是不是在昧着良心说话呀！”

人群中有人小声说：“卢三抽大烟，我们也是知道的，和他要好的朋友，还有乡亲，谁没劝过他呀？”

吾守尔·买买提气喘吁吁地赶过来，从人群中挤上前，说："好，马掌柜，卢三的事先不说。那我问你，不去你木头烟馆的人、不赊你烟钱的人你咋样说？我们本来就不想把金子存在你的金库里，你死劝活劝，要我们把手头的金子存到你的金库，说那样安全。这下好了，都安全到你的腰包里了。你今天必须把话给我们说清楚。我们不要你的纸币，我们要我们自己的金子！"

人群中很多人都在喊："我们要我们的金子！我们不要纸币！"

马善成吓得连连作揖，说淘金客娃娃三年的劳动合同就要到期，谁知道省里来了这么一道禁令，他也闹不明白这到底是怎么一回事。

"淘金客弟兄们，文件是钱局长传达的，你们可以去问问他嘛！他要是说，山里可以不执行'金不出山'，我马善成立马把你们存在我金库的金子一克不少地还给你们。"

人群中果然有几个人在来回走动，嘀嘀咕咕地说着什么。一会儿工夫，果然有人大声喊道："走，我们去找钱麻子！走啊，都走啊！"

人们掉转身子，像潮水般地朝钱良剑营区的方向涌去。

乔里轩得到马善成的淘金客因不满'金不出山'闹起事端的消息后，一刻也不敢耽搁，叫上疤拉强，从钱良剑的马厩借出两匹马，快马加鞭，直奔宋振良的窝棚。

到了宋振良的窝棚，两人跳下马，撩起门帘，一猫腰，钻进宋振良的窝棚。宋振良一个人躺在地铺上，正在迷糊中，听见马蹄声，睁开眼睛。两人顾不上问候，一人一边坐在宋振良的两侧。疤拉强张口便问："宋先生，马善人手下的淘金客闹事呢！你听说了吗？"

宋振良在乔里轩的帮助下，坐起身，靠在被垛上，说："还没人告诉我呢。为啥闹事？"

疤拉强说："还不是因为'金不出山'闹的！"然后就把事情的前前后后学给宋振良听。

宋振良听罢，问道："钱良剑这边的淘金客没有动？"

乔里轩说："钱良剑召开了金把头联席会后，还没有任何动静呢！马善成那边倒先动起手了。宋先生，你看我们怎么办？要不要发动我们这边和安德烈手下的淘金客一块动起来?”

疤拉强说:“一不做,二不休,先干起来再说。马善人手下淘金客带了头,我们就借势而为。”

宋振良沉思良久,说:“钱良剑没有真正动手实施他的‘金不出山’呢,我们就动……”话刚起了头,他又开始咳嗽,而且非常剧烈,以至于整个身体都在抖动。疤拉强性子急,焦急地搓着双手,站起来,猫着腰,在低矮的窝棚里转圈子。

乔里轩做出手势,让疤拉强坐下来:“强哥,咱们不能着急,越着急,宋先生就咳得越厉害。强哥,既然钱良剑还没有动手,咱们现在就动,是不是有些急了?我觉得火候还不到,是不是应该等一等?”

“等啥呀?当断不断,反受其乱。咱们不动手,要是钱麻子赶在咱们前面动手,不就黄花菜都凉啦?”

“从现在到咱们的合同期满,只剩下不到半个月,钱良剑即便实施他的‘金不出山’,估计也得到了合同到期之日。因为只有到了那个时候,按合同章程规定,淘金客才允许带着他们应得的工钱和积攒的金子出山。所以我觉得,钱良剑他们很可能正是在那个时候才搞他的‘金不出山’,而他的‘金不出山’一推出来,淘金客势必有激烈的反应,不炸窝子才怪呢!那个时候,根本就用不着我们互助会动员,淘金客们自己就能动起来。”

宋振良终于停止了他的咳嗽,喘着粗气说:“说得对,里轩这半年的进步太大了,分析问题头头是道。我们互助会所要做的,就是在淘金客动起来的时候,抓住时机,因势利导。”

一席话虽不长,但说得疤拉强连连点头。

“刚才我听见马蹄声了,你们二位是骑马过来的?”

“事情紧急,我们从钱良剑的马厩借了两匹马……”

“这样一来,”疤拉强的话没完,宋振良就说,“邬生龙的手下肯定会向上汇报的,那邬生龙就会猜到你们有急事,他很可能就会把你们的着急出行与马善成那边闹事联系在一起,继而能够分析出你们两人在互助会起着决定性的作用。里轩,你们骑马往我这里来,有没有人看到?”

疤拉强抢着说:“看到怕啥哩?他敢胡说,我就把他的嘴撕开!”

乔里轩低下头想了想，说：“没有人跟来。我和强哥的速度太快了，他就是想从马厩牵马，也来不及。”

宋振良说：“那好……”

疤拉强说：“宋先生，你是不是太过小心了？上千名淘金客在马善人那里闹腾呢！谁有精神注意咱们这里？”

宋振良点头说：“强哥说得有一定道理。但是，事情到了今天这个地步，很可能是关键时刻。你们两个是互助会的核心人物，在这个时候千万不能有一点纰漏。一旦出事，互助会就很可能成了一盘散沙。尤其是乔哥！强哥，我说一句话，你别生气。”

“宋先生，你说，我度量大着呢！”

“强哥，你得设法保护里轩，这是你的责任。在这个节骨眼上，不能让里轩出一点儿事。”

“宋先生，我向你保证，我疤拉强用我的性命保护乔哥！”

“强哥，你的命也很重要！这样，据我观察，刘顺很听你的，出头露面的事情，你让刘顺去做。刘顺是神眼，这在阿勒屯塔莱无人不知。他又是这里的老人，钱良剑他们会给他面子，而且也不会怀疑到他头上，他出面比较好。钱良剑那帮人，心狠手毒，什么事做不出来？你们一定要减少活动，尤其是里轩，千万不要被他们盯上，要以静制动。襄堂帮非聚不可的议事会，一定要隐蔽，最好放在夜里开。有一句老话，叫‘事于秘成’。我希望你们记住这句话。”

“不好啦！钱局长、刘总督察，马善成那边的淘金客闹事啦！”邬生龙的脚刚一迈进钱良剑办公室门槛，就嚷嚷道，“闹事的淘金客超过上千人啊，马善成手下的淘金客差不多都出动了！正围着马善成的住所闹腾呢！”

“邬队长，你慌什么？”刘铭心镇定地喝道，“有话慢慢说。他们为什么要闹事？”

“马善成手下一部分淘金客的金子，都存在马善成的金库里。昨天他们听到‘金不出山’的风声，有人就要赎回，但马善成不让赎回，说存在他那的金子只能支付新省币。淘金客们不干，事情就这样闹起来了。”

刘铭心说:“这个马善成成事不足,败事有余。前天,新省币刚刚从迪化运来,他就要借用一批,当时我看他那火急火燎的样子,就觉得不大对劲,原来他是早有打算呀!”

“另外,还有一件事要报告。就在刚才,时间不长,疤拉强和乔里轩从马厩借出马,着急忙火地往马善成的营地跑去,不知道是去干什么。”

“你的手下人,有跟上去的吗?”

“他们的速度快极了,我们根本就跟不上去。但可以肯定地说,他们是去马善成那边了。”

“这个疤拉强,每次出什么事前总有他。还有那个乔里轩,神神秘秘的,让人难以琢磨。邬队长,你派人把这两个人给我盯紧了,一旦他们图谋不轨,就立即来报告。咱们不能让他们成气候。”

刘铭心把脸转向钱良剑,接着说:“局座,莎莎还得多与那个乔里轩接触,让莎莎警觉一点儿,蛛丝马迹的动向都不要放过。”

钱良剑有所思索地点点头。

邬生龙说:“钱局长、刘总督察,马善成那边闹就让他闹去,他不是一直觉得自己很有能耐吗?这次就让他自己去对付,让他也知道淘金客闹起事来是什么感觉!”

“拔起萝卜带出泥。我就怕马善成这么一折腾,会把火引向咱们这边。”刘铭心忧心忡忡地说,“局座,咱们得有所准备才是,毕竟‘金不出山’是咱们先说起的。”

邬生龙说:“马善成这么猴急地搞‘金不出山’,是想干什么?”

钱良剑瞪了邬生龙一眼,说:“干什么?马善成一向见钱眼开、见利忘义,不就是为了趁机揩油,而且包藏祸心,想把阿勒屯塔莱搞得越乱越好!”

刘铭心说:“覆巢之下,焉有完卵?搞乱这里,他能得到什么好处?”

钱良剑撇撇嘴:“他不就想取而代之?”

刘铭心说:“天大的笑话!好了,咱们不说那个小丑了。邬队长,你通知场警大队,加强警戒。所有官兵一律枕戈待旦。”

钱良剑冷笑一下,说:“就他们那些手上只有铁锹、十字镐的淘金客们,在山里能闹出什么名堂?一排子弹打过去,他们跑得比兔子还要快。让他们来吧,咱们就不怕他们闹事!”

集聚在马善成营区的上千名淘金客,像撞击到堤坝的洪水一样,忽然掉过头来向钱良剑的营地涌去。

钱良剑几人还在说话,有哨兵慌忙跑来报告:“钱局长、刘总督察,有大批淘金客正在往咱们的营地跑来!”

刘铭心说:“那还不快把吊桥拉起来!”

邬生龙和哨兵一块跑了出去。这时候,就听见营区的木栈桥上一阵嘈杂的脚步声响起,呐喊声由远而近,沸沸扬扬。刘铭心的面色有些惶遽。钱良剑却镇定自若地说:“走,刘总督察,咱们出去看看。”

钱良剑的住所在整个营区地势略高,他们走出房间,就看见黑压压的人群像潮水般地涌来,呐喊声此起彼伏,震天动地。邬生龙跑回来慌张地喊道:“吊桥还没来得及拉起,他们就冲进来啦!”

刘铭心喝道:“矿警大队是干什么吃的?邬生龙,我告诉你,这件事你得给我负责任!”

钱良剑镇定地说:“都别慌,看他们能干啥!邬队长,把你手里的家伙给我准备好了。”

呐喊着的淘金客们已经冲到他们近前,矿警大队的官兵持枪站成了一排,挡在钱良剑等长官的前面。

卢三冲在最前面,看见官兵身后的钱良剑就喊道:“钱局长,凭什么要用纸币换我们手里的金子?”

他的喊声湮没在嘈杂的声音中。卢三高举起两只细瘦的胳膊,使劲往下压了几下,喊声才渐渐弱了下来。他把刚才的话又重复了一遍。

钱良剑说:“‘金不出疆’是新疆省政府和盛督办下发的禁令,‘金不出山’正是为执行这一禁令而制定的,用新省币兑换金子是公平交易。请问列位,这有什么不对的地方?”

刘铭心接着说:“‘金不出山’的政策还在进一步修订之中。阿山金课局与诸位兄弟,包括我们这边和马掌柜那边兄弟的三年合同都还没有到期,等到期以后在执行过程中,阿山金课局会给诸位一个公平合理的答复。”

淘金客中有人喊道:“那我们存在马善成金库的金子,他凭什么要换成纸币给我们?”

刘铭心回答说:“那是马掌柜自己的行为,我们阿山金课局不做任何解释。”

“马善成刚才说,他正是为了执行你们‘金不出山’的决定才把我们存在他金库的金子换成纸币的,如果山里不搞‘金不出山’,他立马就把我们存在他金库的金子一克不少地还给我们。马善成刚才还说,‘金不出疆’的文件是钱局长传达的,让我们来问问你们。钱局长,你得给我们一个明确的答复才行!”

“你们现在得给我们一个满意的答复!”人群中有人喊道,“我们要是不满意,你就得让我们手里的家伙满意!兄弟们,你们说对不对?”

“对啊!”人群中一片呐喊声。喊声越过五大伙房的木顶,越过低矮的淘金客窝棚,越过滚滚的乌伦古河,在河那边的山峦间回荡。

“对个屁!”钱良剑大声喝道,站在前面的淘金客竟被吓了一跳,喊声蓦地弱下来,“马善成扣压了你们的金子,碍我钱良剑屁事?你们不分青红皂白,跑到我这里来撒野,是不是想试一试我钱良剑的胆量?有种的,你给我站出来,我倒想看看谁在里面起哄!”

话音刚落,满脸青灰的卢三还真就站了出来:“钱局长,我就不怕你,我站出来了,看看你到底有啥章程!”

“邬队长,你在哪里?”钱良剑厉声喊道,“还不快过来?”

邬生龙应声跑了过来。

“邬队长,你手里拿着的是烧火棍,还不开枪?”

刘铭心正要制止,乓的一声,邬生龙手里的枪响了,站在人前的卢三应声倒地,鲜血从他的前胸汩汩地冒出来。

淘金客们都愣了下来,人群一片寂静。忽然有人大喊:“开枪啦,杀人啦,快跑啊!”

站在前列的淘金客转身就往回挤,人群像退潮的海水那样掉头涌回去。有人摔倒在地,纷乱的脚步踩在他的身上,发出凄惨的哭喊声。

钱良剑冷笑一下,对刘铭心说:“一群臭乌合!一粒子弹,就让他们屁滚尿流!”

第三十五章

安德烈的俄式住所建在他营地的一个小山包上，那是这一片土地的一处高地。从那座绿色铁皮顶的屋里走出，站在有着木柱支撑的廊沿前，向北眺望，目光越过那一圈半片松木竖起的围墙，越过高高挑起的吊桥，越过吊桥外鳞次栉比的低矮的窝棚，越过一大片开阔的河滩和滔滔乌伦古河，在天气晴朗的日子里，可以看见南面起伏的山峦和茂密的原始森林。而如果掉转方向，走到那座绿色铁皮顶屋子的背后，向南望去，则是一条笔直的沟壑。沟壑的对面也是起伏的山峦，山上也是郁郁葱葱的原始森林。十几年前，安德烈带着伊万和列昂契奇在这里选择建筑他的大本营时，曾指着南边这道沟壑说，很久以前，乌伦古河很可能就是从这里流向东方的，只不过后来河水改道，才留下了这条干涸的沟壑。安德烈从军事防御的角度分析了这里的地形地貌。他认为这道沟壑堪称天然屏障，而北面又是地势较低的河滩地，视野开阔，可以一览无余，是安营扎寨的上佳之地。

谢尔盖和廖远山现在正站在南边这道沟壑里，眯起眼睛仰望沟壑上的那面峭壁。这面峭壁是大自然的杰作，却又好像是人工开凿出来的。从沟底望上去，大约有二十五米，笔直如刀切斧劈一般。峭壁向两边延伸而去，遥不可及。两人当然知道，峭壁之上，正是安德烈那座别具特色的绿色铁皮顶的俄式建筑。廖远方用手掌拍了拍他那发亮的大脑门，贴在谢尔盖的耳边说："我的老天，要想从这里爬上去，比登天也差不了多少。"

这一个多月以来，谢尔盖是在煎熬中度过的。乔里轩把一支金贵的驳壳枪借给了他，谢尔盖整天都在寻找暗杀安德烈的机会。可是，自从在托托里小镇遭遇暗杀后，安德烈深居简出，别说走出吊桥了，就连他那绿色铁皮顶的住所都不出，所有的指令都是通过列昂契奇来完成的。谢尔盖曾经多次与廖远山合计，挖空心思地想将安德烈诓骗出来的计策，但又都被两人一一否定。后来两人琢磨，只能挑拨列昂契奇与安德烈的关系。虽然有安德烈不同意列昂契奇跟莎莎的婚事这件事可以做文章，但谢尔盖从侧面试探了几次，列昂契奇还不足以因此而下狠手，事情完全陷于僵局。后来只剩下从这道沟壑爬上去干掉安德烈这条路了。谢尔盖说，组织信任他，才交给他一项这样重要的任务，如果完不成，他也不打算出山了，死也要死在阿勒屯塔莱。

谢尔盖和廖远山的身上，都背着一圈绳索和一只套野兽的铁夹子。两人完全是猎人的装扮。山里体量小的野兽，像獾、狍、麂子、野兔啥的，是可以从森林边上那道铁丝网钻进来的。这些有灵性的家伙鼻子尖得要命，很少触碰地雷，故而常见有狩猎本领的淘金客带着他们猎获的野味返回驻地。

峭壁上歪斜地长有稀疏的松树，还有些许藤蔓植物。廖远山仰脸看了一会儿，忽然咧开嘴笑起来，宽大的脑门闪闪发亮。他指着那些半裸在峭壁上的松树根须，对谢尔盖耳语："库兹米奇，咱们回去做龙爪钩。"

"什么是龙爪钩?"谢尔盖小声问。

廖远山伸出右手的五根指头，做出一个钩爪状，说："它有三根铁爪，爪尖锋利，甩上去一下就能抓住东西；铁爪的尾部连上绳索，人就可以顺着绳索攀缘而上。你看见那些露出树根的松树了吗？咱们把龙爪钩用力甩向那些树根，攀上树根以后，再甩向上面的树根，一截一截地往上爬，咱们就有可能爬到沟上去。"

谢尔盖一把抱住廖远山，在廖远山的脖根亲了一下："廖，你真的是个天才！如果能爬到沟上面，我就能一枪打死安德烈，到时候我一定给你一千克黄金……"

"上次你才给了我五百克金子，本来说好的是一千克啊，我都没跟你计较。"

"可你上次没有把安德烈弄死呀。"

"金峒不是让我给弄塌了嘛！我跟你的交易算是完成了。再说安德烈虽然没有死，但也砸死了伊万。库兹米奇，你说好的是事成之后要给我一千克金子的。"

“问题是事情没有成呀，安德烈没有死。不然我们现在还跑到这沟里做什么？”

“库兹米奇，我问你，就算你爬上沟，能打死安德烈，那你怎么能活着回来？”

“我根本就没有想着要回来。”

“那你没法儿活着回来，我找鬼去要那一千克金子？库兹米奇老兄，这活儿老子不干了，你自己想办法去干吧，我现在就回去。”

谢尔盖一把拽住廖远山的胳膊，央求道：“那我回去先付给你五百克怎么样？就算是订金了。”

“一千克就是一千克，少一克老子都不干。”

“那好，一千克就一千克，回去我就给你。”

“库兹米奇，你最好带一把刀，安德烈要是睡熟了，你能用刀解决就用刀在他脖子上拉一下，连气管带血管都给他拉断，他想喊都喊不出来，你不就可以沿原路返回吗？咱们可说好了，我只负责把你送上沟去，你能不能打死安德烈，能不能活着回来，那可都是你自己的事了。”

廖远山心灵手巧。请别人做龙爪钩，他怕走漏风声，便从工地上找来比筷子稍粗的螺纹钢，把一头磨尖，弯成鱼钩状，三根反向捆绑在一起，后面做个环，一个漂亮的龙爪钩就做成了。

谢尔盖拿在手里看了看，说：“廖，你的手真巧。”

廖远山自豪地笑笑，说：“那是，只要我能想出来，就能做出来。我要再做一个，到时候，你拿一个，我拿一个，我把你送上去，我就返回。你成不成的，你能不能回来，那我就管不着啦！”

“你就不能跟我上去？两个人的力量比一个人大。”

“我不去。我怕上去以后就回不来啦。”

“廖，你不是听宋振良的，跟他很好吗？那我去找宋振良，让他跟你说。”

“库兹米奇，我虽然很敬重宋振良，但这是关系性命的事，别说跟他说了，你就是跟天王老子说，老子也不干。”

“廖，我看你这个人只认钱。我真的无法理解，你难道就没有信仰？你让人不可思议。”

“库兹米奇，什么思议不思议的？你少说废话。你现在有三件事要做。第一，你得学会甩这个龙爪钩。这玩意儿看似简单，甩起来，甩得准，并不容易。你得练得想钩住啥地方就能钩住啥地方才行。回头我带你上山找地方练去。第二，你得练好了引体向上。噢，就是这样。”

廖远山虽然瘦小，身体却非常灵活。他纵身一跳，双手攀住窝棚外一个木架子，连着拉了几个引体向上。

谢尔盖在他身下笑。

“库兹米奇，你笑啥呢？”

谢尔盖也不说话，等廖远山从木架子上下来以后，他摘掉了头上的帽子，露出一头亚麻色的卷发，像廖远山一样跳起来，双手攀住木架子，然后呼啦啦地一连做了十几个标准的引体向上。

“廖，我这样行吗？”他跳下来后挑衅地问廖远山。

廖远山上前捏了捏谢尔盖胳膊上的肱骨肌，说：“还真结实。行，没问题。但是，这毕竟是攀爬，你要学会手脚并用，光用两只胳膊的力量你能坚持多久？你得学会用脚蹬峭壁。回头咱们出去练练。”

“廖，那第三件事是什么？”

廖远山狡黠地一笑：“你得先付给我一千克金子。”

“现在给你是不是太早了？你起码先教会我甩铁钩子再给你。”

“那咱们就说定了，等你练好了甩龙爪钩，你就得把一千克金子给我。我可不要麸皮金，我要颗粒金！”

一猫腰，谢尔盖钻进了宋振良的窝棚。宋振良躺在地铺上，微微翕动眼皮。谢尔盖从随身带来的背包里掏出一只煮熟的羊腿，放在宋振良的身边。

“库兹米奇同志，你来了。”

“宋，你觉得怎么样？”

“浑身没有气力，咳嗽略好了一点儿。”

“宋，你得好好吃东西，不然没有体力，身体就恢复不了。这只羊腿你得慢慢把它吃了。”

“我哪有力气吃啊！库兹米奇同志，我的组织派我来这里协助你开展工作，你看我却这样，什么忙也帮不上你了。”

宋振良面色铁青，两只眼睛凹陷进去，人瘦得皮包骨头了。他每说完一句话，都要喘一会儿粗气，间或咳嗽一阵子。

“看你这样，我心里真难受。可我又没有办法帮助你。宋，你不要这样说，你已经帮了我很多。没有你，我怎么可能认识廖远山？廖远山又怎么可能去收拾安德烈？安德烈虽然逃过一命，但伊万还是被砸死了。伊万诡计多端，比安德烈可怕得多。伊万被除掉，等于砍掉了安德烈最有力的胳膊。而且，现在廖远山依然在帮助我。”

“库兹米奇同志，你最近是不是在跟廖远山练习攀岩？掌握要领了没有？”

“廖远山跟你说的吧？”

宋振良眨了眨眼睛，说：“廖远山这个人还是挺不错的，很讲义气，人也聪明、能干，言而有信，而且嘴巴也严，知道轻重，不会在外面乱说的。”

“就是贪财。”

“库兹米奇同志，他就是个淘金客。他和你我不一样，不为金子他能跑到这深山老林里来？只要他能帮你把事情办成，你能完成组织上交给你的任务，咱们就很感激他了。对了，库兹米奇，他跟我说你只想完成任务，根本就没有打算活着回来？”看见谢尔盖点头，宋振良艰难地摇摇头，“库兹米奇，你还年轻，身体又这么好，还能给你的组织做许多工作。我觉得廖远山说得对，能用刀子解决问题，最好用刀子。这样，你就还有机会和时间从岩壁上返回来。你听我一句劝，不到万不得已的地步，不要轻言牺牲。听说欧洲现在都乱成一锅粥了？”

“宋，是的。今年6月，德国人已经占领了法国巴黎，英国也岌岌可危，希特勒的胃口大得惊人，我的祖国免不了有一场大的战争。”

“所以说，库兹米奇，你这么年轻，前面还有很多任务在等着你。你答应我，一定要活着回来！”

谢尔盖的两只眼睛闪闪发亮：“宋振良同志，我答应你。”

“对了，库兹米奇，钱良剑最近搞了一个‘金不出山’，我总觉得这很可能是一根导火索，要在阿勒屯塔莱引起一场大乱子。乔里轩他们襄堂帮这几天可能要针对这些情况开一次议事会，我希望你能参加。你是老布尔什维克，斗争经验丰富，我希望在这关键时刻，你能帮他们出出主意。”

这十几天里，谢尔盖找一切借口离开淘金船，上山里的僻静处练习他的攀登技术。他对自己的徒弟说，只要淘金船能够动起来就行，进度什么的没有关系。谢尔盖在山上找到了一个适合他训练的地方，那里有一棵树干笔直的松树，树根处也比较平坦。而且，那地方非常隐蔽，四周长满了茂密的树丛，人不到跟前，根本无法看见他。在往树下走的时候，谢尔盖居然多次想起死鬼伊万。如果廖远山没有干掉伊万，自己的行踪肯定逃不脱那个秃脑袋伊万鹰一般的眼睛。

谢尔盖从肩上卸下帆布背包，从里面取出龙爪钩和绳索。稍事休息，他便仰脸瞅准树上的横杈，一挥手，手中的龙爪钩嗖地蹿上去。有时候，龙爪钩什么也抓不住，会掉头摔下来；有时候，龙爪钩会牢牢地抓住树杈。然后，谢尔盖双手抓住绳索，纵身一跃，两只脚死死地蹬住树干，一步一步地往上攀。攀到树杈上后，他会摘下龙爪钩，再顺着树干溜下来。接下来，谢尔盖又开始新的一轮攀登。

谢尔盖就这样不知疲倦地练习。一次不小心，他从树上摔下来，躺在地上好长时间才醒过来。当他能够站起身的时候，他又开始攀登。

除谢尔盖之外，山里只有廖远山知道这个地方。有时候，他会趁金把头不注意偷跑到这里。现在，他仰起脖子看谢尔盖攀爬。这个长着亚麻色头发、满脸雀斑的俄国人，让廖远山渐渐佩服起来。

谢尔盖身背龙爪钩从树上溜了下来。廖远山说：“库兹米奇，歇一下。”

“廖，你觉得我现在的技术怎么样呢？”

廖远山伸出大拇指：“库兹米奇，你是好样的！”

“廖，那你看以我目前的水平，能不能爬上那面峭壁？”

“我看差不多了。库兹米奇，你打算啥时候动手？”

谢尔盖一屁股坐在地上，喘了一阵粗气，说：“我打算就这几天。我不能再等了。再等下去，我会发疯的。”

廖远山低下头思忖了一会儿,说:“再过九天就是中国人的中秋节了。库兹米奇,你知道中秋节吗?”

“废话!廖,你忘记我是在新疆塔城长大的?我难道连中秋节都不知道?不就是月亮最圆、吃一种圆饼子的节日吗?”

“圆饼子叫月饼。前两天我跟列昂契奇赌钱的时候,听他说那个晚上他们要全体会餐。既然会餐就少不了要喝酒。列昂契奇和安德烈都喜欢喝酒,喝酒就容易醉,醉了就睡得死。而且,那个晚上月亮最亮,峭壁上的东西能看清楚,便于攀爬……”

“廖,你真是天才!”

谢尔盖跳起来一把抱住廖远山。廖远山连忙用双手将他推开,说:“你又想来占我的便宜?库兹米奇,你又不是娘们,一脸黄胡子楂儿,扎死我啦!你给老子滚开!”

“库兹米奇,”廖远山眼睛盯着谢尔盖,“我有话想跟你说……”

“喔,你不要说了。我回去就会把一千克黄金给你的。廖,你放心。”

“我不是这个意思。库兹米奇,你爬上去以后打算用枪还是用刀子?”

“廖,你什么意思?”

“库兹米奇,我是说,如果你打算用枪解决安德烈,我把你送上去就下来;如果你用刀子,我就上去做你的帮手……”

“廖,你真是好样的……”

谢尔盖的话还没有说完,声音突然变得沙哑了。

第三十六章

列昂契奇活了四十岁第一次失眠。

前段时间，因为莎莎的事闹得他恍恍惚惚，一躺在床上，或者一个人独处在某个地方，莎莎的影子总在眼前晃动。钱良剑主动派人来提亲，但安德烈死活不同意，最后这件事只好不了了之。他忌恨安德烈，却也没有一点儿办法，那段时间列昂契奇的情绪真是糟透了。但即便是那样，他脑袋一沾枕头就能呼呼入睡。可是这次不行了，无论他做怎样的努力，就是无法入眠。

列昂契奇躺在床上翻来覆去，床铺在他沉重的身体下咯吱作响。就在昨天，他意外地得到了自己母亲的消息。事情的经过是这样的。列昂契奇的一个同乡，叫伊凡·伊凡里奇，他也是当年被安德烈带进山的百余名白卫军官兵之一。近二十年来，这百余名官兵，死的死，散的散，只剩下最后这四十余人。入夏的时候，伊凡得了重病，远赴迪化求医。有一天，他在迪化南门二道桥清真饭馆吃饭，一位老人老用目光瞟他。后来老人主动上前，用俄语问他："你是不是叫伊凡？"伊凡当时愣住了。后来经攀谈，老人是苏俄国内战争时期为躲避战乱从高加索跑到迪化的，后来在迪化定居，在伊凡年轻时经常看见他跟列昂契奇在一起。让伊凡吃惊不小的是，这位老人居然是列昂契奇的一个远房亲戚。然后老人问到了列昂契奇，并说列昂契奇的母亲还活着，都六十岁了，只知道她的儿子逃往中国新疆，以为他早就死了。伊凡回来后，把这次邂逅告诉了列昂契奇。列昂契奇在获得消息的一刹那，脑袋轰然变大，神志变得恍惚。他连声谢谢都顾不上说，摇摇晃晃地就去找安德烈，向安德烈求假，想先去迪化找到自己的那个远房亲戚，获取母亲的具体地址，然后回国去探望母亲。在那一瞬间以及后面这段时间里，列昂契奇的世界里没有其他任何事，只有母亲的影子在眼前晃来晃去。

列昂契奇算了算，今年母亲确实满六十岁了。他知道母亲生自己的时候只有十九岁。列昂契奇是家中唯一的儿子，他有一个姐姐和三个妹妹。列昂契奇祖上是沙俄贵族，祖父在沙俄时期做过很大的官，他的父亲曾做过沙俄驻土耳其领事馆的参赞。后来祖父与沙皇政见不同，在宫廷受到排挤，家道从此败落。列昂契奇从小就立志要通过自己的奋斗来赢得家族荣誉。九岁时他就开始练习拳击，想用自己的一双铁拳征服世界。十六岁那年，他瞒住母亲偷偷跑去参加了哥萨克骑兵军团，十九岁上获得哥萨克骑兵军团拳击冠军。1921 年白卫军战败，他跟着安德烈逃到中国新疆，几经辗转，后来在阿勒屯塔莱落脚。这么多年来，他一直不知母亲的音讯。随着年龄增大，他思念母亲、思念家乡的情绪越来越强烈，现在猛然获悉母亲的消息，他的心情怎么能够平静？

还是在昨天，当他站在绿色铁皮顶安德烈的住所里，诚恳地向安德烈提出自己的请求后，安德烈从他宽大的办公桌上抬起头，很严肃地说："不行，彼得中校，这个不行。你是知道的，眼看今年的采金工作就要结束，现在有很多事情在等我们去做。伊万死了，我现在只能依靠你，这你是知道的。而且，现在阿勒屯塔莱很乱，比以往都乱，你听说了吧？钱良剑搞'金不出山'，马善成先走了一步，据说他们两边的淘金客都不稳定。我有一种预感，阿勒屯塔莱要出事。在这种情况下，你要回家乡探亲？你一去一回，至少要三个月，我怎么可能准你的假？你自己动脑子想想，你要是坐在我这把椅子上，能批这个假吗？再说，苏共正愁找不到我们的下落呢！你一回家乡，苏共还不跟着你的踪迹尾随而来？不行，彼得中校，我说过，这根本不行！"

后面，不管列昂契奇如何讲自己的道理，固执的安德烈就两个字——"不行"！

窗外露出灰白色，列昂契奇仍然没有睡着。他索性起床，披上衣服在屋里来回转圈子。后来，他下了决心，今天再去跟安德烈求假，如果他还是不批，自己就走自己的，管不了那么多了！

天亮以后，列昂契奇开始收拾自己的东西。他把属于自己的东西都摊在床上。他先把安德烈发给自己的制服一一叠整齐了，码放在一起。他不想穿着这身安德烈自制的军服出山，那样的话外面的人会笑话他的，好在还有一身便装。他穿上了便装，在镜子前照了照，镜子里的他依然健壮，模样也不太衰老。他想自己要是离开这里，以后很可能会隐姓埋名到迪化落脚。他还盘算着打听到母亲的下落后，如何托人去高加索把母亲接到迪化。姐妹们愿意一块来，那就更好了，省得母亲寂寞。安德烈有一句话是对的，自己是不能回老家了，苏共一旦知道自己的下落，是不会饶过自己的。

床铺上有三只鼓鼓囊囊的麂皮口袋，每只口袋里至少装有四千克黄金。这些黄金的成色非常好，差不多都是绿豆大小的颗粒金。这是天然的稀罕物。这十几年来，一批又一批的淘金客中，手气好的淘金客淘得这些宝贝后孝敬自己，他把它们积攒起来。上次向莎莎求婚时，他手里就有这些宝贝，但他舍不得用，而是通过伊万向安德烈讨要聘金。现在，这些宝贝应该被他带出山。他想可以用它们做本钱，在迪化做个什么赚钱的生意，钱滚钱，利生利，母亲和自己的后半生只有靠它们了。

收拾好东西，列昂契奇开始擦枪。他把跟了自己不少年头的勃朗宁手枪拆开，每个部件都认真擦，然后把它们组装在一起。他忽然想，如果安德烈不同意自己带武器走怎么办？那就把枪还给他好了。列昂契奇最后想好了，无论如何，他今天都要从山里走出去。

吃过早饭，列昂契奇就去找安德烈。最近安德烈很好找，一天二十四小时，他都待在他的绿色铁皮顶的房子里。自从上次在托托里小镇挨了黑枪后，安德烈像是被吓破了胆，一步都不离开这里。

安德烈虽然不出门，但每天照样要擦他的马靴。现在，他坐在一把木头椅子上，脚蹬在另一把椅子上，勤务兵正在卖力地给他刷马靴。列昂契奇走进屋，安德烈连头都没有抬。

“我知道你还会来的，彼得中校。我还是那两个字：‘不行’！”

列昂契奇并不说话，把自己带来的制服和武装带之类的东西认真地放在安德烈的办公桌上。

“安德烈伊奇，你发给我的东西都在这里了。”

安德烈听见列昂契奇这样奇怪地称呼自己，不由得抬头看了一眼列昂契奇放在桌上的东西,多少有些诧异地说:“彼得,你是打算真要走啰?”

“我希望你最后再考虑一下。安德烈伊奇,看在快二十年来我跟在你身后为你服务的面子上,再考虑一下。我没有打算离开你,也没有打算向苏共投降,我就是去看一眼我的母亲。安德烈伊奇,你知道的,我母亲就我这一个儿子,她今年已经六十岁了!安德烈伊奇,你得通情达理,我的要求并不过分。看过之后,我就回来,接着为你服务。”

“彼得,你为我服务?那我为谁服务?你忘本了!当初,我们被苏共红军追杀,是我拯救了你列昂契奇,拯救了伊万,拯救了上百名哥萨克官兵的性命!要不是我,列昂契奇,你能活到今天?”

“是的,当初是你拯救了我们。说句老实话,这么多年来,我无怨无悔地跟着你,在这个破山沟里一待就是十几年!这里有什么啊?能看歌剧吗?有舞场吗?有酒吧吗?有各种各样的商品吗?连个女人都没有!如果不是念在当初是你带着我们捡回一条命,我早就跑啦,还能待到今天?”

“彼得,你忘本了!当初,苏共红军追杀我们,处死了高尔察克上将,还把上将的衣服扒光,扔进了安加拉河,漂向冰冷的北冰洋!这么多年了,我每次想到这些,都气得发抖。彼得,你的祖上也是沙俄贵族,想不到你却是个贪图享乐的懦夫和小人!我们在这个山里待了十九年,就是在等待复仇的机会。欧洲风雨飘摇,德国人已经占领了挪威、丹麦、荷兰、比利时、法国,俄国不可避免地将卷入战争,那将是一场真正的大战。我们在山里储存了大量黄金和先进武器,训练了基本队伍,我们等的就是这一天!到那时,苏共自顾不暇,我们可以趁这个千载难逢的机会大有作为。彼得,你还有良心吗?在这关键时候,你却要离我而去!真让人寒心,为你脸红。彼得,你真的是忘本了,忘了我们的复仇大计!”

“安德烈伊奇,我怎么就成了懦夫和小人呢?你以为我们还真能复仇?就凭我们这不到千把人,就凭我们这些轻武器,就凭我们那点儿黄金,就能跟强大的苏共对抗?恕我说句不敬的话,都过了快二十年了,谁还记得海军上将高尔察克?再说了,高尔察克是你的舅舅,跟我们有多大的关系?你的舅舅,这么多年都过去了,你想起他的死,仍然恨得咬牙切齿。而我知道了自己母亲的下落,想去看看她,怎么就不可以?你念亲情,难道别人就不该有亲情？安德烈伊奇，我对你太失望了。你知道我喜欢莎莎，又是钱良剑主动来提亲的，我为什么就不能娶莎莎？安德烈伊奇，我在你心目中，可能连猪狗都不如！”

“彼得，你扯得太远了！你是不是因为我不同意你跟柳包芙的婚事，记恨我，才想起离开我的？想去看你母亲根本就是一个借口！”

“安德烈伊奇，你这样想，我就没办法了。莎莎只是一个女人，怎么能跟我的母亲相比？你太小看了我。我告诉你，直到现在我都没想离开你，我只是请假去看我的母亲！”

“彼得，你冷静一点儿。”安德烈听了这话，口气软下来，“你知道的，当初咱们一块进山的哥萨克弟兄有上百人，现在只剩下四十来人，我最倚重的就是你和伊万，伊万不幸死了，现在只能靠你了。这样行不行？等秋天过后，阿勒屯塔莱封山前，你去迪化，想办法让其他人把你母亲接到迪化，你们在迪化相见……”

“安德烈伊奇，我一天也等不下去！”列昂契奇从腰上解下手枪，啪地拍在桌上，“你的东西都在这里，我一样也不带出山！你现在就给我开路引，我要出山！”

安德烈从椅子上霍地站起身，把擦马靴的勤务兵撵出房间，然后从桌上拿起勃朗宁手枪，塞进列昂契奇的手里，说：“彼得，你想出山只有一种可能：用你手中的枪打死我，从我的尸体上跨出去！”

列昂契奇的嘴巴空张了几下，蓦然愣住了，呆呆地立在地当间。

安德烈双手叉腰，高大的身躯在房间里显得威风凛凛。他大声呼喊：“卫兵！”

两名卫兵闻声跑来。

“把列昂契奇给我捆上，押到禁闭室关起来！”

廖远山拍打石头屋的木门，屋里传来列昂契奇低沉的咳嗽声。

这是安德烈营区唯一用石头砌起的房屋。石头屋一溜有十一间，外面用木围墙拦起来，这就是安德烈的禁闭室。列昂契奇被关在靠西头的第一间，这间屋子是专门用来关押犯错误军官的。石头屋都有铁栅栏的窗户和厚重的房门。关押列昂契奇的这间屋子要略好一些，屋里的石头墙上有木板墙裙，地上也铺有木板。廖远山从门边走到窗户前，木板做的窗户敞开着，廖远山隔着铁栅栏看见列昂契奇慢吞吞地从木板床边走过来。

廖远山是第三次来探望列昂契奇，前两次都被哨兵挡在木头围墙外，这次站哨的是他当中尉时的一个部下，好说歹说，才放他进到院子里。“廖远山，只给你五分钟，省得上校看见了要枪毙我！”

“廖，你这个小丑，你也来看我的笑话？你记住，我出去后照样揍你。”在禁闭室里待了一个礼拜的列昂契奇，脸庞的颜色变浅了。

“彼得，你看我给你带来什么了？”廖远山从怀里掏出一包草纸裹着的东西，“麂子肉！老子用铁夹子从山上套来的，卤熟了，老子都舍不得吃，给你带来一只后腿。”

“不稀罕。安德烈在嘴上没有亏待我。廖，你是来还我上次没有杀掉你的情吧？”

“笑话！老子救了你一命，你放了老子一马，咱们早就扯平了，老子不欠你的，根本就没有还情一说。老子始终认为你是条汉子，当初老子救你，今天老子来看你，就是觉得你是条汉子！”

“廖，有啥呀！就以为只有你惦记我？来看我的人多得很，二十多个哥萨克弟兄都来看过我，不缺你一个！”

“你让安德烈给关到这里了还嘴硬。彼得，你亏不亏？跟着人家鞍前马后地跑了快二十年，最后却让人家给关起来了。”

“廖，你这个小丑，你在挑拨我跟安德烈的关系！我跟安德烈再闹，我们也是哥萨克军官，没你这个小丑什么事。你滚蛋，该干什么就干什么去！”

“彼得，我说你这个人只会用屁股想问题。你知道不知道？山里因为那个狗屁‘金不出山’，要闹出大乱子了，到时候，人家一把火把你这石头屋点着，把你活活烧死在屋里。”

“小丑，你又在骗我。这是石头屋，根本点不着。”

“彼得，你个大傻蛋。你抬头看看，屋顶是不是木头？再低头瞅瞅，地上是不是木板？一把火，就把你烧成灰！彼得，你死就死了，老娘咋办？有人欺负你老娘，谁来替她做主？彼得，你真亏！好容易爱上一个二转子娘们，人家还不准，让你干着急！老子要是你，哼！”

“廖，你要是我怎么办？”

“老子就跟他拼，大不了是个鱼死网破。彼得，老子只有五分钟。走喽，老子还会来看你的。”

从关押列昂契奇的禁闭室往吊桥走的路上，廖远山看见前面的一个人走路的姿势很像杨健，身量又瘦又矮，样子畏畏缩缩，便紧走几步，赶了上去。

“果然是你小子呀！怎么样，杨健，中尉当得还自在？咋还那么瘦呀？饷钱比我们多了十倍，也不买点儿好吃的补补呀？留下钱干什么？买棺材？”

杨健看见廖远山，略显尴尬，但瞬间便恢复了故作骄傲的神态，说：“廖远山，见到长官要学会敬礼。”

“敬你娘个屁！杨健，老子当中尉时，你他妈的还在哪里尿尿和泥呢！你给我神气个屁！”

“廖远山，你给我放尊重点儿，当心我枪毙了你！”

“哦，杨健，列昂契奇给你配枪吗？你装什么孙子？你当我不知道？你也就是在训练场上摸摸枪。人家不会信任你这样的人，还不是早早就把枪给收在一堆了？杨健，列昂契奇被关起来了，没人保护你了。你信不信？我迟早会弄死你！”

杨健突然软下来，装出一副可怜样，说：“廖哥，我们做过弟兄呀，你就放我一马吧。我也没有办法，都是为了活命。回头我给你十块银圆……”

廖远山站住了脚，眼睛盯住这个瘦弱男人，说：“杨健，那你说，刘疆生的命谁还给我？”

第三十七章

阿勒屯塔莱 1940 年的第一场雪像暖融融的棉被覆盖了整个峡谷。冬天早早地来临了,乌伦古河两侧的河滩以及渐升渐高的连绵山峦,是一片连天漫地的皑皑白雪。山峦上的原始森林披上了冬装,只有在起风的时候,树梢猛地抖动,才能依稀看见森林原有的黛黑色。河滩两边的积雪联合起来向乌伦古河进行挤压,于是,河水变瘦变浅,往昔的喧闹声变成了低吟浅唱。淘金客们穿上了厚厚的一身膻气的光板羊皮袄,四肢紧缩一团,两只手笼进了羊皮袖子里。有经验的淘金客们都知道,河滩很快就会上冻,一年里闹腾的采金期就要结束,等待他们的将是漫长的冬季。

钱良剑采金区的淘金客们,至少有上百人围在钱良剑的账房前,向钱良剑讨要一个说法。他们手里差不多都拿着一张纸,那是他们三年前与阿山金课局签订的合同。他们的嗓子都喊沙哑了,但仍然在歇斯底里地呐喊着。

“我们的合同到期了,属于我们自己的金子为啥不能带下山?”

“是谁规定的三克金子只能兑换两块钱新省币? 你当我们是傻子? 迪化一克金子就能兑换一块钱新省币!”

“金子是我们的,我们想换就换,不想换就不换,凭啥强迫我们换? 再说新省币只能在新疆用,我们到口里还得换成银圆,不是又要扣我们的手续费吗?”

“早知道这样我们是不会进山的! 我们辛辛苦苦地干了三年,难道只能带几张纸币出山? 我们要金子,不要新省币!”

“我们要见钱良剑,叫他给我们说清楚!”

开始的时候,钱良剑的账房先生还从屋里出来解释,说:“人又不是神仙,三年前咋知道三年后的事情?‘金不出疆’的禁令是前不久才传达下来的,我们阿山金课局有什么办法？就算你们说的迪化一克金子兑换一元新省币,那金子跟金子的成色还不同哩！再说那也是在迪化,这是阿勒屯塔莱,一个地境跟一个地境有差价,等你们出山后上迪化去问吧,现在跟我们说这些一点儿也不管用。”

账房先生解释过几次后,缩在账房里不再搭理外面的淘金客了,任凭淘金客们喊破嗓子,账房那道木门紧紧关闭。

胆子大一点儿的淘金客上前大力擂门。一会儿,圆头圆脑、一脸雀斑的邬生龙从钱良剑办公区域走过来,他的身后跟着七八名全副武装的矿警队士兵,一个个凶神恶煞。

“你们狗胆包天!”邬生龙一发怒,两只眼睛就变成了三角形,眼神中带着杀气,“马善成手下有个叫卢三的你们都听说了吧？他小子就是在这里领头闹事让老子当场给撂倒了！你们想跟他学？我劝你们还是早早地把手里的金子换成新省币,出山该找女人就找女人,该孝敬爹娘就孝敬爹娘。迪化新发行的省币好使着呢！谁要想兑换就进屋,不想兑换就麻利走人,谁想在这里闹事就别怪我不客气!”

站在邬生龙身后的士兵哗啦一声拉开枪栓。淘金客们吓了一跳,站在前面的人往后退去,后面的人却不让,一时间乱成了一团。

邬生龙说:“淘金客兄弟们,顺便告诉你们,钱局长有令,今年阿勒屯塔莱冬季休山,不往金峒子里开矿了,你们这些人的合同都到期了,明年继续干的,等明年开春再签合同。既然合同到期了,你们该出山就出山去,再过十天……听好啦,在场的人也回去带个话,再过十天,钱局长采金区所有的伙房一律停伙,不再给诸位提供伙食,谁要是愿意继续待在山里,那就是他自己的事情了。十天啊,你们可给我听好啦!”

胆小的淘金客面面相觑。有人颤巍巍地上前,手里拿着一只小布袋:“邬队长,我去换新省币,我老娘等着钱看病哩。”

这名淘金客的身后,陆续跟上来几个人。

邬生龙咧嘴笑起来,三角眼被扯平,显得温和多了,说:“哎,这就对啦！辛辛苦苦三年了,拿上钱,出山享受去吧!”

人群中一个淘金客高声喊道:“别上他们的当！凭啥三克金子只能换两

块钱新省币？山外边一克金子能换一块现大洋呢！你们傻呀，都别去换啊！”

“谁在后面瞎吵吵？”邬生龙一下板起脸，三角眼竖起来，“有种的你上前面来说话。”

然后，邬生龙带上两个兵，分开人群去找刚才那个喊话的淘金客。人群中的那名淘金客好汉不吃眼前亏，拔腿就跑，从人群中钻出，像兔子一样落荒而逃，木栈道边的雪地上留下两道深深浅浅的脚印。

马善成营区也不消停。与钱良剑那边不同的是，在这边闹腾的差不多都是把金子存在马善成金库里的淘金客。

马善成不急不躁，脸上还是像往常那样挂着笑容。他连自己的住所都不出，只是让孙守平出去给围在他住所前的淘金客解释了两次。

尖嘴猴腮的孙守平一脸坏笑，说：“马爷说啦，‘金不出山’又不是他闹的，也不是他说了算的，你们有胆量就去找钱良剑，没胆量就悄悄待下。卢三牛皮，不是找着去挨枪子？你们存在马爷金库里的金子一克也少不了你们的，不过，得兑换成新省币给你们。愿意要的，现在就进账房去领；不愿意要的，马爷也没有办法！总不能死皮赖脸地把钱往你们手里塞吧？你们可能也都听说了，钱局长采金区的伙房十天后停伙，我们跟着人家学，十天以后，我们的伙房也停伙。今天没有来的，大家给传个话！”

有淘金客说：“换不换新省币那是后话，金子是我们存在马掌柜金库的，你先把我们的金子还给我们再说。”

孙守平回答道：“马掌柜事先有话，只要你们能说服钱局长取消‘金不出山’，他立马把你们存在金库的金子还给你们，一克也不会少。钱局长如果继续实行‘金不出山’，你们就是拿上金子也出不了山。”

马善成的十几名武装打手虎视眈眈地站在马善成的住所前。围在门前的淘金客只敢嚷嚷，就是没人敢往前冲，更没人敢拿自己的性命去冒险。

阿勒屯塔莱三个采金区只有安德烈这边平静。冬季快要来临，采金区工地看不见人影，一眼望去，只有白茫茫一片。两台庞大的采金船被盖上苫布,上面覆盖着白雪。昔日喧嚣的采金船孤零零地立在雪地里,显得落寞。往年这时候,安德烈的淘金客差不多都从河滩工地转移到岩壁下的金峒子里,身份似乎也发生了蜕变,由淘金客变成了真正的采金矿工。今年,安德烈的淘金客三年合同也已到期,等待着新一轮的签约。钱良剑和马善成麾下的淘金客闹哄哄的,安德烈在观望,他没有与淘金客进行新的签约,他想先看看再说。

安德烈采金区的淘金客们大都猫在窝棚里,享受着一年里难得的休闲时光。有两个人却没有歇下来,这就是谢尔盖和廖远山。

谢尔盖和廖远山来到沟壑底部,默默地抬眼打量那面峭壁。峭壁的突出部位也落上了雪花,但这里毕竟向阳,经过太阳一上午的照晒,峭壁上的积雪开始融化。站在沟底可以清晰地看见挂在峭壁上的水渍。廖远山在谢尔盖的耳边小声说道:"你知道的,山里温差大,到了晚上,壁面上很可能结冰,往上爬脚下会打滑,就全靠两只胳膊的力量,攀爬的难度将加大。"

谢尔盖也意识到这一点,点了点头,说:"我也正在想这个问题呢。早就应该动手,你就是一等再等,非要等到你们的中秋节才动手。"谢尔盖有些抱怨,"廖,现在好了,看你怎么爬上去!"

廖远山和谢尔盖都穿着光板羊皮袄,头上戴一顶半旧的当地哈萨克牧民的细毡帽,毡帽是白色的,帽脊却是黑色,尖尖的帽顶,帽檐往上翻。谢尔盖的脚上穿一双高腰翻毛皮鞋,廖远山穿一双旧棉鞋,沟底积雪深,没过了他俩的脚踝。廖远山看看身上的装束,心里思忖都穿成这样了,爬上面前的峭壁,可能连吃奶的劲儿都得使上!

"库兹米奇,这你就不讲道理了,我咋能知道老天爷的事情?老天爷要变天,要下雪,我有啥办法?这还不到中秋节,往年从没这么早就冷下来!再说了,你不经过这半个多月的练习,能爬上这么陡的峭壁?"

"廖,你嫉妒我的臂力,攀绳子往上爬的事难不住我。"

"你放屁!就算你臂力不错,你会甩那个龙爪钩吗?"

谢尔盖觉得自己理亏,沉默下来。过了一会儿,谢尔盖又说:"廖,不能爬也得爬,你是一个男人,说话得算话,谁让你答应了我!"

"我啥时候说我不爬了?咱们再多想想办法。前几天,我去看列昂契奇……列昂契奇被安德烈关起来了，库兹米奇，你知道吗？”

“这里的人谁不知道啊？”

“库兹米奇，我有一种预感，我总觉得咱们可能用不着爬这该死的峭壁了。”

“廖，我听不懂你是什么意思。”

“钱麻子和马善人手下的淘金客因为不满‘金不出山’，闹得很厉害，我有一种预感……库兹米奇，我的预感一向很准，阿勒屯塔莱很可能要有一场大乱子。如果真出了乱子，咱们还用爬这面峭壁？中国人有句老话叫乱中取胜，咱们为啥不能趁乱干掉他？”廖远山说完，眼睛瞟向峭壁上方。

“廖，这我倒没想到。哦，要真有这个机会就好啦！”

“我为啥去看列昂契奇？库兹米奇，我总觉得列昂契奇是可以为我们所用的。列昂契奇被关禁闭后，原先哥萨克的官兵差不多都去看望他，是他的人缘好？当然，有这个因素，但我觉得这里面也含有对安德烈的不满……”

“廖，都说你鬼点子多，叫什么智多星，让人佩服。”

“库兹米奇，我可不是因为害怕，才不去爬这峭壁的。如果阿勒屯塔莱没闹起来，峭壁再滑、再难爬，我也会跟你一块上去。但是，你不能用枪！”

这个晚上，在乔里轩的组织下，淘金客生活互助会的襄堂帮召开了一次非常重要的会议。开会前，会议放在什么地方开，乔里轩和疤拉强就很费了一番脑筋。疤拉强建议上山开，在山口放几个固定哨，邬生龙的奸细跟上来一眼就能看见。乔里轩沉吟片刻，说：“那宋先生怎么上去？”

“背，派人背！”

“山上的雪这么滑，谁能背得动？”

疤拉强想想说：“那只能在窝棚里开啰。”

两人反复琢磨，最后决定把会议放在一个地势比较高的窝棚里开。在通往高坡的路上多放几个暗哨，邬生龙的奸细一动弹，他们就能发觉，并发出预定的暗号，大家可以从高坡的各处快速离开。

阿勒屯塔莱的斗争形势已到了白热化程度，不得不多做几手准备。

吃完晚饭，参加会议的人从不同的地方陆续赶到这里。这次会议以襄堂帮成员为主,有乔里轩、乔里知、疤拉强、刘顺、姚晨芳、吾守尔·买买提、廖远山七人,并吸收了宋振良、谢尔盖和蛇娃参加。蛇娃到底年轻,体质不错,三支盘尼西林注射进去,休息了十多天,已恢复了体力,能够满山跑路了。在往高坡去的各条路上,疤拉强放了不下十个暗哨。宋振良已经没有能力走路,是被人背来的。窝棚里同时点燃三盏马灯,显得格外亮堂,但门窗掩得严,从外面望去,居然看不见一丝光亮。

会议由疤拉强主持。他一改往日玩世不恭的模样,面目严肃得有些狰狞地说:“先宣布一条纪律,会议高度保密,谁都不能泄露,如果有人胆敢泄露一个字,”疤拉强从腰后霍地抽出一把亮晃晃的砍刀,嘭的一声砍向窝棚顶的松木梁,松木一下被砍进去足有一寸深,露出一道白花花的印痕,“他就是这个下场!”

大家的心里不由得咯噔地沉了一下,意识到今天这个会将不同寻常。

“外面有钱麻子的奸细,会不能开长,发言的要短,不发言的要听。现在请咱们的帮主乔里轩说话。”

“兄弟们,咱们一直在等机会,现在机会来了。钱麻子搞‘金不出山’,激怒了阿勒屯塔莱所有的淘金客,咱们互助会要团结所有的淘金客,破坏他的‘金不出山’。咱们还是先请宋先生给咱们分析一下形势。”

“我觉得山里马上要出大事……”

宋振良刚开了个头,谢尔盖就抢过话,神情非常兴奋,嘴里发出一串带卷舌音的俄语:“штормпивоварения в горах(山上酝酿着风暴)。”

宋振良向大伙儿翻译道:“谢尔盖说,山里正在酝酿着一场暴风雪。”

谢尔盖又说了一串俄语:“вольшойшторм пришел(大风暴来了)。”

宋振良说:“他改口了,说一场大的暴风雪已经刮过来啦!”

乔里轩向谢尔盖点了点头,表示赞同他的话。

宋振良接着说:“互助会的不少骨干,包括马善人和安德烈那边的互助会骨干,最近陆续找过我,要求互助会挑头,再搞一次大规模的罢工,来抵制钱麻子的‘金不出山’。他们说,山里这些淘金客大都跟金课局签订了三年的劳动合同,眼瞅着合同就要到期,他们手里多少都有些金子,多的有几百克,少的也有一两百克。钱麻子这么一搞‘金不出山’,他们这三年的心血就泡汤了。大家都知道,原来金子带出山,一克至少能换一块银圆,而现在三克才能换两元新省币,这就把大家给坑苦了。里轩,这将涉及每个淘金客的切身利益,一旦闹起来,规模小不了。干柴烈火,就等陈胜、吴广呢!”

谢尔盖插嘴问:“什么是陈胜、吴广?”

宋振良向谢尔盖解释说,就是起义造反的意思。

乔里轩的眼睛里亮亮地闪了一下,激动地站起来说:“咱们能不能趁势而为?不是什么罢工了,咱们要搞就搞个大动静,轰轰烈烈地来一场!”

谢尔盖扬起拳头挥了一下,说:“对,搞大的!”

疤拉强伸出双臂往下压,说:“乔哥,咱们开短会,你就把咱们想的给兄弟们交代一下。”疤拉强的眼睛环顾一圈说,“乔哥给大家交代任务,说到谁就是谁,不许讨价还价!乔哥,你快说吧!”

“山里的采金区分三摊子,安德烈那边暂且搁一搁。马善人手里有十几条枪,战斗力不强。山里武力最强的是钱麻子,有二百六十多条枪,还有一些重武器,这是我们的主要敌人。我们手里只有两把驳壳枪,一把在强哥手里,另一把在谢尔盖手里。强哥和谢尔盖枪打得准,放在他俩手里作用比较大。但就凭这两把枪我们根本就不是钱麻子的对手。怎么办?咱们只能智取。怎么个智取法?我和强哥琢磨了好几天。刘顺,你和廖远山的点子多,你们给出出主意,关键是想办法在某一个时间段里,瓦解他们这两百来人的战斗力。”

刘顺看了看廖远山,廖远山说:“这个难度很大。咋瓦解?用炸药包?炸药包咱们倒能搞到,问题是谁能把他们那么多人集中在一起?还有,炸药包怎么带进去而不被他们发现?最后咋样点火?”

刘顺说:“他们那两百多人也分布在不同地方。莫何桥有一个排,二十多人;山上的巡逻队还有八九十人;剩下的都在钱麻子的营区。是呀,分散得这么远,谁有能力把他们集中起来?我们又不是他们的爷爷,他们能听我们的?这个办法行不通。”

疤拉强说:“咱们先不管行不行得通,先说办法。三个牛皮匠,顶个诸葛亮,咱们一块想办法。”

乔里轩说:“刘顺说得对。钱麻子兵分三处,一处在桥上,一处在山上,还有一处就在他的营区。我觉得咱们不可能同时解决三处敌人，咱们只能想办法解决钱麻子在营区的敌人。这伙敌人大约有一百五十人，如果能解决这伙敌人，控制他们的武器，那两处的敌人将不是我们的对手。”

疤拉强说：“乔哥的意思是，我们就可以用这批敌人的武器来对付山上和桥上的敌人。”

廖远山说：“乔哥的意思我们听懂了，问题是怎么解决钱麻子营区里的敌人？”

乔里轩说：“这个问题先搁一搁，我们先来说其他具体分工。廖远山，安德烈那边由你和谢尔盖负责。你们想办法跟列昂契奇拉近关系，通过他来控制安德烈那边的武装力量。”

谢尔盖说：“列昂契奇还在被安德烈关禁闭，我们怎么靠近他？”

乔里轩说：“你们两个想办法解决。我们的要求只有一个，就是在钱麻子和马善人这边有了大的动静的时候，稳住安德烈，让他按兵不动。”

谢尔盖还要说什么，廖远山朝他摆了摆手：“库兹米奇，这个问题咱们下来商量，先听乔哥说嘛。”

乔里轩接着说：“马善人那边，由吾守尔协助姚晨芳，率领你们那边的互助会兄弟来完成。刘顺负责联系姚晨芳，一旦我们这边得手，或者姚晨芳那边先得手，相互及时支援。”

刘顺说：“姚晨芳负责完成什么任务？我没有听懂啊！”

疤拉强说：“这还用解释？就是控制马善成那十几条枪，抢他的金库呗！”

“抢金库？”刘顺诧异地问。

“对呀！不抢金库，难道叫我们空手出山？那还闹个啥暴动？”

在座的人一听要抢金库，一下子来劲了，兴奋得坐不住了，一个个眼睛放光。

“啊，太好啦！要抢金库啊？”大伙儿高兴得几乎要喊起来了。

疤拉强用手指抵住嘴，说：“别吵吵！谢尔盖说山里要来一场大暴风雪，咱们不抢金库叫啥大暴风雪？”

“强哥说得对！”乔里轩说，“马善人的金库就交给刘顺、姚晨芳和买买提了。钱麻子的金库交给强哥、蛇娃和我二哥，由他们三位负责。如果能顺利地控制阿勒屯塔莱，抢出的金子由山里所有的淘金客平分。对，金库里的金子本来就是淘金客们生产出来的，这叫物归其主，所以要平均分配，人人有份！”

“好啊，平均分配，人人有份！”窝棚里的人又喊起来了。

疤拉强使劲摆手制止，但大家都很兴奋，没有人听他的，还在一个劲儿地喊叫。疤拉强急了，站起身骂道：“妈的，看你们这个没见过钱的穷酸样儿，听说要抢金库，连屁眼都跟着一块笑。现在都给我安静下来，听乔哥的，乔哥还有话说呢。”

“拿回属于自己的东西，大伙儿高兴。但别大声叫，外边说不定有狗。”乔里轩笑着说，“暴动那天，宋先生身体太差，得有人照顾他，背他走。”

疤拉强说：“乔哥，这个你放心，我已经做了安排。我手下有个叫虎子的，虎背熊腰，力气大得很，我让他到时候背上宋先生走。”

宋振良艰难地晃了晃脑袋，说：“你们就不用管我了。”

疤拉强说：“那不成。宋先生，你为我们互助会做了那么多工作，我们不管你，良心过不去。”

乔里轩说：“今天的会就到这里了。看看大家还有啥需要说的？”

廖远山说：“说了半天，最后怎么解决钱麻子营区里那一百多人？我认为，这才是这次暴动的最关键的问题，这个问题还没说定，怎么就不开啦！”

乔里轩朝廖远山挥挥手，又冲着大伙儿笑了笑，说：“都说远山是鬼机灵、智多星，一点儿也没说错。你看，他始终在惦记着这个最要紧的事呢。至于钱麻子营区里那一百多人的问题，由我跟强哥去想办法解决。如果大家没什么话要说，今天的会就到这里了。”

窝棚里的人站起身猫着腰刚要走，疤拉强正颜厉色地说：“会议要保密，谁敢走漏风声，休怪我疤拉强手下不留情。还有，一个一个分头出去，不要被邬生龙派来的狗发现！”

钱良剑办公室里点着三盏汽灯，把屋里照得跟白昼差不多。钱良剑背着手在屋里转圈子。刘铭心站在办公桌前，眼神跟着钱良剑来回转圈。

“局座,自咱们实行‘金不出山’以来,来账房用金子兑换新省币的还不到十分之一呢!眼瞅着天气就要冷了,阿勒屯塔莱要封冻,再过十天半月的,下上一两场大雪,还就真出不了山了,咱们得想出办法来……”

“铭心,你的点子多,”钱良剑停住了脚步,“你说说,你想出啥办法来了?”

“别的办法没有。我看停了他们的伙食,他们就不得不出山。出山你就得把手头上的金子换成钞票,不然你走不出去。我看这一招就行。咱们是不是可以提前停伙食?伙房只供应三天的伙食,三天后他们再不出山,就让他们自己想办法解决。这样逼着他们赶紧把手里的金子换成新省币,出山走人。”

“哎,我看行。那就只供应他们三天的伙食,三天一过,伙房熄灶关门。”

“局座,您上次说,请求邱司令从福海驻军调兵过来,协助咱们这边把金库里的金子运出山,不知邱司令同意了吗?”

“邱司令说,他虽然是伊犁警备区司令,但这调兵的事情必须要经过盛督办亲自下达命令才行。”

“只是一个连呀!邱司令连一个连都调动不了?”

“盛督办现在对兵权控制得非常严格,没有他的手令,谁都调动不了一兵一卒。不过邱司令说,他去跟盛督办汇报,估计问题不大。他还说,盛督办对阿山的金课局非常重视。”

“局座,他哪里是重视阿山金课局,他是重视金子,一年上缴几吨金子呢!谁能不重视?所以说,咱们要以安东为前车之鉴,金库里的金子咱们一克都不要动,去年上缴多少金子,今年只多不少。盛督办是什么人?一代枭雄呀,咱们若揩了他的油,他得追杀咱们到天边。安东的贪心不可取。所以咱们实行‘金不出山’,只从淘金客手里赚取差价。到时候,该上缴的金子都上缴了,咱们的口袋也装满了,谁奈何咱们?”

“铭心,说得好,谁奈何咱们?咱们也学学邱毓芳,把金子都存到苏黎世去,后半辈子咱们有享不完的荣华富贵。管他盛督办还是邱司令,信任不信任的,又有何妨?”

两个人不约而同地哈哈大笑。

这时候，门外有人喊报告，一听就是邬生龙的声音，钱良剑应了一声。

邬生龙进来居然忘了敬礼，神色慌张地说："二位长官，大事不好，淘金客中有异动……"

刘铭心喝道："邬队长，慌什么？来，喝口水，稳稳神，慢慢说。"

邬生龙从今天下午就觉得淘金客不大对劲儿。中午吃过饭，他带着一个手下在营地转悠，后来觉得雪景不错，就转到了河边，看见两个年轻的淘金客在河边石头上磨刀，便上前去问："这么冷的天，你们待在雪地里磨他妈的什么刀？"

两名年轻淘金客慌忙站起来，其中一个回答道："砍柴呀！今年山里冷得早，眼瞅着冬天就到了，得备足了取暖的柴火呀。"

"备柴火干什么？今年你们的合同不是到期了？明年能不能继续干，还得跟金课局签约才行。"

"是呀，邬队长，那也得把柴火备齐了，万一留下来，没柴烧咋办？"

邬生龙想想，觉得也有道理，就带人离开了河边。两个人又在淘金客的窝棚附近转悠，看见一个虎头虎脑的小伙儿正在卸十字镐，邬生龙便问："你是吃饱了撑的，还是工地没活儿干，你闲着难受？没事你卸这玩意儿做啥？"

小伙子回答说："镐不好使，换个把儿。"

在淘金客窝棚，邬生龙还看见淘金客三三两两地凑在一起，好像在嘀咕什么，一看见他，立即停住说话，而且很快就溜走了。邬生龙觉得事情有些不妙。到了晚上，一个手下向邬生龙汇报，一伙淘金客好像在秘密聚会，他悄悄地尾随上去，那伙人很警觉，每隔几步就有暗哨，他上去后，他们就连连咳嗽，好像是给什么人发信号，最后没办法，只好回来汇报。

刘铭心听完之后，一只手托着眼镜，沉默了很久。刘铭心想起头天晚上白凤琪在闲聊中透露，淘金客们这几天的饭量比以往大多了，他们好像在储存干粮。结合邬生龙刚才的汇报，刘铭心觉得这里面问题真是太大了，山里很可能要出大乱子。但他却装出若无其事的样子对邬生龙说："很好，邬队长，搞你们这一行的，就得有你这份勤快和敏感。行啦，我知道了。你放心，没事儿。”

邬生龙走后，刘铭心对满腹狐疑的钱良剑说：“局座，这山里还真要出事，而且是出大事，绝不像前两次罢工那么简单。”

钱良剑说：“妈的，毙他两个，看他们还敢闹事！上次邬队长就开了一枪，他们不都作鸟兽散了？”

“局座，事情怕是没那么简单。咱们得有所防范，提前做好准备。他们不闹事最好，如果闹起来咱们也不怕。”

两个人的神情都有些惶遽，坐了下来，仔细谋划起来。

钱良剑认为，手里有两百多人、两百多支枪，还有些重武器，火力不算弱。有两个地方必须派重兵把守，一个是莫河桥，一个是金库；守住了这两个地方，就什么也不怕了。淘金客人数虽多，就算他们五六千人都闹腾，可手里没有武器，没什么好怕的。刘铭心却认为，阿勒屯塔莱长二十多公里，控制这片区域不容易，这些兵力还是显得单薄。

钱良剑觉得有道理，立即喊卫士，命他叫来电讯科王科长。当着刘铭心的面，钱良剑口述电文：“因今年阿勒泰冷得早，拟提前运金出山，请邱司令从福海驻军速派一个加强连来协助运金。”

王科长转身回去发报。

“局座，从福海驻军往这里派兵，需要几天？”

钱良剑想了想，说：“步兵得走四天，骑兵用三天，如果是机械化部队，只要两天就能到。”

“那得让他们派骑兵或机械化部队来。”

“行，我这就让卫士去告诉王科长一声。”

“局座，我琢磨那帮穷鬼究竟想干什么。如果他们真要闹事，具体时间是哪天？这个问题非常关键，咱们好赶在他们之前动手。”

“铭心，我突然想呀，就怕他们不闹事，他们闹得越大越好。”

“局座，您这是……”

“铭心，你看啊，咱们实行‘金不出山’，阻力不小，到现在来兑换钞票的淘金娃娃还不到十分之一。如果他们闹起来，不是正好给了我们借口？咱们只要守好莫河桥，福海的援兵一到，咱们的部队从东往西往里压，顺着阿勒屯塔莱一路搜缴过去，他们的金子不都落在我们的手里了？到时候着急兑换新省币的是他们，他们怕钞票拿不到手，这三年不就白干了？他们今年的合同已经到期，如果明年咱俩接着在这里干，我就让他们统统滚蛋，想来这里做金子梦的成千上万，还愁找不到新的淘金客？如果咱俩远走高飞，就根本没有义务去管明年的事情了。铭心，你觉得如何？”

“局座，您真是大智大慧呀，兄弟我佩服得五体投地！”

“咱把那么多金子搞到手，该上缴的都上缴了，没跟盛督办、邱司令结下冤仇，谁奈何咱哥俩？咱爱上哪里去，就到哪里去，谁也管不着！”

第三十八章

在这个秋冬交替的季节，阿勒屯塔莱迎来了一个难得的暖日。一周前落下的雪花在高原强烈阳光的照射下，渐渐融化。乌伦古河恢复了它原有的样子，河水汹涌翻滚，发出巨大的声响。河滩上形形色色的石头现出原形。河水两侧连绵山峦上的森林，抖去了披在身上的雪装，山上山下是一片富有层次的黛绿。

刘铭心带着邬生龙和督察队的几名士兵，在营区里转悠。他们来到乔里知住的窝棚附近。乔里知正好从窝棚里钻出，一抬眼，看见刘铭心等人，慌忙把身体缩了回去。刘铭心做出一个手势，让包括邬生龙在内的手下人在这里等候，他一人趋步上前，在窝棚门前大声喊乔里知的名字。过了一会儿，乔里知面色慌张地从窝棚里钻出。

“乔里知，你干什么坏事呢？怎么一看见我你就躲起来？”

“没、没有啊！”乔里知支吾道。

“乔里知，在这群淘金客中，你教过书，算是文化人，你得带个好头啊！”刘铭心故意放开声音说，然后压低了声音，“他们是不是要闹事？”

“是的。”乔里知用只有刘铭心能听见的声音回答。

“什么时间？”

“还没有最后定下。”

其实，就在昨天晚上，三弟告诉乔里知，暴动最后定在了两天后的早晨，也就是第二天。

“你觉得他们会在哪天闹事？这两天他们会有动作吗？”

“这个不好说。但据我观察，两三天以内他们动不起来。”乔里知说完这句谎话，怕刘铭心从他脸上看出破绽，连忙低下头。

“好的，你一旦知道他们闹事的具体时间，立即向我报告。乔里知，我一向说话算话，上次放了你，我从没折腾过你吧？”

乔里知仰起脸，点了点头。

“这件事你做好了，我在迪化送你一套宅子，还把白凤琪让给你，你就跟她过幸福日子去。”随后刘铭心又放开了声音，“乔里知，‘金不出疆’‘金不出山’，都是上头的意思，省政府新发行的钞票在山外流通得很，一元钱抵得上一块银圆，三克金子兑换两元新省币是非常上算的。你是文化人，懂事理，带个好头，赶紧去账房兑换，你们也好早些出山嘛！”

说完，刘铭心给了乔里知一个眼色，扬长而去。望着刘铭心的背影，耳畔还回响着他刚才说的那句话，乔里知的心里升起一丝温暖。乔里知看见刘铭心走到了邬生龙身边，邬生龙贴近刘铭心耳语。乔里知蓦地想起黄俊喜的肚子被狼狗撕开，肠子流了一地的景象，不禁打了一个寒噤。与此同时，大哥乔里堂悬挂在树干上的脑袋也浮现在眼前。刚才那一丝温暖很快变得冰凉。乔里知狠狠地咬住后槽牙，脸颊上立即凸显出两道肌肉棱子。

在钱良剑的电讯室里，王科长将电报记录递向了钱良剑。钱良剑匆匆看过，对身边的刘铭心说：“福海驻军来电了，他们的一个加强连已于今日早晨八时准时出发了。”随后把电报递给刘铭心。

刘铭心看了一眼，说：“没有说是乘汽车，还是骑兵或步兵呀？这他妈是什么报务员！”

钱良剑对王科长说：“你马上回电，问他们是什么部队，领头的叫什么。”

王科长说：“是，钱局长。我现在立即发报。”

两人走出电讯室，刘铭心对钱良剑说：“乔里知就是我放出去的一只鹰犬，那些穷鬼一旦有动静，他立即会向我报告的。”然后把他向乔里知的许诺说给钱良剑听。

钱良剑停住脚步，说：“你真舍得呀？”

“那没有办法。他喜欢这一口，就让给他呗。不给他点儿好处，他能为咱们卖命？天下好娘们儿多的是，只要你有这个，”刘铭心的拇指和食指来回搓了搓，“还怕没有漂亮娘们儿？没准咱们到苏黎世找几个外国娘们儿呢!”

两个人哈哈大笑。

钱良剑拍了拍刘铭心的肩膀,说:“铭心,真有你的。我算服了你了。”

“局座,还得麻烦您给莎莎说一声,让她这两天跟乔里轩走得近一点儿,一有风吹草动,立马告诉咱们,尤其是穷鬼们闹事的具体日子,一定要事先掌握。那样咱们就有备无患了。乔里知和莎莎提供的情报相互印证,就更能确保情报的准确性。”

谢尔盖和廖远山各背着一只帆布袋,一前一后地进入那条幽深的谷底。两人的背包里各装有一只龙爪钩、一卷绳索和一只匕首,谢尔盖的背包里多了一只铁丝钳。谢尔盖本来要带那支驳壳枪,但廖远山坚决不同意,说:“如果带枪你就免不了会用,而枪一响,安德烈的卫兵很快就会赶到,咱们肯定就把性命丢在那里了。如果你带枪,我绝不跟你去!”谢尔盖拗不过廖远山,最后放弃了带枪。现在,他俩小心翼翼地走着,避免脚下踢碰谷底的石头而发出响声。

出发前,在整理背包里的家什时,谢尔盖对廖远山说:“廖,上次你不说有预感,咱们用不着爬那该死的峭壁了?看来,你的预感不准确。”

“乔里轩让咱们稳住安德烈,安德烈怎么可能听咱们的?让安德烈按兵不动,只有一个办法,先让安德烈死,然后放出列昂契奇。只有这样,列昂契奇才有可能控制老毛子的武装。库兹米奇,不是我的预感不灵,而是那道峭壁咱俩今天非爬不可。”

太阳还没有坐中,谢尔盖和廖远山来到了峭壁下。两人抬头仰望,只见峭壁上的积雪已经消融,峭壁上稍稍有些潮湿。

“库兹米奇,老天爷在帮咱们。”廖远山耳语道。

“廖,你原先不是说要在中秋节晚上动手?现在为什么要改在白天?”

“这个问题我想了很久,是夜间动手,还是白天,各有各的好处。夜间他们的哨兵容易睡觉,便于我们行动,但夜间能见度低,甩龙爪钩有难度,况且到晚上气温下降后峭壁会结冰,攀爬起来就更难了。白天呢,攀爬峭壁相对要容易一些。再说,安德烈有午睡的习惯,他的卫士或许会放松警惕。所以我觉得,咱们白天上去保险一点儿。”

谢尔盖说:“这次行动,最要紧的就是隐蔽性,不能弄出动静,这样咱们才可能成功。”

“你说得太对了。库兹米奇,万一我们下不来,就永远留在山上了,你答应事成后给我的另外五百克颗粒金怎么给我?”

“廖,你放心,我们布尔什维克向来说话算话,剩下的那五百克黄金我已经放在了宋振良那里。如果咱俩都牺牲了,他一定会把那些黄金交给你的家人。”

峭壁离地面六七米高的地方,长着一棵比碗口粗些的松树,这棵树根扎峭壁,根部呈现出差不多九十度的弯角,一部分根须裸露在外。上次来踏勘地形时,廖远山就瞅准了这棵树。他现在仰脸仔细打量。这棵树往上五六米,又有两棵歪脖树,其中一棵几乎与下面那棵垂直。廖远山的脸上浮现出笑容。再往上,还有几棵树,也完全可以借力。攀上那几棵树之后,差不多就可以爬上峭壁。廖远山这时有些迷惑:那么精明的安德烈为什么没有注意到峭壁上这些细节?他难道不知道这里通过攀爬是可以上到峭壁上的?廖远山怀疑这里面会不会设下一个陷阱。但是,已经顾不上那么多了。他想起“跳河一闭眼”这句话。他卸下背包,从包里掏出龙爪钩、绳索,又把匕首别在后腰,然后脱下了光板羊皮袄。他瞅准了离地面六七米的那棵树,左手紧抓绳索,右手抓住龙爪钩下边的绳索,一使劲,龙爪钩被他忽悠起来。龙爪钩在半空旋转,廖远山猛然松手,龙爪钩像离弦的箭一样,倏地腾飞向上,不偏不倚地钩住了那棵树。谢尔盖在廖远山耳边轻语:“漂亮!”

“库兹米奇,我先上去,然后放下绳索,你再往上爬。”

“那我就用不着龙爪钩啦?”

“用不着。”

“那你为什么还让我练了这么多天的甩钩?”

“原来我就没打算自己上去。”

“那你现在为什么要上去呢?”

“因为你让我动了心。”廖远山盯住谢尔盖的眼睛小声说,“一个人为了一句什么承诺，为了一个什么信仰，竟然连性命都不顾。我虽然不懂你的信仰，但我觉得这样的人应该帮助，所以，我来帮你了。库兹米奇，事情就这么简单。”

“廖，你太让我感动了！上去后，我保证让安德烈无声无息地死掉。我会一刀割断他的喉管，让他连哼都哼不出来。廖，你听好了，如果需要牺牲，那是我，而不是你！”

“库兹米奇，都啥时候了，你还这么啰唆。”

说完，他纵身一跳，双手抓住绳索，两只脚紧紧地蹬在峭壁上，手脚并用，像猴子一样，身体敏捷地往上攀爬。不多会儿，廖远山就站在了那棵露出根须的树上，然后徐徐地往下放绳索。谢尔盖学着廖远山的样子，一下一下地往上攀爬。

这真是个晴好的天。阳光粲然地照在峭壁上，照在两个酷似猴子的攀爬人的身上。四野一片寂静，沟壑对面的山峦森林里，传来鸟的啁啾。

那座绿色铁皮顶的俄式建筑南面的悬崖边，露出了两个小脑袋。在粲然阳光的照耀下，两个小脑袋被光线照得有些模糊，看上去给人一种虚幻的感觉。

谢尔盖和廖远山敛声屏气地在悬崖边上伏了很久。日坐中天的阳光非常强烈，悬崖边上拉了一道乌亮的铁丝网，上面拴着不少铁皮罐头盒，有时风吹得紧了，空罐头盒就会发出咯唧咯唧的响声。

看见铁丝网里面没有哨兵，谢尔盖向廖远山做出一个手势，示意自己先爬过去。谢尔盖匍匐到铁丝网跟前，从身后的背包里掏出铁丝钳，轻轻地铰断铁丝。他刚要缩身钻进去，廖远山也匍匐到了他的身边，咬着他的耳朵悄声说：“别急。”

廖远山先钻进了铁丝网。他伏在地上很久，眯起眼睛仔细观察四周，然后从地上拾起一粒小石子扔向前方，噗啦一声，一个人影从安德烈住房的房角站起来，朝这边走来。廖远山吓得大气都不敢出，紧紧地趴在地上。那个暗哨站着四下看了一会儿，大约感觉并没有出现什么异常情况，随后回到墙角继续潜伏。

趴在铁丝网外的谢尔盖早已惊出一身冷汗，在心里暗叹廖远山的机敏和警觉，刚才如果贸然上去，必死无疑。

廖远山摸清情况后，从侧面迂回到墙角，悄悄接近那个暗哨，上去利落地一刀，就拉断了暗哨的喉管和颈动脉，暗哨没有哼一声，就永远地趴在了地上。

廖远山返回铁丝网边，对谢尔盖耳语："库兹米奇，没事了。你把铁丝网剪开一些，省得咱们得手后一慌张就找不到出口。"

廖远山猫着腰轻手轻脚地到了绿色铁皮顶房屋的边上。阳光照耀下的这座俄式建筑，朝南有两扇窗户，朝东只有一扇窗户。剪开铁丝网的谢尔盖也悄声来到廖远山的身边。谢尔盖仔细打量这座他并不陌生的房屋。这座建筑的东南角曾被他炸开过。谢尔盖伏在地上，仔细寻找房屋修葺的痕迹。但是，寻找的结果让他失望。看来安德烈是下了功夫修葺了他心爱的房屋。

在进入沟壑前，谢尔盖就告诉了廖远山，安德烈偏爱阳光，寝室在他住房的东南角，他如果真的午睡了，肯定就在那间屋里。

廖远山趴在窗户前，看见屋里有一张乌黑的俄式铁艺钢丝床，安德烈果然睡在床上。几扇窗户虽然都关着，但仍能听见安德烈均匀的鼾声。廖远山转身朝谢尔盖挥手，谢尔盖猫着腰小步跑来。廖远山冲窗户里指了指，谢尔盖抬头看一眼，也看见了安德烈。两人的目光对视，廖远山往俄式建筑的转角指了指。事先做了约定，爬上峭壁后，谢尔盖监视建筑前面的哨兵，由廖远山负责打开窗户，两人从窗户跳进屋。廖远山已经从后腰抽出尖刀，小心翼翼地从窗户缝中插进，试图挑开窗户扣。但是，他连续在三扇窗户上都试了试，结果都失败了。

太阳稍稍有些偏西，时间在一分一秒地流逝，谢尔盖的心里非常焦急。他后悔不迭，就不该听廖远山的，如果把那把驳壳枪带来，在窗户边射一发子弹，就能让安德烈的脑袋开花，他知道后悔已经晚了。他走上前，在廖远山的耳边轻语，要他顺原路返回，他准备用肩膀撞开窗户，跳进屋一刀结果了安德烈。廖远山拼命摆手，撞开窗户势必发出巨响，哨兵会很快赶来。再说，安德烈身躯高大，就是拿着刀子也不一定是他的对手。两个人的目光都焦急得冒火，相互碰撞，好像随时都能撞出火花。正在这时，听见安德烈在屋里咳嗽了两声，然后披上一件皮袄，趿拉上鞋走出寝室。谢尔盖和廖远山对视了一下，两人估计安德烈是要上厕所。

两人蹑手蹑脚地转到建筑的拐角上，果然看见安德烈稍稍低了低头，钻进了建筑另一边的厕所里。

机会终于来了！两人果断地悄无声息地跑到厕所的门边上。廖远山向谢尔盖做出一个手势，意思是由他用尖刀刺穿安德烈的喉管。谢尔盖用指头指了指前胸，表示应该是自己。廖远山瞪圆眼珠子，宽大的秃脑门晃了两下。厕所里传出脚步声，安德烈高大的身躯从厕所门里出来。廖远山毫不犹豫地扑上去，以迅雷不及掩耳之势用匕首尖刺穿了安德烈的喉管，那一瞬间，安德烈想喊，但喊不出声，被刺穿的气管冒出一连串血气泡。只见他伸开颀长的双臂，一把揽住了廖远山，用右臂死死地扣住廖远山的脖子。廖远山拼命挣扎，整个脸憋得通红。

就在这一瞬间，廖远山的意识非常清晰，他知道厕所前不便久留，将随时有人出现在这里。他使劲拖着安德烈往悬崖边上去。谢尔盖明白廖远山的用意，抱住安德烈的腰往前推。

安德烈的力气大得惊人，尽管他的气管被割开，脖子发出呼哧的喘气声，但他仍能与谢尔盖和廖远山搏斗。他的左手背过来揽住谢尔盖的腰，谢尔盖感觉自己的胸部被坚硬的钢筋捆绑。

三个人就这样扭在一起，没有喊声，只有粗糙的呼吸声。三个人越过了铁丝网豁口，在悬崖边厮打。谢尔盖知道要不了多久，就会有哨兵出现在眼前。他急中生智，从肩上取下绳索，做了一个套扣，一下就套在安德烈呼呼冒血的脖子上，绳子的另一头拴在自己的腰上。然后使劲掰开安德烈扣着廖远山的那只胳膊，一把推开廖远山，猛然腾空跳向悬崖。安德烈在绳索巨大力量的拉拽下，身体被拖到了悬崖边，在掉进悬崖的一瞬间，衬衣被铁丝网上的铁刺钩住，刺啦一声，衬衣被撕开一片，安德烈在悬崖边晃荡了一下，就跌了下去，深邃的沟壑底传来了两声沉闷的回响……

廖远山趴在悬崖边，向下望去，只见两具躯体歪斜地躺在沟底。眼泪忽地涌出眼眶。沟底的两个人形变得模糊。廖远山想喊，但他不敢喊；想哭，又不敢哭。眼泪像断线的珠子一样，在阳光下熠熠闪亮。

也就在这时候，阿勒屯塔莱的东头传来两声巨大的爆炸声。廖远山的意识虽然有些恍惚，但他还是能判断出爆炸声来自钱良剑营区。他明白，乔里轩和疤拉强动手了。他虽然万分悲痛，但他知道自己还有重要事情要做。

安德烈营区已是一片乱糟糟。许多人都在跑，四处都是嘈杂的脚步声。有人在高声呼喊安德烈的名字，有人大声喊道："不得了啦！钱良剑营区淘金客暴动啦！"

廖远山穿过那片白桦林，快速跑向关押列昂契奇那座小院。院门口有一名哨兵在站岗。廖远山看这名哨兵有些面熟，但他一时想不起这个人的名字。从营区那边清晰地传来各种惶遽的呼喊声。哨兵背着枪，不断地朝喊声方向张望。廖远山知道留给自己的时间不多，每一秒钟都十分珍贵。他毫不迟疑、默然无声地接近哨兵。这时候，从钱良剑营区方向又传来爆炸声，遥远处升腾起一股浓烟。廖远山明白乔里轩他们肯定动手了，爆炸声很可能是炸开金库的响声。他判断那里一定很热闹，淘金客们肯定在争先恐后地抢夺金库里的宝贝。廖远山有些后悔，接下这个差事让自己丧失了一次发财的机会。他蓦地想起谢尔盖。谢尔盖是为了什么？理想和信仰难道真的比金子和生命还重要？廖远山觉得不可思议。

哨兵踮起脚张望。廖远山从他身后摸上去，扬起匕首的一瞬间，他心软了，他把匕首翻过来，用匕首把猛击哨兵的后脑勺，哨兵沉闷地哼了一声，歪倒在地。廖远山用手指在哨兵的颈动脉试了两秒钟，低声说句"对不住了，兄弟"，将哨兵拖进院子，背上了落在地上的枪，三步并作两步，向关押列昂契奇的禁闭室冲去。

列昂契奇站在禁闭室窗户旁，正透过铁栅栏向外张望，看见廖远山向自己跑来。

"彼得，我来救你！"

廖远山返身回去在哨兵的衣兜里摸索禁闭室的钥匙，但没有摸到。他小声骂了一句，跑回禁闭室。

"廖，外面发生什么事了？乱七八糟！"

"安德烈死啦！"说话间，就用枪托去砸禁闭室房门。但门很结实，他连砸几下,没有砸开。廖远山急得在门前转圈。

"廖,墙边有大石头,快用石头砸!"列昂契奇隔着铁栅栏喊道。

廖远山的脑子里亮了一下,转身跑去搬来一块足有三十公斤的石头,用尽全身力气猛然掷向房门,只听咔嚓一声,房门裂开了半扇。列昂契奇像出笼的野兽一样,从门缝中挤出。

"廖,安德烈是怎么死的?"

"不知道。他的尸体被扔在他屋后的沟底。彼得,快去召集你们哥萨克老兵,你不是因为要出山才被安德烈关起来的吗?现在机会来了,带上哥萨克老兵冲出山去啊!"

列昂契奇一拍大腿,说:"对呀!"

然后问廖远山:"廖,你这个机灵鬼,现在我们怎么办?"

钱良剑营区上空柱状的浓烟徐徐升空。廖远山眼望浓烟,再次后悔自己错过了发财的机会。转眼又想,安德烈这里也有金库呀!

"彼得,咱们可以先抢金库,然后你带上哥萨克老兵,咱们一块冲出山去!"

"廖,安德烈真的死了?"

"彼得,我要说谎,你随时可以枪毙我!"

两人出了禁闭室小院,迎面来了一伙人,其中有不少哥萨克老兵。

"彼得中校,你出来啦?我们正是来救你的。"

"彼得中校,安德烈不见了,我们到处找都找不到!钱良剑那边的淘金客闹起暴动了,已经炸开金库,正在往山外冲呢!"

"彼得,你快说话呀!我们该怎么办?"

列昂契奇大声说:"大家镇定,听我说。安德烈死了,被人扔到他屋后的沟里了。你们不要慌,走,都抄上武器,你们跟我走,安德烈不在了,我们只能靠自己救自己!"

这伙人在列昂契奇的带领下,朝着安德烈住房里的金库跑去。

"走,咱们抢金库去!"廖远山在人群中喊道,"金子本来就是我们生产出来的,我们要回属于我们的金子!"

人群像炸开锅一样,喊叫声此起彼伏。许多人从不同的地方自动加入进来,队伍越走越壮大。

第三十九章

这两天莎莎总爱往伙房跑。钱良剑营区有五个伙房，其中一个是采金区管理人员和矿警大队官兵的伙房，莎莎总喜欢来这里。她对人说，反正闲着也是闲着，学点儿厨艺也不错，早晚是要嫁人的。她在伙房什么活儿都干，洗菜、切菜，白案、红案，都搭把手。伙房的厨子对于这个美丽姑娘的到来，非常欢迎。这些常年见不到女人的男人，每每看见她走到近处，眼睛好像变成了嘴，像要把她吃到嘴里，咽到肚子里。但是，他们知道这是钱局长的闺女，就像天上的月亮一样，分外皎洁，却摸不到。

莎莎像是有心思，从不跟他们说话，但脸上却挂着浅浅的笑，只是埋头做事。其实，莎莎的心里在翻江倒海地闹腾。她苦闷极了，却没有人可以倾诉。要是别的事情她完全可以找乔里轩说说，说出来心里会好受一点儿。但是，这件事直接与他有关，她只能把这些话憋在心里，翻来覆去地折腾自己。乔里轩是自己的恋人，她已经把自己毕生最宝贵的东西送给了他，自己已是他的人了，为了他就是死也在所不辞。另一边呢，是对自己有养育之恩的养父，“谁言寸草心，报得三春晖”，从小她就会背这首诗，也理解这首诗。莎莎处于两难境地。那天，当乔里轩把一个纸包交到她手里时，她立即明白后面将发生什么事情。拿上那个纸包，她第一句话就是：“有句话我跟你说过不止一遍，你得再向我保证，无论何种情况，你不得伤害我的养父！”

乔里轩说：“我已经向你保证过两次了。尽管钱良剑伤害过我，一想到大哥我就痛苦不堪。但是，因为是你张了口，我向你再次保证，无论怎样情况下，我绝不伤害他！”

“你还得向我保证，你的手下人也不能伤害他！”

“在我力所能及的情况下，我会保护他的！”

尽管乔里轩对莎莎有承诺，但莎莎知道，阿勒屯塔莱一旦出事，就不会是小事。

这种两难情绪像毒蛇一样时刻在啃噬莎莎的心。尤其是快到午饭前，这种煎熬一刻胜似一刻。

伙房里弥漫着水蒸气，炉灶上的大铁锅发出吱吱的响声，莎莎满腹心思地在伙房里转了一圈。伙房的墙边放着一只铁皮锅，锅里盛满了苞谷粥，腾腾地冒着热气。阿勒屯塔莱的淘金客和矿警队官兵大都是西北人，西北人喜欢喝苞米粥，所以每天三餐，伙房基本都提供苞米粥。望着眼前这锅粥，莎莎的心脏跳得越发厉害。这倒不是莎莎胆小怕事，莎莎从小就是天不怕地不怕的疯丫头，但是，这是一种艰难的选择，她的心脏狂跳正是因为这种选择。

莎莎使劲地咽下一口唾沫。她知道自己的这一选择决定了山里将发生的重大事件的走向。她下了最后的决心。看看水蒸气缭绕的伙房里没人注意她，从衣兜里匆匆取出那个纸包，将里面的粉末全部倾入锅里，还用汤勺搅了几下。

她做完了这些，心跳的速度舒缓下来。她知道，自己一旦做出选择就绝不后悔。

在大饭厅里，正在吃午饭的乔里轩相当紧张，以至于疤拉强跟他说话，他一句都没有听进去。

疤拉强奇怪地看着他，又说道："乔哥，你觉得莎莎能得手吗？"

这回乔里轩听明白了。他抬头看看饭桌周围，许多淘金客在吃饭的过程中，时不时地会抬头往他们这边扫一眼。所有互助会的成员都知道，今天午饭后听乔里轩的指令行事。他们知道阿勒屯塔莱将爆发一次前所未有的暴动，在暴动中有可能抢到金子冲出山，也有可能把命丢在山里。这是一次残酷的赌博。乔里轩抑制着自己紧张的情绪，尽量把呼吸放舒缓一些，使自己的心情平复下来。

"强哥，我觉得问题不大，伙房里没有人会注意莎莎，只要她敢放，就不会有问题。"

乔里轩交给莎莎的纸包里是泄力强劲的巴豆霜，这是几天前由疤拉强向邬郎中强行索取的。疤拉强从邬郎中的手里接过这东西后，杀气腾腾地对瑟瑟发抖的邬郎中说："你要敢说出一个字，我拧下你的脑袋。"邬郎中小心翼翼地试探说："强老大，您要这么多这玩意儿做什么？"疤拉强恶狠狠地说："关你屁事？到时候大路朝天，你走你的路就是了！"

"强哥，估计时间差不多了。你多派两个机灵点儿的兄弟去钱麻子的小伙房注意观察，一旦矿警队的官兵有了动静咱们就动手。"

"我让蛇娃带了两个兄弟在他们那边盯着，一有情况他们会回来报告的。乔哥，你把心放得宽宽的。"

饭厅里，吃过午饭的淘金客陆续走了出去，饭厅的淘金客明显减少。乔里轩对疤拉强说："走，咱们回窝棚！"

几个负责保护乔里轩和疤拉强的贴身兄弟跟着他俩一块起身。几个人刚走出伙房，蛇娃和一个兄弟往这边跑来，跑近后低声对乔里轩和疤拉强说："狗×的招不住啦，厕所前都排上队了，有着急的在厕所外就扯下裤子窜稀啦！"

乔里轩跟疤拉强对视了一眼，将几个贴身兄弟招到身旁，说："快，你们几个按事先分工，分头去通知，抄上家伙，多带石头，到这里集合！"

几个兄弟像箭一样地飞走了。乔里轩和疤拉强快步往自己的窝棚走去。在路上，乔里轩问疤拉强："谢尔盖那支驳壳枪取回来给了谁？"

"让你二哥给抢走了。"

"他又没枪法，你给他干什么？"

"他要抢，我有什么办法？他是你二哥呀！"

"强哥，你糊涂！管他是谁？看见他你把枪要回来交给蛇娃。还有，强哥，你给兄弟们言传一声，不要打死钱麻子。"

"为啥哩？"

"你知道的，莎莎这次帮了咱们。"

刘铭心从小饭厅出来后，突然发现跑肚子的官兵瞬间剧增，觉得情形不妙，慌忙跑到钱良剑的住所去找他。

“拉两泡稀有啥关系？铭心，看你紧张的。”

“局座，不对呀！怎么可能有那么多人同时拉稀？这个时候千万大意不得！局座，福海的加强连走到哪里了？是骑兵还是步兵？”

“你放心。上午王科长又跟福海方面联系了一次，已经确认无误，他们是昨天上午八点整从福海驻地出发的，一个加强连分乘了四辆大卡车，带兵的是庞生海副营长和李成志连长，预计明天上午就能到达。铭心，放宽心，什么事都没有。昨天我还跟莎莎聊了几句，她也没有说那帮穷鬼有什么异动。”

刘铭心点了点头，说：“我也是瞎操心，有局座您坐镇，能有什么事？”

“铭心，淘金客来用金子兑换钞票的多起来了吗？”

“倒是比前两天多了一些，但还是不及十分之一。”

“还是得想办法，这样干等不行。我还就不怕他们闹事呢！他们一闹，老子就有了借口！福海的兵明天也到了，我就顺着乌伦古河从东往西捋，把他们身上的金子统统弄到手！”

刘铭心正要说什么，只见邬生龙的一个手下气喘吁吁地跑来。

“钱局长、刘总督察，不好了，大量的淘金客在伙房那边集结，好几千人呢，手里都带着家伙！”

“你们邬队长呢？”

“他带兵正在镇压！”

“走，看看去！”

几个人还没出屋，就听见几声枪响，钱良剑招呼一声卫兵，带着十几个人往伙房跑去。这时候，枪声密集起来，像炒豆那样噼啪作响，伴随着枪声，还有呐喊声和嘈杂的脚步声，从声音判断，估计人数不会少。

钱良剑镇定地说：“不怕，枪在我们手里就没什么可怕。刘总督察，一旦事情到了难以收拾的地步，咱们就往莫河桥那边撤，那里有咱们的一个排，福海援兵明天上午就能赶到，只要咱们守住了桥，他们一克金子也带不走！”

听见钱良剑营区响起枪声后，马善成营区里蛰伏在各个窝棚的淘金客们都拥了出来。姚晨芳、吾守尔·买买提站在高处指挥人群聚拢在一起，姚晨芳喊道："兄弟们，乔里轩、疤拉强他们已经动手了，按照咱们事先分工，先控制住马善人的十几条枪，然后就抢他狗×的金库。"

买买提问一个淘金客："炸药包都准备好了吗？一共带了几个炸药包？"

那个淘金客回答："吾守尔，你放心，我们一下带了四个炸药包，他马善人金库的门就是再结实，我们也能炸开！"

"石头都带足了吗？"

"带足啦！"有人高高地举起手中的布袋子，"你看，装得满满的！"

马善成手下有十几条枪，而淘金客手中除了棍棒，别无他物，打起来肯定吃亏。在暴动前，聪明的买买提要求淘金客从河滩捡来鸭蛋大小的石头。买买提说："他们要是开上枪了，咱们的棍棒够不着，就只有挨打的份儿，咱们得备足了石头，他们有枪，咱们人多，一人扔一块石头，就是上千块，那不跟下雨差不多？"

姚晨芳的手一挥，高喊："大家不要怕，一定要心齐，他们就十几个人，不是我们的对手。走，出发！"

上千人的队伍果然壮观，呼呼啦啦，黑压压一片。众人高举起手中的棍棒，朝着马善成的住所扑了过去。

马善成早就听见钱良剑营区先响起几声爆炸声，接着是密集的枪声，知道山里出了乱子，便让孙守平带人用沙袋堵在住所前的高坡。那十几条枪也布置在那里。马善成吓得不得了，但他知道这是生死攸关之际，就是咬碎牙也得往肚子里咽。他强装镇定，对孙守平说："告诉弟兄们，不要怕！钱局长那里有两百多条枪呢，他肯定会支援咱们的！弟兄们，守住了金库，马爷我有赏，一人十块光洋！"

这时候，伙房那边隐约传来呼喊声，过了没几分钟，声音越来越大，嘈杂的脚步声响成一片。马善成的心头发紧。两个年轻女人吓得瑟瑟发抖。香香抱住马善成的胳膊，说："马爷，你得管管我们！"

马善成说："老子折腾钱麻子，想不到最后折腾到老子自个身上！"

荷花蜷起身子往床底下钻，滚圆的屁股却露在外面。

"妈的，你们慌个啥？老子外面有十几条枪呢！"

一跺脚，甩开香香的手，马善成出了门。

马善成住所的院子外，黑压压地围满了人，棍棒像树杈一样被高高举起。马善成慌忙把孙守平叫到身旁，在他耳边小声说了几句。孙守平跑到码起的沙袋前，冲着外面喊："淘金客娃娃们，马爷这里有话，你们存在他金库的金子都如数还给你们，一克也不少！你们愿意兑换钞票就兑换，不愿意就算啦！淘金客娃娃们，马爷一向对你们不薄，不要被坏人煽动……"

一块鹅卵石掷来，正好击中孙守平的额头，孙守平哎呀一声，倒在地上，满头满脸都是血。趴在沙袋边的十几名枪手一起开火，一阵噼里啪啦，冲上来的淘金客像潮水一样退了回去。

伏在沙袋后的马善成喊道："不要激怒他们，往天上开枪！"

喊声未落，退在人群后的姚晨芳中弹倒地，他身边的淘金客七手八脚地将他拖回去。姚晨芳的后背被子弹射穿，鲜血从前胸后背涌出来。

"狗×的马善人，不是善茬……"话没说完，抽搐了几下就咽气了。

买买提气红了眼，高喊："兄弟们，扔石头，打他们狗杂种！"

瞬时间，上千枚鹅卵石像雨点儿一样飞过去，落在沙袋前，也有击在沙袋上的，马善成的十几名枪手吓坏了，蜷缩在沙袋里。

马善成喊道："给我开枪啊！"

一串子弹射过去，买买提他们都趴在地上。

双方就这样对峙着。

安德烈的金库被砸开了，哥萨克老兵和淘金客发疯似的冲进去。廖远山也跟着人群进到了金库。他抢到了一皮囊金子，皮囊是用黄色的麂皮做的，上面用红漆写了个"5"字，廖远山知道这是五千克金子。廖远山不贪，抱着皮囊就从人群中挤出来。他有一件最重要的事情需要做，他要找到一个人。安德烈营区到处都是乱哄哄的人，满耳充斥着嘈杂的脚步声。人们都非常亢奋，好像在过一个欢乐的节日，在高声呼喊，或者哈哈大笑。廖远山在人群中梭行，但始终没有找到那个人。他琢磨那个人贪财，这会儿肯定就在这里。他找了一圈，在那片白桦林边看见大门前的吊桥已经放下，有人通过吊桥跑出营区。另一群人向安德烈的武器库跑去。廖远山跟着这伙人跑到了武器库。他抢到了一支俄制冲锋枪，扔掉了手中的步枪，鬼使神差地又转回金库。金库已经没有多少人了,成袋的金子被一抢而空,地上撒了不少沙金,有五六个人正在用笤帚从地上扫起散落的金子。

廖远山转身出了金库,朝大门外跑去,路过那片白桦林时终于看见了那个人。只见那个人的胳肢窝里夹着一只麂皮囊,一双罗圈腿正在往大门跑去。

廖远山高喊一声:“杨健!”

那个人回过脸,迟疑了片刻,最后还是停下了脚步。

“廖哥,”杨健把手里的皮囊递过来,“你看,我正在到处找你呢！这个给你!”

“杨健,你猜我现在还想问你要什么?”廖远山接过皮囊,在手上掂了掂,他估摸足有三千克。

“廖哥,你还想要什么?”

“我想要你的性命!”

说话间,已经拉开了俄制冲锋枪的枪栓,子弹上膛了。

杨健扑通一声跪倒在地。

“廖哥,你饶了我吧。我求求你,以后我做牛做马来报答你!”

“我可以饶你,但有一个人不答应!”

“谁不答应?”

“刘疆生不答应!”

“求求你留我一条狗命,廖哥!”

“我留下你,你在世上还得祸害人!”

说话间扣动了扳机,杨健在枪声中倒地,浑身抽搐,一摊污血在地上蔓延开来。

让廖远山诧异的是,人们路过杨健的尸体时,居然没有一个人停下脚步。吊桥那边,往外冲的人越来越多,吊桥显得拥挤。列昂契奇站在吊桥边,挥舞着一把手枪,嘴巴在剧烈翕动,院里声音嘈杂,廖远山听不清他在喊叫什么。

第四十章

矿警大队留在营区的一百余名官兵，有一多半因为跑肚拉稀基本丧失了战斗力。在乔里轩和疤拉强带领淘金客出其不意的攻击下，大部分官兵手中的武器被瞬间缴械，小部分没有喝苞谷粥的官兵在邬生龙的带领下，慌慌张张地逃向钱良剑的住所。

乔里轩命刘顺清点缴获来的枪支。

刘顺人利落，很快清点出来，说："乔哥，一共有长枪五十三支、短枪六把。"

疤拉强问道："有没有手榴弹？"

"强哥，手榴弹二十五个。"

乔里轩声音洪亮地说："刘顺，你带上十个人、十条枪、十颗手榴弹去支援姚晨芳。他们连一把枪都没有，不是马善人的对手。强哥，你带上炸药包和兄弟们去炸钱麻子的金库。所有带枪的人都跟我走，咱们要拿下莫河桥，不然谁都出不了山！"

邬生龙气喘吁吁地带着三十多名官兵逃回钱良剑的住所。一见钱良剑就喊道："钱局长，他们来得太快了，"邬生龙惊魂未定，"好多弟兄站都站不起来，他们就冲上来了。幸亏我们跑得快，不然……"

"局座，他们手中有了枪，我们怎么办？"天气已经转凉，但刘铭心满脸都是汗。

"铭心，不要慌！"钱良剑镇定地清点身边官兵的人数，"他们手里都是轻武器，又没有经过训练，没有多少战斗力。咱们还有四五十人呢！邬生龙，让所有官兵都带上武器，尤其不要落下机关枪和手榴弹，都往莫河桥那边撤，咱们在桥上还有一个排，明天早上福海的援兵就到了，他们这些穷鬼真是活腻了,他们根本就不是我们的对手!”

刘铭心问道:“局座,那金库怎么办?难道要留给那些穷鬼?”

钱良剑嘿嘿地冷笑道:“我倒要看看,他们谁能活着把金子带出山。他们怕是一克也带不走!都快走,往莫河桥上给我撤!”

传说中的钱良剑金库是钢铁焊接的铁房子,但真的到了这座神秘的金库前,才知道这还是用普通石头砌起的屋子,只不过它的木门非常结实,厚重的松木门上横向钉着很多道五毫米厚的铁条。

疤拉强叫人抬来树桩子,五六个人抬起猛然撞击金库的门,但这道门却坚不可摧。

“用炸药炸!”疤拉强喊道。

“强哥,用炸药会把金库里的金子炸飞的。”

“那你不会用小炸药包炸?走,来几个人,带上家伙跟我上房看看!”

有淘金客往金库门上安放了炸药包。

“大家都躲远一点!”

一群淘金客跑出房间,趴在地上,用双手捂住耳朵。

轰隆一声,从房间里喷出一股刺鼻的白烟,淘金客们不管不顾地冲进去。结实厚重的金库门只被炸开了一道裂缝。一个淘金客大声喊:“炸药太少了,得用大炸药包!”

金库的屋顶上,疤拉强指挥淘金客用十字镐挖屋顶:“快,使劲挖!”

金库的门前又摆放上了一个大炸药包,点燃导火索后,众人跑向屋外,有人还没来得及趴下,只听一声巨响,整个房屋都在震颤,房间的窗户玻璃被震碎,哗啦啦散落一地,浓烈刺鼻的烟雾从门窗中喷射出来,来不及趴下的淘金客都被震翻在地。没有等硝烟散尽,淘金客们一拥而上。

钱良剑金库的门被炸烂,淘金客们拼命地往里拥挤。金库的屋顶也被挖开了一个洞,一柱雪亮的阳光倾泻而下,在阳光的伴随下,疤拉强从屋顶忽地跳下来。

金库里很宽敞,里面竖立着好几排木架,木架上整齐地码放着鼓囊囊的草绿色细帆布袋,袋上分别用白漆写着“10 千克”“20 千克”“50 千克”字样。

淘金客们知道袋里盛满了他们辛苦淘来的金子，于是开始了他们争先恐后的疯抢。

摆放金囊的木架在淘金客们的争抢下，前后摇晃起来。

疤拉强高声喊道："快躲开，木架倒了要砸死人的，不要抢，一个一个来！"

但是，没有一个人听他的，没有一个人停住手。

淘金客先抢"50 千克"的袋子，但这种装满金子的口袋太重了，他们搬不起来，有人开始抢小口袋金子。一时间，整个金库里没有人说话，只听见搬运东西和相互争抢的声音。

疤拉强突然想，咋就没有看见蛇娃的身影？于是他急忙喊道："蛇娃，蛇娃！你在哪里？"

有人回了一句："蛇娃好像从马厩骑上马奔西而去了呢！"

瞬时间，金库里木架上小袋金囊被抢一空。大口袋的金囊被人用刀子划开，有人解开衣服，用衣服包裹；也有人脱下裤子，将裤腿扎紧，拼命地往裤腿里划拉金子。

金库里还散落了许多白花花的银圆，年老体弱的淘金客挤不上前，就趴在地上捡拾银圆。眼前是纷沓的脚步，老年淘金客的手被踩踏，但他顾不上收手，只嗷地叫一声，却用另一只手继续捡拾。

不到五分钟，刚才还满满当当的金库被洗劫一空。

蛇娃从马上跳下，把缰绳在宋振良窝棚前拴好，猫腰进了窝棚。

宋振良一个人躺在床铺上，看见蛇娃，说："蛇娃，听说钱良剑的金库被打开了，你不在那里，怎么跑到这里来啦？"

"虎子呢？"

"虎子说他到前面去看看热闹。"

"我早就知道，这小子见财忘义！走，宋先生，咱们走！"

"咱们去哪里？"

"宋先生，你想啊，钱良剑的金库被抢，那可是迪化盛督办和邱司令的命根子，他们很快就会派兵包围这里，这里待不住。走，快跟我走！"

“蛇娃,你去忙你的。虎子说他等一会儿会回来。”

“宋先生,你别说了,快跟我走,走晚了,可能就出不了山了。”

接着,蛇娃不由分说地将宋振良抱起来,猫着腰出了窝棚。

宋振良身体太弱,蛇娃费了半天劲儿,把他怎么也送不到马背。蛇娃急得满脸通红。宋振良说:“蛇娃,你不要管我了,你自己快走,虎子等一会儿会来的。”

“宋先生,你不要说了。我的命都是你救的。我来救你,天经地义!”

说完,将瘦骨嶙峋的宋振良背上身,也不管那匹马了,快步向东奔去。

宋振良眼泪涌出来了,吧嗒吧嗒,滴在了蛇娃的后背上。

钱良剑带着五十多名官兵撤到了莫河桥,加上守桥官兵,有八十多人。一到桥上,钱良剑就挥舞着手枪,喊道:“所有人都动起来,把哨卡前的沙袋都给我搬到桥东去,码结实了。我倒想看看穷鬼们怎么飞过去!”

危机之中的官兵个个神勇,全都行动起来,四人一组,抓住一角,抬起两百多公斤的沙袋像飞一样跑到桥东,把沙袋整整齐齐地码在桥东两侧,一边建起一座堡垒。在钱良剑的指挥下,马克沁重机枪架在一座堡垒的中央,两挺轻机枪架在另一座堡垒上,两座堡垒呈钳形状态,形成火力交叉;四门迫击炮架在离沙袋有十来米的一个低洼地里。钱良剑来回巡视,麻脸上始终挂着冷笑。

“让狗×的穷鬼来吧,狗胆包天,竟敢抢老子的金库!我让他们死无葬身之地!”

刘铭心一脸杀气地找到庶务科齐科长,厉声问道:“你让矿警大队的官兵中午吃了什么?为什么那么多人同时拉稀?齐科长,你得给我一个解释!”

齐科长是个矮胖子,早就吓得汗流满面,颤抖地回答:“刘总督察,午饭的食料和平常一样,另外的四个伙房也是相同的食料,他们都没有事啊。哦,只不过咱们小伙房菜里的油放得多一些,一个菜里还放了一些肉,别的都一样啊!他们那边吃了咋就没事?”

刘铭心还想接着问,钱良剑拎着手枪过来,说:“铭心,别跟这个蠢猪啰唆!”话音未落,手起枪响,齐科长的脑袋被打爆,连哼都没来得及哼一声。

钱良剑冷冷地说:“把这个死猪扔到河里。”

在枪响的那一刻,站在钱良剑身旁的莎莎惊了一跳,脸唰地变得惨白。钱良剑看了一眼,笑着说:“莎莎,都说你是天不怕、地不怕的疯丫头,想不到连你也有害怕的时候。莎莎,别怕,有爸在,你什么都不要怕。等一会儿,要打起来,你跟着爸,爸护着你。”

莎莎惊恐地点了点头。

这时候,只听见马善成营区方向响起几声沉闷的爆炸声,一股浓烟升了起来。钱良剑向那边望了一眼,说:“马善成也没有躲过这一劫。金库叫人抢了吧?活该!让他处处给老子使绊子。”然后,悄声对刘铭心说,“等明天福海的援兵一到,咱们进去后连马善成手头的金子一锅给端了。”

乔里轩带领四五十人尾随而至,看见桥上已经有了戒备便停了下来。手里有枪的趴在地上向桥东的堡垒射击,子弹划过半空呼啸而过。钱良剑伏在沙袋边,对刘铭心说:“这帮傻蛋,连枪都不会打,还能攻过桥来?”

乔里轩那边的淘金客开始往桥东扔手榴弹,手榴弹差不多都落在桥中间爆炸,一颗手榴弹扔得远,竟落在沙袋边,钱良剑缩进沙袋掩体。过了半天,手榴弹也没炸响,钱良剑伸出头去看,这颗手榴弹连后盖都没打开。钱良剑乐了,脸上的麻子挤在一起说:“傻蛋,不拉弦就扔过来了。铭心,你见过这样打仗的吗?”

刘铭心不由得哈哈大笑,紧张情绪松弛下来。

乔里轩那边打了一会儿枪后开始攻击,几十个人嗷嗷呐喊着冲上了桥,钱良剑抬起的手猛地一压,轻重机枪一起开火,桥西头立即倒下五六个人,其中被击伤的鬼哭狼嚎。有三四个人上来抢救,机枪再次开火,又有两人倒地。暴动的淘金客们被吓傻了,死死地趴在地上,再也不敢动弹。

钱良剑骄傲地对刘铭心说:“你看,就他们这样的还敢抢老子的金库?”抬起手腕看一眼,“现在快五点半了,再有十来个小时福海的援兵就到了,到时候咱们进去收拾他们,让他们知道马王爷长了几只眼!”

刘顺带着十名带枪的淘金客赶到马善成住所，一排子弹打去，又连着扔了几颗手榴弹，马善成的枪手都是乌合之众，哪有战斗力！很快就缴械投降。刘顺他们缴获了马善成的十几条枪，抢了马善成的金库，又带领四五十人赶来支援。在他们身后是数千名淘金客，乌泱泱的一大片，手里举着棍棒，身上背着大大小小的金囊，呼喊着各种口号陆续赶到桥的西边。

乔里轩握住刘顺的手说："刘顺，马善人那边怎么样？马善人的金库打开了吗？"

刘顺说："真痛快，兄弟们把狗×的金库都抢光啦！"

"怎么没有看见姚晨芳？"

"姚哥死了。"刘顺低下了头。

"怎么死的？"

"我们还没赶到，姚哥带着兄弟们往马善人的金库冲，挨了一颗子弹。"

"妈的！马善人呢？"

"马善人和孙守平不知道藏到啥地方去了，我们一时没找到，想着你们这边需要支援就没敢多停留。"

仗着人多势众，乔里轩他们开始了第二次冲锋。疤拉强一马当先，冲在最前头。他曾经看过安德烈手下官兵训练，学着他们的样子，趴在地上，拙劣地匍匐前进。其他人学着疤拉强的样子往前爬。一名淘金客过去当过兵，抢过缴获来的唯一轻机枪架在一个小土坡上开始扫射，子弹准确地打在桥东沙袋堡垒上，一个士兵中弹。矿警队官兵也不是正规部队，没有经过严格训练，更没有上过战场，身边有人中弹倒地，吓得他们趴在沙袋掩体里不敢露头。

疤拉强蓦地爬起身，高喊一声："兄弟们冲啊！"

八九十名持枪淘金客奋不顾身地往前冲，后面跟着上千名手执棍棒的淘金客，呜呜啦啦地狂喊一气，乌伦古河两侧的群山发出巨大的回响。

钱良剑高喊："机枪开火啊！谁要怕死，当心老子毙了他！"

三挺轻重机枪狂吼起来，吐出火舌，冲上桥的淘金客们像被割的麦子纷纷倒地。疤拉强的胳膊中了一枪，被他身后的淘金客拖了回去。

十几名淘金客的尸体横七竖八地躺在桥上。

钱良剑扭过脸喊道："迫击炮，朝人群中打几炮，让他们尝尝打仗的滋味！"

四门迫击炮一起开火，炮弹带着一串呼哨飞向桥西人群，爆炸声响过后，是一片凄厉的哭叫声。几千名淘金客被吓得浑身筛糠，全部趴在了地上。

刘铭心从沙袋后站起身喊道："淘金客弟兄们，你们过不了桥，赶快投降吧。钱局长大人大德，既往不咎，只要你们放下武器，免除你们的死刑！"

钱良剑说："铭心，省省吧，别跟他们说废话！他们想投降，已经来不及了。"

就在太阳快落山之际，列昂契奇带领三十多名哥萨克老兵和参加过军训的几百名淘金客赶到了莫河桥。廖远山跑在列昂契奇的身旁。廖远山边跑边喘着粗气对列昂契奇说："冲过莫河桥，咱们就是自由人。你就可以找你妈去啦！"

"廖，你现在还有时间讲废话？"

列昂契奇带领的人马训练有素，一到桥边便寻找有利地形匍匐在地。钱良剑开始慌张，命令迫击炮开火。迫击炮连连发射，在桥西各处炸响。列昂契奇让自己的炮手开火，几发炮弹准确地落在了那片洼地。钱良剑的迫击炮哑火了。列昂契奇的人马和乔里轩带领的淘金客一拥而上。桥东三挺机枪横扫射击，将冲在前面的人扫倒一片。列昂契奇急忙用俄语喊道："火焰喷射器！"

趴在桥西的哥萨克老兵扣动扳机，火焰喷射器吐出疯狂火舌，顷刻之间桥东沙袋堡垒里一片火海。矿警队官兵鬼哭狼嚎，几个火人在掩体里翻转打滚，跑出掩体。桥东堡垒里的机枪停止了射击。桥西几千人疯狂地呼喊着冲过了桥。乔里知冲在最前面，他紧紧地盯住矮胖子钱良剑，穷追不舍。

乔里轩在他身后喊："二哥、二哥，你等一等，我有话对你说。"

乔里知根本听不进去，脑子里只有一个念头：打死钱良剑，为大哥报仇！

矿警队官兵一边撤退一边回身射击，子弹在乔里知的头顶和身边飞舞。乔里知不管不顾，只是趋身向前狂追。

“二哥，小心子弹，你不要命啦！”

乔里知的耳旁只有呼呼风声，满腔仇恨使他变成了天不怕地不怕的疯子。

他终于追上了钱良剑。

钱良剑回身看一眼这个曾经的懦夫，居然像恶魔一样径直向自己扑来，吓得魂飞魄散，举枪连连射击。但这个老行伍持枪的手却颤抖得厉害，怎么都把不稳，几发子弹不知飞向何处。

乔里知毫无畏惧地挺直腰杆，持枪向钱良剑逼近。

钱良剑恐惧万分地喊道：“邬生龙，邬生龙呢，快来打死他！卫兵呢，快来人啊，打死他！”

邬生龙却不知跑到哪里去了。钱良剑的卫兵以及矿警队官兵恨自己爹娘只给自己生了两条腿，逃命都来不及，谁能顾得上他？乔里知从容上前，朝钱良剑开了一枪，钱良剑的胸部立即出现一个血窟窿，身体朝后一仰，倒在地上。乔里知继续扣动扳机，他要把枪膛里所有的子弹全部射向钱良剑。就在这时候，跑在钱良剑前面的莎莎突然回身，扑倒在钱良剑的身上，用自己的身体保护养父。一颗子弹打在了她的右背上，鲜血像泉水一样涌出来。

乔里知蓦然愣住了。他扔掉手中的驳壳枪，傻子似的呆呆地站在那里。

已经越过乔里知的白凤琪忽然看见了他，上前拉了他一把。乔里知如梦方醒，跟着白凤琪随人群跑去。

刘铭心不知从哪里钻出来，骂了一句：“狗×的乔里知，我让你谎报军情！”扬手就是一枪，子弹正好打在乔里知的脸上，乔里知满脸开花，身体摇晃了几下，扑倒在地。身旁的白凤琪尖叫一声，吓得疯跑而去，头发像黑色的旗帜在风中飘摆。

刘铭心紧追上去。前后左右都是拼命奔跑的人群。刘铭心向身后望了一眼，只见追击他们的淘金客洪水般漫山遍野地压过来。刘铭心眼瞅着就要追上白凤琪了，他突然停住了脚步。在这一刹那，他想起在阿尔金山上的失败，想起被囚禁在迪化六道湾监狱的情景，想起李英奇在迪化大十字亨得利钟表店跟自己说话时的样子。他知道自己在阿勒屯塔莱又着实摔了一个跟头，这次就算能捡条命返回迪化，盛世才、李英奇也不会饶恕自己，等待他的即便不是枪毙，也将是漫漫无期的铁窗生涯。

刘铭心已经没有心思逃命了。他离开人群，脚步踉跄地走下路基，来到了乌伦古河的边上，望着滔滔河水，痛苦地闭上了眼睛。泪水从他眼缝中慢慢地溢出来。他的脑子一片空白。他又往前走几步，纵身跳进了滚滚的河水之中。

钱良剑已经死了。他双眼圆瞪，好像永远也不相信眼前的这场失败。

他的养女伏在他的身上，后背往外渗血。

乔里轩跪在地上，紧紧地抱起莎莎。

莎莎的眼睛紧闭，眉毛弯弯，面色苍白，发出瓷器般的光泽，似乎比平时还要姣美。

乔里轩使劲地摇动莎莎的身体，悲怆地喊道：“莎莎，你睁开眼睛看看呀，我是乔里轩啊！”泪水像断线的珠子滴落下来。

乔里轩伏在莎莎的胸前听了听：“莎莎、莎莎，你没有死，没有死！”

他弯腰背起莎莎，一边往前跑，一边喊道：“莎莎，我一定会把你背出山！莎莎，有我在，你就不会死掉！”

乔里轩的耳畔是一片粗糙的喘息声和嘈杂的脚步声。越过莫河桥的人流像脱缰的野马奔腾向前，扬起滚滚黄尘。一轮红日从乌伦古河两侧的山峦中接近河面，河水弯曲悠长，翻卷着鲜亮的血色浪花。